शेयर मार्केट गाइड

शेयर मार्केट गाइड

सुधा श्रीमाली

प्रभात प्रकाशन

प्रकाशक • **प्रभात प्रकाशन प्रा. लि.**
4/19 आसफ अली रोड,
नई दिल्ली–110002

संस्करण • 2025
मूल्य • छह सौ रुपए
मुद्रक • नरुला प्रिंटर्स, दिल्ली

SHARE MARKET GUIDE
by Shri Sudha Shrimali ₹ 600.00
Published by Prabhat Prakashan Pvt. Ltd., 4/19 Asaf Ali Road, New Delhi-2
e-mail: prabhatbooks@gmail.com ISBN 978-81-7315-724-0

यह पुस्तक उन असंख्य संभावनाओं से भरे
नए युवा निवेशकों को समर्पित है,
जिनके सामूहिक प्रयासों से
भारत की अर्थव्यवस्था की
प्रगति को
पंख लग जाएँगे।

भूमिका

आनंद राठी

सुधा श्रीमाली द्वारा लिखित 'शेयर मार्केट गाइड' पुस्तक की भूमिका लिखते हुए मैं हर्ष महसूस कर रहा हूँ। लंबे अरसे से मैं सुधा श्रीमाली को ऊर्जावान् तथा रचनाकार व्यक्तित्व के रूप जानता रहा हूँ। मीडिया-जगत् में इनका अनुभव तथा लोगों में वित्तीय साक्षरता का स्तर ऊपर उठाने की ललक, इस पुस्तक के रूप में वित्तीय क्षेत्र के नए तथा पुराने निवेशकों को समान रूप से लाभान्वित करेगी। पिछले कुछ वर्षों के दौरान 'नवभारत टाइम्स' से इनकी संलग्नता ने वित्तीय क्षेत्र में इनके अनुभव को नया आयाम दिया है।

साधारणतया शेयर बाजार को अर्थव्यवस्था का बैरोमीटर समझा जाता है। विश्व स्तर पर शेयर बाजार पूँजी की माँग करनेवालों तथा पूँजी प्रदान करनेवालों के लिए ऐसा मंच है, जो पूँजी के प्रवाह को बचत से उत्पादकता की ओर ले जाता है। अर्थव्यवस्था की मजबूती तथा उसका स्वास्थ्य उस व्यवस्था के पूँजी बाजार से आँका जाता है।

यद्यपि हमारे देश में स्टॉक एक्सचेंज का इतिहास पुराना है, परंतु मुख्य रूप से यह कुछ केंद्रों तक ही सीमित रहा तथा अपेक्षाकृत काफी कम निवेशक इससे सक्रिय रूप से जुड़े रहे। टेक्नोलॉजी के विस्तार तथा भारतीय अर्थव्यवस्था के वैश्विक अर्थव्यवस्था (ग्लोबल इकोनॉमी) से जुड़ाव ने हमारे शेयर बाजारों को ऐसा रूप प्रदान किया है, जो तुलनात्मक दृष्टि से विश्व की विकसित अर्थव्यवस्थाओं के मंच के समकक्ष या उनसे भी आगे है। आज हमारे शेयर बाजारों की कार्य-प्रणाली अत्यंत विकसित तथा पारदर्शी है। सेबी (सिक्यूरिटी एंड एक्सचेंज बोर्ड) तथा आर.बी.आई. (रिजर्व बैंक ऑफ इंडिया) ने नियामक के रूप में हमारे शेयर बाजारों को मजबूती तथा सुरक्षा प्रदान कर इन्हें रोबस्ट बनाने में सक्रिय भूमिका निभाई है। अर्थव्यवस्था में तेजी तथा शेयर बाजारों की पारदर्शिता ने न केवल घरेलू, बल्कि विदेशी निवेशकों को भी तेजी से आकर्षित किया है। इस दौरान हमारे पूँजी बाजार (कैपिटल मार्केट)ने विभिन्न वित्तीय प्रोडक्ट तथा इंस्ट्रूमेंट, जैसे—

फ्यूचर्स, ऑप्शन, डेरिवेटिव्ज, कमोडिटी, करेंसी इत्यादि के द्वारा अपना आकार तेजी से बढ़ाया है। हमारे विभिन्न एक्सचेंज BSE, NSE, MCX, NCDEX ने विश्व स्तर पर न केवल अपनी पहचान बनाई, बल्कि इनके सूचकांक विश्व स्तर पर आज के ब्रांड के रूप में स्थापित हो चुके हैं।

लेकिन सामाजिक स्तर पर अभी हमें वित्तीय बाजार तथा वित्तीय इंस्ट्रूमेंट के प्रभावी उपयोग का लंबा रास्ता तय करना है। क्योंकि अभी तक हमारे देश में अधिकतर लोग निवेश के परंपरागत तरीके, जैसे पोस्ट ऑफिस या बैंक में सावधि जमा, सोना तथा प्रॉपर्टी में निवेश जैसे तरीकों को ही प्राथमिकता देते हैं।

साथ ही समाज तथा देश के विकास के लिए पूँजी का निर्माण तथा पूँजी का प्रवाह आवश्यक है। यह ज्यादा-से-ज्यादा बचतकर्ताओं को शेयर बाजार व म्यूच्युअल फंड्स की तरफ आकर्षित करके हासिल किया जा सकता है। लेकिन वित्तीय साक्षरता के व्यापक अभाव में वर्तमान में केवल तीन प्रतिशत बचत ही शेयर बाजार में निवेश की जाती है। देश में मात्र 12 मिलियन डीमेट अकाउंट्स है तथा देश के सभी म्यूच्युअल फंड्स की कुल पूँजी का आकार बैंकों में जमा पूँजी का लगभग 15 प्रतिशत ही है। इस लिहाज से शेयर बाजार म्यूच्युअल फंड्स तथा इनके विभिन्न इंस्ट्रमेंट्स के द्वारा निवेश की असीमित संभावनाएँ मौजूद हैं। देश की विकास दर को दो अंकों में बनाए रखने के लिए इन संभावनाओं का दोहन जरूरी है।

इस परिदृश्य में सुधा श्रीमाली का पुस्तकीय कार्य प्रशंसनीय है। यद्यपि इस विषय पर बाजार में कई पुस्तकें उपलब्ध हैं, परंतु लेखिका ने इस पुस्तक के द्वारा वित्तीय क्षेत्र के जटिल पहलुओं को स्पष्ट एवं सीधी-सरल भाषा में समझाने की कोशिश की है। शेयर बाजार की कार्य-प्रणाली, कमोडिटी मार्केट, म्यूच्युअल फंड्स तथा बाजार में प्रयोग की जानेवाली मुहावरेदार भाषा को व्याख्या सहित समझाया गया है। अच्छे ब्रोकर के चुनाव के लिए अपने सुझाव भी रखे हैं। पाठक की सुविधा के लिए बाजार को प्रभावित करनेवाले कारकों की व्याख्या, बाजार की ऐतिहासिक गिरावटों का जिक्र, असेट अलोकेशन एवं निवेश के लोकप्रिय तरीकों की चर्चा इस पुस्तक की विशेषता है। प्रस्तुत पुस्तक न केवल नए शुरुआती निवेशकों के लिए अपितु डिग्री कोर्स, अकेडेमिक सर्टिफिकेशन तथा प्रोफेशनल एग्जामिनेशन के छात्रों के लिए भी अच्छी गाइड बुक का कार्य करेगी।

मुझे विश्वास है कि यह पुस्तक वित्तीय क्षेत्र की जानकारी चाहनेवालों की जिज्ञासाओं, संदेहों तथा प्रश्नों का निराकरण करेगी। संभावित निवेशक इस पुस्तक के द्वारा जानकारी प्राप्त करके वित्तीय बाजार में बेहतर विश्वास के साथ उतर सकेंगे। अंत में सबसे महत्त्वपूर्ण बिंदु यह है कि यह पुस्तक हिंदी में लिखी जाने के कारण देश के अनगिनत नियमित हिंदी पाठकों तक अपनी पहुँच बनाने में सफल होगी।

—आनंद राठी

(चेयरमैन, आनंद राठी फायनेंशियल सर्विस लि., मुंबई)

लेखकीय

सर्वाधिक युवा जनसंख्यावाले हमारे देश की यह युवा पीढ़ी नई खुली आर्थिक नीतियों के साथ जवान हुई है। इस स्थिति से सभी क्षेत्रों में बदलाव लाया है। वित्तीय क्षेत्र का परिदृश्य पहले की तुलना में पूर्णतया बदल चुका है। औसत युवा भारतीय की आदत में कंज्यूमरिज्म शामिल हो चुका है। उसके निवेश को लेकर मानसिकता भी बदली है। यही कारण है कि हमारी अर्थव्यवस्था की तेजी के प्रत्येक दौर के साथ बाजार से नए रिटेल इन्वेस्टर्स जुड़ते जा रहे हैं। नया निवेशक इकोनॉमी की ग्रोथ में भागीदार बनकर अपना हिस्सा प्राप्त करना चाहता है। लेकिन विडंबना यह है कि जितनी तेजी से निवेशकों की संख्या बढ़ी है, उसके अनुरूप वित्तीय साक्षरता का फैलाव नहीं हो पाया। इस असमानता के चलते अधिकांश नए निवेशक शेयर बाजार का फायदा उठाने में कामयाब नहीं हो पाए। वित्तीय साक्षरता की इस कमी तथा इससे उत्पन्न निवेश संबंधी आत्मविश्वास की कमी ने मुझे संभावित निवेशकों के मार्गदर्शन के लिए यह पुस्तक लिखने के लिए प्रेरित किया।

मेरे पिता श्री पी.सी. व्यास भारतीय स्टेट बैंक के वरिष्ठ अधिकारी रहे हैं। इस कारण से वित्तीय साक्षरता का महत्त्व मैंने निकट से जाना।

सौभाग्य से मुझे नवभारत टाइम्स में संपादक के रूप में श्री शचींद्र त्रिपाठी जैसे व्यक्ति के सान्निध्य में कार्य करने का अवसर मिला। इन्होंने मुझ पर भरोसा करके अखबार के माध्यम से वित्तीय साक्षरता फैलाने का अवसर प्रदान किया। इन सभी अवसरों तथा अनुभवों से प्राप्त सूचनाओं तथा ज्ञान को मैंने पुस्तक के रूप में पिरोया है।

—सुधा श्रीमाली

विषय-सूची

1

जानिए शेयर बाजार को

शेयर क्या है?

पूँजी बाजार (कैपिटल मार्केट) में निवेश करने के कई तरीके हैं, जैसे—शेयर, बांड्स, डिबेंचर, म्यूचुअल फंड या निवेश की अन्य प्रतिभूतियाँ (सिक्यूरिटीज) इत्यादि। प्रत्येक प्रकार के निवेश की कुछ विशेषताएँ, लाभ तथा उद्‍देश्य व कारण होते हैं। निवेश के इन विभिन्न तरीकों में शेयर द्वारा शेयर बाजार में किया गया निवेश सर्वाधिक लोकप्रिय व आम है। शेयर का हिंदी में अनुवाद करें तो इसका अर्थ होता है—बाँटना। वास्तव में यह प्रक्रिया बाँटने की ही है। दरअसल शेयर किसी कंपनी में आंशिक भागीदारी (स्वामित्व) प्राप्त करने का तरीका है। किसी कंपनी के शेयर खरीदने का तात्पर्य है कि व्यक्ति उस कंपनी का आंशिक हिस्सेदार बन रहा है। इस प्रकार के निवेश में कंपनी की हिस्सेदारी से जुड़े फायदे हैं तो कंपनी के व्यापार से जुड़े खतरे भी शामिल होते हैं। कंपनी के शेयर खरीदना तथा बेचना निवेश की गतिविधियाँ हैं। वह निवेशक, जो किसी कंपनी का शेयर खरीद लेता है, तब वह उस कंपनी का 'शेयर होल्डर' कहलाता है। दूसरे शब्दों में, शेयर की खरीदारी को 'इक्विटी की खरीदारी' भी कहा जाता है तथा शेयर होल्डर को इक्विटी होल्डर या इक्विटी शेयर होल्डर भी कहा जाता है। तो यदि आप शेयर की जगह 'इक्विटी' व 'स्क्रिप्स' शब्द सुनें तो भ्रमित होने की जरूरत नहीं है; क्योंकि तीनों का अर्थ एक ही है। शेयर को हमेशा कंपनी के साथ जोड़कर समझा जाना चाहिए।

शेयरों के लेन-देन की प्रक्रिया

शेयरों की खरीद-बिक्री दो तरीकों से की जाती है—वे कंपनियाँ, जो स्टॉक

एक्सचेंज में सूचीबद्ध हैं, उनके शेयर स्टॉक एक्सचेंज में खरीदे या बेचे जाते हैं। निवेशक ब्रोकर के माध्यम से स्टॉक एक्सचेंज में सूचीबद्ध शेयरों की खरीद तथा बिक्री कर सकता है। दूसरे तरीके में निवेशक अन्य शेयर होल्डर से अथवा सीधे कंपनी से शेयरों को खरीद सकता है। जब कंपनी पहली बार अपने शेयर आम निवेशकों के समक्ष प्रस्तुत करती है और निवेशकों को शेयर खरीदने का मौका उपलब्ध कराती है तो उसे 'इनीशियल पब्लिक ऑफर' कहते हैं। उसके बाद आने वाले सारे ऑफर पब्लिक इश्यू कहलाते हैं। निवेशकों को खरीदने के लिए प्रस्तुत किए जानेवाले शेयर या तो कंपनी द्वारा जारी किए गए नए शेयर हो सकते हैं या कंपनी अपने हिस्से के शेयरों का कुछ भाग पब्लिक के लिए प्रस्तुत कर सकती है। इस प्रकार 'शेयर' कंपनी द्वारा आम निवेशक से पूँजी उगाहने का एक औजार है।

शेयर क्यों जारी किए जाते हैं?

चूँकि कंपनी को अपने बिजनेस के लिए बड़ी मात्रा में धन की आवश्यकता होती है और यह आवश्यकता चुनिंदा लोगों द्वारा पूरी नहीं की जा सकती। अत: कंपनी अपना बिजनेस फैलाने तथा व्यापार चलाने के लिए कॉरपोरेट स्ट्रक्चर बनाकर, बड़ी संख्या में लोगों को शामिल कर उन्हें शेयर बेचती है तथा पूँजी हासिल करके अपने उद्देश्यों को पूरा करती है। किसी सूचीबद्ध पब्लिक लिमिटेड कंपनी के शेयरों को खरीदना निवेशक के लिए अच्छा चुनाव साबित होता है; क्योंकि इसके सदस्यों की संख्या 50 से अधिक होती है तथा इसके शेयरों की बिक्री पर कोई प्रतिबंध नहीं होता है। निवेशक अपनी इच्छा व विवेक के अनुसार किसी कंपनी के शेयर खरीदकर अच्छी कीमत आने पर बाद में उन्हें बेच सकता है। इस प्रकार वह लाभ कमा सकता है या निवेश के किसी भी विकल्प में यह धन लगा सकता है। जब तक निवेशक शेयर होल्ड करता है, तब तक वह शेयर पर दिए गए डिविडेंड का अधिकारी होता है। शेयरों से जुड़े खतरों में यह शामिल होता है कि यदि कोई कंपनी अपना व्यापार समेटती है तो शेयरधारकों को सबसे अंत में भुगतान किया जाता है। नियमत: ऐसी अवस्था में कंपनी अपनी सारी देनदारियाँ चुकता करने के बाद बचे हुए धन को शेयरधारकों को बाँटती है। व्यावहारिक तौर पर अधिकांश मामलों में देनदारी चुकता करने के बाद कंपनी के पास कोई धन नहीं बचता तथा तब शेयरधारकों (शेयर होल्डर्स) को कंपनी से कुछ नहीं मिलता।

किसी शेयरधारक की कंपनी में सीमित जिम्मेदारी होती है—अर्थात् उसके द्वारा खरीदे गए शेयरों की एवज में जो धन वह कंपनी को चुकाता है, उसके अतिरिक्त किसी भी स्थिति में कंपनी उससे अतिरिक्त धन की माँग नहीं कर सकती। इस प्रकार कंपनी बंद होने की स्थिति में इक्विटी शेयर होल्डर्स को सबसे ज्यादा नुकसान होता है, क्योंकि उसे

पैसा वापस नहीं मिलता।

दैनिक निवेश तथा दैनिक शेयर व्यवसाय में दूसरे तरह की जोखिम (रिस्क) रहती है। प्राय: यह संभव है कि जब कोई व्यक्ति किसी दर (रेट) पर कंपनी के शेयर खरीदता है, फिर यदि शेयर बाजार में गिरावट आ जाए तो उसके शेयरों की कीमत घट जाती है। इन दरों पर शेयर बेचने पर निवेशकों को नुकसान होता है। इसके विपरीत, शेयरों की कीमत में वृद्धि होने पर शेयर बेचे जाएँ तो लाभ होता है।

शेयर कितने प्रकार के होते हैं?

इक्विटी शेयर को आम भाषा में केवल 'शेयर' कहा जाता है। विभिन्न प्रकार के शेयरों की अलग-अलग विशेषताएँ होती हैं। अत: इनके प्रकार को समझना आवश्यक है, ताकि निवेशक अपनी जरूरत तथा विवेक के अनुसार उनका चयन कर सके। भारत में निवेशकों को दो प्रकार के शेयर विकल्प उपलब्ध हैं—इक्विटी शेयर तथा प्रीफरेंस शेयर।

इक्विटी शेयर होल्डर या साधारण शेयर (ऑर्डिनरी शेयर)

प्राइमरी तथा सेकंडरी मार्केट से निवेशक जो शेयर हासिल करता है, वह 'साधारण शेयर' कहलाता है। इस प्रकार का शेयरधारक कंपनी का आंशिक हिस्सेदार होता है तथा कंपनी के नफे-नुकसान से जुड़ा रहता है। साधारण शेयरधारक ही इक्विटी शेयर होल्डर होते हैं। शेयरों की संख्या के अनुपात में कंपनी पर इनका मालिकाना अधिकार होता है। कंपनी की नीति बनानेवाली जनरल मीटिंग में इन्हें वोट देने का अधिकार होता है। इसी प्रकार, ये कंपनी से जुड़े रिस्क तथा नफा-नुकसान के हिस्सेदार भी होते हैं। यदि कंपनी अपना व्यवसाय पूर्ण रूप से समाप्त करती है, तब कंपनी अपनी सारी देनदारी चुकता करने के बाद बची हुई पूँजी संपत्ति को इन साधारण शेयरधारकों को उनकी शेयर संख्या के अनुपात से वितरित करती है।

प्रिफरेंस शेयर (तरजीह शेयर)

साधारण शेयर के विपरीत कंपनी चुनिंदा निवेशकों, प्रोमोटरों तथा दोस्ताना निवेशकों को नीतिगत रूप से प्रिफरेंस शेयर (तरजीह आधार पर) जारी करती है। इन प्रिफरेंस शेयरों की कीमत साधारण शेयर की मौजूदा कीमत से अलग भी हो सकती है। साधारण शेयर के विपरीत प्रिफरेंस शेयरधारकों को वोट देने का अधिकार नहीं होता। प्रिफरेंस शेयरधारकों को प्रतिवर्ष निश्चित मात्रा में लाभांश (डिविडेंड) मिलता है। प्रिफरेंस शेयरधारक साधारण शेयरधारक की अपेक्षा अधिक सुरक्षित होते हैं, क्योंकि जब कभी कंपनी बंद करने की स्थिति आती है तो पूँजी चुकाने के मामले में प्रिफरेंस

शेयरधारकों को साधारण शेयरधारकों से अधिक तरजीह दी जाती है। कंपनी अपनी नीति के अनुसार प्रिफरेंस शेयरों को आंशिक अथवा पूर्ण रूप से साधारण शेयर में परिवर्तित भी कर सकती है। जब कोई कंपनी बहुत अच्छा बिजनेस कर रही है तो उसके साधारण शेयरधारक को ज्यादा फायदा होता है।

प्रिफरेंस शेयरधारक को लाभ में से सबसे पहले हिस्सा मिलता है; लेकिन इन्हें कंपनी का हिस्सेदार नहीं माना जाता है। लाभ के आधार पर प्रिफरेंस शेयर तीन तरह के होते हैं—

1. **नॉन क्यूमुलेटिव प्रिफरेंस शेयर (असंचयी अधिमानित शेयर)**—यदि कंपनी किसी कारणवश पहले वर्ष लाभ नहीं कमाती है और इसकी जगह दूसरे वर्ष में लाभ कमाती है तो इस स्थिति में निवेशक दोनों वर्ष में लाभ प्राप्त करने का दावा नहीं कर सकता है।
2. **क्यूमुलेटिव प्रिफरेंस शेयर (संचयी अधिमानित शेयर)**—यदि कंपनी किसी वजह से पहले वर्ष लाभ नहीं कमाती और दूसरे वर्ष में लाभ की स्थिति में आती है तो इस स्थिति में निवेशक दोनों वर्ष लाभ प्राप्त करने का दावा कर सकता है।
3. **रिडीम्ड क्यूमुलेटिव प्रिफरेंस शेयर (विमोचनशील अधिमानित शेयर)**—इस तरह के शेयरधारक को उसकी पूँजी निश्चित समय के बाद लाभांश (डिविडेंड) के साथ लौटा दी जाती है। इस प्रकार के शेयरधारक का कंपनी से जुड़ाव पूरी तरह अल्पकालिक होता है और कंपनी की इच्छा पर निर्भर करता है।
4. **कन्वर्टिबल प्रिफरेंस शेयर (परिवर्तनशील अधिमानित शेयर)**—इस प्रकार के शेयर निश्चित अवधि के पश्चात् इसी कंपनी के किसी अन्य वित्तीय इंट्रूमेंट में बदल दिए जाते हैं।

शेयरों का संचालन

बैलेंस शीट में शेयर

विभिन्न प्रकार के शेयरों की चर्चा के साथ यह समझना आवश्यक है कि वास्तव में ये किस प्रकार संचालित (ऑपरेट) होते हैं। यदि किसी कंपनी की वार्षिक रिपोर्ट उठाकर देखें तो शेयर से जुड़े कई शब्द (टर्म) दिखाई देंगे। आइए, इन शब्दों को समझने की कोशिश करते हैं।

शेयर कैपिटल

बैलेंस शीट में इक्विटी शेयर देनदारीवाले कॉलम में दर्ज होते हैं, क्योंकि यह राशि कंपनी पर शेयरधारकों की देनदारी है, नियमत: कंपनी बंद होने की स्थिति में यह राशि शेयरधारकों को चुकता की जानी चहिए। चूँकि यह राशि आय अथवा खर्च का हिस्सा नहीं है, अत: इसे हानि अथवा लाभ के खाते में नहीं दरशाया जाता, बल्कि देनदारी खाते में 'शेयर कैपिटल' के नाम से दर्ज किया जाता है।

ऑथराइज्ड शेयर कैपिटल

बैलेंस शीट में शेयर से जुड़ा एक और नाम होता है—ऑथराइज्ड शेयर कैपिटल (आधिकारिक शेयर पूँजी)। यह कंपनी की कुल पूँजी का वह अधिकतम हिस्सा है, जो कंपनी शेयर जारी करके अर्जित कर सकती है। इसकी सीमा पूरी होने पर कंपनी और अधिक शेयर जारी नहीं कर सकती, जब तक कि उसकी सीमा में वृद्धि नहीं की जाए। कंपनी के मेमोरेंडम में कंपनी के उद्देश्यों के साथ ही उस कंपनी की ऑथराइज्ड कैपिटल पहले से तय की गई होती है।

दूसरा महत्त्वपूर्ण बिंदु है कि शेयर की फेस वेल्यू (मौलिक कीमत) कितनी है। शेयर की फेस वैल्यू 10 रुपए, 5 रुपए, 2 रुपए या 1 रुपए हो सकती है। इसके बाद **इश्यूड शेयर कैपिटल** आता है, अर्थात् बैलेंस शीट बनाते समय तक कंपनी कितने शेयर जारी कर चुकी है। ऑथराइज्ड शेयर कैपिटल तथा इश्यूड शेयर कैपिटल का अंतर यह दर्शाता है कि कंपनी मेमोरेंडम के तहत और कितने शेयर जारी कर सकती है।

ज्यादातर मामलों में इश्यूड शेयर कैपिटल कम रखा जाता है, क्योंकि कंपनी एक बार में ही अपनी पूरी सीमा (ऑथराइज्ड शेयर कैपिटल) को खत्म नहीं करना चाहती। इसलिए कुछ भाग ही उपयोग में लिया जाता है। कंपनी की बैलेंस शीट में इन आँकड़ों के अलावा पिछले वर्ष के आँकड़े भी कोष्ठक में रहते हैं। इससे यह अनुमान लगाने में आसानी रहती है कि गत एक वर्ष में कितना परिवर्तन आया।

सबस्क्राइब्ड कैपिटल

इश्यूड शेयर का वह भाग, जो निवेशक द्वारा लिया जाता है या सबस्क्राइब्ड किया जाता है, सबस्क्राइब्ड कैपिटल कहलाता है। जब इश्यू किए गए सभी शेयर निवेशकों द्वारा ले लिये जाते हैं, तब इश्यू व सबस्क्राइब्ड कैपिटल समान होंगे। इससे शेयरों की कुल संख्या का अनुमान होता है कि कितने शेयर इश्यू किए गए और निवेशकों ने कितने लिये। शेयर कैपिटल का अंतिम स्वरूप **पैडअप शेयर कैपिटल** होता है। अर्थात् जारी किए गए शेयरों के तहत बैलेंस शीट बनाते समय तक कंपनी को

कितनी शेयर कैपिटल मिल चुकी है।

बोनस व राइट शेयर

बैलेंस शीट में कंपनी द्वारा जारी किए गए बोनस शेयरों की संख्या का उल्लेख होता है। इससे यह पता चलता है कि कंपनी के शेयर कैपिटल में कितना हिस्सा शेयर बेचकर अर्जित किया गया है तथा कितना हिस्सा निवेशकों को बोनस शेयर जारी करके शेयर कैपिटल में शामिल किया गया है। बोनस शेयर शेयरधारकों को मुफ्त में जारी किए जाते हैं।

बोनस शेयर क्यों जारी किए जाते हैं?

दरअसल, बोनस शेयर का संबंध कैपिटलाइजेशन ऑफ रिजर्व से है। इसलिए पहले हम कैपिटलाइजेशन ऑफ रिजर्व क्या है, इसे समझते हैं। दरअसल, जब कोई कंपनी अपने व्यवसाय के दौरान वित्तीय वर्ष में लाभ अर्जित करती है, तब कंपनी नियमित खर्चे निकालकर, देनदारियाँ निकालकर, लाभांश निकालकर बची हुई राशि भविष्य में विस्तार के लिए रिजर्व रखती है। साल-दर-साल इस प्रकार कंपनी का अवितरित लाभ इकट्ठा होकर रिजर्व के रूप में कंपनी के पास रहता है। कंपनी अपनी नीतियों के अनुसार सरकारी कानूनों के तहत बोनस इश्यू जारी करके इस रिजर्व पूँजी के कुछ भाग का कैपिटलाइजेशन (पूँजीकरण) करती है। इस प्रक्रिया में तत्कालीन शेयरधारकों को उनके शेयर के अनुपात में बोनस शेयर जारी किए जाते हैं। इसे बोनस इश्यू कहते हैं। इस प्रक्रिया में कंपनी का रिजर्व फंड इक्विटी में परिवर्तित होता है। वस्तुत: यह मात्र एक बुक एंट्री है। बोनस शेयरों पर कोई कीमत नहीं वसूली जाती है तथा शेयरधारकों की संख्या भी अपरिवर्तित रहती है।

इस प्रकार शेयरधारकों का आनुपातिक स्वामित्व भी अपरिवर्तित रहता है। हाँ, यह हो सकता है कि बोनस शेयर जारी करने के पश्चात् कंपनी के शेयरों की बाजार की कीमत में कुछ गिरावट आए, जो बोनस इश्यू के अनुपात में होती है।

साधारणतया कंपनी प्रतिवर्ष अपने लाभांश (डिविडेंड) की दर बनाए रखती है। शेयरधारकों को बोनस इश्यू मिलने के बाद ज्यादा डिविडेंड मिलता है तथा कालांतर में बाजार में शेयरों की कीमत फिर अपना स्थान बना लेती है। इस प्रकार शेयरधारकों को काफी लाभ होता है।

□

2

प्राथमिक बाजार (प्राइमरी मार्केट)

शेयर मार्केट में प्रवेश कैसे करें?

अब यदि अपने चारों ओर लोगों के मुँह से शेयर बाजार से पैसे को दो गुना-तीन गुना बनाने की कहानियाँ सुनकर आप भी शेयर बाजार में धन लगाना चाहते हैं तो ठहर जाइए; क्योंकि इस तरह आस-पास से जुटाई गई, पढ़ी गई सूचनाओं व दोस्तों के कहे अनुसार यदि आपने तुरंत अपना डी-मैट अकाउंट खुलवाकर शेयर खरीद लिये या आई.पी.ओ. में पैसे लगा बैठे तो हो सकता है कि आपको अपने लगाए हुए पैसे का एक-चौथाई ही वापस मिले और आप हताशा में अपने दैनिक काम-काज से भी हाथ धो बैठें! ऐसा कहकर न तो हम शेयर बाजार के प्रति आपके मोह को कम करना चाहते हैं और न ही उसे हौआ बनाकर आपको डरा रहे हैं। मुख्य बात यह है कि हर वह निवेशक (इनवेस्टर), जो शेयर बाजार में निवेश कर भारत की बढ़ती अर्थव्यवस्था में भागीदार होना चाहता है, वह पूरी तरह जागरूक हो। उसे न सिर्फ शेयर मार्केट से पैसे को दोगुना कैसे किया जाता है, इसका तकनीकी व आधारभूत ज्ञान हो, अपितु वह शेयर बाजार के जोखिम से भी पूरी तरह अवगत हो; क्योंकि आज का भारतीय बाजार अब सट्टा बाजार नहीं है। यहाँ सभी चीजें वैज्ञानिक तरीकों से पूरी होती हैं, भले ही वह प्राथमिक बाजार हो या द्वितीयक बाजार। कंपनी के प्राइमरी मार्केट के द्वारा पैसे उगाहने से लेकर सूचीबद्ध होने के बाद शेयरों की सेकंडरी मार्केट में खरीद-बिक्री की पूरी प्रक्रिया स्टॉक एक्सचेंज के नियम व कानून के तहत संचालित होती है। सरकारी एजेंसी 'सिक्यूरिटी एंड एक्सचेंज बोर्ड' (सेबी) की निगरानी में सभी एक्सचेंज कार्य करते हैं। इसलिए यदि आप शेयर बाजार की कार्य-प्रणाली को पूरी तरह समझकर अपना पैसा लगाएँगे तो यह तय है कि आप पैसा गँवाएँगे

तो नहीं। यदि इस ज्ञान के साथ आप अपनी सूझ-बूझ का इस्तेमाल करेंगे तो शेयर बाजार से कमाना भी मुश्किल नहीं होगा।

तो यदि आप मन बना चुके हैं कि आपको शेयर बाजार में निवेश करना है तो सबसे पहले आपको अपना डी-मैट अकाउंट खुलवाना होगा; क्योंकि अब बिना डी-मैट अकाउंट के आप शेयरों का लेन-देन नहीं कर सकते हैं। पहले फिजिकल शेयर स्टॉक सर्टिफिकेट के रूप में निवेशकों के पास होते थे; लेकिन अब न सिर्फ शेयरों का लेन-देन डी-मैट शेयर के रूप में हो गया है, बल्कि जिन निवेशकों के पास पुराने शेयर सर्टिफिकेट के रूप में पड़े हैं, उन्हें भी सेबी ने निर्देश दिया है कि वे जल्द-से-जल्द इन शेयरों को डीमैटिरियलाइज्ड फॉर्म में बदल लें।

वे लोग, जो शेयर बाजार में प्रवेश करना चाहते हैं, और वे जिनके पास पुराने शेयर सर्टिफिकेट फिजीकल फॉर्म में पड़े हैं, दोनों ही तरह के निवेशकों के लिए सबसे पहले डी-मैट अकाउंट खुलवाना अति-महत्त्वपूर्ण कार्य है।

प्राथमिक बाजार (प्राइमरी मार्केट) क्या है?

जब कोई कंपनी अपनी आर्थिक जरूरतों को पूरा करने के लिए नए शेयर या डिबेंचर जारी करके सीधे निवेशकों से धन की उगाही करती है तो ऐसा वह कंपनी प्राथमिक बाजार के तहत करती है। कंपनी नए इनीशियल पब्लिक ऑफर प्राथमिक बाजार में लाकर नए शेयर/डिबेंचर जारी करती है। दूसरे शब्दों में कहें तो प्राइमरी मार्केट वह जगह है, जहाँ सिक्यूरिटीज (प्रतिभूतियों) को अस्तित्व में लाया जाता है (जैसे आई.पी.ओ. के द्वारा)। प्राथमिक बाजार के विपरीत द्वितीयक बाजार (सेकंडरी मार्केट) में विभिन्न कंपनियों द्वारा पहले से जारी किए गए शेयर/डिबेंचर या अन्य सिक्यूरिटीज का लेन-देन होता है।

कैपिटल (पूँजी) का क्या अर्थ है?

किसी भी कंपनी को अपना व्यवसाय चलाने के लिए धन की आवश्यकता होती है और यह धन उस कंपनी की 'कैपिटल' कहलाता है। कंपनी इसे दो प्रकार से हासिल करती है—शेयर जारी करके तथा उधार लेकर। धन की वह अधिकतम मात्रा जो कंपनी नियमानुसार शेयर जारी करके हासिल कर सकती है, कंपनी की **ऑथराइज्ड कैपिटल** (अधिकृत पूँजी) कहलाती है। इस ऑथराइज्ड कैपिटल में से कंपनी शेयर जारी करके जो पूँजी हासिल करती है, वह उस कंपनी की **शेयर कैपिटल** कहलाती है। कंपनी यह शेयर कैपिटल एक ही बार या विभिन्न चरणों में प्राथमिक बाजार में उतरकर, शेयर जारी करके हासिल कर सकती है। किसी भी समय पर, उस समय तक कंपनी द्वारा शेयर जारी

करके हासिल की गई पूँजी को 'पैडअप कैपिटल' कहा जाता है।

ऑथराइज्ड कैपिटल का वह हिस्सा, जिसे कंपनी शेयर के द्वारा धन लेकर हासिल कर चुकी है, कंपनी का **इश्यूड कैपिटल** कहलाता है।

कई बार जब कंपनी नए शेयर जारी करती है तो शेयरधारकों के लिए यह आवश्यक नहीं होता कि वे शेयरों की पूरी पूँजी एक साथ चुकाएँ। इसमें शेयरों की कुल पूँजी का कुछ हिस्सा भविष्य की आवश्यकताओं के लिए कंपनी बाद में लेती है। इस प्रकार, नए जारी शेयरों की कुल पूँजी का वह हिस्सा, जो कंपनी अभी आंशिक रूप से इकट्ठा कर रही है, **कॉल्ड-अप कैपिटल** कहलाता है।

पैडअप कैपिटल

किसी कंपनी की कुल पूँजी (टोटल कैपिटल) कई चीजों से मिलकर बनती है, जैसे कि प्रमोटरों द्वारा निवेश की गई पूँजी, लोन के द्वारा अर्जित की गई पूँजी तथा शेयर जारी करके अर्जित की गई पूँजी इत्यादि। इसमें कंपनी द्वारा शेयर जारी करके अर्जित की गई पूँजी को 'पैडअप कैपिटल' कहा जाता है।

कैपिटल इश्यू किसे कहते हैं?

जब कभी कंपनी पूँजी उगाहने के लिए शेयर जारी करती है तो उसे 'कैपिटल इश्यू' कहते हैं। यह कैपिटल इश्यू नए इश्यू, प्रीमियम इश्यू या राइट इश्यू के रूप में हो सकता है।

प्रीमियम इश्यू क्या है?

जब कंपनी नए शेयरों की कीमत फेस वैल्यू से ऊपर रखकर जारी करती है तो ऐसे इश्यू को 'प्रीमियम इश्यू' कहते हैं। शेयर की फेस वैल्यू से ऊपर रखी गई कीमत उस शेयर पर प्रीमियम कहलाती है। जैसे यदि कोई कंपनी प्राथमिक बाजार में नया पब्लिक इश्यू लाती है तथा उसका प्राइस बैंड 75 से 85 रुपए रखती है, जबकि प्रति शेयर फेस वैल्यू 10 रुपए है। इस प्रकार, इस इश्यू में प्रति शेयर प्रीमियम 65 से 75 रुपए है। इस इश्यू में प्रति शेयर प्रीमियम का निर्धारण कई कारकों से किया जाता है, जैसे कि तत्कालीन शेयरों की बुक वैल्यू क्या है, प्रति शेयर लाभ कितना है, (ई.पी.एस.—'अर्निंग पर शेयर') तथा गत तीन वर्षों में शेयर की औसत बाज़ार कीमत कितनी है इत्यादि।

ओवर सबस्क्राइब्ड इश्यू किसे कहते हैं?

कोई भी पब्लिक इश्यू निर्धारित शेयर मात्रा के लिए जारी किया जाता है। जब इस

इश्यू के लिए मिलनेवाले आवेदन-पत्र कंपनी द्वारा जारी निर्धारित शेयर मात्रा से अधिक संख्या में प्राप्त होते हैं तो उसे 'ओवर सबस्क्राइब्ड इश्यू' कहा जाता है। ऐसी स्थिति में कंपनी एक नीति बनाकर लॉटरी सिस्टम द्वारा आवेदकों को शेयर आवंटित करती है। जब शेयर बाजार अच्छे दौर (बुलफेज) में होता है, उस समय अच्छी व नामी कंपनियों के पब्लिक इश्यू ओवर सबस्क्राइब्ड होते हैं। ऐसे में जो निवेशक अधिक शेयर संख्या के लिए आवेदन करते हैं, उसकी शेयर प्राप्त करने की संभावनाएँ ज्यादा होती हैं।

ऐट पार व अबोव पार क्या है?

जब किसी शेयर की कीमत उसकी फेस वैल्यू के बराबर हो, तब यह शेयर 'ऐट पार' कहलाता है। ऐसी अवस्था में शेयर पर प्रीमियम शून्य होता है तथा शेयर की पार वैल्यू ही शेयर की फेस वैल्यू होती है। उदाहरण के लिए यदि शेयर की फेस वैल्यू 10 रुपए या 100 रुपए है तो यह इनकी बिक्री की 10 रुपए या 100 रुपए पर की जाएगी।

जब शेयर की कीमत उसकी फेस वैल्यू से ज्यादा होती है, अर्थात् उस शेयर पर प्रीमियम होता है, ऐसी अवस्था को 'अबोव पार' कहते हैं।

शेयर होल्डर किसे कहते हैं?

कोई भी व्यक्ति या संस्था, जिसका साधारण शेयर या प्रिफरेंस शेयर पर मालिकाना अधिकार होता है, वह 'शेयर होल्डर' कहलाता है। शेयरों के मालिकाना सबूत के तौर पर शेयर सर्टिफिकेट्स जारी किए जाते हैं, जो आजकल इलेक्ट्रॉनिक रूप में होते हैं।

शेयर होल्डर्स की इक्विटी क्या है?

कंपनी में किसी भी समय उसकी कुल पूँजी में से कंपनी की सारी देनदारियाँ निकालने के पश्चात् बचा हुआ भाग 'शेयर होल्डर्स की इक्विटी' कहलाता है। यह भाग उस कंपनी का 'नेट वर्थ' होता है। इस नेट वर्थ में कंपनी द्वारा जारी किए गए कुल शेयरों की फेस वैल्यू, अतिरिक्त धन, कैपिटल सरप्लस तथा अवितरित डिविडेंड शामिल होते हैं।

विभिन्न प्रकार के इश्यू

प्राथमिक बाजार में चार तरह के इश्यू से निवेशक रुबरु होता है—

आई.पी.ओ. (इनीशियल पब्लिक ऑफर)

जब गैर-सूचीबद्ध कंपनी (अनलिस्टेड कंपनी) नए शेयर जारी करने के लिए पूँजी बाजार में प्रस्ताव लेकर आती है या ऐसी कंपनी, जो अपनी सिक्यूरिटीज (शेयर्स)

पहली बार आम जनता के लिए बाजार में प्रस्तुत करती है तो इस प्रकार के प्रस्ताव को 'इनीशियल पब्लिक ऑफर' (आई.पी.ओ.) कहते हैं। आई.पी.ओ. की प्रक्रिया पूरी होने के बाद यह कंपनी सेबी द्वारा शेयर मार्केट में सूचीबद्ध कर दी जाती है। कंपनी आई.पी.ओ. दो तरीके से जारी कर सकती है—बुक बिल्डिंग रूट तथा फिक्स्ड प्राइस रूट—

- बुक बिल्डिंग रूट में कंपनी अपने नए शेयरों के लिए एक प्राइस बैंड तय करती है। निवेशक अपनी इच्छा के अनुसार उस प्राइस बैंड की सीमा में आवेदन करते हैं। इस प्राइस बैंड की ऊपरी और निचली कीमत में अधिकतम अंतर 20 प्रतिशत तक हो सकता है। बुक बिल्डिंग प्रोसेस पूरा होने के पश्चात् शेयर की प्राइस तय की जाती है।
- फिक्स्ड प्राइस रूट में कंपनी अपने शेयर की एक निश्चित कीमत प्रस्तुत करती है (फेस वैल्यू पर प्रीमियम लगाकर)। इसमें निवेशक को पहले से शेयर की कीमत पता होती है। सरल शब्दों में कहें, तो किसी कंपनी द्वारा पूँजी उगाही के लिए प्राथमिक बाजार (प्राइमरी मार्केट) में आम जनता के लिए जो प्रारंभिक प्रस्ताव लाया जाता है, उसे 'इनीशियल पब्लिक ऑफर' कहते हैं। इसमें संस्थागत निवेशक व रिटेल निवेशक दोनों आवेदन कर सकते हैं।

पब्लिक इश्यू

जब कोई पहले से सूचीबद्ध कंपनी प्राथमिक बाजार में शेयरों के नए इश्यू लाना चाहती है या अपने होल्डिंग्स (स्वामित्व) का कुछ भाग पब्लिक के लिए प्रस्तुत करना चाहती है तो उसे 'पब्लिक इश्यू' कहते हैं। पब्लिक इश्यू की कार्य-शैली इनीशियल पब्लिक ऑफर (आई.पी.ओ.) की तरह होती है।

राइट इश्यू

साधारणतया जब कोई सूचीबद्ध कंपनी (लिस्टेड कंपनी) अपने नए इश्यू जारी करती है तो वह कंपनी अपने शेयर होल्डरों को प्राथमिकता देते हुए राइट इश्यू जारी करती है। इस राइट इश्यू के तहत कंपनी अपने शेयर होल्डरों को उनकी शेयर संख्या के अनुपात में नए शेयर खरीदने के लिए प्रस्ताव रखती है। शेयर होल्डर अपनी इच्छा के अनुसार इस प्रस्ताव को स्वीकार अथवा अस्वीकार कर सकते हैं, या कंपनी के इस प्रस्ताव के लिए किसी अन्य शेयर होल्डर को अधिकृत भी कर सकते हैं। राइट इश्यू के दौरान कंपनी के शेयरों की बाजार कीमतों में परिवर्तन आता है। राइट इश्यू जारी होने से पहले की कीमत शेयर की 'कम राइट प्राइस' कहलाती है तथा राइट इश्यू के तहत शेयर

आवंटित होने के पश्चात् शेयरों की बाजार कीमत 'एक्स राइट प्राइस' कहलाती है। 'कम राइट प्राइस' तथा 'एक्स राइट प्राइस' का अंतर राइट इश्यू का शेयर बाजार द्वारा किया गया आकलन दरशाता है।

कम राइट—जब कंपनी राइट इश्यू लाए जाने की घोषणा करती है, तब उस कंपनी के शेयर 'कम राइट' शेयर बन जाते हैं। कंपनी एक निश्चित तारीख की घोषणा करती है। इस तारीख से पूर्व के शेयरधारकों को राइट इश्यू का अधिकार होता है। स्वाभाविक है कि 'कम राइट' शेयर की कीमतें थोड़ी अधिक होती हैं।

एक्स राइट—कंपनी द्वारा राइट इश्यू जारी करने के पश्चात् शेयर की कीमत से राइट का अंश निकल जाता है और उस समय बाजार में शेयर की स्थिति 'एक्स राइट' कहलाती है।

प्रीफरेंशियल इश्यू

जब कोई सूचीबद्ध कंपनी चुनिंदा निवेशकों के लिए इक्विटी का इश्यू जारी करती है, जिसमें इक्विटी (शेयर) की तय की गई कीमत का तात्कालिक बाजार मूल्य से कोई संबंध नहीं होता। इस प्रकार के इश्यू को 'प्रीफरेंशियल इश्यू' कहते हैं।

प्रोस्पेक्टस (विवरण-पुस्तिका)

पब्लिक इश्यू तथा आई.पी.ओ. जारी करते समय निवेशक की सुविधा के लिए कंपनी कुछ जानकारियाँ प्रस्तुत करती है, जैसे कि कंपनी का क्या बिजनेस है, इसके प्रमोटर्स कौन हैं, मैनजमेंट कौन है, इस कंपनी का किन अन्य कंपनियों के साथ कोलोबोरेशन (गठबंधन) है, बोर्ड ऑफ डायरेक्टर्स में कौन हैं, इसके प्रोजेक्ट की क्या कॉस्ट है, वित्तीय व्यवस्था कैसे की जा रही है, प्रोजेक्ट की मौजूदा स्थिति क्या है, लाभ की क्या स्थिति है तथा क्या संभावनाएँ हैं, इश्यू का क्या आकार है, शेयर बाजार में लिस्टिंग की क्या स्थिति है, निवेशक को टैक्स में छूट के क्या प्रावधान हैं, अंडरराइटर्स कौन हैं तथा इश्यू के मैनेजर्स कौन हैं आदि। ये सारी जानकारियाँ निवेशक के निर्णय लेने में सहायक बनती हैं। पब्लिक इश्यू अथवा आई.पी.ओ. जारी करते समय कंपनी प्रोस्पेक्टस में ये सारी जानकारियाँ प्रस्तुत करती है।

शेयरों का आवंटन (अलॉटमेंट ऑफ शेयर्स)

प्राथमिक बाजार में कंपनी द्वारा पब्लिक इश्यू या आई.पी.ओ. लाए जाने पर प्रोस्पेक्टस तथा शेयर एप्लीकेशन फॉर्म जारी किए जाते हैं। आवेदन करने के लिए निवेशक (संस्थागत व आम निवेशक) शेयर एप्लीकेशन फॉर्म जमा करते हैं। यदि

शेयरों की आवेदित संख्या कंपनी द्वारा प्रस्तुत शेयरों की संख्या के बराबर है अथवा उससे कम है, तब इस अवस्था में प्रत्येक निवेशक को उसके द्वारा आवेदित किए गए शेयर आवंटित कर दिए जाते हैं। यदि आवेदित शेयरों की संख्या कंपनी द्वारा प्रस्तुत शेयरों की संख्या से ज्यादा है, तब शेयरों का आवंटन स्टॉक एक्सचेंज से विमर्श करके किया जाता है। यदि आवेदनों की संख्या कंपनी द्वारा प्रस्तुत शेयरों की संख्या से कई गुना ज्यादा हो तो ऐसी स्थिति में शेयरों का आवंटन लॉटरी सिस्टम से किया जाता है।

आवेदन शुल्क (एप्लीकेशन मनी)

नए इश्यू में आवेदन करते समय निवेशक को जो पैसा या धन देना पड़ता है, वह 'आवेदन शुल्क' कहलाता है। यह धन आवेदित किए गए शेयरों का पूरा मूल्य अथवा आंशिक मूल्य हो सकता है। आंशिक मूल्य होने की स्थिति में शेयरों के आवंटन के समय बकाया राशि चुकानी पड़ती है।

शेयर वारंट

शेयर वारंट एक ऐसा विकल्प है, जिसके तहत कोई कंपनी निश्चित संख्या के शेयर निश्चित दर पर, निश्चित समय अवधि में खरीदे जाने के लिए निवेशकों के सामने प्रस्तुत करती है। ऐसे वारंट कंपनी के द्वारा धन उगाही के विकल्प के तौर पर उपयोग में लाए जाते हैं। इसमें निवेशक को यह अंतर्निहित सुविधा होती है कि निर्धारित अवधि में वह धन चुकाकर शेयर हासिल कर ले या ऐसे वारंट सेकंडरी मार्केट में अन्य निवेशक को बेच दे।

फेस वैल्यू

किसी भी सिक्यूरिटी (शेयर, बांड, डिबेंचर आदि) को जारी करने से पहले उसका साधारण मूल्य जारी करनेवाली कंपनी या संस्था द्वारा तय किया जाता है। इसे उस सिक्यूरिटी की 'फेस वैल्यू' कहते हैं। उदाहरण के तौर पर, शेयर 10 रुपए अथवा 5 रुपए की फेस वैल्यू में जारी किए जाते हैं। हालाँकि इस फेस वैल्यू का शेयर के बाजार में कीमत से कोई संबंध नहीं होता है, जबकि डेब्ट (Debt) सिक्यूरिटी (Securities) में फेस वैल्यू उस सिक्यूरिटी का परिपक्वता मूल्य होता है। जैसे सरकार हजार रुपए का बांड जारी करती है—अर्थात् परिपक्वता अवधि पर सरकार उस बांड यूनिट पर एक हजार रुपए चुकाने का आश्वासन देती है। बाजार की भाषा में फेस वैल्यू को 'पार वैल्यू' या 'पार' भी कहा जाता है।

अलॉटमेंट ऑफ शेयर व रिफंड के बारे में कैसे जानें?

सेबी द्वारा निर्धारित नियमों के अनुसार शेयरों के आवंटन का आधार इश्यू समाप्त होने के पश्चात् 15 दिनों के अंदर तय किया जाना चाहिए। शेयरों के आवंटन का आधार तय होने के पश्चात् आगामी दो कार्य-दिवसों में आवंटन की सूचना अथवा धन वापसी की सूचना पूरी की जानी चाहिए।

शेयरों का सूचीबद्ध होना (लिस्टिंग ऑफ सिक्यूरिटीज)

इश्यू की समाप्ति के पश्चात् तीन सप्ताह की अवधि में नए शेयर ट्रेडिंग के लिए स्टॉक एक्सचेंज में सूचीबद्ध (लिस्टेड) कर दिए जाते हैं। शेयरों की लिस्टिंग से तात्पर्य है कि इन शेयरों को सेकंडरी मार्केट में खरीदने-बेचने के लिए एक औपचारिक ढाँचा प्रस्तुत किया जाता है। इससे शेयरों की ट्रेडिंग पर निगरानी भी रखी जा सकती है तथा शेयरों के अवैध व्यापार पर नियंत्रण भी।

कंपनियाँ द्वारा पब्लिक के लिए शेयर जारी (इश्यू) करने का कारण

अधिकतर कंपनियाँ निजी व्यवयाय के तौर पर प्रमोटर्स द्वारा स्थापित की जाती हैं। व्यवसाय के दौरान कंपनी अपने विस्तार के लिए बैंक तथा दूसरे वित्तीय संस्थानों से ऋण लेती है। परंतु लंबे व्यवसाय के लिए तथा एक निश्चित आर्थिक आकार के पश्चात् इन कंपनियों को आगे के विकास के लिए अधिक धन की जरूरत पड़ती है और सरकारी नियमों के तहत इसमें आम जनता की भागीदारी की जरूरत होती है। इस अवस्था में ये कंपनियाँ अपने व्यवसाय के विस्तार के लिए तथा उसमें आम जनता की भागीदारी के लिए प्राथमिक बाजार में सेबी के नियमों के तहत पब्लिक इश्यू लाती हैं। पब्लिक इश्यू के तहत निवेशकों को शेयर आवंटित होने के पश्चात् ये कंपनियाँ शेयर बाजार में ट्रेडिंग के लिए सूचीबद्ध (लिस्टेड) हो जाती हैं।

इश्यू प्राइस

वह कीमत (प्राइस), जिस पर कंपनी के शेयर प्राथमिक बाजार (प्राइमरी मार्केट) में जारी किए जाते हैं, वह शेयर की 'इश्यू प्राइस' कहलाती है। शेयर के सूचीबद्ध होने के बाद जिस कीमत पर शेयर का लेन-देन (ट्रेडिंग) होता है, वह उस शेयर की 'मार्केट प्राइस' (बाजार कीमत) कहलाती है। यह मार्केट प्राइस इश्यू प्राइस से ज्यादा या कम, कुछ भी हो सकती है।

कट ऑफ प्राइस (प्राइस बैंड)

बुक-बिल्डिंग इश्यू में शेयर जारी करनेवाली कंपनी को अपने प्रोस्पेक्टस में फ्लोर प्राइस अथवा प्राइस बैंड को उल्लेखित करना जरूरी होता है। अंत में जिस कीमत का निर्धारण किया जाता है, वह इश्यू प्राइस, प्राइस बैंड में निर्धारित सीमा के बीच कुछ भी हो सकती है या वह कीमत फ्लोर प्राइस से भी ज्यादा हो सकती है। इस इश्यू प्राइस को 'कट ऑफ प्राइस' भी कहते हैं। इस इश्यू प्राइस का निर्धारण शेयर जारी करनेवाले और लीड मैनेजर्स द्वारा निवेशकों के उस शेयर के प्रति रुख को देखकर किया जाता है।

फ्लोर प्राइस

बुक बिल्डिंग प्रक्रिया में फ्लोर प्राइस वह न्यूनतम कीमत है, जिस पर दावेदारी Bid (बिड) की जा सकती है। प्रोस्पेक्टस में या तो सिक्यूरिटीज की फ्लोर प्राइस का उल्लेख होता है या फिर प्राइस बैंड का, जिस पर निवेशक बिड कर सकें।

ओवरवैल्यूड शेयर्स (बहुत अधिक दाम लगाया हुआ शेयर)

सामान्य अवस्था में किसी शेयर की बाजार कीमत उसके प्रति शेयर अर्निंग या प्राइस अर्निंग (P/E) अनुपात (कीमत/लाभ या प्राइस/अर्निंग रेशियो) से तय होती है। लेकिन शेयर बाजार में सदैव अनुमान के आधार पर खरीद-फरोख्त होती है, इसलिए अधिकतर उन कंपनियों के शेयर अपनी तार्किक कीमत से ऊँचे आँके जाते हैं, जिन कंपनियों की छवि निवेशकों में अच्छी होती है। ऐसे शेयर 'ओवरवैल्यूड शेयर्स' कहलाते हैं। शेयर सूचकांक (इंडेक्स) को झटका लगने पर सबसे पहले ऐसे शेयरों की ओवरवैल्यू गायब होती है तथा ये अपनी तार्किक कीमत के आस-पास पहुँच जाते हैं। शेयर बाजार में उतार (करेक्शन) आने पर प्राय: ऐसा देखा जाता है; और यही सही समय है जब निवेशक कम कीमत पर ब्लूचिप कंपनियों (अच्छी साख वाली कंपनियों) के शेयर खरीद सकता है।

लीड मर्चेंट बैंकर

ये किसी भी कंपनी द्वारा पब्लिक इश्यू या आई.पी.ओ. लाए जाने की सारी कार्यवाही में महत्त्वपूर्ण भूमिका अदा करते हैं। ये किसी इश्यू की सारी तकनीकी जानकारी, उसकी वैधता तथा संभावना का गहन अध्ययन करते हैं। पब्लिक इश्यू लानेवाली कंपनी इनके साथ एम.ओ.यू. (मेमोरेंडम ऑफ अंडरस्टैंडिंग) का करार करती है। लीड मर्चेंट कंपनी के लिए अंडर राइटर्स की व्यवस्था करते हैं।

यदि किसी पब्लिक इश्यू को निवेशकों का पूरा समर्थन नहीं मिले, अर्थात् जितने शेयरों के लिए पब्लिक इश्यू का ऑफर लाया गया हो तथा निवेशकों का कुल आवेदन उससे कम रह जाए तो ऐसी स्थिति में बचे हुए शेयरों की खरीदारी अंडर राइटर्स पहले से तय दर पर करते हैं। इस प्रकार कंपनी द्वारा पब्लिक इश्यू को बाजार में उतारने के खतरों को अंडर राइटर्स कम करते हैं।

अमोर्टाइजेशन (ऋण या खर्च चुकाने का तरीका)

कोई भी कंपनी भविष्य में आधुनिकीकरण या नवीनीकरण हेतु निश्चित धन 'सिंकिंग फंड' में जमा करती रहती है, ताकि जरूरत पड़ने पर नवीनीकरण की भारी लागत को झेला जा सके। कंपनी द्वारा अपनाई जानेवाली यह व्यवस्था अमोटाइजेशन कहलाती है।

बुक क्लोजर (रिकॉर्ड डेट) क्या है?

कंपनी प्रतिवर्ष डिविडेंड, बोनस या राइट शेयर्स घोषित करने से पहले शेयर सदस्यों का रजिस्टर निश्चित अवधि के लिए (एक सप्ताह से लेकर एक महीने तक) बंद रखती है। इस अवधि के दौरान शेयरों का स्थानांतरण नहीं हो सकता है। इसे 'बुक क्लोजर' कहते हैं। केवल वे शेयरधारक ही डिविडेंड, बोनस शेयर या राइट शेयर के पात्र होंगे, जिनका नाम कंपनी के रजिस्टर में बुक क्लोजर से पहले दर्ज है। इस अवधि के पश्चात् जब कंपनी डिविडेंड बोनस या राइट इश्यू घोषित करती है तो शेयरों की कीमत में परिवर्तन आता है।

बुक वैल्यू

किसी कंपनी की कोई संपत्ति (जैसे मशीन) की कीमत जो बैलेंस शीट पर दर्ज होती है, वह उसकी 'बुक वैल्यू' कहलाती है। चूँकि संपत्ति का निरंतर अवमूल्यन होता है, अत: बुक वैल्यू प्रतिवर्ष कम होती रहती है। यदि शेयर होल्डर्स के फंड को शेयरों की संख्या से विभाजित किया जाए तो प्रति शेयर बुक वैल्यू प्राप्त होती है।

डिविडेंड (लाभांश) के मायने

कंपनी अपने व्यापार से अर्जित लाभ पर टैक्स इत्यादि चुकाने के पश्चात् इसका कुछ हिस्सा वर्ष में एक या दो बार शेयरधारकों को उनकी भागीदारी के अनुपात में डिविडेंड के रूप में वितरित करती है। यह डिविडेंड शेयर की फेस वैल्यू पर आधारित होता है, न कि उसकी बाजार कीमत पर। बोनस शेयर भी डिविडेंड का ही एक रूप है।

डिविडेंड कवर

टैक्स इत्यादि चुकता करने के पश्चात् बचे हुए लाभ का वह हिस्सा, जो डिविडेंड के रूप में शेयरधारकों में वितरित किया जाता है, 'डिविडेंड कवर' कहलाता है। उदाहरण के तौर पर, यदि नेट प्रॉफिट का चौथा हिस्सा डिविडेंड के रूप में वितरित किया जाता है तो कहा जाता है कि डिविडेंड कवर चार है—अर्थात् जितना अधिक डिविडेंड कवर बढ़ेगा, उतना ही शेयरधारकों को कम डिविडेंड प्राप्त होगा।

डिविडेंड यील्ड

प्रति शेयर डिविडेंड को उस शेयर की बाजार कीमत से विभाजित करके प्रतिशत के रूप में निरूपित किया जाए तो यह 'डिविडेंड यील्ड' कहलाता है। उदाहरण के तौर पर, यदि कोई कंपनी 50 प्रतिशत डिविडेंड घोषित करती है, उसके शेयर की बाजार कीमत 250 रुपए है तथा शेयर की फेस वैल्यू 10 रुपए है, तब डिविडेंड यील्ड—

$$\frac{5 \text{ रुपए}}{250 \text{ रुपए}} \times 100 = 2 \text{ प्रतिशत}$$

यह 2 प्रतिशत डिविडेंड यील्ड है।

यह आँकड़ा कंपनी द्वारा घोषित डिविडेंड तथा उस शेयर की बाज़ार कीमत में संबंध दरशाता है।

कम बोनस

बोनस की संभावना लिये हुए शेयर्स 'कम बोनस' कहलाते हैं। अर्थात् कोई कंपनी अपने शेयरों पर बोनस इश्यू घोषित करने वाली है तो बुक क्लोजर/रिकॉर्ड डेट से पहले इस कंपनी के शेयरों में बोनस की संभावना शामिल होती है। बाजार की भाषा में इन शेयरों को 'कम बोनस' कहा जाता है। स्वाभाविक है कि इन शेयरों की कीमतों में बोनस शेयर का संभावित लाभ भी शामिल होता है।

कम डिविडेंड

किसी कंपनी द्वारा डिविडेंड घोषित करने से पहले (बुक क्लोजर/रिकॉर्ड डेट से पहले) शेयरों की कीमत में संभावित डिविडेंड का लाभ भी छिपा होता है। ऐसे शेयर 'कम डिविडेंड' कहलाते हैं।

एक्स बोनस

कंपनी द्वारा बोनस घोषित करने के पश्चात् शेयर की कीमत से संभावित बोनस का अंश निकल जाता है। उस समय बाजार में उसकी कीमत 'एक्स बोनस प्राइस' कहलाती है।

एक्स डिविडेंड डेट

कंपनी द्वारा सार्वजनिक रूप से घोषित की गई तारीख, जिसके पश्चात् शेयर की खरीद पर लाभांश का हक नहीं होता, उसे 'एक्स डिविडेंड डेट' कहते हैं। यदि बाकी अन्य स्थितियाँ अपरिवर्तित रहें तो इस तारीख के बाद शेयर की कीमत में थोड़ी गिरावट आती है।

डेप्रिसिएशन (संपत्ति की कीमत में कमी होना)

किसी भी कंपनी की अचल संपत्ति जैसे कि प्लांट, मशीन बिल्डिंग इत्यादि की एक निश्चित वर्किंग लाइफ होती है। प्रतिवर्ष इस आयु में कमी होती है तथा बची हुई आयु (रेजिडूएल लाइफ) के अनुसार उसकी कीमत का पुनर्मूल्यांकन किया जाता है। इस प्रक्रिया को 'डेप्रिसिएशन' कहते हैं। सरल शब्दों में, किसी संपत्ति की आयु 20 वर्ष है तो प्रतिवर्ष उसकी कीमत में 5 प्रतिशत की कटौती करके डेप्रिसिएशन किया जाता है।

मंदी का दौर (डिप्रेशन)

आर्थिक गतिविधियों में उतार का दौर, जिसमें कीमतों में गिरावट, माँग में कमी, बेरोजगारी का बढ़ना, शेयर बाजार में गिरावट आदि से आँका जा सकता है। इसे 'डिप्रेशन' या 'मंदी का दौर' कहा जाता है। प्रायः कंपनियाँ इस दौरान पब्लिक इश्यू और आई.पी.ओ. लाने से बचती हैं।

अवमूल्यन (डिवैल्यूएशन)

जब देश की मुद्रा की कीमत एक्सचेंज रेट के रूप में अन्य देशों की मुद्रा की तुलना में कम कर दी जाती है तो उसे 'अवमूल्यन' कहते हैं। इस कारण आयातित माल की कीमतें बढ़ जाती हैं, जबकि विदेशों के लिए इस देश का निर्यात किया जानेवाला माल सस्ता होता है, जिससे निर्यात में बढ़ोतरी होती है।

विनिवेश (डिसइनवेस्टमेंट)

जब कोई कंपनी अपने द्वारा स्थापित संपत्ति या कैपिटल में कमी करती है,

(संपत्ति को बेचकर अथवा नवीनीकरण को नकारकर) तो इसे 'विनिवेश' कहते हैं। कंपनी प्राय: अनुत्पादक इकाइयों (घाटे में चल रही) से छुटकारा पाने के लिए ऐसा करती है।

दोहरी सूचीबद्धता (ड्यूल लिस्टिंग)

जब कोई शेयर एक से अधिक स्टॉक एक्सचेंज में सूचीबद्ध हो तो उसे उस शेयर की 'दोहरी सूचीबद्धता' कहा जाता है। इससे उस शेयर के कारोबार को बढ़ावा मिलता है।

डड इश्यू (DUD ISSUES)

ऐसा पब्लिक इश्यू, जिसे बहुत जोर-शोर से पब्लिसिटी कर बाजार में उतारा गया हो, लेकिन यदि वह निवेशकों को लाभ पहुँचाने में असफल रहता है तो ऐसे इश्यू को 'डड इश्यू' कहते हैं। ऐसे केस में कंपनी या तो ऑपरेशन शुरू ही नहीं करती है या फिर बिजनेस शुरू करते ही लिक्विडेशन की प्रक्रिया शुरू कर देती है।

डल मार्केट (बाइंग व सेलिंग प्राइस)

जब शेयरों के क्रय व विक्रय मूल्य में (बाइंग व सेलिंग प्राइस) में दीर्घ अंतर हो तो ट्रेडिंग की प्रक्रिया में मंदी आ जाती है। स्टॉक एक्सचेंज में ऐसी स्थिति को 'डल मार्केट' कहा जाता है। ऐसी स्थिति में वित्तीय संस्थान स्थिति के अनुसार संस्थागत खरीद व बिक्री करते हैं, जिससे स्टॉक एक्सचेंज में हलचल पैदा हो तथा ट्रेडिंग अपनी गति पकड़ सके।

अर्निंग यील्ड

किसी कंपनी के कर पश्चात् नेट प्रॉफिट लाभ को उसके शेयरों की कुल बाजार कीमत से विभाजित किया जाए तो प्राप्त आँकड़ा शेयरों की 'अर्निंग यील्ड' कहलाता है। जो कंपनियाँ निवेशकों की नजर में ऊँची आँकी जाती हैं, उनकी अर्निंग यील्ड कम होती है; क्योंकि उनके शेयरों की बाजार कीमत ज्यादा होती है। इसके विपरीत, हाई अर्निंग यील्ड उस कंपनी में निवेशकों का कमजोर विश्वास दरशाता है।

ग्रोइंग प्राइवेट

जब कंपनी स्वयं अपने शेयर सेकंडरी मार्केट (द्वितीयक बाजार) से खरीदने लगे, ताकि कंपनी का स्वामित्व कंपनी के कुछ प्रमोटरों के हाथ में वापस आ सके या

किसी निजी खरीदार के द्वारा कंपनी के अधिकांश शेयर खरीद लिये जाएँ तो ऐसी स्थिति में कंपनी पर मालिकाना हक निजी व्यक्ति के हाथ में चला जाता है। प्राय: ऐसी स्थिति तब आती है, जब कंपनी का व्यवसाय अच्छा नहीं चल रहा हो तथा उसके शेयरों की बाजार कीमत बुक वैल्यू से भी नीचे आ जाए। तब कंपनी प्रबंधन सस्ती दरों पर अपने शेयर सेकंडरी मार्केट से खरीद लेता है। ऐसा करके कंपनी प्रबंधन कंपनी को किसी दूसरे के द्वारा हथियाए (टेक ओवर किए) जाने की संभावना को भी टाल सकता है।

ग्रोइंग पब्लिक

जब कोई निजी कंपनी अपना विस्तार करने के लिहाज से अपने शेयर पब्लिक इश्यू लाकर बिक्री के लिए आम जनता के लिए प्रस्तुत करे तो इस स्थिति को 'ग्रोइंग पब्लिक' कहते हैं।

संस्थागत दलाल (इंस्टीट्यूशनल ब्रोकर)

म्यूचुअल फंड, यूनिट ट्रस्ट, एल.आई.सी. या अन्य दूसरे संस्थानों के लिए शेयर बाजार से शेयरों और बांडों की खरीद व बिक्री करनेवाला ब्रोकर 'इंस्टीट्यूशनल ब्रोकर' कहलाता है। संस्थागत ब्रोकर भारी संख्या में खरीद-फरोख्त करते हैं तथा इन्हें आम निवेशक की तुलना में काफी कम कमीशन चुकाना होता है।

संस्थागत निवेशक (इंस्टीट्यूशनल इनवेस्टर)

बैंक, म्यूचुअल फंड, यूनिट ट्रस्ट तथा लाइफ इंश्योरेंस कंपनियाँ इत्यादि सिक्यूरिटीज (शेयर्स और बांड) के संस्थागत निवेशक होते हैं। संस्थागत निवेशक बड़ी मात्रा में खरीद-फरोख्त करते हैं। अत: ये शेयर मार्केट में सहायक की भूमिका (सपोर्टिव रोल) अदा करते हैं। जब आम निवेशक व सट्टेबाज शेयर मार्केट से आशंकित होकर ट्रेडिंग गतिविधियों से दूर रहते हैं, ऐसी अवस्था में संस्थागत निवेशक अपना प्रभाव दिखाकर शेयर मार्केट में गतिविधि बनाए रखते हैं।

तरलता (लिक्विडिटी)

नकद (कैश) की उपलब्धता अथवा ऐसी संपत्ति का स्वामित्व, जिसे तुरंत नकदी में परिवर्तित किया जा सके, 'लिक्विडिटी' या 'तरलता' कहलाता है। यद्यपि बाजार में किसी भी संपत्ति को औने-पौने दामों में बेचकर नकदी हासिल की जा सकती है, परंतु यह स्वस्थ स्थिति नहीं है। तरलता की सही स्थिति में ऐसी संपत्ति को बाजार में सही दामों पर बेचे जाने का माहौल होना चाहिए।

सूचीबद्ध शेयर (लिस्टेड शेयर)

वे शेयर, जो स्टॉक एक्सचेंज में खरीद-बिक्री (ट्रेडिंग) के लिए दर्ज होते हैं, 'सूचीबद्ध शेयर' या 'लिस्टेड शेयर' कहलाते हैं। इनके साथ निम्न सुविधाएँ जुड़ी होती हैं—

- स्टॉक एक्सचेंज के माध्यम से वास्तविक बाजार कीमत पर इनका लेन-देन किया जा सकता है।
- इन्हें कभी भी तरलता (लिक्विडिटी) में बदला जा सकता है।
- इनकी कीमतों का सही मूल्यांकन होता है।
- इनकी कीमतों के बारे में लगातार जानकारी उपलब्ध होती है।
- इनकी कंपनियों के बारे में सूचनाएँ उपलब्ध रहती हैं।
- स्टॉक एक्सचेंज इन शेयरों के नियमानुसार लेन-देन पर कड़ी नजर रखता है।

मर्चेंट बैंक

ये कमर्शियल बैंक से अलग होते हैं। इनका कारोबार इंपोर्ट-एक्सपोर्ट ट्रेडिंग (आयात-निर्यात खरीद-बिक्री) तथा कंपनियों, उद्योग-धंधों के लिए देश-विदेश से वित्तीय संसाधन इत्यादि जुटाना होता है। ये मर्चेंट बैंक कंपनियों की तरफ से शेयर व डिबेंचर भी जारी करते हैं तथा उन्हें अंडरराइट की सुविधा देते हैं। ये कंपनियों के अधिग्रहण तथा विलय (टेकओवर व मर्जर) में भी शामिल रहते हैं। मोटे तौर पर इन्हें कंपनियों का 'कंसल्टेंट भागीदार' कहा जा सकता है।

म्यूचुअल फंड (साझा कोष)

ये फंड (कोष) निवेश कंपनियों तथा बैंकों द्वारा चलाए जाते हैं। ये म्यूचुअल फंड निवेशकों के धन को विभिन्न प्रकार की सिक्यूरिटी जैसे कि शेयर, डिबेंचर, बांड इत्यादि में निवेश करते हैं। ऐसे फंड में निवेश का समय एक निश्चित अवधि अथवा ओपन एंडेड (निर्बंध) हो सकता है। म्यूचुअल फंड के निवेशकों को यह सुविधा होती है कि शेयर बाजार की जटिल तकनीकी जानकारियों से अवगत हुए बिना वे इसमें निवेश कर सकते हैं। इसमें निवेशक से जुड़े खतरे की कमी के साथ आकर्षक डिविडेंड तथा संतोषजनक रिटर्न मिलता है। म्यूचुअल फंड के प्रबंधक निवेशकों के धन को विभिन्न प्रकार की सिक्यूरिटीज तथा विभिन्न प्रकार की कंपनियों में लगाते हैं, जिससे निवेश से जुड़ा खतरा कम हो जाता है। निवेशकों द्वारा शेयर बाजार में सीधे निवेश की तुलना में म्यूचुअल फंड की मार्फत निवेश में जोखिम कम होता है।

नेट असेट वैल्यू (N.A.V.)

किसी भी म्यूचुअल फंड द्वारा निवेश की गई पूँजी की सिक्यूरिटीज की बाजार कीमत में से सारी देनदारी निकालने के पश्चात् प्रति सिक्यूरिटी जो मूल्य आता है, वह उस म्यूचुअल फंड की 'नेट असेट वैल्यू' कहलाता है। सिक्यूरिटीज की बाजार कीमतों में बदलाव आने पर नेट असेट वैल्यू में भी परिवर्तन आता है। 'एन.ए.वी.' में वृद्धि निवेशकों के लाभ को दरशाती है तथा म्यूचुअल फंड प्रबंधकों की क्षमता का प्रदर्शन भी इससे परिलक्षित होता है।

रिस्क (जोखिम) क्या है?

शेयर बाजार में निवेश के साथ हानि-लाभ जुड़ा रहा है। हानि की संभावना को 'जोखिम' (रिस्क) कहा जाता है। इस प्रकार किए गए निवेश में निम्न संभावित जोखिम जुड़े होते हैं—

- कंपनी को लाभ नहीं होने की स्थिति में कोई डिविडेंड घोषित नहीं किया जाना।
- कंपनी को अपेक्षित लाभ न होने की स्थिति में काफी कम डिविडेंड घोषित किया जाना।
- लंबे समय तक शेयरों की कीमतों में परिवर्तन न हो अथवा शेयरों की कीमतों में आई गिरावट में लंबे समय तक सुधार न हो।
- कंपनी व्यापार में असफल हो जाए तथा कंपनी बंद करनी पड़े, ऐसी स्थिति में शेयरधारकों की लगभग सारी पूँजी घाटे में चली जाती है।

□

3

सेकंडरी मार्केट के मायने

जानिए सेकंडरी मार्केट की कार्य-प्रणाली

प्राइमरी मार्केट (प्राथमिक बाजार) में एक बार कंपनी द्वारा आई.पी.ओ. अथवा पब्लिक इश्यू, राइट इश्यू इत्यादि लाए जाने के पश्चात् निवेशकों को आवंटित किए गए शेयर की खरीद-फरोख्त (ट्रेडिंग) स्टॉक एक्सचेंज में सूचीबद्ध होने के बाद सेकंडरी मार्केट में होती है। जहाँ प्राथमिक बाजार में कंपनी शेयर बेचती है तथा निवेशक शेयर खरीदते हैं, वहीं सेकंडरी मार्केट में विभिन्न निवेशक (संस्थागत तथा रिटेल निवेशक) आपस में शेयरों की ट्रेडिंग करते हैं। कई बार कंपनी अपने खुद के शेयर भी सेकंडरी मार्केट के द्वारा निवेशकों से खरीदती है। स्टॉक एक्सचेंज एकमात्र ऐसा अधिकृत संस्थान है, जिसके तत्त्वावधान में सेकंडरी मार्केट में सिक्यूरिटीज की ट्रेडिंग होती है।

स्टॉक एक्सचेंज क्या है?

भारत में स्टॉक एक्सचेंज परंपरागत रूप से ब्रोकर्स तथा बाजार-विशेषज्ञों का एसोसिएशन है। आम जनता तथा वित्तीय संस्थानों द्वारा सिक्यूरिटीज की ट्रेडिंग (खरीद-फरोख्त) का नियमतः संचालन करने के लिए इसकी स्थापना की गई है। 'सिक्यूरिटीज एंड कॉण्ट्रेक्ट (रेग्यूलेशन) ऐक्ट-1956' के अंतर्गत स्टॉक एक्सचेंज भारत सरकार द्वारा मान्यता प्राप्त है।

दलाल (ब्रोकर)

ब्रोकर (दलाल) स्टॉक एक्सचेंज के लाइसेंसधारी सदस्य होते हैं, जो स्वयं के

लिए अथवा अपने क्लाइंट (ग्राहक) के लिए उसकी सहमति से सिक्यूरिटीज की ट्रेडिंग करते हैं। ये क्लाइंट से पूरे सौदे पर कमीशन चार्ज करते हैं। पूर्णकालिक ब्रोकर अपने क्लाइंट्स की सिक्यूरिटीज की निगरानी रखते हैं, उन्हें निवेश संबंधी सलाह देते हैं, क्लाइंट के पोर्टफोलिओ को प्लान करते हैं तथा उसका प्रबंधन करते हैं। वे अपने क्लाइंट को मार्जिन पर खरीदारी की सुविधा भी देते हैं।

सक्रिय बाजार (एक्टिव मार्केट)

जब सेकंडरी मार्केट में शेयरों की या कुछ विशेष शेयरों की ट्रेडिंग बड़ी मात्रा में बहुत कम समय में की जाती है तो इस स्थिति को 'सक्रिय बाजार' या 'एक्टिव मार्केट' कहा जाता है। इस बाजार में शेयरों की खरीद कीमत व बिक्री कीमत में काफी कम अंतर होता है। ऐसी स्थिति में वित्तीय संस्थानों द्वारा खरीदारी अथवा बिक्री बाजार-स्थिति पर विशेष प्रभाव नहीं डालती।

सक्रिय शेयर (एक्टिव शेयर)

वे शेयर जिनकी ट्रेडिंग प्रतिदिन तथा निरंतर होती है, 'सक्रिय शेयर' या 'एक्टिव शेयर' कहलाते हैं। प्रमुख कंपनियों के शेयर, जो आर्थिक तथा राजनीतिक घटनाओं के प्रति संवेदनशील होते हैं, इस श्रेणी में आते हैं। इसके विपरीत कई शेयर ऐसे होते हैं, जो स्टॉक एक्सचेंज में कभी-कभार ही खरीदे और बेचे जाते हैं। इनको खरीदार तथा बिक्रीकर्ता ढूँढ़ना सामान्यतः मुश्किल होता है। ये 'निष्क्रिय शेयर' या 'इनएक्टिव शेयर' कहलाते हैं। इनकी खरीद व बिक्री दरों में भी काफी अंतर होता है।

नर्वस मार्केट

जब शेयर बाजार में आर्थिक तथा राजनीतिक घटनाक्रम के चलते अस्थायी मंदी के दौर, अकाल, सरकारी नीति में बदलाव के चलते अनिश्चय का वातावरण छा जाता है तो इसे 'नर्वस मार्केट' द्वारा परिभाषित किया जाता है। ऐसी स्थिति में अमूमन शेयरों की कीमत में कुछ गिरावट आती है और खरीदार बाजार से बेरुखी दिखाते हैं।

आधारभूत विश्लेषक (फंडामेंटल एनालिस्ट)

'आधारभूत विश्लेषक' अथवा 'फंडामेंटल विश्लेषक' बाजार तथा क्षेत्र-विशेष के विशेषज्ञ होते हैं, जो किसी भी सिक्यूरिटी की कीमत के आकलन में फंडामेंटल तथा वैज्ञानिक नजरिया रखते हैं। किसी भी सिक्यूरिटीज की फंडामेंटल कीमत आँकने में इनकी सलाह ली जाती है।

आधारभूत विश्लेषण (फंडामेंटल एनालिसिस)

किसी भी कंपनी के व्यवसाय के आधारभूत कारकों का वैज्ञानिक अध्ययन के द्वारा उसके शेयर की कीमत का आकलन 'आधारभूत विश्लेषण' कहलाता है। विशेषज्ञ उद्योग की गति, कंपनी की बिक्री, संपत्ति, देनदारी, कर्ज, उत्पादन, बाजार में कंपनी का हिस्सा, कंपनी का प्रबंधन, कंपनी के प्रतिद्वंद्वी इत्यादि तथ्यों का अध्ययन करके तथा कंपनी की बैलेंस शीट, लाभ-हानि लेखा तथा वित्तीय अनुपातों का साल-दर-साल अध्ययन करके कंपनी तथा उसके शेयर का आधारभूत विश्लेषण करते हैं। किसी कंपनी में लंबे दौर के निवेश करने हेतु यह जानकारी बहुत महत्त्वपूर्ण होती है। यद्यपि कम समय में निवेश हेतु इस जानकारी का समुचित उपयोग नहीं किया जा सकता है।

वित्तीय अनुपात (फाइनेंशियल रेशियो)

किसी भी कंपनी के व्यवसाय तथा उसके वित्तीय स्वास्थ्य को मापने के मानक होते हैं—'वित्तीय अनुपात'। इनमें प्रमुख हैं—करेंट रेशियो, प्राइस टू अर्निंग रेशियो, अर्निंग/इक्विटी रेशियो, प्राइस/बुक वैल्यू रेशियो, कर पूर्व लाभ/बिक्री रेशियो, क्विक रेशियो इत्यादि। इन विभिन्न अनुपातों को ज्ञात करने में बुक वैल्यू, डिविडेंड कवर, करेंट यील्ड, ई.पी.एस., वैलेटिलिटी इत्यादि का उपयोग होता है।

कर पूर्वलाभ/बिक्री अनुपात

किसी कंपनी के निश्चित अवधि के दौरान किए गए बिजनेस द्वारा कर पूर्व अर्जित लाभ तथा इस अवधि के दौरान की गई बिक्री का अनुपात एक महत्त्वपूर्ण सूचकांक होता है। यह सूचकांक कंपनी की सक्षमता को दरशाता है। उदाहरण के तौर पर, टी.वी. बनानेवाली दो कंपनियाँ 'ए' तथा 'बी' ने एक निश्चित अवधि (तीन माह) के दौरान किए गए व्यापार का अध्ययन करने पर पाया कि कंपनी 'ए' का यह सूचकांक कंपनी 'बी' से अधिक है। इससे यह पता चलता है कि या तो कंपनी 'ए' के उत्पाद पर लागत दर कम है अथवा उसकी बिक्री ज्यादा है। दोनों ही बातें कंपनी 'ए' की अधिक सक्षमता दरशाती हैं।

रिटेंड अर्निंग (आय अधिकार में रखना)

कंपनी अपनी अर्जित आय का कुछ हिस्सा भविष्य के विस्तार व आकस्मिक आवश्यकता के लिए रोक लेती है तथा उसे डिविडेंड के रूप में शेयरधारकों में वितरित नहीं करती। यह अतिरिक्त लाभ सरप्लस या रिजर्व के रूप में कंपनी के पास जमा रहता है।

प्राइस अर्निंग मल्टीपल (पी/ई अनुपात)

'प्राइस अर्निंग मल्टीपल' या 'रेशियो' पी/ई कंपनी के शेयर की कीमत तथा शेयर द्वारा अर्जित आय का अनुपात है। किसी कंपनी का तीन से पाँच वर्षों की अवधि के दौरान उस कंपनी के शेयर की औसत कीमत तथा उस शेयर द्वारा अर्जित लाभ का अनुपात पी/ई निवेशकों के लिए महत्त्वपूर्ण सूचकांक होता है।

यदि यह सूचकांक उच्च स्तर पर हो (20 से 25 के आसपास) तो यह दरशाता है कि निवेशक इस शेयर को ज्यादा महत्त्व दे रहे हैं। यदि दो शेयरों की तुलना करें तथा एक निश्चित अवधि (एक वर्ष) के दौरान उनके द्वारा अर्जित आय (प्रॉफिट) समान हो, परंतु उनका पी/ई अनुपात भिन्न हो तो यह कहा जा सकता है कि जिस शेयर का पी/ई अनुपात ज्यादा है, तो उस कंपनी ने निवेशकों का विश्वास अधिक अर्जित किया है।

यह सूचकांक यह भी दरशाता है कि किसी शेयर को बाजार में कितना ऊँचा आँका गया है। शेयर की औसत कीमत को उसके द्वारा अर्जित आय के अनुपात से यह सूचकांक प्राप्त होता है। बाजार में जिन शेयरों को ऊँचा आँका जाता है, उन शेयरों का पी/ई अनुपात ज्यादा होता है। विभिन्न कंपनियों को औसत पी/ई अनुपात निवेश पत्रिकाओं में दरशाया जाता है। यह आवश्यक नहीं है कि जिस कंपनी के शेयर का पी/ई अनुपात ज्यादा हो, उसका भविष्य निश्चित ही अच्छा होगा; क्योंकि कई बार वे कंपनियाँ, जिनके शेयरों की मार्केट में बहुत कम ट्रेडिंग होती है, लंबे समय तक ऊँचा पी/ई अनुपात अथवा निम्न पी/ई अनुपात दरशाती हैं। इस सूचकांक का सही उपयोग सक्रिय शेयरों के प्रदर्शन को आँकने में किया जा सकता है।

निश्चित अवधि के दौरान किसी शेयर की औसत कीमत को उस अवधि के दौरान उस शेयर द्वारा अर्जित आय (EPS) से भाग दिया जाए तो उस शेयर का पी/ई रेशियो प्राप्त होता है।

$$\text{पी/ई} = \frac{\text{शेयर की औसत कीमत}}{\text{प्रति शेयर आमदनी}}$$

आय बनाम इक्विटी अनुपात (अर्निंग टू इक्विटी रेशियो)

कर (टैक्स) पश्चात् लाभ में से प्रिफरेंशियल शेयर का डिविडेंड निकालने के बाद बची हुई राशि को इक्विटी शेयर कैपिटल प्लस कंपनी के रिजर्व से भाग दिया जाए और प्राप्तांक को 100 से गुणा किया जाए तो यह रेशियो प्राप्त होता है।

$$\frac{\text{कर पश्चात् अर्निंग (E)—प्रिफरेंशियल डिविडेंड (PD)}}{\text{इक्विटी कैपिटल (EC)+ रिजर्व (R)}} \times 100$$

इसे क्यों देखा जाए? क्योंकि यह रेशियो (अनुपात) दरशाता है कि कोई कंपनी

अपनी पूँजी (कैपिटल) का लाभ कमाने में कितना बेहतर ढंग से उपयोग कर रही है।

नकद अनुपात (कैश रेशियो)

किसी कंपनी के पास जमा नकदी तथा जमा सिक्यूरिटीज को उस कंपनी की कुल देनदारियों से भाग दिया जाता है तो यह 'कैश रेशियो' (नकद अनुपात) प्राप्त होता है। इससे यह पता चलता है कि कोई कंपनी अपनी देनदारियाँ कितनी जल्दी चुकता कर सकती है।

तकनीकी विश्लेषक (टेक्निकल एनालिस्ट)

फंडामेंटल विश्लेषकों की तरह तकनीकी विश्लेषक भी सिक्यूरिटी की कीमतों का अध्ययन करते हैं। तकनीकी विश्लेषक विश्वास करते हैं कि सिक्यूरिटीज की कीमतें मोटे तौर पर सिक्यूरिटीज की माँग तथा आपूर्ति पर निर्भर करती हैं। इनका विश्वास होता है कि सिक्यूरिटीज की कीमतों के दैनिक उतार-चढ़ाव को नजरअंदाज किया जाए तो शेयर कीमतें एक दृष्टिगोचर पैटर्न (अंदाज लगाने योग्य तरीका) पर चलती हैं तथा लंबे समय के अध्ययन से इसे पहचाना जा सकता है; इनका मानना होता है कि शेयर की कीमतों का ट्रेंड बार-बार दोहराया जाता है। क्योंकि निवेशक की मानसिकता एक निश्चित पैटर्न की होती है। अत: जो ट्रेंड पहले घटित हुआ है, उसका दोहराव आगे भी होगा। तकनीकी विश्लेषक किसी कंपनी या सेक्टर की आधारभूत मजबूती या कमजोरी को न आँककर निवेशकों की मानसिकता तथा कीमतों के प्रदर्शन का अध्ययन करते हैं।

मंदड़िए (बीयर)

शेयर बाजार के वे ऑपरेटर या खिलाड़ी, जो शेयरों की तेजी से बिकवाली कर लाभ कमाने की फिराक में रहते हैं, ये ऑपरेटर शेयरों की तेज बिकवाली करके शेयरों की कीमतें गिराते हैं तथा घटी हुई कीमतों पर पुन: शेयर खरीदते हैं। शेयर बाजार की भाषा में इन्हें 'बीयर' या 'मंदड़िए' कहा जाता है।

मंदी का बाजार (बीयर मार्केट)

जब बाजार में लंबे समय तक बिकवाली के दबाव के चलते शेयरों की कीमतों में गिरावट का दौर रहता है तो इसे 'बीयर मार्केट' या 'मंदी का बाजार' कहा जाता है। ऐसी स्थिति सरकार की औद्योगिक व आर्थिक नीति में परिवर्तन, सरकार की कीमतों पर नियंत्रण की नीति, बाढ़ या अकाल जैसी प्राकृतिक आपदा, मुक्त आयात, सरकार के बदल जाने, आयकर विभाग द्वारा व्यापक छापे या बीयर (मंदड़िए द्वारा योजनाबद्ध तरीके

से की गई गतिविधियों) के कारण हो सकती है।

स्टैग

वे लोग जो प्राय: सेकंडरी मार्केट में निवेश नहीं करते, बल्कि प्राथमिक बाजार में ही निवेश करते हैं, 'स्टैग' कहलाते हैं।

ए-डी इंडेक्स (एडवांस डिक्लाइन इंडेक्स)

यह शेयर बाजार के ट्रेंड को मापने का पैमाना है। शेयर बाजार तेजड़ियों (बुल) के नियंत्रण में है या मंदड़ियों (बीयर्स) के नियंत्रण में है, इसका अंदाजा इस इंडेक्स के द्वारा लगता है। किसी दिन ट्रेड हुए शेयर में से वृद्धिवाले शेयरों की संख्या को गिरावटवाले शेयरों की संख्या से विभाजित करने पर यह इंडेक्स प्राप्त होता है। उदाहरण के तौर पर, किसी दिन विभिन्न सेक्टर की कुल 800 कंपनियों की ट्रेडिंग हुई, जिसमें 600 शेयरों में उछाल आया तथा 200 शेयरों में गिरावट दर्ज की गई—

$$\frac{600}{200} = 3$$

इस प्रकार उस दिन का ए-डी इंडेक्स 3 हुआ। यह दरशाता है कि उस दिन शेयर बाजार तेजड़ियों (बुल्स) के प्रभाव में रहा। ए-डी इंडेक्स एक से अधिक होने पर तेजड़ियों (बुल्स) का प्रभाव तथा एक से कम होने पर मंदड़ियों (बीयर्स) का प्रभाव दरशाता है।

रैली

शेयर बाजार में गिरावट अथवा ठहराव के दौर के पश्चात् जब शेयरों की कीमतों में वृद्धि का दौर आता है तथा शेयर बाजार का सूचकांक बढ़ने लगता है तो इसे बाजार की भाषा में 'रैली' कहा जाता है।

दैनिक व्यापार (डे ट्रेडिंग)

शेयर के भावों में दैनिक उतार-चढ़ाव को ध्यान में रखकर इससे लाभ कमाने हेतु किसी कंपनी के शेयरों को एक ही दिन में खरीदकर बेचने (ट्रेडिंग) को 'दैनिक व्यापार' अथवा 'डे-ट्रेडिंग' कहते हैं।

शेयरों की कीमत बाजार में कैसे आँकी जाती है?

फंडामेंटल नजरिए से शेयर का मूल्यांकन किया जाए तो निवेशक किसी भी शेयर

की वह कीमत तय करता है, जो उसके अनुसार उस शेयर में छिपे हुए लाभ के अनुसार अनुकूल हो। यहाँ छिपे हुए लाभ से तात्पर्य है कि कोई निवेशक जिस अवधि के लिए उस शेयर में निवेश करना चाहता है, उस अवधि में वह शेयर कितना डिविडेंड देगा तथा उस शेयर की बाजार कीमत में कितनी अनुमानित वृद्धि होगी। इस नजरिए से निम्नलिखित फॉर्मूला बनाया जा सकता है—

$$P = \frac{D}{K-g}$$

यहाँ P – निवेश करने के प्रारंभ में शेयर की बाजार कीमत।

D – अपेक्षित अवधि, जिसके लिए निवेश किया जाता है।

K – निवेशक द्वारा अनुमानित शेयर की बाजार कीमत में हुई वृद्धि द्वारा अर्जित रिटर्न की दर।

g – शेयर द्वारा प्राप्त डिविडेंड वृद्धि की दर।

यह फॉर्मूला '**गोर्डंस कांस्टेट डिविडेंड ग्रोथ रेट मॉडल**' कहलाता है। यह इस विचार पर आधारित होता है कि डिविडेंड एक निश्चित दर से वृद्धि करता है।

किसी भी कंपनी की भविष्य में होनेवाली आय कई बातों पर निर्भर करती है और इसी के अनुसार उस कंपनी द्वारा अपने शेयरों पर दिया जानेवाला डिविडेंड भी अनिश्चित होता है। चूँकि भविष्य में दिए जानेवाले डिविडेंड का पूर्वानुमान नहीं लगाया जा सकता है, अत: गणना के लिए एक तरीका यह है कि डिविडेंड वृद्धि की दर को स्थायी माना जाए।

कर्ब ट्रेडिंग

कई बार सिक्यूरिटीज का ट्रांजेक्शन ट्रेडिंग के आधिकारिक समय के पश्चात् भी होता है, नियमत: यह गैर-कानूनी है। ऐसी गैर-कानूनी ट्रेडिंग, जो स्टॉक एक्सचेंज के दायरे से बाहर की जाती है, वह 'कर्ब ट्रेडिंग' कहलाती है, जिसे 'ग्रे ट्रेडिंग' भी कहते हैं।

अल्फा फैक्टर

यह फैक्टर किसी शेयर की अंदरूनी स्थिरता को दरशाता है। उदाहरण के तौर पर, यदि कोई शेयर जिसका अल्फा फैक्टर 1.5 हो—अर्थात् इस शेयर की कीमत में एक वर्ष में 50 प्रतिशत का उछाल इसकी अंदरूनी मजबूती के चलते आ सकता है तथा यह बाजार के ट्रेंड से भी अप्रभावित रहता है।

बीटा फैक्टर

यह फैक्टर किसी शेयर अथवा किसी सेक्टर के शेयरों का बाजार की गतिविधियों की तुलना में प्रदर्शन है। बीटा फैक्टर के कारण बाजार में आए उतार-चढ़ाव के अनुपात में शेयर की कीमतों में परिवर्तन होता है। यदि किसी शेयर का बीटा फैक्टर 2 है—अर्थात् शेयर सूचकांक (इंडेक्स) में आए परिवर्तन की तुलना में इस शेयर में दो गुना परिवर्तन नजर आता है। उदाहरण के लिए, यदि शेयर सूचकांक में 10 प्रतिशत की वृद्धि हुई तो इस शेयर की कीमतों में 20 प्रतिशत की वृद्धि हुई या शेयर मार्केट 10 प्रतिशत से गिरा तो यह 20 प्रतिशत से गिरा। यदि किसी शेयर का बीटा फैक्टर 0.5 है—अर्थात् शेयर बाजार में 10 प्रतिशत की वृद्धि अथवा गिरावट दर्ज होने पर इस शेयर की कीमतों में 5 प्रतिशत की वृद्धि या गिरावट दर्ज होगी।

कैपिटल एप्रिसिएशन

शेयर की कीमत में वृद्धि से परिसंपत्ति (assets) के मूल्य में हुई वृद्धि 'कैपिटल एप्रिसिएशन' कहलाती है।

आर्बीट्रेज

कई शेयर एक से अधिक स्टॉक एक्सचेंजों में सूचीबद्ध होते हैं तथा विभिन्न स्टॉक एक्सचेंजों में इनकी कीमतों में थोड़ा अंतर भी रहता है। इस स्थिति का लाभ उठाकर की गई खरीद-फरोख्त द्वारा अर्जित लाभ को 'आर्बीट्रेज' कहते हैं। आर्बीट्रेजर कम कीमत पर एक स्टॉक एक्सचेंज से शेयर खरीदता है तथा तुरंत ही जिस एक्सचेंज में उस शेयर की कीमत थोड़ी अधिक मिलती है, वहाँ उसे बेच देता है। इस तरह वह लाभ अर्जित करता है।

अर्जित लाभ (कैपिटल गेन)

किसी भी सिक्यूरिटीज/एसेट की बिक्री द्वारा हुए लाभ को 'अर्जित लाभ' अथवा 'कैपिटल गेन' कहते हैं। कैपिटल गेन का आकलन शॉर्ट टर्म तथा लॉन्ग टर्म नजरिए से किया जाता है।

क्लोजिंग प्राइस

स्टॉक एक्सचेंज में शेयर के दैनिक कारोबार समाप्त होने पर दर्ज की गई अंतिम कीमत उस शेयर की 'क्लोजिंग प्राइस' कहलाती है। अर्थात् क्लोजिंग प्राइस पर उस शेयर का उस दिन अंतिम लेन-देन दर्ज हुआ।

कॉण्ट्रेक्ट नोट

यह शेयर दलाल तथा निवेशक के बीच लिखित दस्तावेज होता है, जिसमें शेयरों की खरीद-बिक्री, शेयरों की संख्या, शेयरों के प्रकार तथा खरीद-बिक्री की प्रस्तावित कीमत का जिक्र होता है। इसमें शेयर दलाल के कमीशन का भी जिक्र होता है। यह महत्त्वपूर्ण दस्तावेज निवेशक को सँभालकर रखना चाहिए, क्योंकि कभी शेयरों की खरीद-फरोख्त में अनियमितता होने पर यह लिखित सबूत का काम करता है।

हेजिंग

'हेजिंग' एक ऐसी प्रक्रिया (मेकैनिज्म) है जिसके द्वारा निवेश से जुड़े जोखिम को कम किया जाता है। निवेशक अपनी कुल पूँजी को विभिन्न प्रकार के एसेट्स में निवेश करता है—जैसे कई कंपनियों के शेयर, डिबेंचर, बांड, सोना-चाँदी, रियल एस्टेट इत्यादि। ताकि किसी एक निवेश से नुकसान हो तो दूसरे निवेश में फायदा हो। इस प्रक्रिया द्वारा निवेश से जुड़ी जोखिम को कम किया जा सकता है।

सट्टा (स्पेक्यूलेशन)

किसी कंपनी के शेयरों की कीमत में कम अवधि में होनेवाले उतार-चढ़ाव की संभावना को ध्यान में रखकर जब निवेशक शेयरों की खरीद या बिक्री करता है तो इसे 'स्पेक्यूलेशन' अथवा 'सट्टा' कहते हैं। स्पेक्यूलेशन में निवेशक कम अवधि में अधिक लाभ कमाने के लिए अधिक जोखिम उठाता है तथा उसके द्वारा निवेश की गई पूँजी भी दाँव पर लगी होती है।

मार्जिन पर खरीद या लिवाली (मार्जिन बाइंग)

मार्जिन खरीद की सुविधा शेयर ब्रोकर द्वारा अपने क्लाइंट (ग्राहक) को प्रदान की जाती है। इस सुविधा के तहत क्लाइंट को अपने पूरे लेन-देन (ट्रांजेक्शन) का कुछ प्रतिशत (20 प्रतिशत, 25 प्रतिशत, 30 प्रतिशत इत्यादि) नकद के रूप में ब्रोकर के पास जमा करना पड़ता है। उसके बाद ही वह क्लाइंट को पूरे ट्रांजेक्शन की सुविधा मिलती है।

बाजार में हिस्सेदारी (मार्केट शेयर)

बाजार के कुल लेन-देन में किसी कंपनी के शेयरों की खरीद-फरोख्त के हिस्से को उस कंपनी की बाजार में 'हिस्सेदारी' कहा जाता है।

डेरिवेटिव

'डेरिवेटिव' सौदों का वह प्रकार है, जिनकी अपनी स्वतंत्र कीमत नहीं होती, अपितु इनकी कीमत इन सौदों के तहत सिक्यूरिटीज, कॉमोडिटी, बुलियन (सोना-चाँदी), करेंसी इत्यादि में निहित होती है। स्टॉक एक्सचेंज में दो प्रकार के डेरिवेटिव प्रोडक्ट की ट्रेडिंग होती है—ये हैं फ्यूचर एंड ऑप्शन।

वोलेटाइल शेयर

वे शेयर, जिनमें बहुत जल्दी उतार-चढ़ाव आते हैं, 'वोलेटाइल शेयर' कहलाते हैं। यदि किसी शेयर में यह स्थिति उस कंपनी के अंदरूनी कारणों से आती है, तो उसे 'अल्फा फैक्टर' द्वारा मापा जाता है। इसके विपरीत, यदि किसी शेयर में यह स्थिति बाजार की परिस्थितियों से पैदा होती है तो इसे 'बीटा फैक्टर' द्वारा मापा जाता है। किसी शेयर की वोलेटिलिटी मापने का सूत्र है—

$$\frac{H-L}{L} \times 100$$

H - शेयर की अधिकतम कीमत

L - शेयर की न्यूनतम कीमत

उदाहरण के लिए यदि किसी शेयर की अधिकतम कीमत 100 है और न्यूनतम कीमत 40 है तो वोलेटिलिटी होगी—150%

$$\frac{100-40}{40} \times 100 = 150\%$$

एक्सपोजर

किसी कंपनी के एक्सपोजर से तात्पर्य यह है कि विदेशी मुद्रा विनिमय दर में आए परिवर्तन से उस कंपनी को कितना फायदा या नुकसान हो सकता है। उदाहरण के लिए, किसी कंपनी का 80 प्रतिशत व्यापार भारत में है तथा 20 प्रतिशत बाहरी देशों से है। चूँकि बाहरी देशों से व्यापार-विनिमय विदेशी मुद्रा में किया जाता है, अत: विदेशी मुद्रा की दर में आया हुआ परिवर्तन उस कंपनी के 20 प्रतिशत व्यापार को प्रभावित करेगा। शेष 80 प्रतिशत व्यापार विदेशी मुद्रा की दर में आए परिवर्तन से अप्रभावित होगा—अर्थात् उस कंपनी का एक्सपोजर 20 प्रतिशत है। किसी कंपनी के एक्सपोजर तीन प्रकार के होते हैं—'इकोनॉमिक एक्सपोजर', 'ट्रांजेक्शन एक्सपोजर' व 'एकाउंटिंग एक्सपोजर'।

□

4

शेयर होल्डर होने से लाभ

यदि आपके पास शेयर्स हैं तो इसका मतलब है आपको शेयर होल्डर होने के कई लाभ मिलेंगे। आइए जानते हैं उनके बारे में—

भागीदार (ओनरशिप)

किसी कंपनी के शेयर खरीदकर शेयर होल्डर न सिर्फ आर्थिक लाभ उठाता है, बल्कि वह उस कंपनी का भागीदार भी बन जाता है। इसका मतलब जब कोई व्यक्ति किसी कंपनी का शेयर होल्डर हो जाता है तो कंपनी अपने निर्णयों में शेयर होल्डर को भी शामिल करती है। शेयर होल्डर के पास किसी कंपनी के शेयरों की संख्या उस कंपनी में उसकी आंशिक भागीदारी को दरशाती है। ज्यादातर मामलों में कंपनी की मीटिंग में शेयर होल्डर को उसके शेयरों के अनुपात में वोट देने का अधिकार होता है। कुछ कंपनियों में विशेष कानून के तहत वोटिंग एवं भागीदारी संबंधी अधिकार प्रतिबंधित हैं और उनके निवेशकों के लिए अलग नियम हैं। शेयर होल्ड करके किसी कंपनी का भागीदार बनना उन लोगों में गर्व की भावना पैदा करता है, जिनके पास खुद की कंपनी स्थापित करने के लिए समुचित धन नहीं है।

ओनरशिप यानी भागीदारी का मतलब यह नहीं है कि जिस व्यक्ति के पास किसी कंपनी के 100 शेयर हैं, तो वह कंपनी के ऑफिस में जाएगा और कंपनी का बिजनेस चलाएगा। शेयर होल्डर के पास सीमित अधिकार होते हैं; लेकिन उसके पास यह अधिकार हमेशा रहता है कि वह अपने आपको कंपनी का भागीदार कह सके।

सूचना का लाभ

यदि आप किसी कंपनी के शेयर होल्डर हैं तो आपको कंपनी के पूरे काम-काज और उससे जुड़ी प्रत्येक सूचना मिलती है। आपको लगातार यह सूचना मिलती रहती है कि कंपनी का काम-काज कैसा चल रहा है और वह कैसी स्थिति में है। इसका लाभ यह होता है कि शेयर होल्डर कंपनी द्वारा मिली सूचनाओं के आधार पर महत्त्वपूर्ण निर्णय ले सकता है। हालाँकि शेयर होल्डर कंपनी के दैनिक कार्य को नियंत्रित नहीं करता है, लेकिन उसे कंपनी द्वारा लिये गए महत्त्वपूर्ण निर्णयों की सूचना दी जाती है और जिन मामलों में शेयर होल्डर की सहमति की जरूरत होती है, वहाँ उनकी सहमति से ही कंपनी कार्य को आगे बढ़ाती है। कंपनी द्वारा शेयर होल्डर को दी जानेवाली सूचनाओं में कंपनी के विकास के लिए किए गए महत्त्वपूर्ण निर्णय, तिमाही रिपोर्ट तथा ऐसी कई अन्य महत्त्वपूर्ण सूचनाएँ होती हैं, जो शेयर होल्डर को सही निर्णय लेने में मदद करती हैं।

लाभांश (डिविडेंड) का फायदा

कंपनी द्वारा घोषित किए गए डिविडेंड पर निवेशक का अधिकार होता है। यदि शेयर होल्डर के पास कंपनी द्वारा निर्धारित रिकॉर्ड डेट तक उस कंपनी के शेयर हैं तो वह कंपनी द्वारा मिलनेवाले डिविडेंड का अधिकारी होता है।

जनरल मीटिंग में शामिल होने तथा वोटिंग के अधिकार का अवसर

कंपनी विभिन्न मुद्दों पर विचार-विमर्श करने के लिए अपने शेयर होल्डरों की वार्षिक जनरल मीटिंग या असामान्य जनरल मीटिंग आयोजित करती है। इन मीटिंगों में न सिर्फ विभिन्न मुद्दों पर विचार-विमर्श होता है, अपितु इन मुद्दों पर वोटिंग भी करवाई जाती है। मीटिंग में शेयर होल्डर को यह अधिकार दिया जाता है कि वह विभिन्न मुद्दों पर अपनी बात कंपनी के सामने रखे; लेकिन इसका अधिकार उस व्यक्ति के पास कंपनी के शेयरों के अनुपात पर निर्भर करता है।

पूरे वर्ष के दौरान कंपनी जिन विभिन्न मुद्दों से रूबरू होती है, उनमें बहुत से ऐसे मुद्दे (इश्यू) होते हैं, जिन पर सदस्यों की सहमति की आवश्यकता होती है। यदि किसी मुद्दे पर असहमति बनती है तो सहमति के लिए वोटिंग करवाई जाती है। शेयर होल्डर कंपनी के वास्तविक निर्णयों में भाग लेने का अधिकारी होता है। हालाँकि बहुत से मामलों में ऐसा भी होता है कि कुछ निवेशकों का किसी मुद्दे पर अलग नजरिया होने के बावजूद उन्हें बहुसंख्य निवेशकों की मरजी पर अपनी सहमति देनी पड़ती है। ऐसा

इसलिए होता है, क्योंकि उनके पास शेयरों की संख्या काफी कम होने के कारण उनका प्रभाव भी काफी कम होता है।

फिर भी, प्रत्येक शेयर होल्डर को अपने वोटिंग के अधिकार का सावधानी से उपयोग करना चाहिए। हालाँकि कोई एक व्यक्ति निर्णय को नहीं बदल सकता है; लेकिन यदि बहुत बड़ी संख्या में शेयर होल्डर एक साथ उपस्थित हों तो किसी भी मुद्दे पर अच्छा-खासा प्रभाव डाल सकते हैं।

अतिरिक्त शेयरों का लाभ

कंपनियाँ समय-समय पर अपने शेयरधारकों (शेयर होल्डर्स) को अपनी अतिरिक्त शेयर होल्डिंग से कुछ-न-कुछ रिवॉर्ड देती रहती हैं। जब कंपनी राइट इश्यू जारी करती है, तब उस पर सबसे पहला अधिकार कंपनी के शेयरधारकों का होता है। यदि शेयरधारक राइट इश्यू लेने से मना कर देते हैं, तब उसे किसी बाहरी व्यक्ति को दिया जाता है। राइट इश्यू के रूप में शेयर होल्डर को कंपनी बहुत बड़ा लाभ देती है, क्योंकि वे राइट इश्यू शेयर की तात्कालिक बाजार कीमत से कम पर शेयर होल्डर्स को मिलते हैं। इसी तरह बोनस शेयर के रूप में कंपनी अपने शेयरधारकों को उनके पास मौजूद शेयरों की संख्या के अनुपात में मुफ्त प्रदान करती है। उदाहरण के लिए, यदि रिलायंस इंडस्ट्रीज एक शेयर पर एक बोनस शेयर की घोषणा करती है तो इसका मतलब हुआ जिसके पास पहले से रिलायंस इंडस्ट्री के 20 शेयर हैं, उनके पास बोनस शेयर मिलने के बाद यह संख्या 40 हो जाएगी।

कंपनी के सरप्लस पर अधिकार

चूँकि शेयरधारक कंपनी का भागीदार होता है, इसलिए यदि कंपनी लिक्विडेशन में जाती है तो उसे सबसे आखिर में पैसा मिलता है। सभी देनदारियाँ चुकाने के बाद कंपनी के पास जितनी एसेट (पूँजी) बचती है, उसे शेयरधारकों में वितरित कर दिया जाता है।

शेयरों का स्थानांतरण

शेयरों की खरीद-बिक्री पर किसी तरह का कोई प्रतिबंध नहीं होता है। निवेशक अपनी मन-माफिक कीमत पर शेयर बेच सकता है, यदि उस कीमत पर कोई खरीदार तैयार है। यदि निवेशक किसी विशेष श्रेणी के अंतर्गत आता है तो उस पर प्रतिबंध होता है। उदाहरण के लिए, प्रमोटर्स को इश्यू किए जानेवाले शेयरों का लॉक-इन होता है। यानी उस विशेष श्रेणी के निवेशक को उन शेयरों को बेचने की अनुमति नहीं होती है।

पोस्टल बैलेट

पिछले कुछ वर्षों में ही पोस्टल बैलेट का कॉन्सेप्ट अस्तित्व में आया है। इससे निवेशकों को सबसे बड़ा लाभ यह हुआ है कि जनरल मीटिंग में बिना स्वयं उपस्थित हुए निवेशक कंपनी से जुड़े विभिन्न मुद्दों (इश्यू) पर वोट कर सकता है। बस, निवेशक को करना यह होता है कि कंपनी द्वारा भेजे गए पोस्टल बैलेट के द्वारा अपना वोट भेज देना होता है। इसका महत्त्व भी उतना ही होता है, जितना मीटिंग में उपस्थित निवेशकों द्वारा दी गई वोटिंग का होता है। कंपनी इस बैलेट में उन सभी रिजोल्यूशन (मुद्दों) का विवरण देती है और ये निर्णय क्यों लिये गए, उसका कारण भी बताती है। शेयरधारक को इसमें अपने शेयरों की संख्या तथा इन निर्णयों के पक्ष या विपक्ष में वोट देना होता है। इसके बाद पोस्टल बैलेट के साथ आए नाम-पतेवाले लिफाफे में इसे डालकर कंपनी को भेज देना होता है।

शेयरों में निवेश करने का लाभ

मूलधन की वृद्धि

यदि आपने शेयरों में पैसा लगाया है तो आपका मूलधन शेयरों के भाव में वृद्धि के साथ-साथ बढ़ता जाएगा और इसके साथ निवेशक को कंपनी के वार्षिक मुनाफे का कुछ भाग लाभांश के रूप में मिलता रहेगा। यह देखा गया है कि शेयर बाजार में किए गए निवेश से निवेशकों को सबसे ज्यादा रिटर्न (फायदा) मिलता है। यह सही है कि शेयर बाजार सबसे ज्यादा रिटर्न देनेवाला विकल्प है, लेकिन सबसे ज्यादा जोखिम भी यहीं पर है। इसलिए शेयर बाजार की पूरी जानकारी होना जरूरी है। निवेशक को पता होना चाहिए कि वह कौन सा शेयर खरीदे और कब उसे बेचे। कई बार तेजी के समय आपका मूलधन कई गुणा बढ़ जाता है, लेकिन वह वास्तविक नहीं होता है, जैसे वर्ष 2007 में कुछ शेयरों में 10 से 15 गुणा भी वृद्धि देखी गई। परंतु ऐसी वृद्धि स्थाई नहीं होती। हाँ यह सही है कि कम समय में मूलधन को 50 से 100 प्रतिशत तक बढ़ते देखना ही बहुत से लोगों का शेयर बाजार की ओर आकर्षित होने का कारण बना है। लेकिन बहुत कम लोग ही अपने मूलधन को दोगुना व चौगुना करने में सफल हो पाते हैं। कारण साफ है, शेयर बाजार को समझकर शेयर का विश्लेषण कर जो पैसा लगाते हैं, वे ही सफल हो पाते हैं। इसलिए बहुत जरूरी है कि पूरे धन को किसी एक शेयर में लगाने के बजाय उसे विभिन्न कंपनियों के शेयरों में लगाया जाए। कहने का मतलब है कि सभी अंडे एक ही बास्केट में न रखें, वरना समझिए आपका मूलधन खतरे में है।

विश्लेषकों के अनुसार, एक आम निवेशक अगर समझदारी और बाजार की

जानकारी के आधार पर काम ले तो तीन से पाँच वर्षों में अपना पैसा दोगुना कर सकता है। यह सही है कि कुछ लोग इससे दस गुना अधिक भी लाभ कमाते हैं और इतना गँवाते भी हैं कि उन्हें अपने घर तक बेचने पड़ते हैं। लेकिन लाभ या हानि इस बात पर निर्भर करता है कि आपके पास कितना अनुभव एवं जानकारी है और आप अपने निवेश पर कितना समय लगाते हैं। मूलधन में वृद्धि के लिए यदि फंडामेंटली अच्छी कंपनियों के शेयरों में लंबी अवधि को ध्यान में रखकर निवेश करें तो उसका सकारात्मक परिणाम मिलना तय है। इसको इस उदाहरण से समझा जा सकता है। विश्लेषक के अनुसार यदि किसी व्यक्ति ने वर्ष 1977 में रिलायंस इंडस्ट्रीज के आई.पी.ओ. में 1,000 रुपए निवेश किए थे तो उसकी कीमत वर्ष 2007 तक लगभग 10,40,000 रुपए हो गई तथा इस दौरान उस व्यक्ति को 40,000 रुपए लाभांश के रूप में भी मिले होंगे।

इस उदाहरण को पढ़कर आप यह मत समझिए कि शेयर बाजार में सिर्फ फायदा-ही-फायदा है। शेयर बाजार की दूसरी तसवीर भी है, जिसमें लाखों निवेशकों को अपना घर-बार गिरवी तक रखना पड़ा और वे दिवालिया हो गए। शेयर बाजार में हर्षद मेहता और केतन मेहता के वक्त आए 'बुल रन' में लाखों शेयर होल्डर बरबाद हो गए थे।

लाभांश की आमदनी

यदि आप शेयर होल्ड करके रखते हैं तो आपको लाभांश के रूप में आय होती है। कंपनी अपने वार्षिक मुनाफे का कुछ भाग लाभांश के रूप में शेयरधारकों को बाँटती है। इसे आमतौर पर शेयर की फेस वैल्यू के प्रतिशत या रुपए प्रति शेयर के हिसाब से दरशाया जाता है। उदाहरण के लिए, मान लीजिए कि आपके पास एन.टी.पी.सी. के 100 शेयर हैं और उस शेयर की फेस वैल्यू 10 रुपए है। अब अगर कंपनी 20 प्रतिशत या 2 रुपए प्रति शेयर लाभांश की घोषणा करती है तो आपको उन 100 शेयरों पर 200 रुपए मिलेंगे।

शेयर बाजार पूरी तरह सुरक्षित है

पहले लोग शेयर बाजार को सट्टा बाजार समझकर उससे किनारा करते थे, लेकिन अब यदि आप यहाँ अपनी पूँजी कंपनी के भविष्य के आसार ठीक जानकर किसी शेयर में डालते हैं तो आपके निवेश को बहुत कम खतरा है। सेबी की निगरानी में पूरी तरह कंप्यूटरीकृत हो गए इस बाजार में अब घोटाला संभव नहीं। इसलिए यदि आप विश्लेषण कर पैसा लगाएँ तो वह निवेश होगा और यदि सुनी-सुनाई बातों के आधार पर, तुक्के पर शेयरों की खरीद-फरोख्त करेंगे तो यह 'सट्टेबाजी' कहलाएगी। आपका

नजरिया निवेशक का होना चाहिए, न कि सट्टेबाज का; क्योंकि सट्टेबाज हमेशा इस ताक में रहता है कि वह शेयरों के दामों में होनेवाले उतार-चढ़ाव पर अल्पकालिक मुनाफा कमा ले और इसके लिए वह बहुत बड़ी राशि को उधार पर भी ले लेता है। जबकि निवेशक अपनी बचत की पूँजी का प्रयोग करता है। इसलिए निवेशक को चाहिए कि उसका मूल उद्देश्य शेयर के मूल्य में दीर्घकालीन वृद्धि और लाभांश के रूप में नियमित आमदनी का हो। यदि आप निवेशक बने रहेंगे तो कम खतरे में ज्यादा मुनाफा कमा सकेंगे। इसलिए यदि हमेशा दीर्घकालिक नजरिया (लॉन्ग टर्म एप्रोच) रखी जाए तो शेयरों में निवेश से होनेवाला लाभ सबसे अधिक होगा।

खरीद व बिक्री एकदम आसान

प्रत्येक व्यक्ति की यह चाहत होती है कि वह जहाँ निवेश करे, उससे उसे लाभ भी सबसे अच्छा मिले और यदि उसे पैसों की जरूरत पड़े तो वह तुरंत उस संपत्ति को बेच सके। हालाँकि प्रॉपर्टी, सोना, बैंक सावधि जमा, पी.पी.एफ. आदि कई ऐसे निवेश के प्रकार हैं, जो सुरक्षित भी हैं और लाभ (रिटर्न) भी अच्छा-खासा देते हैं। लेकिन यदि निवेशक को अचानक पैसों की जरूरत पड़े तो वह उपर्युक्त निवेश के विकल्प को यदि बाजार में बेचने जाएगा तो उसे एक तो इस प्रक्रिया में समय लगेगा, दूसरे उसे मन-माफिक कीमत भी नहीं मिल पाएगी। वहीं यदि निवेशक के पास शेयर हैं तो वह फोन द्वारा या कंप्यूटर पर एक क्लिक के द्वारा उन शेयरों को बेचकर उन्हें नकदी में बदल सकता है। निवेश की भाषा में इसे 'लिक्विडिटी' कहते हैं—अर्थात् 'सरल बिक्री'। आमतौर पर लोग वहीं निवेश पसंद करते हैं, जहाँ बिना किसी झंझट के, उसे तुरंत ही नकद पैसे में बदला जा सकता हो। दूसरी तरफ यदि आपके पास जायदाद या कोई मूल्यवान् वस्तु है तो उसकी सुरक्षा तथा बैंक सावधि जमा या ऋणपत्र (बांड) है तो पूर्व निर्धारित अवधि से पहले निवेश से बाहर निकलना घाटे का सौदा रहता है।

शेयरों में लगाया पैसा सुरक्षित है

अकसर लोग शेयर बाजार में इसलिए निवेश नहीं करते, क्योंकि उन्हें लगता है कि यहाँ पैसा सुरक्षित नहीं है। लेकिन यह धारणा बिलकुल गलत है। यहाँ आपकी पूँजी उतनी ही सुरक्षित रह सकती है, जितनी निवेश के अन्य पारंपरिक माध्यमों में। बस उसके लिए आपको कुछ नियमों का पालन करना होगा। आप दीर्घकालीन निवेश योजना की सहायता से बाजार में अस्थायी उतार-चढ़ाव से अपने निवेश को सुरक्षित रख सकते हैं। इसलिए यह कहना कि शेयर बाजार और शेयरों में लगाया हमारा पैसा असुरक्षित होता है, बिल्कुल बेबुनियाद तथ्य है।

शेयरों में निवेश से मिलती है विविधता

शेयरों में विविधता (डायवर्सिफिकेशन) का लाभ मिलता है। आप अपने निवेश को विभिन्न क्षेत्रों में काम करनेवाली अलग-अलग कंपनियों में बाँट सकते हैं। आप पूरा निवेश किसी एक क्षेत्र (सेक्टर की किसी एक कंपनी) में करने के बजाय अपनी पूँजी विविध क्षेत्रों (सेक्टर्स) में बाँटकर जोखिम को कम कर सकते हैं। उदाहरण के लिए, यदि आपने पावर (ऊर्जा क्षेत्र), इन्फ्रास्ट्रक्चर, फार्मा, रसायन, कैपिटल गुड्स, टेक्सटाइल जैसे विभिन्न क्षेत्रों में अपनी पूँजी को बाँटकर निवेश किया है तो यदि आज टेक्सटाइल सेक्टर में तेजी नहीं है और पावर सेक्टर में तेजी है, तो एक जगह से मिला फायदा आपके नुकसान की भरपाई कर देगा।

सँभालना सबसे सरल

जहाँ सोने-चाँदी आदि को सुरक्षित रखना पड़ता है तथा प्रॉपर्टी आदि पर टैक्स व अतिक्रमण जैसी समस्याओं से जूझना पड़ता है, वहीं शेयर को सँभालना बहुत सरल है। डी-मैट एकाउंट में आपके शेयर इलेक्ट्रॉनिक फार्म में एकदम सुरक्षित रहते हैं। अत: इनके चोरी होने, नष्ट होने या खो जाने का खतरा बिलकुल नहीं है। लेकिन यह बात जरूर है कि शेयरों को सँभालने में आप कई बातों का ध्यान रखें, जैसे—ब्रोकर से कॉण्ट्रेक्ट नोट लेना, अपनी डी.पी. स्लिप सँभालकर रखना, लाभांश का हिसाब रखना, कंपनियों के नतीजों से अवगत रहना, ताकि आप सही समय पर शेयरों को खरीदने व बेचने का निर्णय ले पाएँ। आप इसके लिए वित्तीय सलाहकार की सेवाएँ भी ले सकते हैं।

कम पूँजी के साथ भी ले सकते हैं प्रवेश

शेयर बाजार की तरफ आम आदमी के बढ़ते आकर्षण का एक और कारण यह है कि यहाँ कम पूँजी लगाकर भी निवेश किया जा सकता है। यही कारण है कि भारत में 5 करोड़ से ज्यादा शेयरधारकों में से ज्यादातर छोटे निवेशक हैं। चूँकि अब 'मार्केट लॉट' तथा 'ऑड लॉट प्रणाली' समाप्त हो चुकी है, इसलिए आप किसी कंपनी का एक शेयर भी खरीदना चाहें तो खरीद सकते हैं।

□

5

स्टॉक एक्सचेंज की कार्य-प्रणाली

किसी भी बाजार में शेयरों की खरीद-फरोख्त उसकी माँग और आपूर्ति के आधार पर निर्धारित होती है। इस खरीद और बिक्री का रिकॉर्ड रखने का काम स्टॉक एक्सचेंज करता है। स्टॉक एक्सचेंज को 'अर्थव्यवस्था का बैरोमीटर' भी कहा जाता है। यह जानना भी कम रोचक नहीं है कि सबसे पहले स्टॉक एक्सचेंज कब अस्तित्व में आया। ऐसा माना जाता है कि दुनिया का पहला शेयर बाजार बेल्जियम के एंटवर्प शहर में सन् 1531 के आसपास खोला गया था। लेकिन अधिकृत रूप से विश्व का पहला शेयर बाजार सन् 1602 में नीदरलैंड के एम्सटर्डम शहर में स्थापित किया गया था। अगर भारत की बात करें तो यहाँ सबसे पहला संगठित स्टॉक एक्सचेंज सन् 1875 में बंबई (अब मुंबई) के स्थानीय दलालों के एसोसिएशन के रूप में सामने आया, तब इसका नाम रखा गया था—'नेटिव शेयर एंड स्टॉक ब्रोकर एसोसिएशन'। इस एसोसिएशन की स्थापना से पहले शेयर दलाल बरगद के पेड़ के नीचे खड़े होकर शेयरों की खरीद-बिक्री किया करते थे। धीरे-धीरे इसी बरगद के पेड़ के नीचे 'बी.एस.ई.' का जन्म हुआ। जरूरत के अनुसार दलाल जगह बदलते रहे और आखिर में सन् 1874 में आकर एक स्थायी जगह इन्हें मिली, जिसे आज 'दलाल स्ट्रीट' के नाम से जाना जाता है। इसके बाद सन् 1894 में अहमदाबाद में स्टॉक एक्सचेंज की स्थापना हुई और 1908 में कलकत्ता में स्टॉक एक्सचेंज की स्थापना की गई। सन् 1994 से नेशनल स्टॉक एक्सचेंज (NSE) का कार्य संचालन प्रारंभ हुआ। आज भारत में कुल 24 स्टॉक एक्सचेंज काम कर रहे हैं। इन मान्यता-प्राप्त स्टॉक एक्सचेंजों को तीन श्रेणियों 'ए', 'बी', और 'सी' में बाँटा गया है।

भारत में इन स्टॉक एक्सचेंजों को प्रतिभूति संविदा (नियमन) अधिनियम, 1956 के अधीन मान्यता दी गई है।

कंप्यूटरीकृत कारोबार

स्टॉक एक्सचेंज में खड़े होकर बोली लगाने की जगह अब बोल्ट (Bolt) व नीट (Neat) प्रणालियों से शेयरों का कारोबार होता है। बोल्ट 'बी.एस.ई.' की कंप्यूटरीकृत कारोबार प्रणाली है और नीट 'एन.एस.ई.' की। इन प्रणालियों की सहायता से अब शेयरों का कारोबार स्वचालित, कंप्यूटरीकृत नेटवर्क (ऑनलाइन) के माध्यम से पूरे भारतवर्ष में एक साथ चलता है। ब्रोकर अब स्टॉक एक्सचेंज जाने के बजाय अपने कार्यालय में लगे कंप्यूटर से अपने ग्राहकों के लिए शेयर खरीदते या बेचते हैं। यह कारोबार प्रात: 9.55 बजे से 3.30 बजे तक सोमवार से शुक्रवार तक होता है। इस समय में फेरबदल भी होता है, जिसकी सूचना आपको विभिन्न समाचार-पत्रों तथा अपने ब्रोकर के माध्यम से मिलती है।

डी-मैट एकाउंट

डी-मैट एकाउंट के बिना शेयर खरीद पाना नामुमकिन है। यह शेयर बाजार में निवेश करने की एक अनिवार्य शर्त है। डी-मैट का अर्थ है—डीमैटीरियलाइज। इसका अर्थ है कि आपको किसी कंपनी की संपत्ति अभौतिक या अप्रत्यक्ष रूप से प्राप्त हो गई है। उसी का हिसाब-किताब रखने के लिए 'डी-मैट एकाउंट' की व्यवस्था की गई है। ऐसा इसलिए भी है, ताकि भौतिक रूप से लेन-देन के दौरान संपत्ति के फर्जी होने, चोरी होने या फिर नकली होने की आशंका को समाप्त किया जा सके। दरअसल, यह एक तरह का बैंक एकाउंट होता है, जिसमें मुद्रा का स्थान शेयर ले लेता है। डी-मैट एकाउंट खुलवाने के लिए आपको निकटतम डिपॉजिटरी तक अपनी पहुँच बनानी होगी। डिपॉजिटरी बैंक की तरह ही एक ट्रस्टी होता है। जहाँ बैंकों द्वारा रुपयों का लेन-देन किया जाता है, वहीं डिपॉजिटरी के द्वारा सिक्यूरिटीज (प्रतिभूतियों) का लेन-देन होता है। इस प्रकार इसे 'सिक्यूरिटीज का बैंक' कहा जाता है। डिपॉजिटरी में निवेशक (इनवेस्टर्स) अपने शेयर्स, डिबेंचर बांड्स, गवर्नमेंट सिक्यूरिटीज (सरकारी प्रतिभूतियाँ), यूनिट्स जैसी प्रतिभूतियों को इलेक्ट्रॉनिक फॉर्म में रखते हैं। डिपॉजिटरी इन प्रतिभूतियों (सिक्यूरिटीज) को रखने के अलावा प्रतिभूतियों के लेन-देन (ट्रांजेक्शन) की भी सुविधा प्रदान करता है।

डिपॉजिटरी की कहानी

सन् 1992 के शेयर घोटाले के बाद से ही सरकार कोई ऐसा तरीका खोजना चाह रही थी, जिससे शेयरों के व्यापार पर नजर रखी जा सके और नियमित बनाया जा सके। इसी बात को ध्यान में रखकर सरकार ने शेयर प्रमाण-पत्रों का भौतिक आदान-प्रदान

रहित निक्षेप निधि (डिपॉजिटरी) प्रणाली अपनाने का फैसला लिया। इस प्रणाली में शेयरों के स्वामित्व को साबित करने के लिए किसी प्रकार का प्रमाण-पत्र नहीं रखना होता है। भारतीय प्रतिभूति एवं एक्सचेंज बोर्ड (सेबी) ने डिपॉजिटरी अधिनियम के अंतर्गत वर्ष-1996 में दो डिपॉजिटरी कंपनियों 'नेशनल सिक्यूरिटी डिपॉजिटरी लिमिटेड' (एन.एस.डी.एल.) और 'सेंट्रल डिपॉजिटरी सर्विसेज इंडिया लिमिटेड' (सी.डी.एस.एल.) को पंजीकृत किया है। पूरे भारत में ये दोनों डिपॉजिटरी ही अपने डिपॉजिटरी पार्टिसिपेंट्स के माध्यम से डी-मैट एकाउंट की देख-रेख करती हैं। डी-मैट एकाउंट खुलवाने के लिए आपको निकटतम डिपॉजिटरी तक जाना होगा। ग्राहकों को डिपॉजिटरी की सेवाएँ जिस एजेंट के माध्यम से मिलती हैं, उन्हें 'डिपॉजिटरी पार्टिसिपेंट' (डी.पी.) कहा जाता है। डिपॉजिटरी पार्टिसिपेंट का काम बैंक, वित्तीय संस्थान या ब्रोकर करते हैं और इनके पास अपने डी-मैट शेयर जमा कराना या निकालना, बैंक खाते के संचालन जैसा ही होता है। शेयर बाजार में निवेश करनेवाली कई बड़ी कंपनियों से लेकर छोटे ब्रोकर तक डी-मैट एकाउंट खुलवाने का काम करते हैं। इनमें बहुत सारे सरकारी व गैर-सरकारी बैंक भी हैं, जहाँ आप अपना डी-मैट एकाउंट खुलवा सकते हैं।

बी.एस.ई. (बॉम्बे स्टॉक एक्सचेंज) द्वारा प्रमोट की गई डिपॉजिटरी 'सी.डी.-एस.एल.' है, जो कई अग्रणी बैंकों जैसे स्टेट बैंक ऑफ इंडिया और दूसरे अग्रणी ब्रोकर द्वारा जुड़ी हुई है। वहीं एन.एस.डी.एल., जो भारत की पहली डिपॉजिटरी है, वह एन.एस.ई. (नेशनल स्टॉक एक्सचेंज) द्वारा की गई डिपॉजिटरी है तथा बहुत सी सरकारी तथा गैर-सकारी वित्तीय संस्थानों से जुड़ी हुई है। एन.एस.डी.एल. के जितने भी शेयर होल्डर्स हैं, वे सभी एन.एस.डी.एल. की डिपॉजिटरी सुविधाओं का उपयोग करते हैं।

कैसे खोलें डी-मैट एकाउंट

सबसे बेहतर तो यही होता है कि आप उसी डी.पी. का प्रयोग करें, जिसका प्रयोग आपका ब्रोकर करता है। इससे आपके शेयर सौदे सरल तथा कम समय में हो जाएँगे। डी-मैट एकाउंट खोलने से पहले आप डी.पी. का चुनाव करते वक्त तीन 'सी' का ध्यान रखें। ये तीन 'सी' हैं—कन्वीनिएंस, कंफर्ट तथा कॉस्ट। आप जाँच लें कि कौन से डी.पी. की सेवाएँ आपको कम खर्च, आपकी आसान पहुँच तथा आसानी से मिल सकती हैं। अधिकांश बैंक डी.पी. हैं। उदाहरण के लिए, यदि आपने अपना डी.पी. 'स्टेट बैंक ऑफ इंडिया' को चुन लिया है तो वहाँ आपको डी-मैट एकाउंट खोलने के लिए एक फॉर्म भरना होगा। यदि आपका बैंक ब्रोकर भी है तो आप अपना सेविंग बैंक अकांउट भी वहाँ खोलकर अपना शेयर कारोबार एक ही जगह पूरा कर सकते हैं। मतलब डी-मैट एकाउंट, ब्रोकिंग एकाउंट और बैंक एकाउंट एक ही जगह।

शेयर ब्रोकर को एक ग्राहक के रूप में आपको तमाम जानकारियाँ देनी होती हैं। उसके बाद ब्रोकर आपको एक 'यूनिक आइडेंटिफिकेशन' नंबर देता है। फॉर्म के साथ आपको निम्नलिखित सबूत देने होंगे—

- पहचान का सबूत—आपके हस्ताक्षर-युक्त फोटोग्राफ, पैन कार्ड की फोटोकॉपी।
- स्थायी पते का सबूत—इसके लिए आप पासपोर्ट की फोटोकॉपी, ड्राइविंग लाइसेंस की कॉपी, राशनकार्ड या बैंक की पासबुक की फोटोकॉपी, टेलीफोन या बिजली का बिल, जिस पर आपका स्थायी पता लिखा हो। इनमें से आपके पास जो भी दो-तीन स्थायी सबूत उपलब्ध हों, उन्हें फॉर्म के साथ संलग्न करना होता है।
- पासपोर्ट साइज फोटोग्राफ।

आप एक ही डी.पी. या उससे एक से अधिक डी-मैट एकाउंट भी खुलवा सकते हैं, लेकिन जरूरी है कि अपनी इंस्ट्रक्शन स्लिप को सँभालकर रखें।

कैसे होता है शेयरों का डीमैटीरियलाइजेशन?

जिनके पास अभी तक पुराने शेयर फिजिकल फॉर्म में पड़े हैं, उनका डीमैटीरियलाइजेशन करवाना बहुत जरूरी है। वरना आप उन शेयरों की कुछ समय बाद खरीद-बिक्री नहीं कर पाएँगे। डी.पी. के पास अपने शेयर डी-मैट कराने की प्रक्रिया भी काफी आसान है। डी-मैट एकाउंट खोलने के बाद बस अपने शेयर सर्टिफिकेट रद्द करके डी.पी. को सौंपने हैं। साथ ही, आपको एक 'डी-मैट रिक्वेस्ट फॉर्म' भरकर देना है, जिसमें आपके शेयरों की फोलियो संख्या, सर्टिफिकेट नंबर व अन्य विवरण दर्ज किया जाता है। इसके बाद इन शेयरों को डी-मैट रूप में बदलने के लिए डी.पी. आपका यह रिक्वेस्ट फॉर्म उस कंपनी या उसके रजिस्ट्रार व हस्तांतरण एजेंट को भेज देता है। शेयरों के डी-मैट रूप में परिवर्तित हो जाने पर ये डी.पी. के पास खाते में जमा हो जाते हैं। आमतौर पर इस पूरी प्रणाली में लगभग एक महीना लगता है। डी-मैट एकाउंट खोलने और उसके संचालन से संबंधित विस्तृत जानकारी के लिए आप अपने निकट के डी.पी. से संपर्क करें।

डीमैटीरियलाइजेशन के लाभ

- सिक्यूरिटीज का तुरंत हस्तांतरण (ट्रांसफर) हो जाना।
- सिक्यूरिटीज के हस्तांतरण के दौरान किसी तरह की स्टैंप ड्यूटी नहीं चुकानी पड़ती और न ही लंबा-चौड़ा ट्रांसफर फॉर्म भरना पड़ता है। इसके अलावा

इस बात का भी कोई खतरा नहीं रहता कि शेयर नकली, झूठे या चुराए हुए हैं।

- नामांकन की सुविधा उपलब्ध होना। अगर खाते में एक से अधिक लोगों के नाम हों, तब भी आप नामांकन फॉर्म भर सकते हैं, ताकि एक खाताधारक की मृत्यु होने पर खाते के शेयर जीवित खाताधारक के अलग खाते में चले जाएँ। नामांकित व्यक्ति को शेयर तभी मिलते हैं, जब खाते के सभी धारकों की मृत्यु हो जाए।
- डी-मैट प्रणाली की मार्फत छोटे निवेशक 'ऑड लॉट' या कम संख्या के शेयर आसानी से बाजार भाव पर बेच सकते हैं और महँगे शेयर भी कम संख्या में खरीद सकते हैं; जबकि पहले महँगे शेयरों का 'मार्केटेबल लॉट' खरीदने के लिए बड़ी राशि की आवश्यकता होती थी।
- यदि आपका स्थानीय पता बदल गया है तो आपको उन सभी कंपनियों को सूचित करने की जरूरत नहीं है, जिनमें आपने निवेश किया है, बल्कि आपको केवल डी.पी. को सूचित करना होगा और उसके बाद आपका डी.पी. यह जानकारी उन सभी कंपनियों तक पहुँचा देगा, जिसमें आपने निवेश किया है।
- डी-मैट सुविधा के चलते अब आपको कंपनियों द्वारा मिलनेवाले बोनस शेयर व राइट शेयर बिना विलंब के आपके खाते में जमा हो जाते हैं; जबकि पहले इन शेयरों के सर्टिफिकेट निवेशकों को कई सप्ताह बाद मिलते थे। इस दौरान कई बार सर्टिफिकेट खो जाते थे या गलत पते पर पहुँच जाते थे।

'पैन' का महत्त्व

आप यदि शेयर बाजार में निवेश करना चाहते हैं तो एक बात स्पष्ट रूप से समझ लें कि आपके पास यदि इनकम टैक्स परमानेंट एकाउंट नंबर (पैन) नहीं है तो आप शेयर बाजार में न तो प्राथमिक बाजार के द्वारा और न ही द्वितीयक बाजार के द्वारा निवेश कर पाएँगे। शेयर बाजार में कारोबार करने के लिए डी-मैट एकाउंट होना जरूरी है, लेकिन यदि आपके पास पैन कार्ड नहीं है तो आपका डी-मैट एकाउंट भी नहीं खुल सकता। सरकार ने इनकम टैक्स संबंधी पारदर्शिता लाने की दृष्टि से ऐसा किया है। लेकिन आपको इनकम टैक्स के 'पैन नंबर' सुनकर घबराने की जरूरत नहीं है, क्योंकि शेयरों पर मिलनेवाले लाभांश को सरकार ने 'कर'-मुक्त रखा है। यानी कंपनी से मिलनेवाले डिविडेंड पर आपको किसी तरह का टैक्स नहीं देना होता। इसी तरह यदि आपने शेयरों को खरीदकर बारह महीने तक अपने पास रखा और बाद में बेचकर

लाभ कमाया तो ऐसे लाभ पर कोई शार्ट-टर्म कैपिटल गेन टैक्स नहीं लगता; जबकि यदि आपने खरीदे गए शेयर साल के भीतर ही बेचकर लाभ कमाया है तो उस लाभ पर आपको 'शॉर्ट टर्म कैपिटल गेन टैक्स' चुकाना होता है।

ट्रेडिंग का तरीका

आप ब्रोकर का चुनाव कर रजिस्ट्रेशन फॉर्म भरिए। इस फॉर्म में आपको अपना पता, बैंक एकाउंट नंबर और डी-मैट एकाउंट नंबर के साथ दो फोटो संलग्न करने होते हैं। एक बार आप ब्रोकर के यहाँ रजिस्टर हो गए तो उसके बाद आप शेयरों की खरीद-बिक्री का ऑर्डर फोन पर भी दे सकते हैं। फोन पर आपका ब्रोकर आपसे पूछेगा कि क्या आप डिलीवरी लेना चाहते हैं? ऐसे में आप सोच में पड़ सकते हैं कि आप किस तरह का ऑर्डर दें। आप इसे ऐसे समझिए—मान लीजिए, आपको रिलायंस पेट्रोलियम लि. के 900 शेयर खरीदने हैं और उन शेयरों को लंबे समय तक अपने पास रखना है, तो आप फोन पर कहेंगे कि आपको कैश में रिलायंस पेट्रो के 100 शेयरों की खरीद डिलीवरी लेने के मकसद से करनी है। मतलब आपको शेयरों की उस समय चल रही कीमत के साथ ब्रोकरेज चुकाना होगा तथा दो दिन के भीतर (T+2 रोलिंग सेटलमेंट) वे शेयर आपके डी-मैट एकाउंट में आ जाएँगे। शेयरों की बिक्री का ऑर्डर देने पर शेयर की बिक्री के तीन दिन बाद पैसा आपके एकाउंट में आएगा। लेकिन यदि आपने अपनी पोजीशन ओपन रखी है (मतलब उसी दिन खरीद व बिक्री का ऑप्शन स्वीकार किया है) तो आपको उस दिन बाजार बंद होने से पहले अपनी पोजीशन 'स्क्वॉयर ऑफ' करनी होगी। इसे 'इंट्रा-डे' कहते हैं।

इंट्रा-डे में आपको ब्रोकर मार्जिन मनी भी उपलब्ध करवाता है। यानी यदि आपके खाते में 10,000 रुपए हैं तो आप 40,000 रुपए तक के शेयर खरीदने का ऑर्डर दे सकते हैं। इस मार्जिन मनी का प्रतिशत अलग-अलग सौदों के लिए अलग-अलग होता है। लेकिन इंट्रा-डे में बाजार बंद होने से पहले आपको वह शेयर बेच देना है, वरना बाजार खुद उस सौदे को 'स्क्वॉयर ऑफ' कर देता है। यदि उस दिन उस शेयर में उछाल आया होगा तो आपको प्रॉफिट और यदि आपके द्वारा खरीदने के बाद गिरावट दर्ज होती है तो नुकसान उठाना होगा। यह ट्रेडिंग का पारंपरिक, लेकिन जोखिम भरा तरीका है।

शेयर बाजार में निवेश से पहले इन बातों पर करें गौर

पिछले चार-पाँच वर्षों की लगातार तेजी से अनेक लोगों को शेयर बाजार की तरफ आकर्षित किया है। सर्वेक्षण बताते हैं कि 2007 की तेजी के दौरान हर माह औसतन डेढ़ लाख नए निवेशक बाजार में प्रवेश कर रहे थे। लेकिन शेयर बाजार बहुत

ही संवेदनशील होने के कारण सेंसेक्स कभी तो 20,000 के आँकड़े को पार कर लेता है तो कभी एक सप्ताह के भीतर 3000 अंक नीचे भी गिर जाता है। इसलिए इसे 'सेंसेटिव इंडेक्स' कहा जाता है।

यह सही है कि शेयर बाजार में स्थिरता का अभाव है; परंतु इस कारण इसे मात्र सट्टा बाजार नहीं समझना चाहिए। यहाँ सट्टा जरूर है, परंतु इस बाजार में इसके प्रत्येक खिलाड़ी के लिए अलग-अलग जगह है। डे-ट्रेडरों के लिए (जो दिन भर खरीद-बिक्री करते हैं) यह कैसिनो है, जबकि जो मात्र निवेश करके बाजार में बना रहता है, उनके लिए यह विशुद्ध बाजार है। इसे आप इस उदाहरण से समझिए यदि किसी व्यक्ति ने सन् 1980 में विप्रो नामक कंपनी में 10 हजार रुपए का निवेश किया होता और उस निवेश को उसने 2006 तक सुरक्षित रखा होता तो उसका मूल्य करोड़ों रुपए हो गया होता। इसी प्रकार जब धीरूभाई अंबानी अपनी कंपनी रिलायंस इंडस्ट्रीज का पब्लिक इश्यू लाए थे, उस समय किसी व्यक्ति ने उनकी कंपनी में 10 हजार रुपए का निवेश किया होता तो वह सन् 2007 तक 2 करोड़ हो गया होता। विप्रो ने चूँकि बहुत बार बोनस इश्यू जारी किए थे, इसलिए वह अपवाद है। संक्षेप में कहें, तो बाजार में अच्छी कंपनियों का चयन करके जो निवेशक लंबे समय तक उसमें अपना निवेश रखते हैं, उन्हें भरपूर लाभ होता है, क्योंकि बाजार का मूलभूत स्वभाव ही ऐसा है कि जो धीरज रखता है, उसे भरपूर लाभ मिलता है।

लेकिन चिंता की बात यह है कि जिन्हें यह नहीं पता कि शेयर बाजार वास्तव में क्या है, वे भी इस तरफ आकर्षित हो रहे हैं। शेयर क्या है? शेयरों में निवेश या खरीद-बिक्री किस प्रकार होती है? ऐसी अनेक आधारभूत जानकारियाँ लिये बिना आज हजारों लोग शेयर बाजार में निवेशक और खिलाड़ी बनने के लिए आगे बढ़ रहे हैं। लेकिन अफसोस की बात यह है कि ऐसे निवेशक बहुत जल्दी हताशा के शिकार हो जाते हैं। यह सही है कि हर कोई चाहता है कि इक्विटी में किया गया निवेश बढ़े; परंतु यदि यह बढ़ोतरी अज्ञानता व अधूरी जानकारी के आधार पर होने के बजाय जानकारी, समझ और जागृति के आधार पर हो तो अच्छा है। इसलिए जरूरी है कि शेयर बाजार में निवेश करने से पहले खुद से कुछ सवाल अवश्य पूछें।

□

6

निवेश करने से पहले जरूरी है यह जानना

जोखिम उठाने की क्षमता (रिस्क प्रोफाइल)

सबसे पहले अपना रिस्क प्रोफाइल तय कर लें। अर्थात् यह जान लें कि आप निवेश के मामले में कितना जोखिम उठा सकते हैं। आपका निवेश आपके रिस्क प्रोफाइल के अनुसार ही होना चाहिए। रिस्क प्रोफाइल आपकी उम्र, निजी जिम्मेदारियों, सरप्लस आमदनी या बचत और आर्थिक व पारिवारिक हालात पर निर्भर करता है। 25 वर्ष की उम्र का एक नौकरीपेशा व्यक्ति 53 वर्ष के किसी नौकरीपेशा आदमी की तुलना में कहीं ज्यादा जोखिम उठा सकता है। शेयर बाजार में निवेश का फॉर्मूला यही है—'ज्यादा जोखिम, ज्यादा मुनाफा'। दूसरी ओर, यदि आप में ज्यादा जोखिम उठाने की क्षमता नहीं है तो आप बांड, फिक्स्ड डिपॉजिट (सावधि जमा), पी.पी.एफ., पोस्ट ऑफिस सेविंग स्कीम आदि में निवेश करें।

बाजार में देर कभी नहीं

जो लोग ऐसा सोचते हैं कि बाजार में निवेश करने में उन्हें काफी देरी हो गई है तो यह सही नहीं है। यह ठीक है कि 23 से 30 वर्ष की उम्र में चूँकि आपके ऊपर ज्यादा जिम्मेदारियाँ नहीं होती हैं, अत: आप अपनी कमाई का एक बड़ा हिस्सा शेयर बाजार में लंबी अवधि के लिए लगा सकते हैं; लेकिन यदि आपकी उम्र 50 वर्ष है तो भी आप अपने जोखिम को देखते हुए निवेश कर अच्छा लाभ पा सकते हैं।

रिसर्च जरूरी

शेयर बाजार में एंट्री लेने से पहले थोड़ा रिसर्च कर लेना जरूरी है। यह रिसर्च आपकी निजी स्थिति (रिस्क प्रोफाइल, आय आदि) और आप कैसे शेयरों में निवेश करना चाहते हैं, इस पर निर्भर होनी चाहिए। चूँकि अलग-अलग कंपनियों की अपनी अलग-अलग खूबियाँ व खामियाँ होती हैं, इसलिए रिसर्च जरूरी है। इसके लिए कंपनियों के तिमाही व वार्षिक नतीजे, कैश फ्लो (नकदी प्रवाह), बाजार पूँजी (मार्केट कैप), पिछले साल के अंदर कंपनी की माली हालत, बाजार में उसका प्रदर्शन आदि बातों से जुड़ी जानकारी जुटाकर उनका अध्ययन कर लेना सही होगा।

बुरा झेलने के लिए तैयार रहिए

आपके द्वारा तमाम जानकारियाँ व होमवर्क कर लेने के बाद शेयर में पैसा लगाने के बाद भी इस बात का दावा नहीं किया जा सकता कि आपका निष्कर्ष गलत साबित नहीं होगा। हाँ, यह सही है कि आपके द्वारा की गई स्टडी से आप 'सेफ गेम' जरूर खेल सकते हैं।

हमेशा खुद फैसला लें

दूसरे लोगों से सलाह जरूर लीजिए, लेकिन उस सलाह पर फैसला आपका होना चाहिए। दरअसल होता यह है कि जब एक बार शेयर बाजार में निवेश करना शुरू कर देते हैं तो उसमें दिलचस्पी लगातार बढ़ती जाती है। फिर यह दोस्तों के बीच चर्चा के विषयों में शुमार हो जाती है। ऐसी चर्चाओं से मिले किसी टिप्स पर सीधे अमल करने के बजाय आप अपनी स्टडी और अपने विवेक के आधार पर फैसला लें।

वैल्यू स्टॉक या ग्रोथ स्टॉक

निवेशकों में दोनों तरह के स्टॉक लोकप्रिय हैं। वैल्यू स्टॉक में पैसा लगानेवाले तत्काल लाभ (प्रॉफिट) की चाह में निवेश करते हैं, जबकि ग्रोथ स्टॉक में निवेश करनेवाले तत्काल के बजाय भविष्य में अच्छा लाभ (रिटर्न) मिलने की उम्मीद से पैसा लगाते हैं। लेकिन जोखिम को संतुलित करने के लिए बेहतर है कि आप दोनों तरह के स्टॉक में निवेश करें।

निवेश क्यों?

आप शेयर बाजार में निवेश करने से पहले स्वयं से यह सवाल पूछिए कि आप निवेश क्यों करना चाहते हैं? अपनी आय बढ़ाने के लिए, अतिरिक्त पैसे को ठिकाने

लगाने के लिए? जल्द सेवानिवृत्ति पाने के उद्देश्य से या फिर सेवानिवृत्ति के बाद अच्छी आर्थिक स्थिति सुनिश्चित करने के उद्देश्य से आप निवेश करना चाहते हैं? यदि आपने एक बार यह जान लिया कि आप किस उद्देश्य से निवेश करना चाहते हैं, तो आप निवेश का सही विकल्प तय कर सकेंगे।

बचत और निवेश

आय में से सारे खर्च निकालकर जो धन शेष रहता है, वह 'बचत' है। इस बचत को अच्छे रिटर्न के उद्देश्य से प्रयोग में लाना 'निवेश' कहलाता है। दरअसल आय और बचत का अनुपात यह बताता है कि आपको शेयर बाजार में कितना निवेश करना चाहिए।

पहले एक उदाहरण पर गौर करें—एक व्यक्ति की मासिक आमदनी 17,000 रुपए प्रतिमाह है। अपने तथा परिवार के खर्चे निकालकर वह प्रतिमाह 3,000 रुपए तक की बचत का लक्ष्य रखता है। इस प्रकार वह एक वर्ष में 36,000 रुपए तक की बचत कर सकता है। परंतु मुद्रास्फीति (इंफ्लेशन) के चलते यदि खुदरा वस्तुओं पर मुद्रास्फीति की वार्षिक औसत दर 12 प्रतिशत मानें तो उसकी प्रभावी बचत 31,680 रुपए ही रह जाएगी, बशर्ते वह अपनी बचत को कहीं पर भी निवेश नहीं करता। अब यदि वह निवेश के परंपरागत तरीकों को अपनाकर बैंक, पोस्ट ऑफिस या प्रोविडेंट फंड में निवेश करता है तो अधिकतम 8.5 प्रतिशत तक ब्याज मिलेगा। तब भी उसकी प्रभावी बचत अपने मूल आकार से कम होगी; क्योंकि मुद्रास्फीति की औसत दर (बाजार के अनुभव से) हर हाल में वित्तीय संस्थानों द्वारा दिए जानेवाले ब्याज से अधिक होगी।

ऐसे में यदि यह व्यक्ति पूँजी बाजार के सुरक्षित रास्तों से निवेश करता है, जैसे 'एस.आई.पी.' के जरिए म्यूचुअल फंड इत्यादि में तो उसे 10 से 20 प्रतिशत तक रिटर्न मिलना संभव है, जो मुद्रास्फीति को पछाड़ सकता है। इसलिए व्यक्ति द्वारा की गई बचत या अतिरिक्त धन को पूँजी बाजार में इस प्रकार उपयोग करना, जिससे मुद्रास्फीति की दर को परास्त करनेवाला रिटर्न मिल सके, वह ही 'निवेश' कहलाता है तथा यही इसका महत्त्व है।

□

7

शेयरों की ट्रेडिंग कैसे होती है

शेयरों की ट्रेडिंग वह सबसे महत्त्वपूर्ण कारक है, जो निवेशकों को शेयरों की तरफ आकर्षित करता है। शेयर बाजार (स्टॉक मार्केट) में निवेश की अनुभूति तथा बाजार में आए उतार-चढ़ाव की स्थिति बहुत सारे लोगों को निवेश के इस तरीके की तरफ आकर्षित करती है। कई लोगों को इस क्षेत्र से जुड़ी आय (रिटर्न) के साथ-साथ इस पूरी प्रक्रिया में हिस्सा लेने का अनुभव भी आनंद देता है।

स्टॉक एक्सचेंज

स्टॉक एक्सचेंज एक माध्यम है, जिसकी सहायता से शेयरों या सिक्यूरिटीज की खरीद-फरोख्त (ट्रेडिंग) की जाती है। पहले स्टॉक एक्सचेंज एक निर्धारित स्थान या भवन के रूप में होता था, जहाँ शेयर दलाल (ब्रोकर्स) आमने-सामने आकर शेयरों की ट्रेडिंग करते थे। उस समय 'ट्रेडिंग रिंग' होती थी, जहाँ शेयरों के सौदों का निपटान होता था। सूचना तकनीक के इस दौर में स्टॉक एक्सचेंज की कार्य-प्रणाली में आमूलचूल बदलाव आ गया है। अब स्टॉक एक्सचेंज का स्वरूप आभासी (वर्चुअल) बन चुका है। स्टॉक एक्सचेंज का प्रत्येक 'सदस्य ब्रोकर' ट्रेडिंग टर्मिनल द्वारा सेंट्रल प्लेस से जुड़ा होता है, जहाँ शेयरों की खरीद-फरोख्त के ऑर्डर का मिलान करके सौदे निपटाए जाते हैं। उदाहरण के तौर पर, हैदराबाद में बैठा एक व्यक्ति कानपुर में बैठे व्यक्ति के साथ 'ट्रेडिंग टर्मिनल' के माध्यम से शेयरों के सौदे कर सकता है। ये ट्रेडिंग टर्मिनल सेटेलाइट तथा दूसरे संचार माध्यमों द्वारा एक-दूसरे से तथा स्टॉक एक्सचेंज के सेंट्रल प्लेस से जुड़े होते हैं। आजकल सभी स्टॉक एक्सचेंज में शेयरों की खरीद-फरोख्त (बाइंग-सेलिंग) आदेश (ऑर्डर) प्रस्तुत करने के लिए स्वचालित प्रणालियाँ (ऑटोमेटेड सिस्टम्स) हैं। निवेशक को अपने

ब्रोकर के माध्यम से किसी शेयर की खरीद अथवा बिक्री का आदेश (ऑर्डर) प्रस्तुत करना होता है। यह आदेश ब्रोकर के ट्रेडिंग टर्मिनल द्वारा स्टॉक एक्सचेंज के टर्मिनल तक पहुँचता है। वहाँ इस ऑर्डर का मिलान (मैचिंग) अन्य टर्मिनलों से आए विभिन्न ऑर्डरों से किया जाता है। यहाँ स्टॉक एक्सचेंज की स्वचालित प्रणाली इस ऑर्डर के लिए सर्वाधिक उपयुक्त दूसरे ऑर्डर का मिलान करती है तथा खरीद-बिक्री का सौदा तय हो जाता है। उदाहरण के तौर पर, यदि एक निवेशक अपने ब्रोकर के टर्मिनल के माध्यम से भारतीय स्टेट बैंक के 100 शेयरों की खरीद का आदेश 2,000 रुपए प्रति शेयर की दर से प्रस्तुत (ऑर्डर प्लेस) करता है तो स्टॉक एक्सचेंज की स्वचालित प्रणाली इस ऑर्डर का मिलान भारतीय स्टेट बैंक के शेयरों की बिक्री के लिए आए अन्य ऑर्डरों से करता है। सर्वाधिक उपयुक्त ऑर्डर उपलब्ध होने पर इन दोनों ऑर्डरों का सौदा तय कर दिया जाता है। शेयरों की खरीद-बिक्री के लिए दो तरह के ऑर्डर प्रस्तुत किए जा सकते हैं—पहला है 'लिमिट ऑर्डर' और दूसरा है 'मार्केट ऑर्डर'।

लिमिट ऑर्डर

शेयरों का सौदा करने के लिए ब्रोकर या सब-ब्रोकर को फोन द्वारा निर्देश देना होता है। यदि आप ऑनलाइन ट्रेडिंग कर रहे हैं तो आप स्वयं 'ऑर्डर' या निर्देश को एग्जीक्यूट कर सकते हैं।

लिमिट ऑर्डर को 'फिक्स्ड प्राइस ऑर्डर' भी कहते हैं। इस ऑर्डर (निर्देश) में आप एक तय दाम पर ही शेयर खरीदने या बेचने के निर्देश देते हैं। आमतौर पर निवेशक ब्रोकर के कंप्यूटर स्क्रीन पर दिखनेवाले शेयर के उस समय चल रहे भाव से थोड़ा ऊपर या थोड़ा नीचे ही यह दाम तय (लिमिट निर्धारित) करते हैं। यानी यदि आप किसी पूर्व-निर्धारित दाम पर शेयर खरीदना या बेचना चाहते हैं तो भी लिमिट ऑर्डर का उपयोग कर सकते हैं। उदाहरण के लिए मान लीजिए, आपको एन.टी.पी.सी. के 100 शेयर 110 रुपए प्रति शेयर के भाव से खरीदने हैं, लेकिन उस समय एन.टी.पी.सी. का बाजार में 110 रुपए प्रति शेयर से ज्यादा का भाव चल रहा है लेकिन यदि यह अंतर इतना ज्यादा नहीं है और आपको लगता है कि 112 रुपए प्रति शेयर पर चल रहा एन.टी.पी.सी. का शेयर 110 रुपए में मिल सकता है तो आप उस शेयर की लिमिट प्राइस 110 रुपए प्रति शेयर के हिसाब से ऑर्डर दे देते हैं। आपके द्वारा किया गया यह निर्देश तब तक एग्जीक्यूट नहीं होगा, जब उस शेयर की मार्केट प्राइस (बाजार कीमत) 110 रुपए प्रति शेयर नहीं हो जाती। यदि उस दिन उस शेयर की प्राइस बाजार बंद होने तक 110 रुपए 50 पैसे तक की हुई तो आपका शेयर खरीदने का ऑर्डर कैंसिल हो जाएगा; क्योंकि आपने 110 रुपए प्रति शेयर खरीदा का लिमिट ऑर्डर दिया हुआ था। इसी तरह शेयरों

की बिक्री के लिए भी निर्देश का उपयोग किया जाता है। उदाहरण के लिए, आपको लगता है कि आपका एन.टी.पी.सी. का शेयर बाजार में चल रहे भाव से ज्यादा के भाव पर बिक सकता है और इस शेयर में आज उछाल आ सकता है तो आप बिक्री का निर्देश लिमिट ऑर्डर में देते हैं।

मार्केट ऑर्डर

मार्केट ऑर्डर का उपयोग तब किया जाता है, जब आप ब्रोकर के कंप्यूटर स्क्रीन पर देखे गए बाजार के भाव पर अपने शेयर खरीदना या बेचना चाहते हैं। उदाहरण के लिए मान लीजिए, आप एन.टी.पी.सी. के 100 शेयर खरीदने के लिए ब्रोकर को मार्केट ऑर्डर देते हैं। तब जैसे ही आपका ऑर्डर एग्जिक्यूट होगा, उस समय शेयर का जो भाव चल रहा होगा, उस रेट पर आपकी खरीदी हो जाएगी। किस मूल्य पर आपने शेयर खरीदा, यह बाइंग (खरीदी) ऑर्डर को एग्जिक्यूट करने के बाद कंप्यूटर स्क्रीन पर दिखाई देगा। इसके अलावा आपके फायदे के लिहाज से ब्रोकर आपकी सहमति से ऐसा भी कर सकता है। जैसे—अब मान लीजिए, कंप्यूटर आपको दिखाता है कि बाजार में चल रहे 60 रुपए प्रति शेयर भाव पर केवल 80 शेयर उपलब्ध हैं और बेचनेवाले कुछ लोग 62 रुपए प्रति शेयर माँग रहे हैं। इस स्थिति में ब्रोकर आपके लिए 80 शेयर 60 रुपए प्रति शेयर और बाकी 20 शेयर 62 रुपए पर प्रति शेयर के दाम से खरीदेगा। इसलिए बाजार में बहुत उतार-चढ़ाव के समय या किसी बड़े सौदे के लिए मार्केट ऑर्डर का उपयोग न करें। इस ऑर्डर का उपयोग तभी करना उचित रहता है, जब आप जल्दी में कोई शेयर खरीदना या बेचना चाहते हैं और उस समय सौदे के भाव को लेकर आप ज्यादा चिंतित न हों। देश में मुख्यत: दो एक्सचेंज बॉम्बे स्टॉक एक्सचेंज (बी.एस.ई.) और नेशनल स्टॉक एक्सचेंज (एन.एस.ई.) में अधिकांशत: खरीद-फरोख्त 'कैश सेग्मेंट' में होती है। नॉनकैश सेग्मेंट, जिसमें डेरिवेटिव सौदे आते हैं, उसकी जानकारी आपको आगे के अध्याय में मिलेगी।

इसके अलावा एक और ऑर्डर है, जिसे 'स्टॉप लॉस ऑर्डर' कहते हैं। इसका उपयोग हर उस निवेशक को करना चाहिए, जो 'डे-ट्रेडिंग' करता है।

स्टॉप लॉस ऑर्डर

निवेशक, जो अपना नुकसान सीमित रखना चाहते हैं या पूर्व निर्धारित स्तर पर लाभ कमाना चाहते हैं, वे स्टॉप ऑर्डर का उपयोग करते हैं। वे निवेशक जिन्होंने शेयर खरीदे या बेचे हैं, पर बाजार के उलट दिशा में चलने की स्थिति में अपने नुकसान से बचना चाहते हैं। ऐसे में 'स्टॉप लॉस ऑर्डर' की सहायता से वे अपना नुकसान सीमित

कर सकते हैं।

बाजार में भारी अस्थिरता के समय यह ऑर्डर निवेशकों को किसी बड़े नुकसान से बचा लेता है। यह ऑर्डर उन निवेशकों के लिए भी लाभदायक है, जो शॉर्ट टर्म के लिए शेयरों का सौदा करते हैं, पर शेयर के बाजार भाव पर नजर नहीं रख पाते।

स्टॉप लॉस ऑर्डर में निवेशक एक तय दाम के साथ ब्रोकर के कंप्यूटर में एक अन्य दाम भी निर्धारित करता है, जिसे 'ट्रिगर प्राइस' कहते हैं। जैसे ही बाजार में शेयर का भाव इस 'ट्रिगर प्राइस' तक पहुँचता है, आपका ऑर्डर सक्रिय हो जाता है। यह 'ट्रिगर प्राइस' ऑर्डर देते समय बाजार में चल रहे मूल्य से अधिक या कम होना चाहिए। उदाहरण के लिए, एक निवेशक ने 100 रुपए प्रति शेयर के मूल्य से एन.टी.पी.सी. के शेयर खरीदे। लेकिन वह यह नहीं जानता कि शेयर के दाम बढ़ेंगे या गिरेंगे। लेकिन वह चाहता है कि यदि शेयर की कीमत गिरे तो वह अपना नुकसान 10 रुपए प्रति शेयर तक सीमित रख सके। ऐसी स्थिति में निवेशक ये शेयर बेचने के लिए अपना स्टॉप लॉस ऑर्डर 90 रुपए प्रति शेयर पर दे सकता है और इसमें ट्रिगर प्राइस होगी 91 रुपए प्रति शेयर। अब जैसे ही शेयर का भाव गिरकर 91 रुपए प्रति शेयर होगा, कंप्यूटर पर निवेशक का ऑर्डर सक्रिय हो जाएगा। पर यह लागू तभी होगा, जब भाव 90 रुपए प्रति शेयर पहुँच जाएगा। इसी प्रकार यदि निवेशक कोई शेयर बेचता है, लेकिन उसे कम दाम पर खरीदना चाहता है, तब भी स्टॉप लॉस ऑर्डर का उपयोग कर सकता है। बहुत से बड़े निवेशक इस ऑर्डर का उपयोग तब करते हैं, जब उनके विश्लेषण के अनुसार एक पूर्व निर्धारित स्तर पार करने के बाद शेयर का भाव तेजी से बढ़ने या गिरने की संभावना हो।

यह ऑर्डर 'डे-ट्रेडिंग' करनेवाले निवेशकों तथा 'इंट्रा-डे' में 'मार्जिन व मर्जिन प्लस' में 'इंट्रा-डे' के अंतर्गत निवेशक को खरीदी व बिक्री का निपटान उसी दिन बाजार बंद होने से पहले करना होता है तथा इसके लिए ब्रोकर अपने ग्राहकों को 'मार्जिन' व 'मार्जिन प्लस' की सुविधा देते हैं, जिसके अंतर्गत निवेशक अपने मूल धन के चार से छः गुना अधिक राशि से शेयरों की खरीद-बिक्री कर सकता है। स्टॉप लॉस ऑर्डर डे ट्रेडिंग करने वाले निवेशकों के लिए बहुत लाभदायक है; क्योंकि उन्हें उसी दिन बाजार बंद होने के पहले सौदों का निपटान करना होता है।

वह निवेशक जो यह सोचकर बाजार खुलने पर शेयर की खरीद करता है कि उसे उस शेयर कीमत में होनेवाली बढ़ोतरी का लाभ मिलेगा; लेकिन चूँकि शेयर बाजार पर खबरों, वैश्विक स्थिति और माँग-आपूर्ति का बहुत जल्दी प्रभाव पड़ता है, इसलिए इन संभावनाओं को देखते हुए निवेशक शेयर खरीदने के साथ ही स्टॉप लॉस लगाने का ऑर्डर दे देता है कि यदि शेयर की कीमत इस सीमा तक नीचे चली जाए तो ये शेयर बिक

जाएँ। इस प्रकार नुकसान की सीमा का निर्धारण निवेशक के हाथ में होता है और यदि शेयर की कीमत बढ़ जाती है तथा आप शेयर ऊँची कीमत पर बेच देते हैं तो स्टॉप लॉस ऑर्डर अपने आप ही निष्क्रिय हो जाता है।

लिवाली-बिकवाली

शेयरों की खरीद व बिक्री 'लिवाली-बिकवाली' ट्रेडिंग कहलाती है। वैसे यह प्रक्रिया हर निवेशक के लिए एक जैसी दिखती है, लेकिन अलग-अलग श्रेणी के निवेशकों के लिए यह खरीद-फरोख्त कई मायनों में अलग होती है। इसमें सबसे बड़ा फर्क है 'मात्रा' का।

एक छोटा निवेशक किसी विशेष कंपनी के 50 से 100 शेयर खरीदेगा लेकिन इन शेयरों की खरीद का आँकड़ा तब बहुत ज्यादा होगा, जब इस कंपनी के शेयरों की खरीद 'एच.एन.आई.' (हाई नेटवर्थ इंडीविजुअल, अर्थात् व्यक्तिगत रूप से जिसके पास निवेश के लिए भारी मात्रा में पूँजी हो) द्वारा की जाएगी। वहीं दूसरी ओर बहुत बड़ी संख्या में संस्थागत निवेशक भी होते हैं, जो एक ही ट्रांजेक्शन में लाखों शेयरों का लेन-देन करते हैं। इसलिए एक्सचेंज में शेयरों की खरीद व बिक्री में बहुत बड़ा अंतर आता है। यही कारण है कि शेयरों के भाव पल-पल में बदलते हैं।

संस्थागत निवेशकों तथा व्यक्तिगत रूप से बड़ा निवेश करनेवाले (एच.एन.आई.) निवेशकों द्वारा लाखों शेयरों की एक ही दिन में कई-कई बार खरीद व बिक्री शेयरों के भाव को कई बार बहुत ऊपर तो कई बार नीचे ले आती है।

अब 'डीमैटीरियलाइजेशन' के कारण शेयरों के कागजी लेन-देन की प्रथा खत्म हो गई है और इसी कारण अब कोई भी निवेशक कंपनी का यदि एक शेयर भी खरीदना चाहता है तो खरीद सकता है।

शेयर खरीदने की प्रक्रिया

वह निवेशक जो शेयर खरीदना चाहता है, उसे खरीद का ऑर्डर (बाय ऑर्डर) देना होगा। जब यह ऑर्डर मान्य (एग्जीक्यूट) हो जाता है, तब पे-आउट के बाद सिस्टम यह सुनिश्चित करता है कि निवेशक का शेयर उसके डी-मैट एकाउंट में आ गया है। वहीं दूसरी ओर डे-ट्रेडर होते हैं, जो अपनी पोजीशन उसी दिन स्क्वॉयर ऑफ करते हैं, इसलिए उन्हें शेयर न तो मिलते हैं और न ही वे देते हैं। उन्हें उस शेयर की खरीद व बिक्री से होनेवाले फायदे या नुकसान का अंतर प्राप्त होता है।

उदाहरण के लिए, यदि एक डे-ट्रेडर ने 100 शेयर रिलायंस पेट्रो के 10,000 रुपए में सुबह लिये और उसी दिन उन 100 शेयरों को 12,000 रुपए में बेच दिया। ऐसी

स्थिति में उस निवेशक को रिलायंस पेट्रो के शेयर न तो प्राप्त होंगे और न ही वह देगा; लेकिन उसे खरीद व बिक्री के बीच जो अंतर है, वह फायदा मिलेगा। उपर्युक्त स्थिति में निवेशक को 2,000 रुपए का लाभ हुआ; लेकिन उसमें से ब्रोकरेज कॉस्ट और दूसरे खर्च (टैक्स इत्यादि) निकालकर बाकी बचा लाभ निवेशक के एकाउंट में आ जाएगा।

सेटलमेंट साइकिल

निवेशक के लिए सेटलमेंट की प्रक्रिया समझना बहुत जरूरी है। निवेशक द्वारा शेयर की खरीद या बिक्री संबंधी निर्णय लिये जाने के बाद 'सेटलमेंट साइकिल' शुरू होता है। यह साइकिल 'पे-इन' या 'पे-आउट' द्वारा संपूर्ण होता है, जो वास्तविक ट्रांजेक्शन (लेन-देन) के दो कार्य दिवसों के पश्चात् संपूर्ण होता है। शेयरों की खरीद का मूल्य अदा किया जाता है तथा खरीदार के खाते में शेयर स्थानांतरित हो जाते हैं (स्टॉक एक्सचेंज में ट्रेड संपन्न होने के दो कार्य दिवसों के बाद 'पे-इन' व 'पे-आउट' प्रक्रिया होती है)। 'पे-आउट' की स्थिति में खरीदार को सिक्यूरिटीज (शेयर) की डिलीवरी दे दी जाती है और बिक्रीकर्ता के खाते में शेयरों का बिक्री मूल्य जमा हो जाता है।

'पे-आउट' की स्थिति में खरीदार को शेयर प्राप्त होते हैं तथा बिक्रीकर्ता को उसके द्वारा बेचे गए शेयरों का मूल्य। दोनों ट्रांजेक्शन खरीदार तथा बिक्रीकर्ता के डी-मैट एकाउंट में दर्ज होते हैं। इस प्रकार शेयरों की खरीद-फ़रोख्त की प्रक्रिया पूरी होती है। यदि खरीदार पे-आउट के दिन तक शेयर का मूल्य धन के रूप में प्रस्तुत नहीं कर पाता है तो वे शेयर ऑक्शन (नीलामी) के लिए प्रस्तुत किए जाते हैं और ऑक्शन में जो शेयरों की कीमत तय की जाती है, वह उसे चुकाने के लिए बाध्य होता है।

उदाहरण के लिए, यदि निवेशक द्वारा सोमवार को शेयर खरीदे गए हैं तो उस एमाउंट का पे-इन और पे-आउट बुधवार को संपन्न होगा। इसी के अनुसार निवेशक को यह सुनिश्चित करना होता है कि पैसों का भुगतान तुरंत किया गया है, और तब उसके बाद निवेशक को उसके डी-मैट एकाउंट में शेयर प्राप्त होंगे। पे-इन की स्थिति में बिक्रीकर्ता द्वारा बेचे गए शेयर तथा खरीदार द्वारा शेयरों का खरीदा गया मूल्य एक्सचेंज में प्रस्तुत किया जाता है।

सिस्टम

एक्सचेंज के इलेक्ट्रॉनिक सिस्टम में बिक्रीकर्ता व खरीदार द्वारा दिए गए ऑर्डर का मिलान होता है। यही कारण है कि इस पूरी प्रक्रिया में पारदर्शिता होती है। बाजार की स्थिति कैसी है तथा माँग व पूर्ति का गणित इस बात पर निर्भर करता है कि खरीदार किस कीमत पर शेयर खरीदना चाहते हैं और बिक्रीकर्ता किस कीमत पर शेयर की कितनी

मात्रा बेचने को तैयार हैं। 'सेटलमेंट साइकिल' वह समय है, जिसके दौरान नेट पोजीशन की गणना की जाती है और पैसों की प्राप्ति या भुगतान तथा शेयरों की डिलीवरी सुनिश्चित की जाती है। पहले यह प्रक्रिया पूरी होने में पूरा एक सप्ताह लगता था, वहीं अब सिर्फ एक दिन में यह प्रक्रिया पूरी हो जाती है। इसी सुविधा के चलते यदि निवेशक शेयरों की खरीद या बिक्री करने के बाद यह निर्णय लेता है कि उसे उन शेयरों की उसी दिन दुबारा खरीद या बिक्री करनी है तो वह अपनी पोजीशन ओपन रखकर उस दिन ही सौदा 'स्क्वॉयर ऑफ' कर सकता है। उदाहरण के लिए, आपने मार्केट में कैश सेगमेंट में रिलायंस इंडस्ट्रीज के 100 शेयर 2,000 रुपए प्रति शेयर के भाव से सुबह खरीदे, लेकिन दो घंटे बाद आपको लगता है कि प्रति शेयर भाव 500 रुपए बढ़ गया है, तो आप उस शेयर को उस दिन बाजार बंद होने से पहले बेचने का ऑर्डर भी दे सकते हैं। ऐसी स्थिति में आपके डी-मैट एकाउंट में रिलायंस इंडस्ट्रीज का शेयर नहीं आएगा, बल्कि आपके एकाउंट में खरीद व बिक्री के बीच हुए लाभ का अंतर दर्ज हो जाएगा। □

8

ऑनलाइन शेयर ट्रेडिंग

स्टॉक एक्सचेंज में ट्रेडिंग (शेयरों की खरीद-फरोख्त) के कई तरीके हैं। हालाँकि ट्रेडिंग की एक सुनिश्चित प्रक्रिया होती है। इस प्रक्रिया में कई सारे लोग भाग लेते हैं। खरीदार अपने ब्रोकर से जुड़ा होता है और ब्रोकर का लिंक स्टॉक एक्सचेंज के साथ होता है। इसी प्रकार इस ट्रांजेक्शन के दूसरी तरफ बिक्रीकर्ता अपने ब्रोकर के द्वारा एक्सचेंज से जुड़ा होता है।

स्टॉक एक्सचेंज एक ऐसा प्लेटफॉर्म (मंच) बन जाता है, जहाँ सभी एक साथ इकट्ठे हो जाते हैं और उस जगह पर डिमांड तथा सप्लाई का मिलान होता है और खरीद-बिक्री होती है। आधुनिक तकनीक के आ जाने से स्टॉक मार्केट में होनेवाले लेन-देन (ट्रेडिंग) के तरीके में भी काफी बदलाव आया है।

एक्सचेंज के द्वारा होनेवाली ट्रेडिंग के फायदे

पारदर्शिता

स्टॉक एक्सचेंज द्वारा ट्रेडिंग की प्रक्रिया पूरी तरह पारदर्शी होती है। निवेशक कंप्यूटर स्क्रीन पर शेयर की सबसे उचित कीमत पर खरीद व बिक्री की प्रक्रिया का निपटान स्वयं करता है। निवेशक को कंप्यूटर स्क्रीन पर मार्केट में चल रही शेयर की कीमत पल-पल में मिलती है और वह जिस कीमत पर जितने शेयर खरीदना या बेचना चाहता है, उस कीमत व शेयरों की संख्या को कोट कर 'ऑर्डर प्लेस' कर सकता है और शेयर की खरीद व बिक्री अपनी इच्छानुसार कर सकता है। उदाहरण के लिए, यदि निवेशक को 100 शेयर एन.टी.पी.सी. के लेने हैं और उस शेयर का उस समय बाजार भाव 90 रुपए प्रति शेयर है तथा उस समय निवेशक यदि यह तय करता है कि उसे इस

भाव में शेयर लेने हैं, तो वह शेयरों की संख्या व भाव का उल्लेख कर शेयरों की खरीद कर सकता है। ऑर्डर एग्जीक्यूट होने के बाद कंप्यूटर पर पता चल जाता है कि उसके कितने शेयर किस कीमत पर मिले हैं। यदि 'लिमिट ऑर्डर' नहीं दिया है और 'मार्केट ऑर्डर' पर शेयरों की खरीद व बिक्री की गई है तो आपके द्वारा ऑर्डर दिए जाने के बाद आपको जिस बाजार कीमत पर शेयर की बिक्री या खरीद हुई है, उसका पूरा उल्लेख कंप्यूटर स्क्रीन पर तुरंत आ जाता है। यदि ट्रेड 90 रुपए 70 पैसे में हुई है तो आपको वह सही कीमत पता चलती है। इसलिए शेयर की कीमत के बारे में निवेशक बिलकुल निश्चिंत रह सकता है। कीमत को लेकर उसे धोखा होना नामुमकिन होता है।

प्रमाण

इस बात का निश्चित प्रमाण आपके पास होता है कि आपके द्वारा किया गया ट्रांजेक्शन किस तरह हुआ। लेन-देन का पूरा रिकॉर्ड आपके पास होता है, इसलिए आपको कल कोई पार्टी यह नहीं कह सकती कि ट्रांजेक्शन (लेन-देन) नहीं हुआ था।

आय करों का कम होना

जब शेयरों का लेन-देन (ट्रांजेक्शन) देश के प्रमुख एक्सचेंजों में होता है, तब आयकर की दर काफी न्यूनतम होती है। जहाँ लंबी अवधि में हुए पूँजी लाभ (लॉन्ग टर्म कैपिटल गेन) पर किसी तरह का टैक्स (कर) नहीं लगता है, वहीं कम अवधि में हुए पूँजी लाभ (शॉर्ट टर्म कैपिटल गेन) पर 15 प्रतिशत की दर से आयकर निवेशक को देना होता है। गौरतलब है कि पहले शॉर्ट टर्म कैपिटल गेन टैक्स 10 प्रतिशत था, जिसे वर्ष 2008 के बजटीय प्रावधान में 15 प्रतिशत कर दिया गया।

शेयर बाजार में निवेश के माध्यम

शेयर बाजार में निवेश करने के कई रास्ते हैं तथा निवेशक को इन विभिन्न रास्तों की जानकारी होनी चाहिए, ताकि इन रास्तों से जुड़े जोखिम को भाँपकर वह अपने लिए योग्य रास्ता अपना सके।

मार्केट सेग्मेंट

एक सामान्य निवेशक शेयर बाजार में कैश सेग्मेंट के माध्यम से निवेश करता है। अर्थात् जब कभी वह शेयर खरीदता है तो उसे शेयरों का खरीद-मूल्य सेटलमेंट साइकिल की अवधि में चुकाना पड़ता है। शेयरों की ट्रेडिंग का दूसरा तरीका 'मार्जिन सिस्टम' है। इसमें शेयर ब्रोकर अपने ग्राहक को मार्जिन मनी पर ट्रेडिंग करने की सुविधा प्रदान करता

है। इस प्रकार की ट्रेडिंग में निवेशक (क्लाइंट) को शेयरों की खरीद का पूरा मूल्य नहीं चुकाना होता, अपितु आंशिक मूल्य (उदाहरण के तौर पर 30 प्रतिशत) ही चुकाकर वह पूरी ट्रेडिंग का लाभ उठा सकता है। इस आंशिक मूल्य से ऊपर की राशि शेयर ब्रोकर वहन करता है। इस विधि में कोई निवेशक (क्लाइंट) अपनी आर्थिक क्षमता से कई गुना अधिक आकार के निवेश से जुड़कर लाभ कमा सकता है।

ट्रेडिंग का पारंपरिक तरीका

पारंपरिक तरीके में खरीदार तथा बिक्रीकर्ता के बीच में शेयर दलाल माध्यम का काम करता है। निवेशक शेयर ब्रोकर के पास अपना एकाउंट खोलता है, जिसके साथ वह ट्रेडिंग करेगा। जब कभी ट्रांजेक्शन (खरीद-फरोख्त) की आवश्यकता होती है, तब निवेशक शेयर दलाल को फोन करता है तथा अपना एकाउंट नंबर बताकर खरीद-फरोख्त का ऑर्डर प्रस्तुत करता है। ट्रांजेक्शन पूरा होने पर शेयर ब्रोकर 'कॉण्ट्रेक्ट नोट' तथा निर्धारित रकम का बिल बनाता है। निवेशक चेक के माध्यम से यह रकम शेयर ब्रोकर अदा करता है। इस प्रक्रिया को 'पे-इन' सिस्टम कहते हैं। इसके पश्चात् खरीदे गए शेयर पे-आउट तारीख से पहले ब्रोकर के खाते में दर्ज कर दिए जाते हैं। इस प्रक्रिया में निवेशक को शेयर ब्रोकर के पास उपस्थित रहना अनिवार्य होता है, ताकि वह सारी प्रक्रिया को स्वयं देख सके तथा आनेवाली किसी समस्या का निवारण तुरंत किया जा सके।

ट्रेडिंग के पारंपरिक तरीके से लाभ

- आसान तरीका है।
- आमने-सामने तथा विश्वास होने पर फोन पर ट्रेडिंग की जा सकती है।
- लचीलापन—नकदी की उपलब्धता संबंधी छोटी-मोटी समस्याएँ आपसी विश्वास से निपटाई जा सकती हैं।
- शेयर दलाल से अतिरिक्त जानकारी भी प्राप्त की जा सकती है।
- इसमें शेयर दलाल का निवेशक से सीधा संपर्क रहता है।

पारंपरिक तरीके के नुकसान

- निवेशक को स्वयं या अपने प्रतिनिधि को ट्रांजेक्शन के दौरान उपस्थित रहना अनिवार्य होता है।
- इस वजह से निवेशक को परेशानी होती है।

ट्रेडिंग का ऑनलाइन तरीका

इस तरीके में निवेशक द्वारा शेयरों की ट्रेडिंग ब्रोकर के माध्यम से ही की जाती है। यद्यपि ऑनलाइन ट्रेडिंग में ब्रोकर अदृश्य रहता है तथा इसका कोई नाम या पहचान नहीं होती। ऑनलाइन ट्रेडिंग में ब्रोकर की भूमिका इंटरनेट तथा अन्य सिस्टम, जो वेबसाइट के माध्यम से कार्य करते हैं, ने ले ली है। इस प्रकार पारंपरिक तरीके से अलग ऑनलाइन ट्रेडिंग में कुछ बदलाव आ गया है तथा इसमें निवेशक का अनुभव भी पूर्णत: अलग रहता है।

इसमें ब्रोकर की वेबसाइट पर निवेशक को रजिस्ट्रेशन करवाना पड़ता है तथा उसके नाम से ऑनलाइन ट्रेडिंग एकाउंट खोला जाता है। जब कभी निवेशक को ट्रांजेक्शन (ट्रेडिंग) करनी होती है, वह ब्रोकर की वेबसाइट पर अपना नाम तथा पासवर्ड डालकर ब्रोकर की वेबसाइट के ट्रेडिंग पेज पर अपनी निर्धारित खरीद-बिक्री दर्ज करते हैं। इसमें मार्केट ऑर्डर तथा लिमिट ऑर्डर दोनों सुविधाएँ उपलब्ध होती हैं। निवेशक के खाते में आवश्यक धन जमा रहने पर तथा पासवर्ड सही होने पर यह ट्रांजेक्शन बाजार में मान्य हो जाता है।

निवेशक के खाते में से शेयरों का खरीद मूल्य एवं ब्रोकर का कमीशन निकल जाता है तथा उसके डी-मैट खाते में खरीदे गए शेयर जमा हो जाते हैं। शेयरों की बिक्री की अवस्था में निवेशक के डी-मैट खाते से शेयर स्थानांतरित हो जाते हैं तथा उसके बैंक एकाउंट में शेयरों का बिक्री मूल्य कमीशन घटाकर दर्ज हो जाता है।

ऑनलाइन ट्रेडिंग के फायदे

- निवेशक अपने समय व सुविधानुसार ट्रांजेक्शन कर सकता है।
- निवेशक को शारीरिक रूप से उपस्थित रहने की जरूरत नहीं होती।
- फॉर्म आदि भरने की प्रक्रिया से मुक्ति मिलती है। निवेशक के लिए प्राथमिक बाजार तथा द्वितीयक बाजार में निवेश बहुत आसान व सरल होता है।
- गलती की संभावना नगण्य होती है।

नुकसान

- आपका एकाउंट हैकर्स द्वारा हैक किया जा सकता है।
- जो लोग कंप्यूटर व इंटरनेट से अवगत नहीं हैं, वे इस पद्धति का लाभ नहीं उठा सकते हैं।
- इलेक्ट्रॉनिक गति से ट्रांजेक्शन होने के कारण निवेशक को अपना निर्णय बदलने की सुविधा नहीं होती है।

□

9

शेयरों की श्रेणी

बॉम्बे स्टॉक एक्सचेंज में सूचीबद्ध शेयरों को विभिन्न श्रेणियों में बाँटा गया है, जैसे ए, बी 1, बी 2 आदि। शेयरों को इन श्रेणियों में विभाजित करने के अपने मतलब तथा अपनी व्याख्याएँ हैं। किसी शेयर को किसी श्रेणी में रखने से पहले कई बातों पर विचार किया जाता है। इनमें से दो प्रमुख बिंदु हैं, जिन पर प्रमुख रूप से गौर किया जाता है। पहला है 'मार्केट कैपिटलाइजेशन' तथा दूसरा है—'ट्रेडिंग वॉल्यूम'।

इन दोनों प्रमुख बातों को मिलाकर तय किया जाता है कि कोई (कंपनी का शेयर) किस श्रेणी के अंतर्गत माना जाएगा। 'ए' ग्रुप की कंपनियों का 'उच्च बाजार पूँजीकरण' (हाई मार्केट कैपिटलाइजेशन) तथा 'उच्च ट्रेडिंग वॉल्यूम' (बड़ी मात्रा में शेयरों का लेन-देन) होता है। यद्यपि उच्च बाजार पूँजीकरण (लार्ज कैप) तथा 'मध्यम बाजार पूँजीकरण' (मिड कैप) के वर्गीकरण के मापदंडों में परिवर्तन होता रहता है। जिन कंपनियों का मार्केट कैपिटलाइजेशन मध्यम आकार का होता है तथा शेयरों की तरलता (लिक्विडिटी) अपेक्षाकृत कम होती है, उन्हें 'बी1' श्रेणी में आँका जाता है। शेयरों की कीमतों में परिवर्तन तथा बाजार की परिस्थितियों में बदलाव के चलते कंपनियों के शेयर एक श्रेणी से दूसरी श्रेणी में परिवर्तित हो सकते हैं।

'एस' ग्रुप

छोटी कंपनियाँ, जिनका पैडअप कैपिटल 20 करोड़ रुपए तक का हो तथा वे बी.एस.ई. (बॉम्बे स्टॉक एक्सचेंज) में सूचीबद्ध हों, 'एस' ग्रुप के शेयर्स कहलाते हैं। यहाँ 'एस' का मतलब है—'स्मॉल कैपिटल स्टॉक'। इनमें से कई कंपनियाँ पहले क्षेत्रीय स्टॉक एक्सचेंज में सूचीबद्ध होती थीं, फिर उन्हें इस श्रेणी में डाला गया।

'टी' ग्रुप

इस 'टी' ग्रुप (ट्रेड टू ट्रेड सेग्मेंट) श्रेणी के अंतर्गत वे कंपनियाँ आती हैं, जिनकी शेयरों की ट्रेडिंग में बहुत ज्यादा स्पेकुलेशन तथा वोलेटिलिटी रहती है। स्पेकुलेशन के प्रभाव को कम करने के लिए शेयरों को इस श्रेणी में डाला जाता है। इस श्रेणी के तहत दर्ज शेयरों की ट्रेडिंग के दौरान प्रत्येक लेन-देन में शेयरों की डिलीवरी देना अनिवार्य होता है, ताकि जब तक कोई निवेशक शेयरों की डिलीवरी देने में सक्षम न हो, शेयरों का लेन-देन न कर सके। इससे स्पेकुलेशन पर नियंत्रण रहता है।

'जेड' श्रेणी

निवेशकों को 'जेड' श्रेणी के शेयरों के प्रति सदैव सावधान रहना चाहिए; क्योंकि इस श्रेणी की कंपनियों द्वारा स्टॉक एक्सचेंज के मापदंडों का पूरी तरह पालन नहीं किया गया होता है। इस श्रेणी के शेयरों में निवेश जोखिम भरा हो सकता है; क्योंकि इन कंपनियों के साथ डिलिस्टिंग की संभावना जुड़ी होती है। ऐसी स्थिति में निवेशक कभी मालामाल तो कभी कंगाल हो सकता है।

□

10

इंडेक्स

‘इंडेक्स’ बाजार की स्थिति को दरशानेवाला पैमाना है तथा यह बाजार के रुझान को दरशाता है। किसी भी इंडेक्स में वे स्टॉक शामिल रहते हैं, जिनकी लिक्विडिटी भरपूर हो तथा जिनका मार्केट पूँजीकरण (कैपिटलाइजेशन) बड़ा है। इंडेक्स की गणना में इन स्टॉक को इनके बाजार में पूँजीकरण की तुलना के अनुसार महत्त्व दिया जाता है। इन इंडेक्स की डेरिवेटिव मार्केट में भी ट्रेडिंग होती है। भारत में सिक्युरिटीज की ट्रेडिंग के लिए दो प्रमुख स्टॉक एक्सचेंज, बॉम्बे स्टॉक एक्सचेंज (BSE) तथा नेशनल स्टॉक एक्सचेंज हैं। बॉम्बे स्टॉक एक्सचेंज का इंडेक्स (सूचकांक) सेंसेक्स (SENSEX) तथा नेशनल स्टॉक एक्सचेंज का इंडेक्स निफ्टी (NIFTY) है।

निफ्टी

नेशनल स्टॉक एक्सचेंज द्वारा सर्वप्रथम जारी किया गया इंडेक्स ‘निफ्टी’ है। निफ्टी का गठन सेंसेक्स के गठन से कुछ भिन्न है। सेंसेक्स के गठन में जहाँ स्टॉक्स के फ्लोटिंग कैपिटलाइजेशन का उपयोग किया जाता है, वहीं निफ्टी के गठन में इसके 50 स्टॉक के पूरे कैपिटलाइजेशन का प्रयोग होता है।

भारत के अन्य मुख्य इंडेक्स

- बी.एस.ई. स्मॉलकैप इंडेक्स
- बी.एस.ई. मिडकैप इंडेक्स
- सी.एन.एक्स. निफ्टी जूनियर
- सी.एन.एक्स. मिडकैप
- सी.एन.एक्स. आई.टी.

- बैंक निफ्टी
- निफ्टी मिनी फ्यूचर्स

विश्व के प्रमुख इंडेक्स

इंडेक्स	*देश*
• डाऊ जोंस इंडस्ट्रियल	यू.एस.ए. (अमेरिका)
• एस एंड पी 500 इंडेक्स	यू.एस.ए.
• नास्डेक कंपोजिट	यू.एस.ए.
• एफटीएसई 100 इंडेक्स	यू.के. (ब्रिटेन)
• सीएसी 40 इंडेक्स	फ्रांस
• डेक्स	जर्मनी
• निक्की 225	जापान
• हेंग-सेंग इंडेक्स	हांगकांग
• कॉस्पी इंडेक्स	दक्षिण कोरिया
• स्ट्रेट्स टाइम्स	सिंगापुर

सेंसेक्स क्या है?

दरअसल स्टॉक एक्सचेंज में जिन कंपनियों का कारोबार हो रहा है, उनकी सामान्य स्थिति को दरशाने के लिए एक औसत निकाला जाता है, जिसे 'सेंसिटिव इंडेक्स' कहते हैं। 'सेंसेक्स' शब्द का प्रयोग सन् 1990 में दीपक मोहोनी नामक पत्रकार ने शुरू किया था, जो अब प्रचलित हो गया है।

सेंसेक्स बॉम्बे स्टॉक एक्सचेंज (बी.एस.ई.) में सूचीबद्ध 30 सबसे बड़ी और सबसे अधिक खरीदी-बेची जानेवाली कंपनियों का एक इंडेक्स है। यह सूचकांक सन् 1986 में अस्तित्व में आया था। सेंसेक्स का पूरा नाम 'सेंसिटिव इंडेक्स' है। इस इंडेक्स में शामिल कंपनियाँ अर्थव्यवस्था के विभिन्न सेक्टरों को प्रभावित करती हैं। बी.एस.ई. के कुल बाजार पूँजीकरण का पाँचवें से भी ज्यादा हिस्सा इन कंपनियों का ही है। सेंसेक्स भारतीय शेयर बाजार का सबसे लोकप्रिय व सटीक बैरोमीटर माना जाता है। यदि अर्थव्यवस्था की स्थिति अच्छी है तो इंडेक्स या सेंसेक्स ऊपर उठता है, यानी शेयरों का भाव उछलता है और यदि अर्थव्यवस्था की स्थिति अच्छी नहीं है तो सेंसेक्स नीचे गिरता है, अर्थात् शेयरों के गिरते भाव की तरफ इशारा करता है। लेकिन अब ग्लोबल हो चुके शेयर बाजार में जहाँ खरबों रुपए विदेशी संस्थागत निवेशकों (एफ.आई.आई.) का लगा है, ऐसे में ग्लोबल कारकों का भी शेयर बाजार पर काफी प्रभाव पड़ता है। हमने बहुत

बार ऐसा पाया है कि इंडिया की ग्रोथ स्टोरी बुलिश है, फंडामेंटल मजबूत है, कंपनियों के नतीजे अच्छे हैं, बावजूद इसके सेंसेक्स इसलिए नीचे गिर गया, क्योंकि ग्लोबल कारक नकारात्मक थे। हालाँकि अब भी हमारा इंडेक्स अर्थव्यवस्था की मजबूती का आईना है, जिसे कभी-कभी अमेरिका का सब-प्राइम संकट, एशियाई बाजारों की मंदी तो कभी स्थानीय सेंटीमेंट्स धुएँ की एक परत के रूप में आकर आईने को कुछ देर के लिए धुँधला जरूर कर देते हैं, लेकिन लॉन्ग टर्म (लंबी अवधि) में धुएँ के ये बादल छँट जाते हैं और दुबारा हमें हमारी बुलिश इकोनॉमी की तसवीर दिखाई पड़ने लगती है।

कई बार ऐसा भी होता है कि वास्तविक अर्थव्यवस्था घोर मंदी का शिकार होती है, तो भी शेयर बाजार कुलाँचे भरता दिखाई देता है। इसका कारण यह है कि अब शेयर बाजार में कंपनियों के शेयरों के बाजार मूल्य का उनकी वास्तविक संपत्ति के मूल्य से सीधा संबंध नहीं लगाया जा सकता। इसका वास्तविक कारण कारोबार में कमी होना और सट्टेबाजी से पैसों को इधर-उधर करना है। हालाँकि डी-मैट प्रणाली व सेबी के कसते रवैए से अब इसमें बहुत गिरावट आई है।

सेंसेक्स के आधारित वर्ष की शुरुआत 1 अप्रैल, 1979 से मानी जाती है, क्योंकि उस वर्ष से सेंसेक्स की गणना 100 से शुरू की गई थी। सेंसेक्स की गणना करने के लिए 'फ्री फ्लोट मार्केट कैपिटलाइजेशन' (बाजार पूँजीकरण) विधि का इस्तेमाल किया जाता है। इस विधि में सेंसेक्स में शामिल 30 कंपनियों का 'फ्री फ्लोट मार्केट कैप' निकाला जाता है। इसके बाद इन सभी कंपनियों के मार्केट कैप को जोड़कर कुल गणना की जाती है। फिर इसकी गणना सेंसेक्स के आधार वर्ष के सापेक्ष की जाती है। इस आधार पर जो भी परिणाम आता है, वह सेंसेक्स का अंक है। उदाहरण के लिए, यदि 100 करोड़ के लिए सेंसेक्स का अंक 4 था तो 200 करोड़ के लिए यह 8 पर निर्धारित होगा और 400 करोड़ के लिए यह 16 अंक पर निर्धारित होगा। मार्केट कैप में बदलाव शेयरों में वृद्धि या फिर शेयरों की कीमतों (मूल्य) में बढ़ोतरी या कमी के चलते हो सकता है। सेंसेक्स में कंपनियों का चयन एक 'इंडेक्स समिति' करती है। इसमें शामिल होनेवाली कंपनियों को निर्धारित नियमों का पालन करना पड़ता है। उनमें से एक नियम यह है कि कंपनी बी.एस.ई. की पहली सौ मार्केट कैपवाली कंपनियों में से एक होनी चाहिए और उसका कुल मार्केट कैप बी.एस.ई. के कुल मार्केट कैप का 0.5 प्रतिशत से ज्यादा होना चाहिए। □

11

शेयर ब्रोकर का चुनाव कैसे करें?

शेयर बाजार में सौदे सिर्फ पंजीकृत शेयर दलालों के माध्यम से ही किए जाते हैं। इसलिए निवेशक के लिए सही दलाल का चयन करना आवश्यक हो जाता है। शेयर ब्रोकर के मामले में विश्व के सबसे लोकप्रिय निवेशक वारेन बफे की बात खासी रोचक है। वे कहते हैं—''शेयर ब्रोकर आपका दोस्त नहीं है। वह एक डॉक्टर की तरह होता है, जो मरीज से दवा के बदले शुल्क लेता है। अब यदि आप सही डॉक्टर के पास नहीं पहुँचेंगे तो खामियाजा आपको ही भुगतना होगा।'' हालाँकि यह सही व सटीक बात निवेशक मानते हैं, लेकिन बावजूद इसके उनके व्यवहार में यह नहीं झलकता कि वे ब्रोकर को लेकर संजीदा हैं। ज्यादातर निवेशक तो अपने शेयर ब्रोकर का नाम, उसकी फर्म तथा उसके फोन नंबर से ज्यादा कुछ नहीं जानते और शेयर की खरीद-बिक्री के लिए पूरी तरह से ब्रोकर पर आश्रित रहते हैं और सोचते हैं कि ब्रोकर उनके लाभ के लिए ही सब कर रहा है। यदि आप ऐसा सोचते हैं तो बिलकुल गलत है; क्योंकि सच तो यह है कि पैसा किसी के कंधे पर सवार होकर नहीं कमाया जा सकता। यदि आप में सूझ-बूझ, विश्लेषण की क्षमता व जागरूकता नहीं है तो आपकी सहायता कोई नहीं कर सकता। इसलिए ब्रोकर का चुनाव करते समय उसके ट्रेक रिकॉर्ड, सेवा की गुणवत्ता, ग्राहकों के लिए सलाहकारी सेवा, रिसर्च इत्यादि के अलावा ब्रोकर का व्यवहार भी खास मायने रखता है। यदि कोई ब्रोकर सस्ती सेवाएँ उपलब्ध करवाता है, दलाली (ब्रोकरेज) कम लेता है और लुभावनी खरीद खबरें देता है, तो इसका मतलब यह नहीं है कि ब्रोकर का चयन आपके लिए फायदेमंद साबित होगा। वैसे ब्रोकर और निवेशक का रिश्ता पूरी तरह से विश्वास पर टिका होता है, लेकिन फिर भी कुछ बातों का ध्यान रखना आवश्यक है। यदि आपका ब्रोकर किसी खास स्टॉक की अत्यधिक खरीद बिना किसी खास वजह के करने को कह

रहा है तो हो सकता है, इसके लिए उसे ऊँचा कमीशन मिल रहा हो! इसलिए यदि आप सचेत रहेंगे तो ब्रोकर की पैंतरेबाजी को समझ सकते हैं। यदि आपका ब्रोकर आपकी जरूरत, वित्तीय स्थिति व व्यक्तिगत इच्छाओं को जाने बिना आपके लिए ट्रेड करता है तो आपको जोखिम व हानि उठानी पड़ सकती है। एक अच्छे ब्रोकर को यह पता होता है कि उसका ग्राहक किस तरह का निवेशक है। यदि निवेशक को ब्रोकर से शिकायत हो तो शेयर बाजार के सर्विस विभाग के अतिरिक्त सेबी से भी संपर्क किया जा सकता है। बी.एस.ई. व एन.एस.ई. की वेबसाइट पर ब्रोकरों की सूची उपलब्ध है। इसके अलावा ब्रोकर भी अपनी जानकारियाँ अन्य माध्यमों द्वारा प्रकाशित करवाते हैं। लेकिन ब्रोकर का चयन करते समय उसका 'ट्रेक रिकॉर्ड' जरूर देखें। आपके घर या ऑफिस के पास स्थित ब्रोकर आपके लिए सुविधाजनक होता है। आजकल अनेक बैंक भी ब्रोकिंग का कारोबार कर रहे हैं। इसलिए आप जिस बैंक में अपना डी-मैट एकाउंट खुलवा रहे हैं, यदि वह बैंक ब्रोकिंग कारोबार में भी है तो वहीं अपना ब्रोकिंग एकाउंट भी खुलवाना ठीक रहता है।

ब्रोकर स्टॉक एक्सचेंज का सदस्य होता है। उसके पास यह अधिकार होता है कि वह स्वयं के लिए तथा किसी और के लिए भी (उस निवेशक के लिए), जो उस ब्रोकर के पास रजिस्टर्ड हो, शेयरों की खरीद-बिक्री कर सकता है। वह पूरी खरीद-बिक्री होने के हिसाब से अपना कमीशन (ब्रोकरेज) लेता है। इसके अलावा यह अपने ग्राहकों की शेयर से संबंधित सुरक्षित ट्रेडिंग, ग्राहकों को निवेश संबंधी परामर्श और उनके पोर्टफोलियो को संचालित करता है। कुछ वर्ष पहले तक बी.एस.ई. का शेयर दलाल सदस्य बनना काफी महँगा था। लेकिन करोड़ों रुपए का शुल्क खर्च घटकर अब कुछ लाख रुपए रह गया है।

□

12

स्टॉक में निवेश करने के विभिन्न तरीके

शेयर बाजार में निवेश करने के कई तरीके हैं। छोटे निवेशकों, बड़े निवेशकों तथा फंड मैनेजर्स आदि द्वारा शेयरों को चुनने का अपना तरीका होता है और वही तरीका निवेश संबंधी निर्णय और उससे मिली सफलता को एक 'ट्रेंड' के रूप में स्थापित करता है।

निवेश के लिए स्टॉक (शेयर) के चयन का भी एक विशेष तरीका होता है। बाजार के दिग्गज खिलाड़ी व फंड मैनेजर्स आदि का निवेश करने का अपना स्टाइल होता है। कुछ निवेशक सिर्फ उन शेयरों में पैसा लगाते हैं, जो तेजी से बढ़ते हैं तो कुछ वैल्यू स्टॉक को प्राथमिकता देते हैं। एक निवेशक के लिए यह जानना जरूरी है कि विभिन्न शेयरों में कौन से शेयर किस तरह का प्रदर्शन करते हैं और उनसे लाभ पाने के लिए निवेश का कौन सा तरीका अख्तियार करना होगा? आइए, जानते हैं इनवेस्टर्स के बीच कितने तरह की स्टाइल लोकप्रिय हैं!

ग्रोथ स्टॉक

ग्रोथ इनवेस्टिंग स्टाइल के अंतर्गत निवेशक उन स्टॉक्स (शेयरों) का चयन करता है, जिनमें इंडस्ट्री के अन्य प्लेयर्स की अपेक्षा (साथी शेयरों की अपेक्षा) 'ग्रोथ पोटेंशियल हाई' (तेजी से आगे बढ़ने की संभावना) हो।

यदि तेजी से बढ़ते हुए क्षेत्र (इमर्जिंग एरिया) से संबंधित स्टॉक है तो उनमें काफी ज्यादा ग्रोथ की संभावना होती है। निवेशक तुरंत ऐसे स्टॉक की पहचान कर लेते हैं। वहीं कुछ निवेशक पहले तेजी से बढ़ रहे क्षेत्र (इमर्जिंग सेक्टर) की पहचान करते हैं और उस क्षेत्र (सेक्टर) में तेजी से आगे बढ़ रही कंपनियों का चयन कर उनमें निवेश करते हैं। ऐसा माना जाता है कि ग्रोथ स्टॉक में निवेश करने से भविष्य में अच्छा रिटर्न

मिलने की उम्मीद की जा सकती है।

ग्रोथ स्क्रिप्स का चयन करते समय यह देखना होता है कि उन विशेष शेयरों की अपनी साथी कंपनियों के शेयरों के मुकाबले अर्निंग ग्रोथ कितनी ज्यादा है। ग्रोथ कंपनियों (तेजी से बढ़नेवाली कंपनियों) को परखने का सबसे सरल तरीका यह है कि उनकी बिक्री और मुनाफे का आँकड़ा तेजी से बढ़ता हुआ दिखाई देता है। यही कारण है कि इन कंपनियों में किया गया निवेश कंपनी की तेज ग्रोथ के कारण बाजार में ज्यादा लाभ प्रदान करता है। सेंसेक्स की मंथर गति तथा बाजार पर नकारात्मक प्रभाव डालनेवाले कारकों से भी ये स्टॉक्स अप्रभावित रहते हैं। यही कारण है कि बाजार में इन स्टॉक्स को अलग नजरिए से देखा जाता है। ऐसा माना जाता है कि बाजार में ग्रोथ स्टॉक्स की वैल्यू अलग तरीके से आँकी जाती है और यही कारण है कि यह वैल्यूशन में भाग लेते हैं। निवेशक ग्रोथ आधारित शेयरों में निवेश करने के लिए उच्च राशि अदा करने से भी नहीं हिचकते। निवेश की यह स्टाइल बहुत लोकप्रिय है; क्योंकि ज्यादातर निवेशक यह सुनिश्चित कर लेना चाहते हैं कि उनके पोर्टफोलियो में जो शेयर्स हैं, उनकी कीमत भविष्य में बढ़नेवाली है।

वैल्यू स्टॉक

बाजार में कई फंड मैनेजर वैल्यू इनवेस्टिंग तरीके से निवेश करते हैं। यह तरीका ग्रोथ इनवेस्टमेंट से बिलकुल भिन्न है। वैल्यू इनवेस्टमेंट तरीके में उन शेयरों का चयन किया जाता है, जिनका तात्कालिक बाजार मूल्य अपेक्षाकृत कम हो। इन शेयरों में निवेश करके ऐसी स्थिति में लाभ उठाया जाता है, जब ये शेयर अपनी कंपनी की आंतरिक मजबूती से वास्तविक मूल्य प्राप्त कर लेते हैं।

बाजार में इस प्रकार के अंडर वैल्यूड स्टॉक की पहचान करने के कई तरीके हैं। किसी शेयर का पी/ई (प्राइस अर्निंग रेशियो) कम होना इसका सूचक हो सकता है। कंपनी का कैश-फ्लो इसका सूचक हो सकता है। कंपनी के कैश-फ्लो (नकदी प्रवाह) तथा डिस्काउंटेड फ्यूचर अर्निंग को पी/ई रेशियो के सापेक्ष में समझकर अंडर वैल्यूड शेयरों की पहचान की जा सकती है। औसत से कम प्राइस/बुक रेशियो तथा अधिक डिविडेंड यील्ड भी 'अंडर वैल्यूड शेयर' के सूचक हैं। इसके अतिरिक्त इन शेयरों का गुणात्मक विश्लेषण भी जरूरी है कि ये शेयर किस बिजनेस से जुड़े हैं? इनका मैनेजमेंट कैसा है तथा इनके बिजनेस की भविष्य में क्या माँग है?

वैल्यू इनवेस्टिंग के तरीके में निवेश के अच्छे परिणाम आने में समय लगता है क्योंकि वैल्यू इनवेस्टिंग के तरीके में निश्चित रूप से यह नहीं कहा जा सकता कि कोई शेयर कब अपने वास्तविक मूल्य पर आएगा। कई बार ऐसे परिणाम आने में कई साल

लग जाते हैं। अत: लंबे समय के निवेशकों (लॉग टर्म इनवेस्टर्स) के लिए यह तरीका सुविधाजनक होता है।

निवेश के इन दो (ग्रोथ व वैल्यू इनवेस्टिंग) तरीकों के अतिरिक्त अन्य तरीके भी फंड मैनेजरों व निवेशकों द्वारा शेयरों के चयन के लिए अपनाए जाते हैं।

मोमेंटम इनवेस्टमेंट स्टाइल

जो निवेशक अपने निवेश का शीघ्र लाभ उठाना चाहते हैं, वे इस प्रकार के निवेश का तरीका अपनाते हैं। इसके तहत उन कंपनियों के स्टॉक्स का चयन किया जाता है, जो बाजार में तेजी से बढ़ती हैं। कई कंपनियों में नाटकीय रूप से वृद्धि होती है। उनका पी/ई रेशियो बहुत ऊँचा होता है तथा बाजार में उनके स्टॉक्स का आकार काफी ज्यादा होता है। जब ये कंपनियाँ बाजार में आशा से अधिक वृद्धि करने लगें, तब लाभ उठाने के लिए इन कंपनियों के स्टॉक में किया गया निवेश 'मोमेंटम इनवेस्टमेंट' कहलाता है। ग्रोथ इनवेस्टमेंट तथा मोमेंटम इनवेस्टमेंट में मूल अंतर यह है कि जहाँ ग्रोथ इनवेस्टमेंट में चयनित कंपनियाँ फंडामेंटल रूप से मजबूत होती हैं तथा लंबे समय तक उनकी आय में वृद्धि होती है, वहीं मोमेंटम इनवेस्टमेंट के तहत चयनित कंपनियों के फंडामेंटल पर ध्यान नहीं दिया जाता है, अपितु तात्कालिक ट्रेंड का लाभ उठाया जाता है। मोमेंटम इनवेस्टमेंट काफी कम समय (शॉर्ट टर्म) के लिए किया जाता है तथा निवेशक में जल्दी से स्टॉक बेचकर बाजार से निकलने की क्षमता होनी चाहिए।

डिविडेंड यील्ड इनवेस्टमेंट स्टाइल

निवेश के इस तरीके में शेयर के हाई डिविडेंड यील्ड को ध्यान में रखा जाता है। ऐसा माना जाता है कि हाई डिविडेंडवाले स्टॉक अन्य स्टॉक्स के मुकाबले, कुछ परिस्थितियों में अच्छा रिटर्न देते हैं। यद्यपि लंबी अवधि के निवेश के नजरिए से निवेश का यह तरीका सही नहीं है; क्योंकि लंबी अवधि में इन शेयरों का डिविडेंड यील्ड उच्च स्तर पर बना रहे, इसकी कोई गारंटी नहीं होती तथा लंबी अवधि के दौरान स्टॉक की कीमत में आया हुआ बदलाव डिविडेंड यील्ड के लाभ को महत्त्वहीन भी कर सकता है। □

13

शेयर सूची (स्टॉक टेबल) को पढ़ने का तरीका

बाजार में रोजाना होने वाली शेयरों की खरीद-फरोख्त से बहुत से आँकड़ों का सृजन होता है। ये आँकड़े विभिन्न समाचार-पत्रों में तथा वित्तीय सूचनाओं वाले स्रोतों में निवेशकों के लिए उपलब्ध होते हैं। एक निवेशक के लिए बुद्धिमत्तापूर्वक निवेश करने के लिए यह जरूरी है कि वह इन आँकड़ों को समझे तथा स्टॉक सूची को सही तरीके से समझकर आवश्यक गणना कर सके।

प्रत्येक शेयर सूची में दो प्राइस कोटेशन होते हैं। इनमें पहला बॉम्बे स्टॉक एक्सचेंज (बी.एस.ई.) और दूसरा नेशनल स्टॉक एक्सचेंज (एन.एस.ई.) के लिए होता है। बहुत से ऐसे शेयर हैं, जो दोनों एक्सचेंज में सूचीबद्ध हैं और कुछ शेयर ऐसे हैं, जो सिर्फ किसी एक एक्सचेंज में ही सूचीबद्ध हैं। सूचीबद्धता के आकार के हिसाब से देखें तो बी.एस.ई. में सूचीबद्ध शेयरों की संख्या अधिक है।

निवेशक को सबसे पहला आइटम जो नजर आता है, वह है कंपनी का बी.एस.ई./एन.एस.ई. कोड। निवेशक को यह पता होना चाहिए कि जिस कंपनी में वह निवेश करना चाहता है या निवेश कर चुका है, उसका बी.एस.ई. व एन.एस.ई. में कोड क्या है; क्योंकि प्रत्येक स्क्रिप का अलग कोड होता है। यदि कंपनी का बी.एस.ई. कोड व एन.सी.ई. कोड पता है तो निवेशक कंपनी के बारे में पूरी जानकारी पा सकता है। यह जानकारी एक्सचेंज द्वारा मुहैया करवाई जाती है।

यह कोड तब बहुत महत्त्वपूर्ण हो जाता है, जब निवेशक किसी विशेष कंपनी पर लगातार नजर रख रहा हो। छोटी कंपनियों के स्टॉक्स के ट्रांजेक्शन के लिए ब्रोकर की तरफ से आग्रह होता है कि निवेशक उन कंपनियों के बी.एस.ई./एन.एस.ई. कोड दर्ज करें, ताकि ट्रांजेक्शन को पूरा करने में कोई समस्या न हो।

स्टॉक टेबिल में कंपनियों के नाम सामान्य रूप से लिखे होते हैं। कई बार जगह की कमी के कारण इनका संक्षिप्त रूप भी लिखा होता है। इन कंपनियों के नाम के समक्ष उस दिन के शेयर की कीमतें पाँच विभिन्न रूपों में लिखी जाती हैं— ओपन, हाई, लो, क्लोज तथा गत दिन क़ा क्लोज। **ओपन** से तात्पर्य यह है कि उस दिन ट्रेडिंग की शुरुआत में उस शेयर की प्रारंभिक कीमत कितनी आँकी गई है। **हाई** से तात्पर्य है कि उस दिन उस कंपनी के शेयर की सर्वाधिक बाजार कीमत कितनी आँकी गई। **लो** से तात्पर्य है कि उस दिन उस कंपनी के शेयर की न्यूनतम कीमत कितनी आँकी गई। कई समाचार-पत्रों की स्टॉक टेबिलों (शेयर सूची) में पिछले ट्रेडिंग दिन की क्लोज वैल्यू भी दरशाई जाती है। ये आँकड़े शॉर्ट टर्म निवेशकों तथा डे-ट्रेडर्स के लिए निर्णय लेने के लिहाज से काफी महत्त्वपूर्ण होते हैं। दो अन्य आँकड़े 'वॉल्यूम' तथा 'खरीद-फरोख्त के सौदों की संख्या' भी स्टॉक टेबिल में महत्त्वपूर्ण होती है। 'वॉल्यूम' (आकार) से तात्पर्य है कि किसी कंपनी के शेयर के दैनिक कारोबार में कुल कितने धन का ट्रांजेक्शन (लेन-देन) किया गया तथा इस वॉल्यूम में कुल कितने सौदे किए गए। यदि किसी शेयर के कारोबारी दिन में वॉल्यूम का आँकड़ा बड़ा हो तथा सौदों की संख्या कम तो यह दरशाता है कि इस शेयर की ट्रेडिंग में बड़े निवेशकों तथा संस्थागत निवेशकों ने रुचि ली है। इसके विपरीत, यदि इसी वॉल्यूम के आँकड़े में सौदों की संख्या बहुत ज्यादा हो तो यह दरशाता है कि इस शेयर की ट्रेडिंग में छोटे निवेशकों ने ज्यादा रुचि ली है।

इसके अतिरिक्त कई अन्य महत्त्वपूर्ण आँकड़े भी स्टॉक टेबिल में दरशाए जाते हैं, जैसे प्राइस अर्निंग रेशियो (पी/ई)। इससे पता चलता है कि बाजार में कंपनी का किस प्रकार मूल्यांकन किया गया है। स्टॉक टेबिल में कंपनियों का मार्केट कैपिटलाइजेशन (बाजार पूँजीकरण) भी दर्ज होता है। यह आँकड़ा दरशाता है कि कंपनी के शेयर की तात्कालिक बाजार कीमत के हिसाब से कंपनी में बाजार की कितनी पूँजी लगी है। कई महत्त्वपूर्ण गणनाओं में यह आँकड़ा आवश्यक होता है। स्टॉक टेबल में प्रत्येक शेयर का गत एक वर्ष (52 सप्ताह) की अधिकतम तथा न्यूनतम कीमत भी दर्ज होती है।

स्टॉक लेबल में कई प्रकार के रेशियो जैसे—रिटर्न/नेट वर्थ, रिटर्न/कैपिटल, प्रॉफ़िट रेशियो तथा बैलेंस शीट रेशियो आदि दर्ज होते हैं। ये आँकड़े विभिन्न प्रकार के विश्लेषणों के लिए महत्त्वपूर्ण होते हैं। स्टॉक टेबिल में शेयरों के समक्ष 'बीटा फैक्टर' भी दरशाया जाता है। 'बीटा फैक्टर' से पता चलता है कि उस शेयर का प्रदर्शन बाजार के सापेक्ष में किस प्रकार का है। यदि बीटा फैक्टर एक (1) है, अर्थात् वह शेयर बाजार के हिसाब से ही गति (उतार-चढ़ाव) करता है। बीटा फैक्टर एक से कम होने पर यह पता चलता है कि इस शेयर की गति बाजार के सापेक्ष में कम है तथा बीटा फैक्टर एक से अधिक होने पर यह पता चलता है कि इस शेयर की गति (उतार-चढ़ाव) बाजार के

सापेक्ष से अधिक है। ये सारे आँकड़े एक निश्चित अवधि के अध्ययन के पश्चात् हासिल किए जाते हैं तथा इसी परिप्रेक्ष्य में इन आँकड़ों को समझना चाहिए। दैनिक लिहाज से इन आँकड़ों के आधार पर निर्णय नहीं लिया जा सकता।

स्टॉक टेबल में विभिन्न कंपनियों के शेयरों के लिए अलग-अलग श्रेणियाँ बनाई गई हैं और यह उनके मार्केट कैपिटलाइजेशन के हिसाब से होती हैं। किसी व्यक्ति को स्टॉक टेबिल में किसी शेयर के बारे में जानकारी देखनी है तो इन्हीं श्रेणियों के अंतर्गत शेयरों की सूची में तलाश करना चाहिए। समय-समय पर ये स्टॉक एक श्रेणी से दूसरी श्रेणी में स्थानांतरित भी होते रहते हैं। स्टॉक टेबिल में सबसे पहले 'पी' कैटेगरी के शेयर तथा उसके पश्चात् अन्य श्रेणियों के शेयर प्रदर्शित किए जाते हैं। किसी भी श्रेणी में ये शेयर अल्फाबेटिक क्रम में दरशाए जाते हैं।

□

14

शेयर (स्टॉक) की कीमतों को प्रभावित करनेवाले कारण (कारक)

बाजार की स्थिति (मार्केट कंडीशन)

- माँग और आपूर्ति (डिमांड एंड सप्लाई)
- संस्थागत रुचि (इंस्टीट्यूशनल इंटरेस्ट)
- कुल स्थिति (ऑल कंडीशन)

माँग और आपूर्ति (डिमांड एंड सप्लाई)

छोटे अंतराल के दौरान शेयरों की कीमतों में उतार-चढ़ाव का बड़ा कारण माँग तथा आपूर्ति होती है। जब कभी विदेशी संस्थागत निवेशक (फॉरेन इंस्टीट्यूशनल इनवेस्टर्स) शेयर बाजार में किन्हीं शेयरों की बड़ी खरीदारी करते हैं, जिससे बाजार में उन शेयरों की माँग बढ़ जाती है तथा इस वजह से बाजार में उन शेयरों की उपलब्धता कम हो जाती है, तब उन शेयरों की कीमतों में तात्कालिक रूप से बढ़ोतरी देखी जाती है। इसके विपरीत, जब संस्थागत निवेशकों द्वारा किन्हीं शेयरों की भारी बिकवाली की जाती है तो बाजार में ऐसे शेयरों की अत्यधिक उपलब्धता उन शेयरों के खरीदारों की माँग से अधिक हो जाती है। परिणामस्वरूप शेयरों की कीमतों में तात्कालिक रूप से कमी आ जाती है।

कई बार किसी इक्विटी का बड़ा हिस्सा कंपनी के प्रमोटर्स के पास होता है। ऐसी स्थिति में जब कभी ऐसी कंपनी के शेयरों की माँग बाजार में बढ़े तो इन शेयरों की कीमतों में तेजी से वृद्धि होती है, क्योंकि खरीद-फरोख्त के लिए शेयरों का बड़ा हिस्सा बाजार

में उपलब्ध नहीं होता। इसी प्रकार, जब किसी कंपनी का पब्लिक इश्यू बाजार में आता है तो उससे कंपनी के शेयरों की कीमत में उतार आ जाता है; क्योंकि नए पब्लिक इश्यू के कारण बाजार में उपलब्ध शेयरों की संख्या में वृद्धि हो जाती है—अर्थात् आपूर्ति बढ़ जाती है।

संस्थागत रुचि (इंस्टीट्यूशनल इंटरेस्ट)

शेयरों की कीमतों में छोटे अंतराल के दौरान होनेवाले उतार-चढ़ाव का एक कारण उन शेयरों में संस्थागत निवेशकों की रुचि भी है। कई निवेशक बाजार के बड़े खिलाड़ियों की गतिविधियों के अनुसार निवेश की रणनीति तैयार करते हैं। प्रारंभिक तौर पर यह माना जाता है कि संस्थागत निवेशकों द्वारा शेयरों की खरीद अथवा बिक्री के पीछे कोई पुख्ता अध्ययन होता है तथा कुछ निवेशक इस ट्रेंड का अनुसरण करते हैं। यद्यपि फंडामेंटल विश्लेषक इस प्रभाव को कम समय के निवेश के लिए ही उचित मानते हैं। विदेशी संस्थागत निवेशकों द्वारा खरीद-बिक्री कई बार भ्रम में डालनेवाली भी हो सकती है तथा इसके अनुसार अपनी रणनीति अपनानेवाले निवेशकों द्वारा दुःखदायी परिणाम भी देखे गए हैं।

कुल स्थिति (ऑल कंडीशन)

बाजार की 'ओवर ऑल' स्थिति भी शेयरों की कीमतों को प्रभावित करती है। दो मुख्य कारक ऐसे हैं, जो शेयरों की कीमतों को प्रभावित करते हैं। पहला है, कंपनी का व्यक्तिगत कारक और दूसरा है ओवर ऑल मार्केट कंडीशन।

जब बाजार में गिरावट का दौर चलता है तो अच्छी कंपनियों के शेयर की कीमतों में भी गिरावट देखी जाती है। भले ही इन कंपनियों से संबंधित कोई बुरी सूचना-समाचार वित्तीय बाजार में न हो। इसी प्रकार, बाजार में तेजीवाले दौर में औसत कंपनियों के शेयरों में भी अच्छी वृद्धि दर्ज होती देखी गई है, भले ही ऐसी कंपनियों के शेयरों की कीमतों में वृद्धि का कोई मजबूत कारण न हो। इसलिए समझदार निवेशक को शेयरों की कीमतों में आए बदलाव के विश्लेषण में सावधानी बरतनी चाहिए।

कंपनी से जुड़े कारण (जॉइंट रीजन फ्रॉम कंपनी)

- कंपनी का प्रदर्शन (परफॉरमेंस ऑफ कंपनी)
- कंपनी का प्रस्तावित विस्तार (एक्सपंशन)
- कंपनी का अधिग्रहण तथा विलय (एक्वीजिशन एंड डिमर्जर)

कंपनी का प्रदर्शन (परफॉरमेंस ऑफ कंपनी)

कंपनी का वित्तीय तथा गैर-वित्तीय प्रदर्शन उस कंपनी के शेयरों की कीमतों को प्रभावित करता है। यदि कोई कंपनी वित्तीय रूप से अच्छा प्रदर्शन करती है तो निवेशकों में उस कंपनी के शेयरों द्वारा अच्छे रिटर्न तथा डिवीडेंड की आशा में रुचि पैदा होती है। परिणामस्वरूप शेयरों की कीमतों में बढ़ोतरी दर्ज होती है। इसी प्रकार जब कंपनी का इतर-वित्तीय प्रदर्शन जैसे—कंपनी द्वारा कुल बिक्री, वसूली (रियलाइजेशन), कंपनी द्वारा अर्जित अन्य आय इत्यादि, अच्छा हो तो यह निष्कर्ष निकालकर कि कंपनी की आधारभूत स्थिति मजबूत है, उस कंपनी के शेयरों में कुछ वृद्धि दर्ज होती है।

प्रस्तावित विस्तार (एक्सपंशन)

किसी कंपनी द्वारा अपनी क्षमता बढ़ाने अथवा नई गतिविधियाँ शुरू करने के लिहाज से प्रस्तावित विस्तार-योजना को बाजार में बारीकी से देखा जाता है। ऐसी स्थिति में बाजार के विश्लेषक यह आकलन करते हैं कि कितने समय पश्चात् ये विस्तारित योजनाएँ लाभ देने लगेंगी। कंपनी की भविष्य में होनेवाली ग्रोथ के मद्देनजर निवेशकों की इस कंपनी के शेयरों में रुचि बढ़ती है तथा परिणामस्वरूप शेयरों की कीमतों में वृद्धि भी दर्ज होती है।

अधिग्रहण तथा विलय (एक्वीजिशन एंड डिमर्जर)

एक कंपनी द्वारा दूसरी कंपनी का अधिग्रहण या विलय किए जाने पर दोनों कंपनियों की वित्तीय तथा गैर-वित्तीय स्थितियों में परिवर्तन आता है। इसी का आकलन वित्तीय बाजार में किया जाता है तथा इसके अनुसार कंपनियों के शेयरों की कीमतों में परिवर्तन आ जाता है। आजकल बहुत सी कंपनियाँ तो विदेशों में जाकर भी अधिग्रहण करती हैं। इस प्रकार का अधिग्रहण इन कंपनियों के भावी प्रदर्शन में प्रभावकारी होता है। इससे इन कंपनियों के शेयरों की कीमतों में परिवर्तन आता है। इसी प्रकार, किसी कंपनी का विलय उस कंपनी की वित्तीय तथा अन्य स्थितियों में परिवर्तन लाता है। विलय से बाजार में कंपनी के मार्जिन एवं वैल्यूएशन में परिवर्तन आता है तथा उससे कंपनी के शेयरों की कीमतें प्रभावित होती हैं।

औद्योगिक कारक (इंडस्ट्रियल फैक्टर्स)

- उद्योग के विकास की स्थिति (स्टेज ऑफ ग्रोथ)
- वसूली (रियलाइजेशन)
- प्रतिस्पर्धा (कॉम्पीटिशन)

- वैश्विक कारक (ग्लोबल फैक्टर्स)
- स्थानीय नियमन (लोकल रेग्यूलेशन)
- कराधान (टैक्सेशन)।

उद्योग के विकास की स्थिति (स्टेज ऑफ ग्रोथ)

प्रत्येक कंपनी किसी-न-किसी प्रकार के इंडस्ट्री सेक्टर से जुड़ी होती है तथा वह कंपनी इन सेक्टरों के ट्रेंड से प्रभावित हुए बिना नहीं रह सकती। उदाहरण के लिए, जब आई.टी. इंडस्ट्री में मंदी का दौर (विभिन्न कारणों से) चल रहा हो तो इस क्षेत्र से जुड़ी कोई विशेष आई.टी. कंपनी आधारभूत रूप से कितनी भी मजबूत हो, इस कंपनी के शेयरों पर भी इंडस्ट्री की मंदी का नकारात्मक प्रभाव पड़ेगा। किसी इंडस्ट्री के विकास के विभिन्न चरण होते हैं तथा इस प्रकार की इंडस्ट्री से जुड़ी कंपनियों के शेयर की कीमतों पर इन चरणों का प्रभाव देखा जा सकता है। जैसे कोई एक कंपनी ऐसी इंडस्ट्री से जुड़ी है, जो अपने विकास के प्रारंभिक चरण में है—अर्थात् उस इंडस्ट्री के विकास में काफी संभावनाएँ हैं। इस प्रकार इंडस्ट्री से जुड़ी कंपनियों के शेयरों को भी इसी संभावना से जोड़कर देखा जाता है। इसके विपरीत, कोई अन्य कंपनी एक ऐसी इंडस्ट्री से जुड़ी है, जो अपने विकास के अंतिम चरण में है, अर्थात् उस इंडस्ट्री में भावी संभावनाएँ काफी कम हैं तो ऐसी इंडस्ट्री से जुड़ी कंपनियों के शेयरों की कीमतें भी इस स्थिति से प्रभावित होंगी।

वसूली (रियलाइजेशन)

किसी इंडस्ट्री या कंपनी में अपने व्यापार से जुड़ी वसूली की स्थिति काफी महत्त्वपूर्ण होती है। यदि किसी इंडस्ट्री की कंपनियों में अच्छे मार्जिन के साथ बिना किसी परेशानी के पूरी वसूली हो रही हो तो ऐसी स्थिति में कैश-फ्लो जैसी समस्याएँ नहीं होतीं तथा ऐसी इंडस्ट्री से जुड़ी कंपनियों के शेयरों की कीमतें प्रभावित नहीं होती हैं। इसके विपरीत, यदि कंपनी ऐसे व्यापार से जुड़ी है, जहाँ वसूली अपेक्षाकृत आसान न हो तो इसका प्रभाव कंपनी के व्यापार तथा कंपनी के शेयरों की कीमतों पर भी पड़ता है। माँग तथा आपूर्ति की स्थिति भी वसूली को प्रभावित करती है। अत: ऐसी स्थिति में उस इंडस्ट्री से जुड़ी माँग व आपूर्ति पर भी निवेशक को नजर रखनी चाहिए।

प्रतिस्पर्धा (कॉम्पीटिशन)

किसी कंपनी को उसकी इंडस्ट्री के अंदर से अन्य कंपनी से अथवा इंडस्ट्री के बाहर की अन्य कंपनी से जिस प्रतिस्पर्धा का सामना करना पड़ता है, उससे भी उस

कंपनी के शेयरों की कीमतें प्रभावित होती हैं। कंपनी को मिलनेवाली प्रतिस्पर्धा का विश्लेषण इस दृष्टिकोण से किया जाता है कि इससे कंपनी का प्रदर्शन किस प्रकार प्रभावित हो सकता है या इस प्रतिस्पर्धा के चलते कंपनी में क्या बदलाव लाया जा सकता है। इस प्रतिस्पर्धा से उस कंपनी की योजना प्रभावित हो सकती है तथा इसका प्रभाव उस कंपनी के शेयरों की कीमतों पर भी हो सकता है।

वैश्विक कारक (ग्लोबल फैक्टर्स)

आजकल अधिकतर कंपनियाँ तेजी से वैश्विक (ग्लोबल) होती जा रही हैं। अत: वैश्विक घटनाओं का इन कंपनियों की कार्यशैली पर प्रभाव पड़ना स्वाभाविक है। चूँकि ग्लोबल स्तर पर घटनाक्रम तेजी से बदलता है तथा जो कंपनियाँ इस प्रकार के घटनाक्रम से शीघ्र प्रभावित हो सकती हैं, उन कंपनियों में निवेश विचारणीय विषय होता है। उदाहरणार्थ, कॉमोडिटी इंडस्ट्री से संबंधित किसी कंपनी की कार्यशैली वैश्विक स्तर पर कॉमोडिटी की कीमतों में आए परिवर्तन से अवश्य प्रभावित होगी। विश्व के किसी भी हिस्से में किसी कॉमोडिटी की माँग/आपूर्ति में आया परिवर्तन, स्थानीय प्रभाव भी अवश्य डालेगा। उदाहरण के लिए—वर्ष 2007 में अमेरिका की अर्थव्यवस्था में आई मंदी के चलते आई.टी. कंपनियों का व्यापार बुरी तरह प्रभावित हुआ। इसके चलते भारत में मजबूत आधारभूत संरचना आई.टी. कंपनियाँ जैसे इंफोसिस, विप्रो तथा टी.सी.एस. के शेयरों की कीमतों में भी गिरावट देखी गई; क्योंकि भारत का लगभग 65 प्रतिशत आई.टी. बिजनेस ग्लोबल स्तर पर है। इस प्रकार की ग्लोबल संभावनाएँ अनगिनत होती हैं तथा निवेशकों को यह समझना आवश्यक है कि ये कारक किन स्थितियों में, किस प्रकार तथा कब परिवर्तन ला सकते हैं।

स्थानीय नियमन (लोकल रेग्यूलेशन)

कंपनियों को स्थानीय सरकार द्वारा लागू किए गए कानून तथा नियमों का पालन करना पड़ता है। नए लागू होनेवाले कुछ नियम किसी कंपनी के भावी विकास को प्रभावित कर सकते हैं अथवा कुछ नियम किसी कंपनी के लिए नए अवसर पैदा कर सकते हैं। कुछ नियमों के पालन में कंपनी को अत्यधिक खर्च करना पड़ सकता है, जो उस कंपनी के मूल्यांकन में तथा फिर इस कंपनी के शेयरों की कीमत में भी प्रभावी हो सकता है।

कराधान (टैक्सेशन)

कंपनियों द्वारा उपयोग में लाए जानेवाले कच्चे माल तथा कंपनियों द्वारा उत्पादित

माल पर सरकार कई प्रकार के टैक्स लगाती है। सरकार अपनी उद्योग-नीति के अनुसार किसी इंडस्ट्री को करों में छूट देती है तथा कभी इंडस्ट्री पर नए कर भी लागू करती है। ऐसा भी होता है कि किसी इंडस्ट्री पर देश के किसी एक हिस्से में करों में छूट मिलती है। ये सभी परिस्थितियाँ कंपनियों के व्यापार एवं उनकी भावी ग्रोथ को प्रभावित करती हैं तथा इससे इन कंपनियों के शेयरों की कीमत भी प्रभावित होती है।

□

15

पैसा लगाने से पहले विश्लेषण जरूरी

मूलभूत विश्लेषण (फंडामेंटल एनालिसिस) का तरीका

निवेशक के लिए शेयरों में पैसा लगाने से पहले उनका मूलभूत विश्लेषण (फंडामेंटल एनालिसिस) करना उचित रहता है। इस तकनीक का प्रयोग कर निवेशक यह अनुमान लगा सकता है कि शेयर का वाजिब दाम क्या होना चाहिए। किसी कंपनी के व्यापार तथा कार्य-प्रणाली को प्रभावित करनेवाले कई कारक होते हैं। मूलभूत विश्लेषण में इन अनगिनत कारणों में से मुख्य कारणों का चयन करके तथा इनकी अन्य गतिविधियों से तुलना करके कंपनी का आकलन किया जाता है। किसी भी कंपनी के मूलभूत विश्लेषण में उस कंपनी के लाभ-हानि खाते, कंपनी की बैलेंस शीट तथा नकद-प्रवाह (कैश-फ्लो स्टेटमेंट) का अध्ययन किया जाता है। इन दस्तावेजों से कंपनी के बारे में महत्त्वपूर्ण जानकारियाँ निकाली जा सकती हैं।

कंपनी का लाभ-हानि खाता (प्रॉफिट एंड लॉस एकाउंट)

कंपनी के लाभ-हानि खाते पर एक नजर डालने से कंपनी के तत्कालीन प्रदर्शन का अंदाजा लगाया जा सकता है। इस दस्तावेज में कंपनी की आय तथा व्यय (इनकम एंड एक्सपेंडिचर) दर्ज होते हैं। आय (इनकम) के हिस्से में कंपनी के प्रमुख व्यवसाय से अर्जित आय, जिसे 'कोर इनकम' भी कहते हैं, दर्ज होती है। कंपनी की अन्य आय (नॉन कोर इनकम) जैसे स्क्रेप की बिक्री, जमीन की बिक्री, अन्य संपत्तियों जैसे—सिक्यरिटी की बिक्री, कंपनी की अतिरिक्त पूँजी (सरप्लस फंड) द्वारा किए गए निवेश से अर्जित आय इत्यादि भी आय के हिस्से में दर्ज होती है।

दूसरी तरफ व्यय (एक्सपेंस) के हिस्से में कंपनी द्वारा किए गए कुल खर्च जैसे कंपनी द्वारा कच्चे माल की खरीद (ये उत्पादन में लगी कंपनियों के लिए होगा), 'वर्किंग एक्सपेंस' (सेवा प्रदाता कंपनियों के लिए) आदि का विवरण होता है। यह 'कोर एक्सपेंस' कहलाता है। कोर एक्सपेंस के अतिरिक्त अन्य खर्च जैसे प्रशासनिक व वितरण इत्यादि। ये 'परिचालन खर्च' (ऑपरेटिंग एक्सपेंस) कहलाते हैं।

अन्य महत्त्वपूर्ण बिंदु 'डेप्रिसिएशन' है। कंपनी की संपत्ति के मूल्य में समय के साथ आई हुई गिरावट को 'डेप्रिसिएशन' कहते हैं। कंपनी के लाभ में से प्रतिवर्ष डेप्रिसिएशन का हिस्सा निकाला जाता है। यह भी एक तरह का खर्च (एक्सपेंस) कहलाता है। कंपनी द्वारा चुकाए गए 'कुल टैक्स' भी व्यय के खाते में दर्ज होते हैं।

इस प्रकार आय तथा व्यय की गणना करके कंपनी द्वारा कुल लाभ (ग्रॉस प्रॉफिट), नेट प्रॉफिट, कर पूर्व लाभ तथा कर पश्चात् लाभ (प्रॉफिट बिफोर टैक्स एंड प्रॉफिट आफ्टर टैक्स) निकाले जाते हैं।

बैलेंस शीट

किसी कंपनी की बैलेंस शीट उस कंपनी की आर्थिक स्थिति दरशाती है। प्रचलन के तौर पर वित्तीय वर्ष के अंत में इसे तैयार किया जाता है। बैलेंस शीट पर इसकी तारीख दर्ज होती है—अर्थात् उस तारीख तक कंपनी का वित्तीय लेखा-जोखा इस शीट में दर्ज होता है। बैलेंस शीट के दो भाग होते हैं—देनदारी (लाइबिलिटी) तथा संपत्ति (एसेट)। बैलेंस शीट के अंत में दोनों हिस्सों के तहत आँकड़ों का कुल योग समान होता है। देनदारी के हिस्से में कंपनी की शेयर कैपिटल, रिजर्व तथा सरप्लस फंड, कंपनी द्वारा लिये गए सिक्योर्ड व अनसिक्योर्ड लोन तथा तात्कालिक देनदारी (करेंट लाइबिलिटी) शामिल होती है।

बैलेंस शीट के दूसरे हिस्से 'एसेट साइट' में कंपनी की फिक्स्ड एसेट (जैसे—जमीन, बिल्डिंग, प्लांट, मशीनरी इत्यादि), कंपनी द्वारा किए गए निवेश तथा करेंट एसेट (जैसे कंपनी के पास जमा पड़ा माल, नकदी इत्यादि) शामिल होता है। इस प्रकार बैलेंस शीट पर नजर डालने से कंपनी की वित्तीय स्थिति की जानकारी मिलती है। विभिन्न कंपनियों की बैलेंस शीटों में उन कंपनियों द्वारा किए जानेवाले अलग-अलग व्यापार को लेकर भिन्नता हो सकती है।

बैलेंस शीट—एकाउंट फॉर्म

देनदारी (लाइबिलिटीज)	*संपत्ति (एसेट्स)*
• शेयर पूँजी (शेयर कैपिटल)	• स्थायी संपत्ति (फिक्स्ड एसेट)
• रिजर्व एंड सरप्लस	• निवेश (इनवेस्टमेंट)
• उधारी (सिक्योर्ड तथा अनसिक्योर्ड लोन)	• तात्कालिक संपत्ति (करेंट एसेट्स)
1. सिक्योर्ड लोन	• नकद और बैंक में जमा पूँजी
2. अनसिक्योर्ड लोन	(कैश एडं बैंक बैलेंस)
• तात्कालिक देनदारी (करेंट लाइबिलिटी)	• अतिरिक्त संपत्ति (मिसलेनियस एसेट्स)

बैलेंस शीट के देनदारी (लाइबिलिटी) वाले हिस्से में सबसे पहले शेयर कैपिटल दर्ज होता है।

शेयर कैपिटल

यह वह पूँजी होती है, जिसे शेयरधारक शेयर प्राप्त करने के बदले कंपनी को चुकता करते हैं। इसमें जारी किए गए शेयरों की संख्या लिखी होती है।

रिजर्व एंड सरप्लस

कंपनी द्वारा कई उद्देश्यों से आरक्षित कोष बनाए जाते हैं। कंपनी द्वारा अर्जित लाभ का कुछ हिस्सा इन रिजर्व फंड में प्रतिवर्ष डाला जाता है। कंपनी में अलग-अलग उद्देश्यों से अलग-अलग रिजर्व फंड हो सकते हैं।

उधारी

उधारी बैलेंस शीट का यह महत्त्वपूर्ण भाग है। इसमें कंपनी द्वारा लिये गए लोन दर्ज होते हैं। कंपनी अपनी जरूरतों के हिसाब से 'सुरक्षित ऋण' (सिक्योर्ड लोन) तथा 'असुरक्षित ऋण' (अनसिक्योर्ड लोन) लेती रहती है। वे ऋण, जिनके पीछे कंपनी को विभिन्न सिक्यूरिटी अथवा एसेट्स की गारंटी देनी होती हो, 'सिक्योर्ड लोन' कहलाते हैं। कंपनी कई बार अपनी कम अवधि की जरूरतों के लिए ऐसे लोन भी लेती है, जिनकी ब्याज दर ज्यादा हो, परंतु उसके पीछे किसी तरह की संपत्ति या सिक्यूरिटी की गारंटी नहीं होती। ऐसे लोन 'अनसिक्योर्ड लोन' की श्रेणी में आते हैं।

तात्कालिक देनदारी (करेंट लाइबिलिटी)

कंपनी पर वे देनदारियाँ, जो कंपनी को कम समयावधि में चुकानी होती हैं, जैसे कि खरीदे गए माल का मूल्य चुकता करना अथवा कम समय की देनदारियाँ चुकता करना। बैलेंस शीट का दूसरा हिस्सा संपत्ति (एसेट्स साइड) का होता है।

इस हिस्से में कई आँकड़े विभिन्न विश्लेषणों की दृष्टि से महत्त्वपूर्ण होते हैं। एसेट्स साइड में सबसे पहले फिक्स्ड एसेट दर्ज होती है।

स्थायी संपत्ति (फिक्स्ड एसेट)

कंपनी की फिक्स्ड एसेट (स्थायी संपत्ति) में जमीन, बिल्डिंग, प्लांट, मशीनरी, फर्नीचर इत्यादि—जिस पर कंपनी का मालिकाना हक हो—का मूल्य दर्ज होता है। ये चीजें कंपनी के खातों में दर्ज होती हैं, जिनका लाभ कंपनी को लंबी अवधि में मिलता है। यह आवश्यक नहीं है कि फिक्स्ड एसेट में केवल अचल संपत्ति ही शामिल हो, इसमें कुछ ऐसी चल संपत्तियाँ भी शामिल हो सकती हैं, जो कंपनी को लंबी अवधि में लाभ प्रदान करें।

निवेश (इनवेस्टमेंट)

एसेट हिस्से में इसके पश्चात् कंपनी द्वारा किया गया इनवेस्टमेंट दर्ज होता है। कंपनी ने अपनी सहयोगी कंपनियों में या अपने ग्रुप की अन्य कंपनियों में जो निवेश किया होता है, वह इसमें शामिल होता है। इसके अतिरिक्त, कंपनी निवेश की दृष्टि से अथवा रणनीति के तौर पर अन्य प्रमुख कंपनियों में भी निवेश करती है। आजकल कई कंपनियों के पास अतिरिक्त धन जमा होता है। कंपनियाँ इसे कम अवधि में निवेश के लिए विभिन्न म्यूचुअल फंड्स में निवेश करती हैं। इस प्रकार का निवेश एसेट साइड में दर्ज होता है। कई बार निवेश के तौर पर कंपनी अन्य सिक्यूरिटीज वित्तीय वर्ष के अंत से पहले खरीदकर बेच देती है। चूँकि बैलेंस शीट बनाते समय इस प्रकार के निवेश में कुछ भी बकाया (आउटस्टैंडिंग) नहीं होता है, अत: इस प्रकार के निवेश बैलेंस शीट में दर्ज नहीं हो पाते।

तात्कालिक संपत्ति (करेंट एसेट्स)

इस मद में कंपनी के पास जमा माल का स्टॉक, कंपनी के पास जमा धन तथा छोटे देनदार शामिल होते हैं।

नकद और बैंक में जमा पूँजी (कैश और बैंक बैलेंस)

इस श्रेणी के तहत कंपनी के नाम से बैंक में जमा राशि तथा अन्य पूँजियाँ जो बैंक के पास जमा हैं, आती हैं। इस श्रेणी में नकद और दूसरे स्रोत होते हैं, जिन्हें कंपनी के संचालन-चक्र के दौरान नकद (कैश) में बदला जाता है।

विविध संपत्ति (मिसलेनियस एसेट्स)

इसके अंतर्गत प्रारंभिक खर्चे तथा परिचालन पूर्व खर्चे शामिल होते हैं, जिन्हें पूरी तरह से चुकता नहीं किया गया है। आजकल कंपनियों की बैलेंस शीट में ऐसी संपत्तियाँ तथा ऐसी देनदारियाँ भी शामिल की जाती हैं, जिनका निपटान भविष्य में किया जाता है। वर्तमान में उनका असर कंपनी की पूँजीगत कार्य-प्रणाली पर नहीं पड़ता। ऐसी संपत्तियों को 'डेफर्ड एसेट' तथा ऐसी देनदारियों को 'डेफर्ड लाइबिलिटीज' कहते हैं।

बैलेंस शीट—एकाउंट फॉर्म

देनदारियाँ (लाइबिलिटी)	*2001*	*2000*	*संपत्ति (एसेट्स)*	*2001*
शेयर कैपिटल	150	150	फिक्स्ड एसेट्स	330
रिजर्व एंड सरप्लस	112	106	इनवेस्टमेंट	15
सिक्योर्ड लोन	143	131	करेंट एसेट्स	234
अनसिक्योर्ड लोन	69	25	लोन	
करेंट लाइबिलिटी	105	81		
	579	493		579

देनदारी भी 579 है, संपत्ति का कुल योग भी 579 है।

कैश फ्लो स्टेटमेंट

इस स्टेटमेंट द्वारा कंपनी को मिलनेवाले तथा कंपनी को दिए जानेवाले कैश (नकदी) का जिक्र होता है। इस स्टेटमेंट से पता चलता है कि कंपनी के लिए पैसा कहाँ से आ रहा है तथा कहाँ जा रहा है। कैश-फ्लो स्टेटमेंट में बहुत से ऐसे महत्त्वपूर्ण घटक हैं, जिन्हें अच्छी तरह समझा जाए तो कंपनी की वित्तीय स्थिति के बारे में कई महत्त्वपूर्ण जानकारियाँ मिल सकती हैं।

इस स्टेटमेंट का पहला भाग है—कंपनी की ऑपरेटिंग एक्टिविटी से पैदा हुआ कैश। कंपनी की मुख्य गतिविधियों के परिचालन के लिए धन डालना पड़ता है तथा इससे धन अर्जित भी होता है। यदि किसी कंपनी की ऑपरेटिंग एक्टिविटी से, कंपनी में खर्च किए गए धन से अधिक धन पैदा हो तो यह निवेशकों के लिए कंपनी के बारे में अच्छा संकेत है।

इसके पश्चात् निवेश (इनवेस्टमेंट) द्वारा कैश-फ्लो आता है। इसके तहत कंपनी द्वारा किए गए विभिन्न निवेश, जैसे कि फिक्स्ड एसेट की खरीदी में या अन्य कंपनियों की सिक्यूरिटी में किया गया निवेश इत्यादि। कंपनी द्वारा किए गए निवेश से अर्जित डिविडेंड अथवा निवेश की बिक्री द्वारा अर्जित धन भी इसी श्रेणी में आता है। इस भाग पर गौर करने से निवेशक को जानकारी मिलती है कि कंपनी अपने निवेश की रणनीतियों में कितनी सक्षम है।

कंपनी के वित्तीय लेखा-जोखा को दरशानेवाला ढाँचा भी कैश-फ्लो स्टेटमेंट में दृष्टिगोचर होता है। कंपनी द्वारा जारी किए गए नए शेयर तथा नए डिबेंचर इस हिस्से में दर्ज होते हैं, जो इस हिस्से के रिसिप्ट के तौर पर दर्ज होते हैं, जबकि ऋणों की अदायगी इत्यादि भुगतान हिस्से में दर्ज होते हैं।

इस वित्तीय लेखा-जोखा पर नजर डालने पर पता चलता है कि किसी वित्तीय वर्ष में कंपनी को कितना धन मिला तथा कितना धन कंपनी के द्वारा चुकाया गया।

कई बार कंपनी निवेश के तौर पर भी खर्च करती है। कंपनी अपने पास जमा अतिरिक्त धन को नए एसेट अथवा नए निवेश में खर्च करती है या कंपनी अपने पास जमा अतिरिक्त धन को अपनी देनदारियाँ उतारने में भी खर्च करती है। यदि वित्तीय वर्ष के किसी हिस्से में कंपनी के कैश-फ्लो स्टेटमेंट में कोई विसंगति देखी जाए तो शुरुआती तौर पर यह बड़ी चिंता का विषय नहीं होना चाहिए। कंपनी के कैश-फ्लो स्टेटमेंट पर नजर डालने पर इस प्रकार की विसंगति का कारण ढूँढ़ा जा सकता है। यदि इस प्रकार की स्थिति लंबे समय तक चले या ऐसी स्थिति दिखाई दे, जिसे कंपनी द्वारा सँभालना मुश्किल हो, तो उस स्थिति में एक निवेशक को कंपनी में आए विभिन्न परिवर्तनों पर भी नजर डालनी चाहिए।

तुलनात्मक स्टेटमेंट (कंपरेटिव स्टेटमेंट)

विश्लेषण के इस तरीके में कंपनी के विभिन्न पैरामीटर एक साथ रखकर उनका तुलनात्मक अध्ययन किया जाता है। कंपनी के विभिन्न वर्ष-दर-वर्ष स्टेटमेंट एक साथ देखने पर पता चलता है कि कंपनी में इन वर्षों में किस प्रकार का बदलाव आया है। जैसे—किसी कंपनी के कई वर्षों की वार्षिक बिक्री तथा परिचालन खर्चों के आँकड़े एक साथ रखकर यह पता लगाया जा सकता है कि इन वर्षों में कंपनी ने किस प्रकार विकास किया है। इस प्रकार के सही विश्लेषण से विभिन्न क्षेत्रों में कंपनी की मजबूती तथा कमजोरी का आकलन किया जा सकता है। जब किसी कंपनी का मर्जर अथवा डिमर्जर किया जाता है तो इस प्रकार के तुलनात्मक अध्ययन अप्रासंगिक हो जाते हैं।

एकाउंटिंग के तरीकों में बदलाव लाकर कई बार कंपनियाँ भ्रामक कंपेरेटिव

स्टेटमेंट प्रस्तुत कर सकती हैं। अत: कंपेरेटिव स्टेटमेंट के द्वारा किए गए विश्लेषण को एकांगी (इंडीविजुअल) तौर पर नहीं देखना चाहिए।

कॉमन साइज स्टेटमेंट

कंपनियों के वित्तीय स्टेटमेंट के अनगिनत आँकड़ों की तुलना करने के लिए एक कॉमन बेस होना जरूरी है, अन्यथा आँकड़ों के मूल आकार की आपस में तुलना से भ्रामक निष्कर्ष भी निकाले जा सकते हैं। कंपनियों के वित्तीय स्टेटमेंट में विभिन्न आँकड़ों को कॉमन बेस के रूप में प्रस्तुत करने पर वित्तीय स्टेटमेंट का जो स्वरूप प्राप्त होता है, उसे 'कॉमन साइज स्टेटमेंट' कहते हैं। उदाहरण के लिए, विभिन्न कंपनियों की नेट सेल (शुद्ध बिक्री) में भारी भिन्नता होती है। इसी प्रकार इन कंपनियों की लाभ व हानि भी अलग-अलग होती है। विभिन्न कंपनियों की शुद्ध बिक्री को 100 के रूप आधार में मानकर लाभ-हानि तथा अन्य आँकड़ों को आनुपातिक रूप में परिवर्तित किया जाए तो हम विभिन्न कंपनियों के प्रदर्शन की तुलना कर सकते हैं। यही कॉमन साइज स्टेटमेंट का महत्त्व है।

अनुपात (रेशियो)

लिक्विडिटी रेशियो

1. करेंट रेशियो—यह रेशियो किसी भी कंपनी के परिचालन (ऑपरेशन) में उसकी लिक्विडिटी (तरलता) की स्थिति को दरशाता है। सैद्धांतिक रूप से किसी भी कंपनी की लिक्विडिटी पोजीशन अच्छी होनी चाहिए, ताकि वह किसी भी आपात स्थिति का सुरक्षापूर्वक सामना कर सके। (लिक्विडिटी से तात्पर्य है कि कंपनी की वह संपत्ति, जिसे जरूरत पड़ने पर तुरंत नकदी के रूप में परिवर्तित किया जा सके)।

इस अनुपात से यह अनुमान लगाया जाता है कि निकट भविष्य में कंपनी की वित्तीय स्थिति कितनी सुरक्षित है या मजबूत है।

करेंट रेशियो = करेंट एसेट्स/करेंट लाइबिलिटीज

यह अनुपात दो से अधिक होने पर कंपनी की लिक्विड पोजीशन को सुरक्षित माना जा सकता है, तथापि कंपनी किस इंडस्ट्री से संबंधित है, यह भी महत्त्वपूर्ण है।

2. क्विक रेशियो—यह रेशियो करेंट रेशियो का ही संवर्धित रूप है। करेंट एसेट्स में से उन आइटम, जैसे जमा, स्टॉक इत्यादि, जिन्हें रातोरात नकदी में परिवर्तित नहीं किया जा सकता, को निकालकर उसे करेंट लाइबिलिटीज से विभाजित किया जाए तो 'क्विक रेशियो' प्राप्त होता है। यह रेशियो किसी कंपनी की तात्कालिक मजबूती तथा

सुरक्षित अवस्था को दरशाता है—अर्थात् यदि किसी कंपनी को अचानक किसी आपदा का सामना करना पड़े तो वह अपनी किन तात्कालिक संपत्तियों को नकदी में परिवर्तित करके तथा किन तात्कालिक देनदारियों को चुकता करके आपातस्थिति का सुरक्षापूर्वक सामना कर सकती है।

$$\text{क्विक रेशियो} = \frac{\text{कैश (नकदी) + डेब्टर्स (लेनदारी) + अल्पकालिक निवेश (शॉर्ट टर्म इनवेस्टमेंट)}}{\text{करेंट लाइबिलिटी}}$$

किसी भी कंपनी के लिए यह रेशियो एक से अधिक होना चाहिए। परंतु यदि रेशियो एक से बहुत ज्यादा है (2 या 3 से अधिक) तो यह दरशाता है कि कंपनी ने अपनी संपत्ति का सही इस्तेमाल नहीं किया है।

डेब्ट रेशियो (DEBT RATIO)

1. डेब्ट इक्विटी रेशियो—किसी कंपनी द्वारा लंबी अवधि के ऋण तथा उस कंपनी की इक्विटी कैपिटल के अनुपात को 'डेब्ट इक्विटी रेशियो' कहते हैं। प्रत्येक कंपनी की बैलेंस शीट में डेब्ट तथा इक्विटी कैपिटल के आँकड़े दरशाए जाते हैं। चूँकि वित्तीय संस्थान तथा बैंक किसी भी कंपनी को निश्चित सीमा से अधिक ऋण नहीं दे सकते, अतः इस रेशियो से यह पता चलता है कि किसी कंपनी में अभी तक और अधिक ऋण लेने की कितनी क्षमता बाकी है। डेब्ट इक्विटी रेशियो का सुरक्षित आँकड़ा अलग-अलग इंडस्ट्री की कंपनियों के लिए अलग-अलग हो सकता है तथापि उच्च डेब्ट इक्विटी रेशियो किसी कंपनी के लिए अच्छा सूचक नहीं माना जा सकता; क्योंकि इससे पता चलता है कि कंपनी को आगे आनेवाले दिनों में ऋण चुकता करने संबंधी परेशानियों का सामना करना पड़ सकता है।

$$\text{डेब्ट इक्विटी रेशियो} = \frac{\text{डेब्ट (कंपनी द्वारा लिये गए लंबी अवधि के ऋण)}}{\text{कंपनी की इक्विटी कैपिटल}}$$

2. डेब्ट सर्विस रेशियो—इस रेशियो से पता चलता है कि कोई कंपनी अपने ऋणों का भुगतान चुकता करने के लिए किस प्रकार आय अर्जित कर रही है। यह रेशियो एक से कम होने पर चिंता का विषय हो सकता है; क्योंकि ऐसी अवस्था में कंपनी के ऋणों का सालाना भुगतान कंपनी की कर पूर्व सालाना आय से अधिक होगा। कुल मिलाकर यह रेशियो किसी कंपनी के ऋण भुगतान के संदर्भ में आय के प्रदर्शन को दरशाता है।

$$\text{डेब्ट सर्विस रेशियो} = \frac{\text{कर पूर्व कंपनी का कुल आय}}{\text{ब्याज का भुगतान + कर्ज का भुगतान}}$$

3. इंटरेस्ट कवरेज रेशियो—यह रेशियो डेब्ट सर्विस रेशियो का संवर्धित रूप है। इस रेशियो से यह आँका जाता है कि कोई कंपनी अपने परिचालन द्वारा अर्जित आय

से ऋणों के ब्याज का भुगतान करने में कितनी सक्षम है। यदि कंपनी बहुत बुरे दौर से गुजर रही है, तब भी यह रश्यो एक से कम नहीं होना चाहिए।

$$\text{इंटरेस्ट कवरेज रेशियो} = \frac{\text{कर तथा ब्याज भुगतान के पूर्व कंपनी की आय}}{\text{कंपनी द्वारा चुकाया जानेवाला ब्याज}}$$

4. इनवेंटरी टर्न-ओवर रेशियो—इस रेशियो से पता चलता है कि कोई कंपनी कितनी तेजी से अपनी इनवेंटरी का उपयोग करके बिक्री बढ़ा रही है। कंपनी के पास उपलब्ध इनवेंटरी की औसत कीमत से तात्पर्य है कि वर्ष के प्रारंभ में तथा वर्ष के अंत में उपलब्ध इनवेंटरी की औसत कीमत। उच्च इनवेंटरी टर्न-ओवर रेशियो दरशाता है कि कंपनी की ऑपरेटिंग परफॉर्मेंस (संचालन) अच्छी है।

$$\text{इनवेंटरी टर्न-ओवर रेशियो} = \frac{\text{बेचे गए माल की कीमत}}{\text{कंपनी के पास उपलब्ध इनवेंटरी की औसत कीमत}}$$

एसेट टर्न-ओवर

$$\text{एसेट टर्न-ओवर} = \frac{\text{नेट सेल्स}}{\text{टोटल एसेट्स}}$$

इस रेशियो से पता चलता है कि कोई कंपनी बिक्री बढ़ाने के लिए अपनी संपत्ति का कितना बेहतर उपयोग कर रही है। उच्च एसेट टर्न-ओवर कंपनी के अच्छे प्रदर्शन का सूचक है।

रिटर्न

$$\text{इक्विटी पर रिटर्न} = \frac{\text{कर पश्चात् लाभ (प्रॉफिट ऑफ्टर टैक्स)}}{\text{शेयरधारकों की इक्विटी}} \times 100$$

निवेशकों के लिहाज से यह रेशियो महत्त्वपूर्ण है। इस रेशियो से पता चलता है कि कंपनी शेयरधारकों के धन को बिजनेस में लगाकर लाभ कमाने में कितनी सक्षम है। कंपनी को अच्छा लाभ मिलने पर निवेशकों को भी लाभ होता है। अत: यह रेशियो निवेशकों की दृष्टि से काफी महत्त्वपूर्ण है। अन्य परिभाषा में इसे 'रिटर्न ऑन नेटवर्थ' भी कहा जाता है।

रिटर्न ऑन कैपिटल एंप्लॉयड

$$\text{रिटर्न ऑन कैपिटल एंप्लॉयड} = \frac{\text{कर तथा ब्याज भुगतान पूर्व लाभ}}{\text{कंपनी द्वारा लगाई गई कुल पूँजी}} \times 100$$

या

$$\frac{\text{अर्निंग बिफोर इंटरेस्ट एंड टैक्स}}{\text{कैपिटल एंप्लॉयड}} \times 100$$

रिटर्न ऑन इक्विटी रेशियो की तुलना में यह विस्तृत रेशियो है। यह आँकड़ा बताता है कि कोई कंपनी अपनी कुल संपत्ति का उपयोग कितनी अच्छी तरह से कर रही है।

प्रति शेयर बुक वैल्यू

$$\text{प्रति शेयर बुक वैल्यू} = \frac{\text{शेयर होल्डर्स की इक्विटी}}{\text{कंपनी द्वारा जारी किए गए कुल शेयरों की संख्या}}$$

प्रति शेयर बुक वैल्यू से पता चलता है कि कंपनी के खाते में शेयर की क्या कीमत दर्ज है। उच्च बुक वैल्यू कंपनी की मजबूत वित्तीय स्थिति का द्योतक है।

नेट प्रॉफिट रेशियो (NPR)

यह रेशियो (अनुपात) किसी कंपनी द्वारा की गई बिक्री पर अर्जित लाभ का प्रतिशत दरशाता है।

$$\text{नेट प्रॉफिट रेशियो} = \frac{\text{नेट प्रॉफिट}}{\text{नेट बिक्री}} \times 100$$

इस रेशियो का उच्च स्तर कंपनी की मजबूती का द्योतक माना जाता है। कंपनी द्वारा अर्जित नेट प्रॉफिट को कंपनी द्वारा की गई नेट बिक्री (नेट बिक्री का मूल्य) से विभाजित कर प्रतिशत रूप में इसे दिखलाया जाता है।

अर्निंग प्रति शेयर (EPS)

यह आँकड़ा कंपनी द्वारा जारी किए गए प्रत्येक शेयर की तुलना में कंपनी द्वारा अर्जित आय को दरशाता है। निवेशक की दृष्टि में यह आँकड़ा काफी महत्त्वपूर्ण है, क्योंकि इक्विटी शेयर होल्डर होने के नाते कंपनी द्वारा अर्जित लाभ में उसे अपना हिस्सा ज्ञात होता है।

$$\text{अर्निंग प्रति शेयर (EPS)} = \frac{\text{नेट प्रॉफिट}}{\text{कंपनी द्वारा जारी किए गए शेयरों की संख्या}}$$

प्राइस अर्निंग रेशियो यानी दाम और आमदनी का अनुपात (P/E)

किसी कंपनी के शेयर का बाजार मूल्य तथा उस कंपनी द्वारा अर्जित प्रति शेयर आय का अनुपात कंपनी के उस शेयर का 'प्राइस अर्निंग रेशियो' कहलाता है। चूँकि शेयर का बाजार मूल्य प्रतिदिन बदलता रहता है, अतः इस आँकड़े में शेयर के बाजार मूल्य की

गणना एक निश्चित अवधि के दौरान उसके औसत आधार पर की जाती है तथा इसी अवधि के दौरान कंपनी द्वारा अर्जित प्रति शेयर आय से इसका अनुपात निकाला जाता है। इस आँकड़े से पता चलता है कि कंपनी द्वारा अर्जित आय की दृष्टि से बाजार में कंपनी के शेयर के प्रति निवेशकों का रुझान कैसा है। किसी कंपनी के शेयर का उच्च P/E आँकड़ा दरशाता है कि निवेशक इस शेयर से अच्छे रिटर्न की आशा रखता है। ग्रोथ स्टॉक्स का प्राय: उच्च P/E अनुपात होता है।

$$\text{प्राइस अर्निंग रेशियो (P/E रेशियो)} = \frac{\text{प्रति शेयर बाजार मूल्य}}{\text{प्रति शेयर अर्जित आय (EPS)}}$$

शेयरों का तकनीकी विश्लेषण (TECHNICAL ANALYSIS)

शेयरों के तकनीकी विश्लेषण के तहत इनकी गत अवधि की कीमतें, बाजार में इन शेयरों का वॉल्यूम, बाजार की गतिविधियाँ, जैसे कि इनकी डिमांड तथा सप्लाई का अध्ययन करके सूचनाएँ व आँकड़े बनाए जाते हैं। इन सूचनाओं व आँकड़ों के आधार पर तकनीकी-विश्लेषक (टेक्निकल एनालिस्ट) इन शेयरों की कीमतों में निकट अवधि तथा दीर्घ अवधि के दौरान होनेवाले परिवर्तन का अनुमान लगाते हैं।

किसी भी कंपनी के शेयर का तकनीकी विश्लेषण करने के लिए उस शेयर की गत अवधियों की कीमतें, इन अवधियों के दौरान बाजार में इस शेयर का वॉल्यूम, इन अवधियों के दौरान उत्पन्न डिमांड तथा सप्लाई (माँग व आपूर्ति) तथा इस प्रकार की अन्य सूचनाओं के आधार पर आँकड़े तथा ग्राफ व चार्ट बनाए जाते हैं। इन आँकड़ों, ग्राफ व चार्ट का उपयोग कंपनी के उस शेयर के निकट तथा दीर्घ अवधि में होनेवाले प्रदर्शन का अनुमान लगाने के लिए किया जाता है।

जहाँ फंडामेंटल एनालिसिस के अंतर्गत किसी इक्विटी कंपनी की अंतर्निहित स्थिति का अध्ययन किया जाता है, वहीं इसके विपरीत टेक्निकल एनालिसिस के तहत इसके बाजार प्रदर्शन तथा बाजार स्थिति का अध्ययन किया जाता है। तकनीकी विश्लेषण में बाजार का रोल डिमांड तथा सप्लाई के सिद्धांत पर आधारित माना जाता है। तकनीकी विश्लेषकों का मानना है कि शेयर एक निश्चित ट्रेंड तथा पैटर्न में गति करते हैं। अत: इस गति का अनुमान लगाया जा सकता है।

कोई भी ट्रेंड तब तक जारी रहता है, जब तक बाहरी कारक उसे प्रभावित न करे। अत: किसी भी ट्रेंड तथा पैटर्न के दौरान शेयरों की कीमतें इसकी डिमांड तथा सप्लाई पर आधारित होती हैं।

शेयरों की सप्लाई तथा डिमांड कई तार्किक व अतार्किक कारकों पर निर्भर करती है। इस तरह सप्लाई तथा डिमांड (आपूर्ति व माँग) का विभिन्न शेयरों पर अलग-अलग

प्रभाव पड़ता है। तकनीकी विश्लेषण पर आधारित निवेशकों के लिए ट्रेंड की सही पहचान जरूरी है तथा इस ट्रेंड को बदलनेवाले अंतर्निहित कारकों को भाँपना आवश्यक है। तकनीकी विश्लेषकों का मानना है कि माँग व आपूर्ति में परिवर्तन का अनुमान विभिन्न ग्राफ तथा चार्ट के आधार पर किया जा सकता है; क्योंकि ये पैटर्न बार-बार दोहराए जाते हैं।

कई स्थितियों में तकनीकी विश्लेषण सही साबित नहीं होता, क्योंकि यह आवश्यक नहीं है कि तकनीकी विश्लेषण से उत्पन्न पूर्वानुमान सभी परिस्थितियों में सही ठहरें। अत: इस विश्लेषण से उत्पन्न पूर्वानुमानों की तुलना बाजार के प्रदर्शन से निरंतर करनी चाहिए। यद्यपि यह कहा जा सकता है कि जब बाजार में बड़ी उथल-पुथल अपेक्षित न हो, तब डिमांड तथा सप्लाई की सूचनाओं के आधार पर यह विश्लेषण सही ठहरता है। सूचनाओं से बाजार प्रभावित होता है तथा इन सूचनाओं का प्रभाव शेयरों की कीमत पर कुछ समय पश्चात् दिखलाई पड़ता है। समय का यह अंतर तकनीकी विश्लेषण पर आधारित निवेशकों के लिए लाभदायक है। बड़ी हलचल व उथल-पुथल (रफ मार्केट) के दौरान तकनीकी विश्लेषण घातक साबित हो सकता है। यह कहा जा सकता है कि जब तकनीकी विश्लेषण को फंडामेंटल एनालिसिस के साथ जोड़कर प्रयोग में लाया जाए तो वह सर्वाधिक प्रभावी साबित होता है।

तकनीकी विश्लेषण के बारीक पहलुओं पर गौर

निवेशकों को अधिकतर सलाह दी जाती है कि उन्हें बाजार में सही समय की पहचान पर ध्यान देने की बजाय एक निश्चित अवधि तक क्रमिक निवेश करना चाहिए। मौटे तौर पर यह सलाह सही है, क्योंकि बाजार में सही समय की पहचान करने में अकसर पुराने तथा दिग्गज खिलाड़ी भी मात खा जाते हैं। ऐसा नहीं है कि इन खिलाड़ियों को बाजार की अनिश्चितता का भान नहीं होता, बल्कि वास्तविकता यह है कि वह अधिक लाभ कमाने का लोभ-संवरण नहीं कर पाते तथा बाजार की अनिश्चितता का कई बार शिकार बन जाते हैं। प्रत्येक निवेशक बाजार से लाभ कमाने की आशा से निवेश करता है। निवेशकों की इस इच्छा तथा बाजार की गतिविधियों की चंचलता को ध्यान में रखकर तकनीकी विश्लेषण की शुरुआत हुई।

तकनीकी विश्लेषण का उद्देश्य विभिन्न निवेशों की टाइमिंग तथा कीमतों में अपेक्षित परिवर्तन का अनुमान लगाना है। इस विश्लेषण में पूरा फोकस शेयरों की कीमतों तथा उनके ट्रेडिंग वॉल्यूम पर रहता है। गत अवधियों के दौरान सभी शेयरों की कीमतों में उतार-चढ़ाव तथा उससे जुड़े इनके 'ट्रेडिंग वॉल्यूम' का विश्लेषण करके विभिन्न प्रकार के चार्ट, ग्राफ, मूविंग एवरेज, ट्रेंड्स इत्यादि 'टूल्स' बनाए जाते हैं। इन टूल्स

(औजारों) का उपयोग आगामी लघुकालिक, मध्यमकालिक व दीर्घकालिक अवधि के दौरान शेयरों के प्रदर्शन का अनुमान लगाने के लिए किया जाता है। तकनीकी विश्लेषण द्वारा किसी शेयर की कीमत में भविष्य में होनेवाली गति का अनुमान लगाया जाता है, न कि उस शेयर की भविष्य में होनेवाली सही कीमत का।

तकनीकी विश्लेषण के कई घटक हैं। आइए, इनमें से कुछ घटकों के बारे में चर्चा करते हैं—

तकनीकी विश्लेषण के क्षेत्र में 'चार्ल्स डाउ' द्वारा प्रतिपादित सिद्धांत सर्वाधिक प्रचलित है। इस सिद्धांत के तहत बाजार में प्राइमरी या बड़े परिवर्तनों को पहचानने की कोशिश की जाती है। शेयर बाजार में होनेवाली गति (मूवमेंट) को तीन आकार में समझा जा सकता है—

- प्राइमरी अथवा लंबी अवधि की गति, जो कि कुछ महीनों से लेकर कई वर्षों तक कायम रहती है।
- सेकंडरी अथवा मध्यम गति, जो कि कुछ सप्ताहों से लेकर कई महीनों तक कायम रहती है।
- अल्पकालिक गति या दैनिक उतार-चढ़ाव, जो कि कुछ दिनों से लेकर कई सप्ताह तक रह सकते हैं।

तकनीकी विश्लेषण में शेयरों की कीमत तथा उनका ट्रेडिंग वॉल्यूम के मध्य संबध का अध्ययन किया जाता है। शेयरों की कीमत में परिवर्तन का असर उनके ट्रेडिंग वॉल्यूम में दृष्टिगोचर होता है। ट्रेडिंग वॉल्यूम में गिरावट ट्रेंड के परिवर्तन की सूचक होती है। बाजार में ट्रेडिंग के दो दौर माने जाते हैं। 'बुलिश फेज' या 'तेजी का दौर' तथा 'बियरिश फेज' या 'मंदी का दौर'।

तेजी के दौर में शेयरों की कीमत हर बार नई ऊँचाई हासिल करती है। जब ऐसा होना रुक जाए तो इसे तेजी के दौर का अंत माना जाता है। इसके विपरीत, मंदी के दौर में शेयरों की कीमतें लगातार गिरती हैं। जब शेयरों की कीमतों में गिरावट थम जाए तो इसे मंदी के दौर का अंत समझा जाता है।

चार्ट का विश्लेषण

गत अवधि में शेयरों की कीमतें तथा उनके ट्रेडिंग वॉल्यूम को प्रतिदिन के आधार पर प्रदर्शित करके चार्ट बनाए जाते हैं। इस प्रकार के चार्ट बनाने के विभिन्न तरीके तकनीकी विश्लेषण के क्षेत्र में प्रचलित हैं। इनमें 'लाइन चार्ट', 'बार चार्ट' तथा 'कैंडल-स्टिक चार्ट' प्रमुख हैं। इन विभिन्न चार्ट्स में प्रयोग किए जानेवाले कुछ आँकड़ों के अंतर को छोड़कर कमोबेश ये सभी चार्ट समान सूचना दरशाते हैं। इन चार्ट के द्वारा पैटर्न/ट्रेंड

को भाँपने की कोशिश की जाती है और अनुमान लगाया जाता है कि ऐसा ट्रेंड कब तक जारी रहेगा तथा इस ट्रेंड में कब परिवर्तन आ सकता है। इन अनुमानों के आधार पर निवेशकों को निवेश करने की सलाह दी जाती है।

इन ग्राफ तथा चार्ट्स द्वारा 'अपवर्ड ट्रेंड', 'डाउनवर्ड ट्रेंड' तथा 'साइडवेज ट्रेंड' का अनुमान लगाया जाता है।

'अपवर्ड ट्रेंड' में किसी शेयर की कीमत निरंतर बढ़ती है। कई शॉर्ट-टर्म निवेशक इस ट्रेंड में शेयर खरीदकर तथा बाद में इसी ट्रेंड में उच्च कीमत पर शेयर बेचकर लाभ कमाते हैं। यदि अपवर्ड ट्रेंड में शेयरों की कीमतों में वृद्धि तथा ट्रेडिंग वॉल्यूम में वृद्धि एक साथ दर्ज हो तो इससे पता चलता है कि इस शेयर में अधिकतर निवेशक रुचि ले रहे हैं। इसके विपरीत, यदि शेयर की कीमत में तो यह वृद्धि दर्ज हो रही है, पर ट्रेडिंग वॉल्यूम में अपेक्षाकृत वृद्धि दर्ज न हो तो किसी सट्टेबाजी का द्योतक हो सकता है।

'डाउनवर्ड ट्रेंड' ग्राफ तथा चार्ट में नीचे उतरती हुई लाइन द्वारा प्रदर्शित होता है। इस ट्रेंड के दौरान शेयरों की कीमतों में गिरावट दर्ज होती है। कई निवेशक (मंदड़िए) इस दौर में शेयरों की खरीदी करके भविष्य में ट्रेंड परिवर्तित होने पर अपवर्ड ट्रेंड में शेयरों को बेचकर लाभ कमाते हैं। यहाँ भी ट्रेंड को तथा टाइमिंग को पहचानना बहुत महत्त्वपूर्ण है; क्योंकि डाउनवर्ड ट्रेंड में की गई खरीदी के पश्चात् यदि अधिक समय तक यही ट्रेंड जारी रहे या साइडवेज ट्रेंड शुरू हो जाए तो अपेक्षित लाभ नहीं मिलता। भारत में कई वर्ष पहले (1998-99) में ऐसा दौर था। परंतु वर्ष 2000 के आते-आते शेयर मार्केट में मंदी तथा साइडवेज का दौर चालू हुआ, जिससे बहुत सारे निवेशकों को घाटा हुआ।

साइडवेज ट्रेंड

लाइन चार्ट एवं बार चार्ट में यह ट्रेंड छोटे-छोटे उतार-चढ़ाव के साथ लगभग समानांतर दृष्टिगोचर होता है। साइडवेज ट्रेंड के दौर में शेयर ऊपर-नीचे गति करता रहता है तथा यह अनुमान लगाना मुश्किल होता है कि अंततः यह किस दिशा में गति करेगा। साइडवेज ट्रेंड के दौरान ट्रेडिंग वॉल्यूम बहुत कम रहता है। शॉर्ट टर्म निवेशक साइडवेज ट्रेंड के दौरान ट्रेडिंग नहीं करते।

ट्रेडिंग वॉल्यूम

'ट्रेडिंग वॉल्यूम' से तात्पर्य है कि किसी अवधि (दैनिक-साप्ताहिक इत्यादि) के दौरान बाजार में ट्रेडिंग (खरीद-बिक्री) किए शेयरों की संख्या। तकनीकी विश्लेषण में ट्रेडिंग वॉल्यूम बहुत महत्त्व का आँकड़ा है।

इससे क्रियाशील निवेशकों की संख्या तथा बड़े निवेशकों की उपस्थिति-अनुपस्थिति का पता चलता है। शेयरों की कीमत में परिवर्तन को उनके ट्रेडिंग वॉल्यूम से जोड़कर देखने पर इस शेयर के प्रति निवेशकों के रुझान का अनुमान लगाया जा सकता है। 'कम ट्रेडिंग वॉल्यूम' दरशाता है कि निवेशक असमंजस की स्थिति में हैं। 'उच्च ट्रेडिंग वॉल्यूम' के साथ शेयरों की कीमत में बढ़ोतरी तेजी के दौर का सूचक होती है। इसके विपरीत, उच्च ट्रेडिंग वॉल्यूम के साथ शेयरों की कीमतों में गिरावट मंदी के दौर का सूचक होती है। एक अच्छे 'अपवर्ड ट्रेंड' एवं 'अपवर्ड लेग्स' में 'उच्च ट्रेडिंग वॉल्यूम' रहता है तथा इसके डाउनवर्ड लेग में कम ट्रेडिंग वॉल्यूम रहता है। वहीं एक अच्छे डाउनवर्ड ट्रेंड में डाउनवर्ड लेग्स के साथ उच्च ट्रेडिंग वॉल्यूम जुड़ा होता है।

मूविंग एवरेज

किसी सिक्यूरिटी की गत अवधि की बाजार में कीमतों का औसत मूल्य उस सिक्यूरिटी का उस अवधि के लिए 'मूविंग एवरेज' कहलाता है। यह अवधि 15 दिन, 20 दिन, 30 दिन, 60 दिन, 90 दिन इत्यादि हो सकती है। इसमें उस सिक्यूरिटी की प्रतिदिन की क्लोजिंग प्राइस गणना के लिए ली जाती है।

चूँकि बाजार में किसी भी सिक्यूरिटी का दैनिक मूल्य बदलता रहता है, अत: किसी भी सिक्यूरिटी के विभिन्न अवधि के मूविंग एवरेज भी अलग-अलग होते हैं।

विभिन्न मूविंग एवरेज से अलग-अलग तरह की व्याख्या की जा सकती है कि कोई शेयर भविष्य में कैसा प्रदर्शन कर सकता है। छोटी अवधि के मूविंग एवरेज से निकाले गए अनुमान अधिक संवेदनशील होते हैं तथा केवल शॉर्ट-टर्म (छोटी अवधि) निवेश के लिए इनका प्रयोग अन्य समुचित जानकारियों के साथ किया जा सकता है।

लॉग टर्म (लंबी अवधि) के मूविंग एवरेज शेयरों की दैनिक कीमतों में बदलाव के प्रति कम संवेदनशील होते हैं। मूविंग एवरेज का उपयोग बाजार में किसी शेयर के ट्रेंड की दिशा को समझने में किया जाता है।

जब किसी शेयर की कीमत बाजार में इसके मूविंग एवरेज से नीचे आ जाए तो यह शेयर की बिक्री करने का संकेत देता है। इसके विपरीत, यदि शेयर की कीमत इसके मूविंग एवरेज़ से ऊपर बढ़ती रहे तो यह शेयर की खरीदी का समय माना जाता है।

मूविंग एवरेज टूल का प्रयोग करने के लिए इसकी अवधि का निर्धारण करना बहुत महत्त्वपूर्ण है। सही अवधि का मूविंग एवरेज का चयन करने के पश्चात् इसकी तुलना उस शेयर की वर्तमान कीमत से की जाती है। इसके अतिरिक्त बाजार की विभिन्न स्थितियों तथा कारकों को साथ में रखकर उस शेयर के आगामी प्रदर्शन के बारे में

अनुमान लगाया जाता है। मूविंग एवरेज का प्रयोग किसी स्टॉक के सपोर्ट लेवल तथा रेसिस्टेंस लेवल ज्ञात को करने में भी किया जाता है।

सपोर्ट और रेसिस्टेंस (Support and Resistance)

शेयर बाजार में शेयरों की खरीद-बिक्री तथा इससे उत्पन्न गतिविधियाँ सप्लाई व डिमांड के सिद्धांत से गति करती हैं। शेयरों की कीमत में आनेवाले इस उतार-चढ़ाव के सफर में सपोर्ट और रेसिस्टेंस लेवल ऐसे मोड हैं, जहाँ सप्लाई तथा डिमांड की ताकतें एक जगह मिलती हैं।

सपोर्ट

जब किसी शेयर की कीमतें गिरने लगती हैं तो इसके खरीदार बढ़ जाते हैं तथा बेचनेवाले कम हो जाते हैं; क्योंकि खरीदार घटती कीमतों पर खरीदी करके भविष्य में लाभ कमाना चाहते हैं तथा बिक्रीकर्ता इस शेयर को वर्तमान की घटती कीमतों पर बेचना नहीं चाहते। इस प्रकार शेयर की घटती कीमतों में एक स्थिति ऐसी आती है जब बाजार में शेयर की डिमांड ज्यादा होती है तथा इसकी सप्लाई कम। यह स्थिति उस शेयर की कीमतों में और गिरावट आने से रोकती है। शेयर की उस कीमत को इसका सपोर्ट लेवल कहा जाता है। यदि बाजार का कोई कारण उस शेयर की कीमत में और अधिक गिरावट लानेवाला दिखलाई दे तब यह सपोर्ट लेवल रेसिस्टेंस लेवल में परिवर्तित हो जाता है; क्योंकि निवेशक इतनी कम कीमतों पर शेयर को बेचकर घाटा उठाने की बजाय इंतजार करके भविष्य में कीमतें बढ़ने की आशा करता है। सपोर्ट लेवल का महत्त्व डाउनवर्ड ट्रेंड (जब बाजार नीचे की ओर जा रहा हो) में होता है।

रेसिस्टेंस

अपवर्ड ट्रेंड (जब बाजार लगातार ऊपर जाता हुआ दिखाई दे) में शेयर की कीमतें बढ़ती हैं, क्योंकि उस शेयर की माँग अधिक होती है। शेयर की बढ़ती हुई कीमतों में एक स्तर वह आता है, जब उस शेयर की तात्कालिक ऊँची कीमत पर उसकी माँग घट जाती है तथा उसे बेचकर मुनाफा कमानेवाले निवेशकों की संख्या बढ़ जाती है। यह स्थिति उस शेयर की कीमतें और आगे बढ़ने से रोकती है।

शेयर की कीमत का यह लेवल उसका 'रेसिस्टेंस लेवल' कहलाता है। यदि बाजार का कोई कारक इस शेयर की कीमत में और अधिक वृद्धि करनेवाला दिखलाई दे, तब भी निवेशक शेयर की इतनी ऊँची कीमत पर खरीदी नहीं करते। इस प्रकार इस शेयर की माँग बाजार के उस कारण से संभावना के अनुसार नहीं बढ़ती तथा यह रेसिस्टेंस

लेवल शेयर के सपोर्ट लेवल में तब्दील हो जाता है।

ऑसिलेटर्स (Oscillators)

तकनीकी विश्लेषण का अन्य उपयोगी टूल ऑसिलेटर है। ऑसिलेटर के अध्ययन में कोई निश्चित ट्रेंड/पैटर्न अथवा बुल/बियर फेज दिखलाई नहीं पड़ते। इसके विपरीत ऑसिलेटर द्वारा किसी शेयर की अत्यधिक खरीदी (ओवर बॉट) या अत्यधिक बिक्री (ओवर सेल) की स्थिति का पता लगाया जाता है।

ऑसिलेटर का उपयोग संस्थागत खरीदी तथा बिक्री पर भी लागू किया जाता है। इससे नए ट्रेंडिंग नियम भी बनाए जा सकते हैं। ऑसिलेटर के उपयोग से निर्णय लेने की प्रक्रिया आसान हो जाती है।

इनका प्रयोग कम अवधि के निवेश के निर्णय लेने के लिए किया जाता है। ऑसिलेटर की व्याख्या सावधानीपूर्वक और बाजार के अन्य कारकों को साथ में रखकर की जानी चाहिए; क्योंकि इनसे निकाले गए निर्णयों की सफलता दर कम होती है।

विभिन्न प्रकार के ऑसिलेटर

(1) मूविंग एवरेज कनवर्जेंस डायवर्जेंस (Convergence divergence)—यह किसी शेयर के 12 दिन तथा 26 दिन के 'एक्सपोनेंशियल मूविंग एवरेज' का अंतर है। इस ऑसिलेटर को बनाने में प्रमुख कुशलता इन अवधियों (12 दिन व 26 दिन) का चयन है। यदि यह अंतर शून्य से अधिक हो, तब यह उस शेयर की ओवर बॉट स्थिति को दरशाएगा। अत: उस शेयर की बिक्री का निर्णय लेना चाहिए। इसके विपरीत, यदि यह अंतर शून्य से कम हो तब यह उस शेयर की ओवर सोल्ड स्थिति को दरशाता है तथा उस शेयर की खरीदी का निर्णय लेना चाहिए।

(2) प्राइस रेट ऑफ चेंज ऑसिलेटर—इस ऑसिलेटर द्वारा किसी शेयर की वर्तमान बाजार मूल्य की तुलना भूतकाल के किसी एक दिन की बाजार कीमत से की जाती है। इस ऑसिलेटर की सफलता भूतकाल के सही दिन के चयन में निहित है। इस तुलना से शेयर की कीमत में वृद्धि अथवा गिरावट झलकती है। यदि दोनों बाजार मूल्यों का अंतर शून्य से कम हो तो यह ओवर सोल्ड स्थिति को दरशाता है, जिससे उस शेयर की खरीदी का निर्णय लिया जा सकता है।

इसके विपरीत, यदि उस शेयर के इन दो बाजार मूल्यों का अंतर शून्य से अधिक हो तो यह उस शेयर की ओवर बॉट स्थिति को दरशाता है। तब उस शेयर की बिक्री का निर्णय लिया जा सकता है।

(3) रिलेटिव स्ट्रेंथ इंडेक्स ऑसिलेटर—इस ऑसिलेटर के तहत किसी

शेयर के गत अवधि में प्रदर्शन का अध्ययन किया जाता है। इस अवधि के दौरान शेयरों में आए चढ़ाव की संख्याएँ तथा शेयर में आए उतार की संख्याएँ निकाली जाती हैं।

इन संख्याओं का अंतर शून्य से 100 के मध्य गति करता है। यदि किसी शेयर के अध्ययन में यह संख्या 70 से अधिक दिखलाई दे तो यह उस शेयर की ओवर बॉट स्थिति प्रदर्शित करती है। यदि यह संख्या 30 से नीचे दिखलाई दे तो यह स्थिति उस शेयर की ओवर सोल्ड स्थिति प्रदर्शित करती है। शेयर की खरीद-बिक्री का निर्णय इस आधार पर किया जा सकता है। इस ऑसिलेटर के मूल में यह सिद्धांत निहित है कि बाजार में समय-समय पर इसकी गति पर प्रतिक्रिया होती है।

(4) स्टॉकेस्टिक ऑसिलेटर (Stochatic)—इस ऑसिलेटर के तहत किसी शेयर के गत प्रदर्शन की अवधि का चयन किया जाता है। यहाँ अवधि विशेष का चयन महत्त्वपूर्ण है। इस अवधि के दौरान उस शेयर का उच्चतम तथा न्यूनतम बाजार मूल्य निकाला जाता है। इसे 'A' द्वारा प्रदर्शित करते हैं। फिर इसी अवधि के दौरान उस शेयर की डे-क्लोजिंग तथा उस शेयर के न्यूनतम मूल्य का अंतर निकाला जाता है। इसे 'B' द्वारा प्रदर्शित करते हैं। A तथा B के अनुपात को प्रतिशत रूप में व्यक्त करने पर यह संख्या 0 से 100 तक आ सकती है। यदि यह संख्या 80 से ऊपर आती है तो यह उस शेयर की बिक्री का संकेत है, और यदि यह संख्या 20 से कम आए तो यह उस शेयर की खरीदी का संकेत माना जाता है।

(5) वॉल्यूम ऑसिलेटर—इस ऑसिलेटर में किसी अवधि-विशेष के लिए शेयर के ट्रेडिंग वॉल्यूम का मूविंग एवरेज बनाया जाता है। यह अवधि अपेक्षाकृत कम समय की होती है। इस मूविंग एवरेज की तुलना शेयर के प्रदर्शन की वर्तमान अवधि से की जाती है तथा दोनों का अंतर निकाला जाता है। यदि यह अंतर कीमतों की गिरावट के साथ बढ़ता हुआ दिखाई दे या यह अंतर बढ़ती कीमतों के साथ कम होता दिखाई दे तो यह 'डाउनवर्ड ट्रेंड' या 'बियरिश फेज' का द्योतक माना जाता है। इसकी विपरीत स्थिति बुलिश फेज की द्योतक होती है।

□

16

शेयर बाजार की शब्दावली

शेयर बाजार में कई शब्द प्रचलित हैं, जो बाजार, शेयर, कंपनी, स्टॉक इत्यादि की स्थिति के बारे में जानकारी देते हैं। ये शब्द तकनीकी तथा पारंपरिक भी हो सकते हैं। निवेशक के लिए इस शब्दावली की जानकारी रुचिकर तथा आवश्यक है, जैसे—बुल्स, बेयर्स, ए.डी.आर./जी.डी.आर., एनालिस्ट, एक्स एंड कम डेट्स, वॉल्यूम, आर्बीट्रेज, हेजिंग, पेनी स्टॉक आदि।

पेनी स्टॉक—ये वे शेयर्स होते हैं, जिनकी बाजार कीमत उनकी फेस वैल्यू से भी नीचे होती है। यद्यपि शेयर बाजार में इनकी नियमित ट्रेडिंग होती रहती है। इन शेयरों की ट्रेडिंग के साथ स्पेकुलेशन (सट्टेबाजी) जुड़ा रहता है। इन शेयरों की कीमत में थोड़ी सी वृद्धि भी बहुत बड़ा प्रतिशत लाभ (हाई रिटर्न) देती है। ये शेयर बड़े जोखिमवाले शेयर होते हैं तथा विपरीत परिस्थितियों में औंधे मुँह भी गिरते हैं और निवेशक को नुकसान पहुँचाते हैं।

ए.डी.आर./जी.डी.आर.—ये विदेशी स्टॉक एक्सचेंज में उपलब्ध सिक्यूरिटीज होती हैं, जिनके माध्यम से विदेशी निवेशक भारतीय कंपनियों के शेयर बिना भारतीय बाजार में उतरे खरीद सकते हैं। किसी बैंक के माध्यम से ए.डी.आर./जी.डी.आर. का कारोबार किया जाता है।

भारत की किसी डिपॉजिटरी में विदेशी निवेशक द्वारा खरीदे गए शेयर दर्ज रहते हैं। किसी एक ए.डी.आर. द्वारा निश्चित संख्या में शेयर खरीदे जा सकते हैं। इसे 'स्पेसिफिक रेशियो' कहते हैं।

ए.डी.आर./जी.डी.आर. द्वारा ट्रांजेक्शन का तरीका लगभग वैसा ही है, जैसा विदेशी निवेशकों द्वारा उनके एक्सचेंज में किया जाता है। इसलिए विदेशी निवेशक इस तरीके से निवेश का रास्ता पसंद करते हैं। भारतीय कंपनियों को भी इस तरीके से विदेशी

एक्सचेंज में सूचीबद्ध होने का मौका मिलता है। ए.डी.आर./जी.डी.आर. धारक जब चाहे, ए.डी.आर./जी.डी.आर. को कंपनी के वास्तविक शेयरों में परिवर्तित कर सकता है। ए.डी.आर. अमेरिका के स्टॉक एक्सचेंज में प्रचलित है, वहीं जी.डी.आर. दूसरे विदेशी एक्सचेंज, जैसे लक्जमबर्ग इत्यादि के एक्सचेंजों में प्रचलित है।

ऐट पार—किसी शेयर को उसी कीमत पर जारी करना या बेचना, जो उस शेयर के शेयर प्रमाण-पत्र पर अंकित हो।

ऐट प्रीमियम—शेयर प्रमाण-पत्र पर अंकित मूल्य की तुलना में अधिक मूल्य पर शेयर को जारी करना या बेचना।

उच्च व निम्न—पिछले 52 सप्ताह की अवधि में प्रत्येक शेयर का अधिकतम और न्यूनतम मूल्य।

कॉल मनी—कोई भी शेयर जारी करते समय शेयर मूल्य का एक भाग शेयर आवेदनकर्ता से आवेदन-पत्र के साथ कंपनी ले लेती है। शेष भाग शेयरधारकों से आगामी निश्चित तिथि तक किस्तों में माँगा जाता है। इसे 'कॉल मनी' कहते हैं।

मेगा इश्यू—किसी कंपनी द्वारा बहुत बड़ी संख्या में जारी किए गए शेयर या ऋण-पत्र, जिनका मूल्य कई सौ करोड़ रुपए हो।

लिमिटेड कंपनी—ऐसी कंपनी, जिसका स्वामित्व अंशदाताओं के बीच बँटा हुआ हो और प्रत्येक अंशदाता का उत्तरदायित्व उसके अंश तक ही सीमित होता हो।

स्वीट शेयर—'स्वीट इक्विटी शेयर' उन्हें कहते हैं, जिसे कंपनी के कर्मचारियों या किसी अन्य को रियायती मूल्य पर आवंटित किए जाते हैं। शेयर बाजारों पर निगरानी रखनेवाली संस्था ने विशेष श्रेणी के स्वीट शेयरों के लिए तीन वर्ष का 'लॉक-इन पीरियड' निर्धारित किया है। इसका मतलब यह है कि तीन वर्ष से पहले इन्हें किसी अन्य को बेचा नहीं जा सकता। यह भी समान्य शेयरों की तरह शेयर बाजार में सूचीबद्ध होते हैं।

तेजड़िया और मंदड़िया (बुल्स एंड बियर्स)—यह स्टॉक एक्सचेंज के शब्द हैं। जो व्यक्ति स्टॉक की कीमतों को बढ़ाना चाहता है, वह 'तेजड़िया' कहलाता है और जो व्यक्ति स्टॉक की कीमतें गिरने की आशा करके किसी वस्तु को भविष्य में देने का वायदा करके बेचता है, वह 'मंदड़िया' कहलाता है।

ब्रिज लोन—कंपनियाँ आमतौर पर विस्तार के लिए पूँजी जुटाने हेतु शेयर तथा डिबेंचर जारी करती हैं। लेकिन इस पूरी कार्य-प्रणाली में तीन माह से भी अधिक का समय लग जाता है। इसलिए इस दौरान अपना काम जारी रखने के लिए कंपनियाँ बैंकों से निश्चित अवधि के लिए ऋण प्राप्त कर लेती हैं। इस प्रकार के ऋणों को 'ब्रिज लोन' कहते हैं।

लिवाली और बिकवाली—शेयरों की बड़ी मात्रा में खरीदारी 'लिवाली' कहलाती है और बड़ी संख्या में शेयरों को बेचना 'बिकवाली' कहलाता है।

ब्लूचिप्स कंपनियाँ—ऐसी प्रमुख लोकप्रिय कंपनियों के शेयर, जो पिछले कई वर्षों से लगातार उन्नति कर रहे हों, आगे बढ़ रहे हों तथा भविष्य में भी इनमें और विकास की बहुत संभावना हो, ऐसी कंपनियाँ 'ब्लूचिप्स कंपनियाँ' तथा ऐसे शेयर 'ब्लूचिप शेयर' कहलाते हैं।

बाजार पूँजीकरण (मार्केट कैपिटलाइजेशन)—किसी कंपनी के द्वारा जारी किए गए कुल शेयरों की बाजार में कीमत उस कंपनी का 'बाजार पूँजीकरण' कहलाता है। उदाहरण के लिए, किसी कंपनी के मार्केट में 10 लाख शेयर हैं तथा बाजार में प्रति शेयर कीमत 1,000 हजार रुपए है तो उस कंपनी का बाजार पूँजीकरण (मार्केट कैपिटलाइजेशन) 100 करोड़ रुपए होगा।

बाजार पूँजीकरण के आधार पर कंपनियों को तीन श्रेणी में बाँटा गया है—

- **स्मॉल कैप**—वे कंपनियाँ, जिनका मार्केट कैप (बाजार पूँजीकरण) 100 करोड़ से कम हो, वे 'स्मॉल कैप कंपनियाँ' कहलाती हैं।
- **मिड कैप**—वे कंपनियाँ, जिनका मार्केट कैप (बाजार पूँजीकरण) 100 करोड़ से 1,000 करोड़ के बीच हो, वे 'मिड कैप कंपनियाँ' कहलाती हैं।
- **लार्ज कैप**—वे कंपनियाँ, जिनका मार्केट कैप (बाजार पूँजीकरण)1,000 करोड़ से ज्यादा हो, वे कंपनियाँ 'लार्ज कैप' की श्रेणी में आती हैं।

वार्षिक-रिपोर्ट (एनुअल-रिपोर्ट)—प्रत्येक कंपनी की कानूनी रूप से वार्षिक-रिपोर्ट बनाकर एकाउंटिंग ईयर (लेखा-वर्ष) के अंत में तैयार की जाती है। इसमें कंपनी के डायरेक्टरों, कंपनी की गतिविधियों के बारे में वार्षिक रिव्यू, कंपनी के वित्तीय परिणाम, आगामी प्रस्ताव, ऑडिट रिपोर्ट, बैलेंस शीट, लाभ-हानि का लेखा-जोखा इत्यादि समाहित होता है।

बायबैक—किसी कंपनी द्वारा जब अपने ही शेयरों को दोबारा खरीदने का निर्णय लिया जाता है तो उसे 'बायबैक' कहा जाता है। इस निर्णय के पीछे का मकसद होता है—कंपनी द्वारा बाजार में उपलब्ध उसके शेयरों की संख्या को घटाना। इस प्रक्रिया में प्रति शेयर लाभ में इजाफा होता है और बैलेंस शीट भी बेहतर होती है। कंपनी जिस टेंडर ऑफर या खुले बाजार के द्वारा बायबैक के माध्यम से शेयर वापस खरीदती है, उसमें टेंडर ऑफर बायबैक की कीमत ओपन मॉर्केट में शेयर के दाम से ज्यादा होती है? और जिस निवेशक के पास उस कंपनी के शेयर होते हैं, वह बायबैक के समय चाहे तो फायदा ले सकता है।

□

17

शेयर बाजार में सफलता का सुपर हिट फॉर्मूला

शेयर बाजार धन-लाभ कमाकर आपका बेड़ा पार भी करा सकता है तो आपकी गाढ़ी कमाई को निगलकर आपका बेड़ा डुबो भी सकता है। यदि किसी निवेशक को यह बात भली-भाँति समझ में आ जाए कि शेयर बाजार के कुछ नियम और मंत्र होते हैं, जिन पर यदि चला जाए तो शेयर बाजार में आपका बेड़ा आसानी से पार हो सकता है। सबसे पहले तो आप यह बात गाँठ बाँध लीजिए कि सामान्य स्थिति में शेयरों में निवेश भी अन्य कारोबार की तरह ही होता है, जहाँ सफलता के लिए धैर्य, परिश्रम और लगन की आवश्यकता होती है।

हमें सफल निवेश के लिए कुछ जरूरी बातों पर ध्यान देना जरूरी है। हो सकता है कि कुछ बातें आपको परस्पर विरोधी लगें; लेकिन इससे आपको परेशान होने की जरूरत नहीं है, क्योंकि शेयर बाजार की स्थिति हमेशा बदलती रहती है। अत: बाजार की बदलती स्थितियों के अनुसार अलग-अलग नीति का प्रयोग करना आवश्यक हो जाता है और निवेशक को इस बात का पूरा अधिकार है कि वह अपनी जरूरत तथा अपने विवेक से सही नीति का चयन करे। लेकिन फिर भी, कुछ नियम ऐसे हैं, जिनका पालन करना फायदेमंद साबित हो सकता है।

टिप्स पर नहीं, विवेक के आधार पर निर्णय लें

शेयर बाजार में टिप्स की टिप-टिप बारिश की बूँदों की तरह गिरती है। निवेशक को ब्रोकर के द्वारा तथा अपने आस-पास के लोगों से टिप्स थोक मात्रा में बिलकुल मुफ्त मिलती हैं। इन टिप्स में सलाहों का पुलिंदा होता है कि अमुक शेयर खरीद लो, दो महीने में इसकी कीमत दो गुनी मिल जाएगी या इस शेयर को बेच दो, क्योंकि यह कंपनी दिवालिया होने वाली है आदि। बाजार की भाषा में इसे 'टिप्स' कहा जाता है। दरअसल,

ऑपरेटर और सटोरिए भारी मात्रा में 'टिप्स कल्चर' को फैलाते हैं, जिससे बाजार में अफवाहों पर आधारित जानकारी फैलती है। इसलिए निवेशकों को बाजार में फैली अफवाहों—जो उसे 'टिप्स' के रूप में मिलती हैं—से सावधान रहना चाहिए। चूँकि टिप्स का कोई ठोस आधार नहीं होता है, इसलिए यदि निवेशक टिप्स के आधार पर निवेश करता है तो ऐसे सौदे में जोखिम कहीं ज्यादा होती है। बाजार में जब तेजी का दौर होता है, तब बाजार में 'टिप्स कल्चर' इतनी तेजी से विकसित हो जाता है कि बहुत से निवेशक टिप्स के प्रलोभन में आकर निवेश कर बैठते हैं, और जब उनकी मेहनत की कमाई से खरीदे गए शेयर कुछ समय बाद तेजी से नीचे गिरते हैं तो सिवाय पश्चात्ताप के वे कुछ नहीं कर पाते।

इसलिए यदि शेयर बाजार में सफल होना है तो आस-पास से मिली टिप्स पर ध्यान न दें। यदि आपको ब्रोकर व अन्य साथियों द्वारा यह सूचना मिले कि अमुक शेयर में लगातार तेजी दिखाई दे रही है, इसलिए इसे खरीद लेना चाहिए तो आप उस टिप्स को सुनें और उस पर विचार करें कि कहीं ये शेयर सिर्फ इसलिए तो नहीं चल रहा, क्योंकि बाजार में तेजी है या वास्तव में कंपनी द्वारा कुछ सकारात्मक घोषणाएँ हुई हैं।

कई बार ऐसा भी पाया गया है कि ऑपरेटर्स व सटोरिए निजी स्वार्थों के लिए किसी शेयर-विशेष के भाव कृत्रिम रूप से बढ़ा देते हैं, और ऐसा वे खुद खरीदारी करके करते हैं, ताकि उनके कथन की पुष्टि हो जाए। ऐसी स्थिति में कई बार नए निवेशक के साथ अनुभवी भी इस जाल में फँस जाते हैं; क्योंकि इस कृत्रिम खरीद के दौरान रोजाना अमुक शेयर के भाव बढ़ते जाते हैं, जिससे नए लोगों का भी ऐसे शेयर में विश्वास बढ़ने लगता है। ऐसे में निवेशकों द्वारा जब भारी पैमाने पर ऊँचे दाम पर खरीद होने लगती है तो जिन लोगों ने इस कृत्रिम तेजी का जाल बुना था, वे लोग अपने कम भाव पर खरीदे गए शेयर ऊँचे भाव पर इन नए निवेशकों को बेचते जाते हैं। एक स्थिति ऐसी आती है, जब शेयरों का भाव बढ़ना बंद हो जाता है और ऊँचे भाव पर शेयर बाजार के खिलाड़ी शेयर खरीदना बंद कर देते हैं और फिर बिकवाली के दबाव में भाव गिरने शुरू हो जाते हैं। 'पंप एंड डंप' की इस रणनीति में मुश्किल में वे निवेशक पड़ जाते हैं, जिन्होंने ऊँचे भाव में शेयर खरीदे थे। ऐसी स्थिति में वे या तो घाटे में शेयर बेचकर इस तंत्र का शिकार बनते हैं या फिर इस आशा में ऐसे शेयर को सँजोकर रखते हैं कि शायद कभी उसका भाव ऊँचा आ जाए। लेकिन ज्यादातर देखा गया है कि ऐसे गुमनाम शेयर वापस कभी ऊपर नहीं आते और बाद में ऐसी स्थिति आती है कि उन्हें रद्दी की टोकरी में फेंक देना पड़ता है। इसलिए 'टिप्स' सुनिए जरूर, लेकिन निर्णय अपने विवेक से ही कीजिए।

निवेश का नजरिया हो दीर्घकालीन

प्रतिदिन या प्रति सप्ताह बदलनेवाले शेयरों के भाव अफवाहों, गलत जानकारी, ग्लोबल कारकों, सरकारी उठा-पटक या कंपनी के बारे में उड़ाई गई गलत खबरों से भी प्रभावित हो जाते हैं; क्योंकि खबरों पर होनेवाली जनता की प्रतिक्रिया का शेयरों की कीमत पर भी खासा प्रभाव पड़ता है। यदि आपने दीर्घकालीन नजरिए (लॉन्ग टर्म) के आधार पर शेयर खरीदे हैं तो धीरे-धीरे शेयर का भाव उसके सही मूल्य को दरशाने लगता है। अत: जब आप निवेश करें, तब दीर्घकालीन आँकड़ों को ही ध्यान में रखें। यदि आपने लंबे समय के लिए विविधतापूर्ण निवेश किया है तो नुकसान का खतरा कम हो जाता है। इसके अलावा, यदि आप अपने निवेश को लंबे समय तक बनाए रखते हैं तो मूलधन में हुई वृद्धि पर लगनेवाले कर में भी अच्छी-खासी राहत मिलती है। अगर यह कहा जाए कि दीर्घकालीन निवेश बाजार के उतार-चढ़ाव का इलाज है तो कोई अतिशयोक्ति नहीं होगी। विश्व के मशहूर निवेशक वारेन बफेट तो यहाँ तक कहते हैं कि 'एक निवेशक की जिंदगी में 20-30 ट्रेड काफी होते हैं।' लेकिन जिस तरह से भारत के शेयर बाजार में निरंतर तेजी दर्ज हो रही है, ऐसे में बहुत से नए निवेशक भी बाजार से जुड़ रहे हैं, और इस तेजी का लाभ जल्द-से-जल्द उठाने के लिए डे-ट्रेडिंग की फिसलन भरी राह पर भी चलने से नहीं चूक रहे हैं। लेकिन ऐसे लोगों का अल्पकालीन नजरिया एक दिन का होता है और वे दिन भर निरंतर खरीद-बिक्री करते हैं, जो विशुद्ध रूप से सट्टा है। हालाँकि बहुत से निवेशक 'स्टॉप लॉस' की सहायता से खरीद-बिक्री कर सफल भी होते हैं; लेकिन ऐसे लोगों की संख्या बहुत कम होती है। यदि शेयर बाजार में निवेश के लिए आपका 'दीर्घकालीन नजरिया' नहीं है तो शेयर बाजार में सफल होना मुश्किल है, क्योंकि 'शॉर्ट टर्म नजरिया' लालच के भाव को जगाता है, जो असफलता को लेकर आता है। यदि आपका नजरिया दीर्घकालीन है तो आप किसी भी समय अच्छे फंडामेंटलवाली कंपनियों के शेयर खरीदकर बाजार में निवेश कर सकते हैं। बाजार कितना भी ऊपर हो, भले ही आपको इस वजह से महँगे शेयर मिले हों, लेकिन लंबी अवधि तक आप यदि इन्हें होल्ड करके रखेंगे तो आपको जरूर लाभ होगा। कम में खरीदें, ऊँचे में बेचें और मुनाफा वसूली करते रहें।

कम में खरीदें, ऊँचे में बेचें

शेयर बाजार में सफल होने के सुपर हिट फॉर्मूलों में से यह फॉर्मूला सबसे ज्यादा दमदार है। लेकिन पढ़ने और सुनने में यह जितना आसान नजर आता है, उतना है नहीं; क्योंकि तार्किक रूप से हिट यह फॉर्मूला निवेशक के लिए अमल में लाना खासा मुश्किल होता है। इसकी वजह यह है कि यह आदमी के स्वभाव से बिलकुल मेल नहीं खाता।

जब सेंसेक्स (सूचकांक) अपने शबाब पर होता है, तब चारों ओर एक ऐसा सकारात्मक वातावरण छा जाता है कि सभी तरफ सेंसेक्स के और आगे जाने की तथा इस तेजी के लिए विभिन्न कारकों के बारे में बढ़-चढ़कर बातें होने लगती हैं। लिहाजा, निवेशकों को लगता है कि वे भी इस तेजी का हिस्सा बनकर लाभ कमा सकते हैं और ऐसे में वे शेयरों की ऊँचे भाव पर लिवाली कर लेते हैं। दरअसल होता यह है कि जब तेजी का दौर होता है, तब प्राय: अच्छी कंपनियों के शेयरों में अप्रत्याशित तेजी दर्ज की जाती है और वे शेयर ओवरवैल्यूड हो जाते हैं। निवेशक तेजी में इन ओवरवैल्यूड शेयरों को खरीद लेते हैं, जो इस हिट फॉर्मूला (जिसके अनुसार सस्ते में खरीदना चाहिए) के एकदम विपरीत है। जब तेजी का दौर थमता है, शेयरों की कीमतें घटने लगती हैं, तब बाजार में अफरा-तफरी मच जाती है। शेयरों की कीमतें घटती देख तब लोग बिकवाली करने लगते हैं। ऐसा निवेशक इस डर से करते हैं कि कहीं शेयर की कीमत इतनी नीचे न चली जाए कि उन्हें बरबाद होना पड़े! जाहिर है, ऐसे में निवेश के हिट फॉर्मूले (ऊँचे में बेचें) के एकदम विपरीत निवेशक का व्यवहार होता है। ऊँची कीमत में शेयर खरीदकर कम कीमत पर बेचना—यह गलत चक्र तब तक चलता रहता है, जब तक कि निवेशक इसमें से निकलने की पूरे मन से कोशिश नहीं करता। इस गलत चक्र का अनुसरण सन् 2008 में बहुत से निवेशकों ने किया। कई निवेशकों ने सेंसेक्स के 20,000 के आँकड़े को पार करता देख भारी मात्रा में शेयरों में पैसा लगाया और ऊँचे मूल्य पर शेयर खरीदे। लेकिन 21 जनवरी, 2008 से सेंसेक्स में आई अभूतपूर्व गिरावट से ऐसे निवेशकों के पाँव के नीचे से जमीन सरक गई। 20 व 21 हजार पर पहुँचे सेंसेक्स के समय जिन निवेशकों ने आनन-फानन में जल्दी पैसा कमा लेने के लिहाज से बाजार में पैसा लगाया, उन्हें बाजार में आई मंदी से सेंसेक्स के वापस 10,000 से नीचे पहुँच जाने पर कैसा महसूस हुआ होगा, यह समझा जा सकता है। चिंताजनक स्थिति तो तब पैदा हो जाती है, जब ऐसे निवेशक बाजार में तेजी आने का बेसब्री से इंतजार करते हैं और जब उनके खरीद मूल्य से ऊपर उन्हें 20-30 प्रतिशत का लाभ दिखाई देता है, तब भी वे इस लालच में शेयर नहीं बेचते कि शायद उन्हें उस शेयर से 100 प्रतिशत फायदा हो जाए! आशा का यह गुब्बारा फिर उस समय अचानक फूट जाता है, जब बाजार में किन्हीं कारणों से दुबारा मंदी का दौर शुरू होता है। इसलिए एक निवेशक के लिए जरूरी है कि वह शेयर बाजार की प्रकृति को समझे और थोड़े-थोड़े अंतराल पर मुनाफा वसूली करता रहे; क्योंकि शेयर बाजार में यह कहा जाता है कि बाजार का उच्चतम स्तर तथा न्यूनतम स्तर कोई नहीं आँक सकता। बेहतर है कि जब आपको हैंडसम रिटर्न मिल रहा है तो आप कुल शेयर में से उतने शेयर बेच दें, जिससे आपको इतना रिटर्न मिल जाए कि आपका शेयर को खरीदने में हुआ खर्च निकल आए। ऐसा कर आप अपनी लगाई गई पूँजी को वापस पा लेते हैं और सुरक्षित स्थिति में

बचे हुए शेयरों को दीर्घ अवधि में और अच्छा रिटर्न पाने की आस में रख सकते हैं।

उदाहरण के लिए, यदि किसी निवेशक ने वालचंद इंडस्ट्री के 40 शेयर 1,400 रुपए प्रति शेयर मूल्य के हिसाब से खरीदे। यदि छह महीने में शेयर की कीमत 3,000 रुपए प्रति शेयर हो जाती है तो ऐसी स्थिति में बेहतर यह होगा कि निवेशक 20 शेयर बेचकर 60,000 रुपए प्राप्त कर ले। इससे एक तो उसको 40 शेयर खरीदने में लगी 56,000 रुपए की पूँजी वापस प्राप्त हो जाएगी तथा 4,000 रुपए अतिरिक्त भी प्राप्त हो जाएँगे। अब निवेशक सुरक्षित होकर उस शेयर के और ऊपर जाने का इंतजार कर सकता है। इसलिए मुनाफा वसूली (प्रॉफिट बुक) करना जरूरी है। दरअसल, शेयरों की उच्चतम स्तर पर बिकवाली (सेलिंग) और न्यूनतम स्तर पर लिवाली (बाइंग) करना नामुमकिन है। इसलिए बाजार विश्लेषकों का भी कहना है कि शेयरों की ठीक-ठीक कीमत मिलने पर थोड़ी सी प्रॉफिट बुकिंग की जानी चाहिए। मुनाफा वसूली करते वक्त इस बात का जरूर ध्यान रखना चाहिए कि यदि लिवाली के एक साल के भीतर बिकवाली की जाती है तो निवेशक को अल्पकालिक पूँजीगत लाभ कर (शॉर्ट टर्म कैपिटल गेन टैक्स) देना होता है। इसके प्रॉफिट की गणना करते वक्त निवेशक को सिक्यूरिटी ट्रांजेक्शन टैक्स (एस.टी.टी.) का भी ध्यान रखना चाहिए।

भीड़ का अनुसरण कभी न करें

विश्व-प्रसिद्ध निवेशक वारेन बफे का मानना है कि ''जब भीड़ निवेश (इनवेस्ट) करे तो बाजार से दूरी बना लेनी चाहिए और जब लोग मार्केट से दूरी बना लें, तब एक समझदार निवेशक को अच्छी कंपनियों में निवेश करना चाहिए।'' बफे की कही इस बात को निवेशक यदि 'गुरुमंत्र' समझकर प्रयोग में लाए तो वह एक सफल निवेशक बन सकता है। बफे की इस बात को रिलायंस पॉवर के इश्यू (पब्लिक) से समझा जा सकता है। जब रिलायंस पॉवर का इश्यू बाजार में आ गया तो इस तरफ निवेशकों का इतना झुकाव हुआ कि ये इश्यू कई गुना भरा गया। परंतु उसके बाद बाजार का सेंटीमेंट अन्य कारणों से खराब होने के कारण इसका भाव डिस्काउंट में आ गया। जिन लोगों ने पॉवर के इश्यू पर टूट पड़ी भीड़ को देखकर कहीं से उधार पैसा लेकर यह सोचकर निवेश किया होगा कि इश्यू ऊँचे दाम पर सूचीबद्ध (लिस्टेड) होगा और वे तुरंत पैसा बना लेंगे, उन्हें जबरदस्त झटका लगा होगा। हालाँकि बाद में कंपनी के प्रमोटर अनिल अंबानी ने बोनस शेयर जारी करके निवेशकों को हुए नुकसान की भरपाई करने की कोशिश की। परंतु ऐसे प्रमोटर बाजार में बहुत कम हैं और रिलायंस पॉवर को तो बाजार विश्लेषकों ने अच्छी फंडामेंटलवाली कंपनी बताया था। लेकिन ऐसा देखा गया है कि बाजार की तेजी का लाभ उठाने के लिए तेजी के दौर में अनेक इनीशियल पब्लिक ऑफर (आई.पी.ओ.)

बाजार में आते हैं और निवेशक ऊँचे प्रीमियम के लालच में बिना कंपनियों का फंडामेंटल जाने भीड़ को देखकर निवेश कर देते हैं। उस दौरान यदि बाजार में अस्थिरता (वोलेटिलिटी) का दौर जारी रहे तो प्रीमियम तो दूर, इश्यू सूचीबद्ध होने के बाद कुछ कंपनियों के शेयर की कीमत उनके प्राइस बैंड की आधी या एक-चौथाई हो जाती है। हमने देखा भी है कि एक के बाद एक कई कंपनियों ने अपने पब्लिक इश्यू भारी-भरकम प्राइस बैंड के साथ बाजार में उतारे और जिन निवेशकों ने बिना कंपनी का फंडामेंटल जाने निवेश किया, वे बाद में बुरी तरह पछताए।

भावनाओं से नहीं, विवेक से करें शेयर कारोबार

लालच और भय मन की दो ऐसी अवस्थाएँ हैं, जिनसे शेयर निवेशक पूरी तरह ओत-प्रोत रहते हैं। इतना ही नहीं, भावनाएँ तो खुदरा निवेशकों के मन पर राज करती हैं। यही कारण है कि बाजार चढ़ता है तो एक आम निवेशक लोभ व लालच के कारण बिकवाली (सेलिंग) नहीं करता है; क्योंकि उसे लगता है कि शायद शेयरों की कीमत और बढ़ेगी, और इस तरह बिकवाली का मौका वह खो देता है। इसी तरह भय या डर की भावना निवेशक में इस कदर व्याप्त रहती है कि जैसे ही बाजार गिरता है, वह भय के कारण अपने शेयरों को कम दाम में बेच देता है।

लालच और भय जैसी भावनाओं के चलते भी कई बार शेयर बाजार में इतने उतार-चढ़ाव देखे जाते हैं, जिसे बाजार की भाषा में 'मार्केट सेंटिमेंट्स' कहा जाता है।

इसलिए जरूरी है कि इन भावनाओं पर काबू पाएँ और जब बाजार में तेजी अपने उच्चतम शिखर पर पहुँच गई हो और चारों ओर तेजी की प्रामाणिकता पर सवाल उठने शुरू हो गए हों तो समझ लीजिए कि आपका शेयरों को बेचकर प्रॉफिट बुक (लाभ-प्राप्ति) करने का समय आ गया है। यदि उस समय आपने विवेक से काम नहीं लिया और समय पर बिकवाली नहीं की तो आप स्वयं अपनी सफलता को असफलता में बदल डालेंगे। यह सच है कि शेयर बाजार में निवेश दीर्घावधि के लिए करना चाहिए, लेकिन यदि मध्यावधि या अल्पावधि में लाभ नजर आए तो शेयरों को बेचकर मुनाफा वसूली (प्रॉफिट बुक) कर लेनी चाहिए। वरना जनवरी 2008 के तीसरे सप्ताह में जिस तरह लाखों निवेशकों का जो हश्र हुआ, वैसा आपका भी हो सकता है। जनवरी 2008 के तीसरे सप्ताह में जब बाजार 5,000 पॉइंट टूटा, तब लाखों निवेशक मुनाफे से घाटे में चले गए। इसलिए शेयर बाजार में प्रॉफिट बुक करते रहें; क्योंकि जो निवेशक मुनाफा कमाने के उद्देश्य से योजनाबद्ध तरीके से नियमित निवेश करते हैं, उन्हें निश्चित तौर पर सफलता मिलती है। यही कारण है कि जानकारी और विश्लेषण से किए गए निवेश में नुकसान की संभावना कम होती है। अत: कोई भी निर्णय लेने से पहले भावनाओं से

नहीं, बल्कि उससे जुड़े आँकड़ों का अध्ययन कर अपने विवेक से निर्णय लें।

जाँच-परखकर करें निवेश, न कि देखा-देखी

निवेश करना भी एक कला है। यदि आपको यह कला समझ में नहीं आती है तो किसी पेशेवर की सलाह लें और इस दौरान अपनी समझ विकसित करने के लिए भी प्रयासरत रहें। यदि आप किसी कंपनी के फंडामेंटल जाँचे-परखे बिना रातोरात लखपति बनने की इच्छा के साथ शेयरों का सौदा करेंगे तो आपको रातोरात लाखों गँवाने की तैयारी भी रखनी पड़ेगी। आप सिर्फ दूसरों को देखकर यह भ्रम पाल लें कि आपके दोस्त ने शेयर बाजार से पैसा कमाया है तो आप भी कमा लेंगे, ऐसी मान्यता और आशा झूठी प्रमाणित होती है। शेयर बाजार में निवेश अलग-अलग व्यक्तियों को अलग-अलग परिणाम देता है। जब बाजार में निरंतर तेजी का माहौल होता है तो जिन निवेशकों ने बाजार में निवेश नहीं किया होता है, वे यह सोचकर दुःखी होने लगते हैं कि लोग कमाकर ले गए और हम सोचते ही रह गए; और इस सोच के साथ बाजार में छलाँग लगा बैठते हैं। जल्दबाजी में ऐसे निवेशक न तो कंपनी के प्रबंधन को देख पाते हैं और न ही उनका पिछला रिकॉर्ड। जाहिर है, ऐसे निवेश के साथ जोखिम का अनुपात भी काफी बड़ा होता है। यदि आप जुआरी की तरह जुआ समझकर निवेश करेंगे तो शेयर बाजार भी आपको जुआरी ही बनाएगा; परंतु यदि आप 'सिस्टेमिटक इनवेस्टमेंट' समझकर निवेश करेंगे तो आप एक सफल निवेशक बनेंगे। बाजार के विशेषज्ञ तो अकसर इस बात पर आश्चर्य प्रकट करते हैं कि लोग 50-100 रुपए की चीज खरीदने बाजार में जाते हैं, तब तो उनका भाव, क्वालिटी और अन्य कई चीजें देखते हैं, लेकिन हजारों रुपए के शेयर लेते वक्त अपने आँख-कान बंद कर निवेश कैसे कर देते हैं?

यदि लाभदायक निवेश करना है तो इन बातों पर ध्यान दें—

- केवल सूचीबद्ध शेयर ही खरीदें।
- केवल सक्रिय शेयर ही खरीदें।
- बहुत कम शेयर होल्डरोंवाली कंपनी में निवेश न करें।
- कंपनी का प्रबंधन देखें।
- कंपनी के कामकाज की विविधता तथा उसके विकास की संभावनाओं पर गौर करें।
- कंपनी के वित्तीय हालात की जाँच-पड़ताल करें और वित्तीय जाँच-पड़ताल के लिए विभिन्न मापदंडों जैसे प्रति शेयर बुक वैल्यू, रिजर्व, लाभ पुनर्निवेश, प्रति शेयर आमदनी, पी/ई अनुपात, यील्ड, आर.ओ.सी.ई. व पी/ई अनुपात आदि कसौटियों पर विभिन्न कंपनियों को कसकर निवेश संबंधी निर्णय लें।

(इन सभी वित्तीय मापदंडों को किस प्रकार समझा जाए, यह विस्तार से आगामी अध्याय में बताया गया है।)

निवेश में समय का महत्त्व

निवेश में समय का बहुत महत्त्व है। शेयर खरीदने या शेयर बेचने के लिए यदि सही समय की नब्ज को आपने पकड़ लिया तो समझिए, आपको निवेश से अच्छी आमदनी होगी। हालाँकि समय की नब्ज पकड़ना एक कला है, और यह कला अनुभव से आती है। पर हम आपको कुछ सुझाव दे सकते हैं—

- यदि शेयर का दाम बुरी तरह गिर गया है तो उसके तुरंत बाद उसे न बेचें।
- शेयर के भाव का गिरना, उसे खरीदने का संकेत देता है।
- अगर आप किसी मजबूत फंडामेंटलवाली कंपनी के शेयर खरीदना चाहते हैं, लेकिन उसके भाव आपको ज्यादा लग रहे हैं तो आप तब तक सही भाव की ताक में बैठे रहें, जब तक कि निवेशकों की भीड़ का उत्साह उस शेयर के प्रति ठंडा नहीं पड़ जाता।
- कंपनियों की वार्षिक व अर्धवार्षिक रिपोर्ट पर नजर रखें और कंपनियों द्वारा नई योजनाओं की घोषणा की खबर संचार माध्यमों द्वारा जानने के बाद यदि आपकी रुचि है तो उस शेयर को उसी दिन खरीद लें। इन जानकारियों से शेयरों की खरीदारी का दबाव बनता है और आपके द्वारा खरीदने से पहले शेयर की कीमत में वृद्धि हो जाती है।
- यदि किसी शेयर में अचानक उछाल आए तो उसे खरीदने मत दौड़िए; क्योंकि यह देखा गया है कि इस तरह अचानक भाव चढ़ने के बाद दुबारा 20 प्रतिशत से 25 प्रतिशत तक कीमतें नीचे गिर जाती हैं। यदि आप इस समय शेयर खरीदें तो आपको मुनाफा होगा।

तेजी व मंदी दोनों का लाभ उठाएँ

ऐसा माना जाता है कि न तो तेजी लंबे समय तक टिकती है और न ही मंदी का माहौल बहुत लंबे समय तक चलता है। तेजी के बाद मंदी और मंदी के बाद फिर तेजी— ये चक्र हर बाजार की नियति है तो शेयर बाजार इससे अछूता कैसे रह सकता है? इसलिए यदि निवेशक भी इस चक्र के अनुसार अपनी निवेश-नीति बनाए तो वह सफल हो सकता है। यदि तेजी के समय शेयरों को बेचा जाए और मंदी के समय खरीदा जाए तो निवेशक इस चक्र का फायदा उठा सकते हैं। लेकिन होता है इसका एकदम उलटा— तेजी के दौरान जब शेयर बाजार में उछाल आता है और ज्यादातर शेयरों के दाम चढ़ने

लगते हैं, तब निवेशक शेयर खरीदते हैं और जब मंदी का दौर आता है, तब उनके पास कम कीमतों पर अच्छी कंपनियों के शेयर खरीदने के लिए पैसे ही नहीं होते; क्योंकि उन्होंने ऊँचे भावों में शेयर खरीदकर पैसों को फँसा दिया होता है। ऐसे में दोनों ही अवस्था का लाभ निवेशक नहीं उठा पाता। इसलिए बेहतर है कि आप अर्थव्यवस्था के नियम को भली-भाँति समझ लें। तेजी का मतलब यह है कि अर्थव्यवस्था में उसकी क्षमता से अधिक कार्य हो रहा है। जाहिर है, उसे सामान्य स्तर पर जाने के लिए मंदी का आना जरूरी है।

अधिकतम दाम की प्रतीक्षा न करें

ज्यादातर निवेशक इसी कोशिश में रहते हैं कि वे उस समय शेयर बेचें, जब शेयर अधिकतम स्तर पर हो, ताकि उन्हें ज्यादा-से-ज्यादा मुनाफा हो। लेकिन निन्यानबें के फेर में पड़कर निवेशक सिर्फ अपने फायदे का कागजी प्रतिशत ही निकालते रह जाते हैं; क्योंकि यह पाया गया है कि शेयरों के दाम अधिकतम स्तर पर पहुँचने के बाद अचानक काफी गिर जाते हैं। इसलिए अधिकतम कीमत पाने की प्रतीक्षा न करें। जैसे ही पर्याप्त मुनाफा हो, शेयर बेच दें।

रोजाना अपने शेयरों के नफे-नुकसान की गणना न करें

हमारे देश में शेयरों में निवेश को लेकर मानसिकता काफी भिन्न है। लोगों को लगता है कि यदि शेयरों में पैसा निवेश किया है तो तुरंत दोगुना हो जाएगा। ऐसी अपेक्षाएँ रखनेवाले निवेशक निवेश के बाद प्राय: रोजाना उस शेयर की कीमत में हुई घट-बढ़ को देखकर दु:खी व सुखी होते रहते हैं। कई बार ऐसा होता है कि कई महीनों तक कुछ शेयर बाजार में चलते ही नहीं हैं, क्योंकि ऐसा सेक्टर में आई नकारात्मक खबर या सरकारी घोषणा के परिणामस्वरूप होता है। ऐसे में वे रिटेल निवेशक, जो रोजाना अपने शेयरों की कीमतों को देखते हैं, वे महीनों तक शेयर की यथावत् स्थिति को देखकर तनाव से गुजरते हैं। ऐसे निवेशकों के लिए आर्थिक सलाहकारों की सलाह है कि जब सावधि जमा (फिक्स्ड डिपॉजिट), पी.पी.एफ. (पब्लिक प्रोविडेंट फंड) आदि में निवेश कर निवेशक रोजाना बैंक जाकर यह नहीं पूछता कि उसके निवेश में कितनी वृद्धि हुई है, तो शेयर खरीदने के दूसरे ही दिन से भाव जानने और उसके आधार पर कितना कमाया या कितना गँवाया, यह जानने की इतनी उत्सुकता क्यों होती है? बेहतर तो यह होगा कि उसी तरह धैर्य रखें, जिस तरह अन्य जगह निवेश करते वक्त आप रखते हैं।

निवेशक क्या करें और क्या न करें

क्या करें

- हमेशा सिक्यूरिटी एंड एक्सचेंज बोर्ड (सेबी) के द्वारा पंजीकृत वित्तीय बाजार संस्थाओं के साथ संबंध रखें।
- अपने ब्रोकर से कॉण्ट्रेक्ट नोट लेना न भूलें, क्योंकि ट्रांजेक्शन पर एकाउंट स्टेटमेंट जरूर प्राप्त करें।
- जिस दस्तावेज या कागजात को आप कंपनी को भेजनेवाले हैं, उसकी फोटोकॉपी अपने पास रखें।
- शेयर खरीदने से पहले यह सुनिश्चित कर लें कि आपके पास समुचित धन है या नहीं।
- निवेश के सभी दस्तावेज जैसे एप्लीकेशन फॉर्म, कॉण्ट्रेक्ट नोट, एक्नॉलेजमेंट स्लिप आदि की कॉपी हमेशा अपने पास रखें।
- यदि किसी महत्त्वपूर्ण दस्तावेज को कहीं भेजना है तो उसके लिए रजिस्टर्ड पोस्ट का इस्तेमाल करें, ताकि डिलीवरी की सूचना आपको मिल जाए।
- ब्रोकर/एजेंट/डिपॉजिटरी पार्टिसिपेंट को हमेशा स्पष्ट निर्देश दें।
- यदि ब्रोकर के साथ हुए सौदे में आपको संदेह है तो एक्सचेंज की वेबसाइट पर उसकी वास्तविकता की पुष्टि करें।
- कारोबारी निवेश नीतियाँ अपनाते समय जोखिम उठाने की क्षमता का खयाल रखें और यह जान लें कि शेयर बाजार में निवेश पर गारंटीशुदा रिटर्न नहीं मिलता है।

क्या न करें

- ऐसे ब्रोकर/सब ब्रोकर या बिचौलिए के साथ कारोबार न करें, जो गैर-पंजीकृत हों।
- टिप्स के आधार पर ट्रेडिंग न करें।
- अपने डी-मैट रोजगार की रसीद बुक किसी को न दें और इंस्ट्रक्शन स्लिप को सँभालकर रखें।
- अफवाहों के आधार पर ट्रेडिंग का निर्णय न लें।
- गारंटीशुदा रिटर्न के वायदों के बहकावे में न आएँ।
- पोस्टडेटेड चेक को भुगतान की गारंटी न मानें।
- सही व अधिकृत व्यक्ति से सलाह लेने में न हिचकें।
- निवेश करते समय आँख-कान खुले रखें।
- कंपनियों की विज्ञापनबाजी के बहकावे में न आएँ।

भारत का प्रतिभूति और विनिमय बोर्ड (सेबी)

प्रतिभूति और विनिमय बोर्ड (सिक्यूरिटी एंड एक्सचेंज बोर्ड) का गठन निवेशकों के हित की रक्षा और भारत के सभी प्रतिभूति बाजारों (सिक्यूरिटी मार्केट) का संचालन व विकास करने के उद्देश्य से सन् 1992 में किया गया था। सेबी के प्रमुख कार्यों में भारत के सभी स्टॉक एक्सचेंजों का नियंत्रण, कारोबार पर नियंत्रण, निवेशकों की शिकायतों का समाधान, वित्तीय बाजार संस्थाओं का पंजीकरण और निवेशकों को प्रशिक्षण देने आदि के कार्य शामिल हैं।

इस स्वाधीन संस्था का संचालन एक वैधानिक बोर्ड करता है, जिसमें छह सदस्य और एक चेयरमैन होता है। निवेशकों का शेयरों के कारोबार में विश्वास बना रहे, इस बात को सेबी पूरी तरह सुनिश्चित करता है।

निवेशकों की परेशानियाँ तथा उनका निराकरण (डिपार्टमेंट ऑफ इनवेस्टर सर्विसेज)

डिपार्टमेंट ऑफ इनवेस्टर सर्विसेज (DIS) की स्थापना सन् 1986 में की गई थी। निवेशकों की सूचीबद्ध कंपनियों और एक्सचेंज के सदस्यों के प्रति शिकायतों व परेशानियों का निपटान एक्सचेंज द्वारा किया जाता है। इसके अलावा एक्सचेंज सदस्यों और निवेशकों के बीच आर्बीट्रेशन प्रोसेस में भी सहायता करता है। दरअसल, शेयर बाजार का विकास तभी संभव है, जब निवेशक को शेयर बाजार में निवेश करना सुरक्षित लगे। जब निवेशक को यह लगता है कि बाजार को संचालित करनेवाली संस्था के नियम व कायदे सभी के लिए समान हैं, भले ही वह एक छोटा सा निवेशक हो या बाजार का बड़ा खिलाड़ी, तो उसका भरोसा व विश्वास शेयर बाजार पर बना रहता है और वह बाजार में सक्रिय भागीदारी विश्वास के साथ करता है।

निवेशकों तथा गैर-सदस्यों के मध्य विवाद या असहमति से उत्पन्न होनेवाले मामलों के जल्दी निपटाने के उद्देश्य से एक्सचेंज ने आर्बीट्रेशन के लिए विधि-विधान तय किए हैं।

□

18

म्यूचुअल फंड : जोखिम कम, लाभ अधिक

शेयर बाजार में पैसा लगाकर उसे दोगुना-तिगुना करने की चाहत ज्यादातर लोगों में होती है। लेकिन समय की कमी, शेयर बाजार के बारे में जानकारी का अभाव तथा शेयर मार्केट की अस्थिरता बहुत से लोगों को शेयर बाजार में उतरने से रोकती है। यही कारण है कि लोगों को अपनी मेहनत की पूँजी बेमन से निवेश के पारंपरिक तरीकों में लगाकर, उस पर मिले कम रिटर्न पर ही संतोष करना पड़ता है। ऐसे निवेशकों के लिए म्यूचुअल फंड निवेश का एक बेहतरीन विकल्प है। म्यूचुअल फंड उन निवेशकों के लिए निवेश का सबसे आसान रास्ता है, जो शेयर बाजार में निवेश तो करना चाहते हैं, लेकिन ज्यादा जोखिम लेने से डरते हैं तथा उन्हें शेयर बाजार की जानकारी नहीं होती। ऐसे में उनके लिए म्यूचुअल फंड निवेश का एक ऐसा विकल्प बनता है, जो उन्हें बिना सीधे शेयर बाजार में उतरे, न सिर्फ शेयर बाजार की तेजी का लाभ दिलाता है, बल्कि जोखिम का अनुपात भी शेयर बाजार के मुकाबले यहाँ काफी कम होता है। यही कारण है कि पिछले कुछ वर्षों में भारत में म्यूचुअल फंड तेजी से निवेशकों के बीच लोकप्रिय हो रहा है।

म्यूचुअल फंड की कार्य-प्रणाली का फ्लो चार्ट

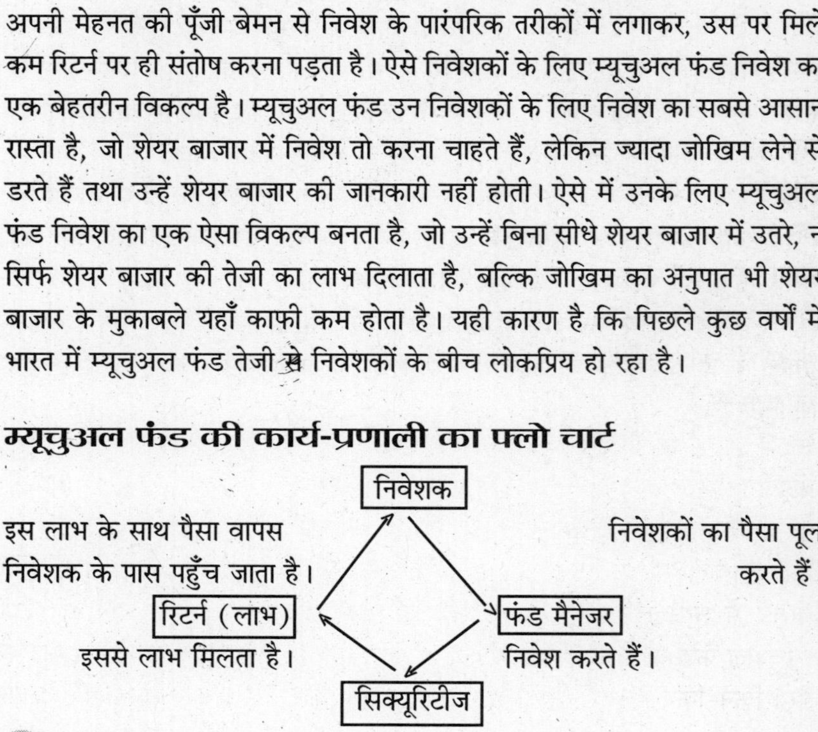

म्यूचुअल फंड इंडस्ट्री में रिटेल इनवेस्टर्स (खुदरा निवेशकों) की भागीदारी लगातार बढ़ी है। म्यूचुअल फंड की लचीली कार्य-प्रणाली व कम जोखिम के साथ साल-दर-साल निवेशकों को मिलनेवाला बेहतर रिटर्न नए निवेशकों को लगातार इस तरफ आकर्षित रहा है। इसलिए जरूरी है कि निवेशक म्यूचुअल फंड की कार्य-प्रणाली को ठीक तरह से समझें, ताकि निवेश करते समय वे सबसे बेहतर फंड तथा स्कीम का चुनाव कर सकें।

म्यूचुअल फंड की कार्य-प्रणाली

म्यूचुअल फंड सेबी द्वारा रजिस्टर्ड एक ऐसी कॉरपोरेट संस्था है, जो उन सभी निवेशकों के निवेशित धन को इकट्ठा करती है, जिनके समान वित्तीय लक्ष्य हों। इस एकत्रित धन को यह कॉरपोरेट बॉडी (ट्रस्ट) शेयर बाजार के विभिन्न इंस्ट्रूमेंट जैसे इक्विटी शेयर्स, डिबेंचर, सरकारी प्रतिभूतियाँ, बांड आदि में निवेश करती है। निवेशकों द्वारा एकत्रित की गई पूँजी को कैपिटल मार्केट में सही तरह निवेश करने के लिए फंड मैनेजर्स नियुक्त किए जाते हैं। चूँकि ये फंड मैनेजर शेयर बाजार के अनुभवी खिलाड़ी होते हैं, इसलिए निवेशकों के धन को बाजार में इस तरह निवेश करते हैं, ताकि निवेशित धन से आय (रिटर्न) ज्यादा-से-ज्यादा प्राप्त हो। इस कैपिटल एप्रिसिएशन (पूँजी में वृद्धि) को निवेशकों के पास मौजूद म्यूचुअल फंड की यूनिट के अनुपात में साझा (शेयर) कर दिया जाता है। उदाहरण के लिए, यदि म्यूचुअल फंड की किसी स्कीम में एक वर्ष में निवेशकों को 50 प्रतिशत रिटर्न मिला तो इसका मतलब निवेशक के पास उस फंड की जितनी यूनिट्स हैं, उसके अनुसार उसकी पूँजी में 50 प्रतिशत की बढ़ोतरी हो जाएगी। यही कारण है कि म्यूचुअल फंड आम आदमी के लिए निवेश का मुफीद तरीका माना जाने लगा है। यहाँ निवेशक का पैसा एक तो कुशल हाथों में होता है, दूसरे फंड मैनेजर निवेशकों की पूँजी को डाइवर्सिफाई कर बाजार में लगाते हैं। वैसे 'म्यूचुअल फंड' की कोई सर्वव्यापक परिभाषा नहीं है। इस शब्द के अंदर कई प्रकार की निवेश कंपनियाँ शामिल हैं। भारत में तकरीबन 200 म्यूचुअल फंड हैं और अमेरिका में यह संख्या 3,000 से भी अधिक है। सरल शब्दों में कहें, तो म्यूचुअल फंड एक ऐसी निवेश कंपनी है, जो निवेशकों के धन को एकत्रित कर, उस धन को निवेश करती है। आमतौर पर यह निवेश शेयर बाजार की प्रतिभूतियों या सरकारी प्रतिभूतियों (सिक्यूरिटीज) में होता है। उदाहरण के लिए, जब आप किसी इक्विटी फंड में निवेश करते हैं तो शेयर बाजार से शेयर खरीदने का काम आप नहीं करते हैं, बल्कि आपके लिए यह काम म्यूचुअल फंड की एसेट मैनेजमेंट कंपनी करती है और इक्विटी के माध्यम से आपका पैसा किन-किन इक्विटी शेयरों में लगाया जाएगा और उसे कब बेचा जाएगा, इसका

निर्णय फंड मैनेजर करते हैं। इससे लाभ यह होता है कि आपका पैसा विभिन्न सेक्टरों के अच्छे प्रदर्शन कर रहे शेयरों में डाइवर्सिफाई कर लगाया जाता है और इससे रिस्क कम हो जाता है, जबकि सीधा शेयर बाजार में इनवेस्ट करने पर जोखिम ज्यादा होता है। उदाहरण के लिए, आपने फार्मा सेक्टर की किसी कंपनी के यदि 100 शेयर खरीदे, लेकिन अचानक कुछ ऐसी नीतियाँ सामने आईं कि फार्मा सेक्टर की कंपनियों के शेयर नीचे गिरने लगे। ऐसी स्थिति में आपके लिए मुश्किल पैदा हो जाती है। यदि आपने म्यूचुअल फंड की इक्विटी डायवर्सिफाइड स्कीम में निवेश किया है तो आपका पैसा विभिन्न सेक्टरों की उन कंपनियों में लगेगा, जो अच्छा प्रदर्शन कर रही हैं और भविष्य में भी अच्छा करेंगी। यहाँ चॉयस भी है, यदि आप किसी एक विशेष सेक्टर में निवेश करना चाहते हैं तो आप ऐसा सेक्टर स्पेसिफिक फंड के द्वारा कर सकते हैं। यहाँ आपको उस सेक्टर की सभी अग्रणी उभरती कंपनियों का फायदा मिलता है, जबकि शेयर आप किसी एक या दो कंपनी का ही खरीदते हैं। ऐसे में यदि आपके पास पॉवर सेक्टर की किसी कंपनी के शेयर हैं और उसका प्रदर्शन अच्छा नहीं है, जबकि पॉवर की अन्य कंपनियाँ अच्छा कर रही हैं, तो ऐसी स्थिति में आप फँसा हुआ महसूस करेंगे; जबकि यदि आपने म्यूचुअल फंड के द्वारा किसी सेक्टर विशेष को भी चुना है तो आपका पैसा उस सेक्टर की मुनाफेवाली विभिन्न कंपनियों में बाँटकर लगाया जाएगा। जाहिर है, यदि उस सेक्टर की चार कंपनियों से औसत रिटर्न मिल रहा होगा तो वहीं चार कंपनियों से उच्च रिटर्न तथा एक-दो कंपनियों में घाटा भी होगा, लेकिन आपका औसत रिटर्न काफी अच्छा होगा। यही कारण है कि वे निवेशक, जो म्यूचुअल फंड की किसी स्कीम में लॉन्ग टर्म (लंबी अवधि) के लिए निवेश करते हैं, वे फायदे में रहते हैं।

म्यूचुअल फंड में निवेश लाभदायक

प्रत्येक फंड अपने उद्देश्य के हिसाब से सिक्यूरिटीज (प्रतिभूतियों) की विभिन्न श्रेणियों में निवेश करता है। म्यूचुअल फंड विभिन्न एसेट क्लास, जैसे—इक्विटी, बांड, डिबेंचर, कमर्शियल पेपर, डेब्ट तथा विभिन्न सरकारी प्रतिभूतियों में निवेश करता है। किस एसेट में कितना निवेश म्यूचुअल फंड द्वारा किया जाएगा, यह उसकी स्कीम के उद्देश्य पर निर्भर करता है। कुछ स्कीम 100 प्रतिशत इक्विटी (शेयर बाजार) में निवेश करती हैं, वहीं कुछ फंड स्कीम थोड़ा इक्विटी व थोड़ा डेब्ट में निवेश करती हैं। लेकिन स्कीम कोई भी हो, म्यूचुअल फंड में निवेश शेयर बाजार में निवेश की तुलना में किन कारणों से ज्यादा लाभदायक है, यह जानना जरूरी है।

विविधता (डायवर्सिफिकेशन)

यदि आप शेयर बाजार में छोटी रकम लगाते हैं, अर्थात् यदि आप छोटे निवेशक हैं तो आपको शेयर बाजार में निवेश करने से विविधता नहीं मिल पाती। आप अपनी सीमित राशि के साथ एक या दो सेक्टर की कुछ कंपनियों में ही निवेश कर सकते हैं; क्योंकि यदि आपको विविध प्रकार के शेयरों में निवेश करना है तो लाखों रुपयों की जरूरत होती है। यदि आप म्यूचुअल फंड में निवेश करते हैं तो आपके द्वारा निवेशित छोटी राशि भी शेयर बाजार की सभी प्रमुख कंपनियों में निवेशित की जाती है। उदाहरण के लिए, यदि आपने रिलायंस के इक्विटी फंड में 10,000 रुपए की राशि निवेश की है, तो फंड इन रुपयों को 100 से अधिक अलग-अलग कंपनियों में निवेश कर निवेशक को विविधता का लाभ देता है।

इस विविधता से जोखिम को कम किया जाता है; क्योंकि ऐसा बहुत ही कम होता है कि सभी स्टॉक एक ही समय में एक साथ नीचे गिर जाएँ। चूँकि 100 विभिन्न कंपनियों में फंड के माध्यम से आपका पैसा लगा है तो यदि बाजार में उतार-चढ़ाव आता है तो कुछ कंपनियों के शेयरों की कीमत यदि बहुत नीचे आ गई होगी तो उसकी भरपाई कुछ कंपनियों में शेयरों की ऊँची कीमत से हो जाएगी। विविधता (डायवर्सिफिकेशन) द्वारा जोखिम को कम कर निवेशकों को लगातार एक औसत रिटर्न मुहैया करवाते रहना ही म्यूचुअल फंड का सबसे लाभदायक पहलू है।

तरलता (लिक्विडिटी)

चूँकि म्यूचुअल फंड बहुत सारे निवेशकों की पूँजी को एकत्र कर शेयरों में लगाता है, इसलिए यहाँ शेयरों से ज्यादा लिक्विडिटी का लाभ मिलता है। अगर आपने ओपन एंडेड स्कीम में निवेश किया है और आपको अपना पैसा वापस जल्दी चाहिए तो आप अपनी फंड यूनिट को बाजार में उस म्यूचुअल फंड की यूनिट के कुल संपत्ति मूल्य (नेट एसेट वैल्यू) के आधार पर बेच सकते हैं। उदाहरण के लिए, आपने यदि 'टाटा इन्फ्रास्ट्रक्चर फंड' की ओपन एंडेड स्कीम में निवेश किया, तब आपको उस फंड की एक यूनिट 10 रुपए यूनिट के हिसाब से मिली और तकरीबन छह महीने बाद आपको पैसों की जरूरत पड़ गई और आपने अपनी यूनिट बेचने का निर्णय किया तो उस समय आपको यूनिट के बाजार मूल्य के हिसाब से पैसा प्राप्त हो जाएगा। यदि आपने 10 रुपए प्रति यूनिट के हिसाब से यूनिट्स खरीदी थीं और बेचते वक्त उस फंड की कुल संपत्ति मूल्य (नेट एसेट वैल्यू यानी एन.ए.वी.) बढ़कर 14 रुपए हो जाती है तो समझिए, आपको 40 प्रतिशत रिटर्न (लाभ) के साथ आपकी राशि मिल जाएगी। 40 प्रतिशत लाभ इसलिए, क्योंकि 10 रुपए प्रति यूनिट की खरीद पर आपको 14 रुपए मिल रहे हैं। ऐसा भी हो सकता है

कि जब आप फंड की यूनिट बेचना चाहें, तब शेयर बाजार में गिरावट जारी हो तो आपके द्वारा खरीदी गई फंड यूनिट्स की एन.ए.वी. भी नीचे आ जाएगी।

अनुभवी व प्रशिक्षित प्रबंधन

म्यूचुअल फंड में निवेश कर आप निश्चिंत हो सकते हैं, क्योंकि आप अपना पैसा ऐसे प्रशिक्षित व अनुभवी लोगों के हाथों में सौंपते हैं, जो आपके पैसे को बेहतर तरीके से निवेश कर आपको बेहतर रिटर्न (लाभ) देने की कोशिश करते हैं। यह उन निवेशकों के लिए तो बहुत ही लाभदायक सिद्ध होता है, जिनमें शेयरों में निवेश की समझ व अनुभव नहीं होता, और न ही वे वित्तीय रूप से इतने मजबूत होते हैं कि वित्तीय सलाहकारों की सेवाएँ ले सकें। ऐसे में म्यूचुअल फंड के द्वारा निवेश कर वे बैठे-बिठाए शेयर बाजार में अनुभवी खिलाड़ियों के कौशल का फायदा अपने लाभ के लिए ले सकते हैं। इसके अलावा फंड में निवेश उन निवेशकों के लिए भी फायदेमंद है, जिनके पास निवेश के लिए पैसा भी है और समझ भी, लेकिन उनके पास शेयर बाजार के उतार-चढ़ाव का विश्लेषण करने के लिए समय नहीं है। उन्हें भी म्यूचुअल फंड में निवेश से काफी फायदा व सुविधा मिलती है। अनुभवी व योग्य प्रोफेशनल्स की रिटर्न टीम लगातार कंपनियों के प्रदर्शन व हालात का विश्लेषण करती रहती है और निवेश के लिए उन कंपनियों को चुनती है, जो स्कीम के उद्देश्य को पूरा कर सकें।

व्यवस्थित निवेश योजना (सिस्टेमैटिक इनवेस्टमेंट प्लान)

म्यूचुअल फंड के माध्यम से आप अपनी मासिक बचत को मासिक, त्रैमासिक व छमाही आधार पर निवेश कर सकते हैं। उदाहरण के लिए, यदि आप हर महीने 500 रुपए की पूँजी निवेश करना चाहते हैं तो उसे भी आप सिस्टेमैटिक इनवेस्टमेंट प्लान (एस.आई.पी.) के द्वारा शेयर बाजार में निवेश कर सकते हैं। ऐसा ऑप्शन इक्विटी शेयरों में नहीं है। एस.आई.पी. निवेश करने की सरल विधि है। यह उसी तरह काम करता है, जिस तरह हमारा रिकरिंग डिपॉजिट एकाउंट। एस.आई.पी. के द्वारा निवेशक हर महीने की अपनी डिस्पॉजिबल इनकम (अतिरिक्त आय) पर अच्छा रिटर्न पा सकता है। शेयरों में निवेश करने के लिए जहाँ निवेशक को बाजार के नीचे आने का इंतजार करना पड़ता है, वहीं एस.आई.पी. के द्वारा निवेशक (न्यूनतम या अधिकतम) किसी भी स्तर पर निवेश कर सकता है; क्योंकि जैसे-जैसे बाजार ऊपर जाता है, फंड की नेट एसेट वैल्यू (NAV) ज्यादा हो जाती है। उस समय निवेशक द्वारा फंड में किए गए निवेश पर उसे कम यूनिट्स मिलती हैं, क्योंकि यूनिट का मूल्य बढ़ गया होता है। यदि मार्केट नीचे गिरता है, तब फंड की नेट एसेट वैल्यू भी नीचे आ जाती है, और उतनी ही निवेशित राशि

पर उसे ज्यादा यूनिट्स मिल जाती हैं। इस तरह निवेशित राशि से औसत रिटर्न निवेशक को मिलता रहता है। बाजार में यदि बहुत अस्थिरता हो, यानी अस्थिरता से सेंसेक्स में बहुत ज्यादा उतार-चढ़ाव होता है, तब सिस्टेमैटिक इनवेस्टमेंट प्लान द्वारा किया गया निवेश ज्यादा सुरक्षित व फायदेमंद निवेश माना जाता है। इसे इस उदाहरण से समझा जा सकता है—

मान लो आपने किसी अच्छी फंड स्कीम में हर महीने 1,000 रुपए निवेश करने का निर्णय किया तो उसका लाभ आपको किस तरह मिलेगा। इसे इस तरह उदाहरण से समझा जा सकता है—

दिनांक	*नेट एसेट वैल्यू (NAV)*	*आपके द्वारा निवेशित 1,000 रुपए में मिलनेवाली यूनिट्स*
1 जनवरी	10	100
1 फरवरी	11	90.90
1 मार्च	12	83.33
1 अप्रैल	10.5	95.23
1 मई	9.5	105.26
1 जून	10.3	97.087

यानी छह महीनों में आपको हर महीने 1,000 रुपए निवेश करने से कुल 571.77 यूनिट्स प्राप्त हुईं। इस प्रकार लंबी अवधि में बाजार के ऊपर-नीचे जाने से आपको फायदा मिलेगा और अच्छा लाभ प्राप्त होगा।

इसके अलावा एक और फायदा यह है कि यदि आप एस.आई.पी. के द्वारा निवेश करते हैं तो बहुत से म्यूचुअल फंड एंट्री लोड नहीं लेते। वैसे भी अब सेबी ने निवेशकों को म्यूचुअल फंड से जोड़ने के लिए एंट्री लोड को हटा दिया है। लेकिन इसके लिए जरूरी है कि निवेशक सीधा म्यूचुअल फंड हाउस से फंड में निवेश करे। लेकिन यदि निवेशक ब्रोकर के द्वारा फंड की यूनिट्स खरीदता है तो उसे 2.25 प्रतिशत एंट्री लोड देना होगा। लेकिन कुछ लोग ब्रोकर के द्वारा ही फंड स्कीम लेना ठीक मानते हैं, क्योंकि उन्हें लगता है कि 2.25 प्रतिशत एंट्री की एवज में ब्रोकर उन्हें बहुत सी सेवाएँ मुफ्त में देता है। जो निवेशक सही फंड, एन.ए.वी. की कीमत, बाजार की स्थिति के बारे में जानते-समझते हैं, उनके लिए सीधा फंड हाउस से म्यूचुअल फंड में निवेश लाभकारी है। वैसे भी, आजकल सभी म्यूचुअल फंड ए.न.एवी. की जानकारी तथा आपकी यूनिट्स की स्थिति की जानकारी समय-समय पर निवेशक को भेजते रहते हैं। महत्त्वपूर्ण यह भी है

कि यदि आप एक साल के बाद तक ओपन एंडेड स्कीम में बने रहते हैं और अपनी यूनिट्स बेचते हैं तो आपको एग्जिट लोड भी नहीं देना पड़ेगा।

प्रवेश और निकासी की आसान प्रक्रिया (इजी एंट्री व एग्जिट)

फंड में निवेश के साथ काफी लचीलापन जुड़ा है। आप अपनी जरूरतों व सुविधा के अनुसार तथा अपने वित्तीय लक्ष्यों को सही मायनों में, सही तरीके से पूरा करने के लिए फंड में उपलब्ध विभिन्न विकल्पों को चुन सकते हैं। अपनी वित्तीय जरूरतों के अनुसार आप नियमित निवेश-योजना को चुन सकते हैं, नियमित रूप से निकासी-योजना चुन सकते हैं या समय-समय पर मिलनेवाले डिविडेंड को पुनः निवेश करने की योजना को चुन सकते हैं। ऐसा लचीलापन शेयर बाजार में निवेशक को नहीं मिलता। जहाँ तक फंड में प्रवेश तथा निकासी की बात है तो वह प्रक्रिया भी बहुत सरल है। यदि निवेश करना है तो म्यूचुअल फंड का एप्लीकेशन फॉर्म भरना होता है और यदि यूनिट्स को बाजार में बेचना है तो रिडिंपशन फॉर्म भरना होता है। ये दोनों प्रक्रियाएँ बहुत ही सरल हैं। आप यह ऑनलाइन भी कर सकते हैं। यदि फिजिकल फॉर्म भरकर फंड में निवेश कर रहे हैं तो इसके लिए सिर्फ अपना परमानेंट एकाउंट नंबर (पैन कार्ड) की फोटोकॉपी, फोटो और स्थायी पते का कोई प्रामाणिक दस्तावेज फॉर्म के साथ संलग्न करना होता है। दूसरी तरफ शेयर बाजार में निवेश के लिए आपका डिपॉजिटरी पार्टिसिपेंट के पास एकाउंट तथा ट्रेडिंग (खरीद-बिक्री) के लिए ब्रोकर के पास एकाउंट होना आवश्यक होता है, जो बहुत से निवशकों को मुश्किल लगता है। जहाँ तक म्यूचुअल फंड से निकासी (एग्जिट), अतिरिक्त खरीद या प्लान बदलने की बात है, तो वह प्रक्रिया भी काफी सरल है। म्यूचुअल फंड हाउस आपके द्वारा निवेशित धन का एकाउंट स्टेटमेंट समय-समय पर भेजते हैं। उस स्टेटमेंट में यूनिट्स की संख्या, एन.ए.वी. तथा बैलेंस यूनिट्स, उसकी करेंट कॉस्ट तथा करेंट वैल्यू दी जाती है। स्लिप में तीन ऑप्शन होते हैं— पहला—'एडिशनल पर्चेज रिक्वेस्ट' का होता है। मतलब आप उस फंड की और यूनिट्स खरीदना चाहते हैं तो वहाँ यूनिट खरीदने के लिए पैसों का भुगतान चेक/डी.डी. नंबर का ब्योरा देकर उसे फंड हाउस को भेज देना होता है। दूसरा ऑप्शन 'स्विच रिक्वेस्ट' का होता है अर्थात् यदि आप उस फंड के किसी दूसरे प्लान तथा ऑप्शन का चयन करना चाहते हैं तो स्विच रिटेक्स फॉर्म भरना होता है। तीसरा ऑप्शन 'रिडिंप्शन रिक्वेस्ट' के लिए होता है। इसमें आप अपनी यूनिट्स को नकदी (कैश) में बदल सकते हैं।

कर-लाभ (टैक्स बेनिफिट)

मध्यवर्गीय वेतनभोगियों के लिए टैक्स में बचत के लिए निवेश कई वर्षों से एक

ही साँचे में ढला हुआ था। पब्लिक प्रोविडेंट फंड, एंप्लॉई प्रोविडेंट फंड, पोस्ट ऑफिस बचत योजना जैसी पारंपरिक निवेश योजनाओं में टैक्स में बचत के लिए निवेश करनेवाले मध्यवर्गीय लोगों को म्यूचुअल फंड की इक्विटी लिंक्ड सेविंग स्कीम (ELSS) के रूप में निवेश का ऐसा विकल्प मिला, जहाँ निवेश करने पर न सिर्फ आयकर की धारा 80(सी) के तहत पूरा 1 लाख रुपए का कर लाभ (टैक्स बेनिफिट) मिलता है, बल्कि नौकरीपेशा लोगों को इस स्कीम से अच्छा-खासा लाभ (रिटर्न) भी मिलता है।

कर छूट का लाभ पाने के लिए वर्षों से निवेश के पारंपरिक विकल्पों में निवेश करनेवाले वेतनभोगियों को जहाँ प्रतिवर्ष निवेश करने से 6 से 8 प्रतिशत की दर से मिलनेवाले रिटर्न में ही संतोष कर लेना पड़ता था, वहीं म्यूचुअल फंड की इस स्कीम ने लोगों को ऐसा विकल्प मुहैया करवाया, जहाँ कर-लाभ के साथ अनुमानतः प्रतिवर्ष 15 से 40 प्रतिशत के बीच रिटर्न (शेयर बाजार की स्थिति पर निर्भर) का 'फील गुड फैक्टर' भी जुड़ा है। इसके अलावा एक और लाभ म्यूचुअल फंड में निवेश का यह है कि इससे मिलनेवाला डिविडेंड तथा रिटर्न टैक्स फ्री होता है। यानी उस पर किसी तरह का टैक्स नहीं देना होता। लेकिन यदि आप एक साल से पहले स्कीम से बाहर निकलते हैं तो आपको शॉर्ट टर्म कैपिटल गेन टैक्स और एग्जिट लोड देना होगा।

सभी म्यूचुअल फंड सेबी के साथ रजिस्टर्ड होते हैं और वे सेबी द्वारा निर्धारित दिशा-निर्देशों के अंतर्गत कार्य करते हैं। सेबी म्यूचुअल फंड के सभी क्रियाकलापों (ऑपरेशंस) की नियमित रूप से देखरेख (मॉनिटर) करता है।

म्यूचुअल फंड की आमदनी के स्रोत

1. शेयर बाजार में या बांड में निवेश कर डिविडेंड या ब्याज का लाभ पाना।
2. कीमतें बढ़ने पर फंड द्वारा सिक्यूरिटीज को बेचने से होनेवाला लाभ, जिसे 'कैपिटल गेन' कहा जाता है, जिसे फंड हाउस अपने निवेशकों के बीच बाँट देते हैं। म्यूचुअल फंड अपना घटा शुल्क व व्यय या तो अपने यूनिट होल्डरों में बाँट देता है या उसे अपने एन.ए.वी. की वृद्धि के लिए फंड में पुनः निवेश कर देता है। परिणामस्वरूप निवेशक को एक ओर फंड से मिलनेवाले डिविडेंड द्वारा तथा दूसरी ओर एन.ए.वी. में वृद्धि के द्वारा आमदनी होती रहती है।

☐

19

म्यूचुअल फंड स्कीमों के प्रकार

म्यूचुअल फंडों का वर्गीकरण हम इन कसौटियों के आधार पर कर सकते हैं—

1. ढाँचे (स्ट्रक्चर) के आधार पर

- ओपन एंडेड फंड
- क्लोज एंडेड फंड

2. निवेश के उद्देश्यों के आधार पर

- ग्रोथ फंड / इक्विटी फंड
- इनकम फंड
- संतुलित फंड (बैलेंस्ड फंड)/ डायवर्सिफाई फंड
- मनी मार्केट फंड
- गिल फंड
- सेक्टर फंड
- इंडेक्स फंड

ढाँचे (स्ट्रक्चर) के आधार पर

ओपन एंडेड फंड

जैसा कि नाम से ही विदित है, ओपन एंडेड स्कीम की निर्धारित समयावधि नहीं होती है। सालोसाल यह स्कीम चलती रहती है, जब तक कि फंड स्वयं रेग्यूलेशन के अंतर्गत स्कीम को हटा देने या खत्म कर देने का निर्णय नहीं कर लेता।

आजकल बाजार में प्रायः सभी म्यूचुअल फंड की ओपन एंडेड स्कीमें उपलब्ध

हैं। इस स्कीम में निवेशक को यह सुविधा मिलती है कि वह किसी भी समय उस स्कीम में निवेश कर सकता है। प्रत्येक ओपन एंडेड स्कीम जब बाजार में पहली बार लॉञ्च की जाती है, तब उसका न्यू फंड ऑफर (NFO) बाजार में आता है, जिसमें निवेश करने के लिए 'इनीशियल ऑफर पीरियड' निर्धारित होता है। उस समय यदि निवेशक उस फंड में निवेश करता है तो उसे फेस वैल्यू के आधार पर यूनिट्स मिलती हैं, जो इनीशियल ऑफर पीरियड में 10 रुपए प्रति यूनिट होती है। यदि निवेशक बाजार में फंड के सूचीबद्ध होने के बाद निवेश करता है तो उसे यूनिट की नेट एसेट वैल्यू पर निवेश करना होता है। इसलिए ओपन एंडेड स्कीम की 'एन.ए.वी.' को रोजाना घोषित किया जाता है, ताकि निवेशक निवेश का निर्णय ले सके। इसे इस उदाहरण से समझ सकते हैं—जैसे 'रिलायंस ग्रोथ फंड' की ओपन एंडेड स्कीम जब बाजार में लॉञ्च हुई थी, तब 10 रुपए प्रति यूनिट के आधार पर निवेशक को प्राप्त हुई, अगर कुछ ही वर्षों में यदि इस फंड की एन.ए.वी. 85 रुपए हो जाती है तो नए निवेशक को प्रति यूनिट 85 रुपए देकर इसकी यूनिट्स खरीदनी होंगी।

इस स्कीम का सबसे नकारात्मक पहलू यह है कि जब कभी बाजार में नकारात्मक आर्थिक खबरें आती हैं और बाजार गिरता है, निवेशक अपनी यूनिट्स को बेच (रीडिम) देते हैं। इस तरह बड़े पैमाने पर हुए रिडेंप्शन से फंड मैनेजर्स को अपने निवेश से धन निकालना पड़ता है, ताकि निवेशकों को भुगतान किया जा सके। इससे लंबी अवधि के निवेशकों को भी नुकसान होता है। इसी तरह फंड मैनेजर को उस समय भी परेशानियों से दो-चार होना पड़ता है, जब अच्छी आर्थिक खबरों से बाजार ऊपर चढ़ने लगता है और फंड की एन.ए.वी. ऊपर जाती देख निवेशकों द्वारा यूनिट्स की खरीदारी में अचानक वृद्धि हो जाती है। ऐसे में फंड मैनेजर को निवेशकों की पूँजी ऊँचे भावोंवाले बाजार में लगानी पड़ती है।

क्लोज एंडेड फंड

क्लोज एंडेड स्कीम की निश्चित अवधि होती है। यह क्लोज एंडेड फंड कितनी अवधि के लिए है, इसका जिक्र उस फंड के इनीशियल ऑफर के समय कर दिया जाता है। हालाँकि ऐसा भी होता है कि फंड अपनी अवधि में परिवर्तन कर दे; लेकिन इसके लिए उसे निवेशकों की सहमति तथा नियमों के आधार पर पूरी प्रक्रिया से गुजरना पड़ता है।

क्लोज एंडेड स्कीम में निवेशक तभी निवेश कर सकता है, जब उसका इनीशियल ऑफर पीरियड या उसके न्यू फंड ऑफर (NFO) बाजार में उपलब्ध हों। एक बार ऑफर पीरियड की समयावधि (जो काफी लंबी होती है) बीत जाने के बाद निवेशक उस फंड में निवेश नहीं कर सकते। वे निवेश को ऑफर पीरियड में निवेश करते हैं, उसे

लंबी अवधि तक रखते हैं, इसलिए फंड मैनेजर निवेशकों की राशि को बहुत बेहतर तरीके से संचालित करता है। लेकिन सेबी की गाइड लाइन के अनुसार, ''निवेशकों की सुविधा के लिए एग्जिट रूट भी इस स्कीम में उपलब्ध होता है।'' यानी यदि निवेशक को पैसे की आवश्यकता है तो वह फंड से बाहर आ सकता है, जिसके लिए उसे एग्जिट लोड चुकाना होता है। क्लोज एंडेड फंड की नेट एसेट वैल्यू (एन.ए.वी.) साप्ताहिक तौर पर प्रदर्शित की जाती है। यह स्कीम सेक्टर आधारित स्टॉक्स में ज्यादा फायदा देती है। जैसे फंड हाउस की एसेट और मैनेजमेंट कंपनी को लगता है कि कोई खास इंडस्ट्री या सेक्टर अभी अपने प्रारंभिक दौर में है, लेकिन आगे इसमें ग्रोथ जारी रहेगी तो वह उस इंडस्ट्री की ग्रोथ का लाभ लेने के लिए क्लोज एडेंड स्कीम बाजार में लॉञ्च करता है, ताकि जब इंडस्ट्री परिपक्व हो जाए, तब तक फंड की अवधि भी पूरी हो जाए। क्लोज एंडेड फंड प्राय: तीन से पाँच साल की अवधि के लॉक-इन पीरियड में उपलब्ध होते हैं।

निवेश के उद्देश्यों के आधार पर

ग्रोथ फंड/इक्विटी फंड

ग्रोथ फंड निवेश के दूसरे विकल्पों की तुलना में बहुत अच्छा रिटर्न देते हैं। अब चूँकि सबसे ज्यादा रिटर्न इस फंड से मिलता है तो सबसे ज्यादा जोखिम (रिस्क) भी इसके साथ जुड़ा होता है। शेयर बाजार में ऐसा कहा जाता है कि 'जितना ज्यादा रिस्क उतना ज्यादा रिटर्न'। चूँकि यह फंड पूरी तरह से इक्विटी (शेयर बाजार) से जुड़ा हुआ है, इसलिए ग्रोथ फंड में पूँजी का एक बड़ा हिस्सा इक्विटी में निवेशित किया जाता है और लंबी अवधि में इससे पूँजी लाभ (कैपिटल एप्रिसिएशन) प्राप्त होता है। चूँकि फंड का एक बड़ा हिस्सा स्टॉक मार्केट से जुड़ा होता है, इसलिए जब शेयर बाजार चढ़ता है, तब ग्रोथ फंड द्वारा दिया गया औसत रिटर्न काफी अच्छा होता है। यही कारण है कि ग्रोथ फंड छोटे निवेशकों को बहुत आकर्षित करता है। ग्रोथ फंड से मिलनेवाला रिटर्न (लाभ) काफी अस्थिर होता है, क्योंकि इन पर शेयर बाजार के प्रदर्शन का सीधा असर पड़ता है। ऐसे में यदि आप ग्रोथ फंड से पैसा कमाना चाहते हैं तो आपका पैसा लगाने व निकालने के सही समय का चुनाव महत्त्वपूर्ण है। ग्रोथ फंड में मंदी के समय या बाजार बहुत नीचे गिर जाने पर निवेश करना चाहिए। लेकिन यदि आपने लंबी अवधि के लिए निवेश किया है तो आपको औसत रिटर्न काफी अच्छा मिलेगा। हाँ, सभी ग्रोथ फंड समान तरीके से संचालित नहीं होते।

इनकम फंड

म्यूचुअल फंड की इनकम स्कीम में म्यूचुअल फंड की सभी स्कीम के मुकाबले

सबसे कम जोखिम जुड़ा होता है। ऐसा इसलिए है, क्योंकि इनकम फंड में निवेशकों के पैसे को शेयर बाजार में नहीं, बल्कि ऐसी सरकारी प्रतिभूतियों में निवेशित किया जाता है, जहाँ से नियमित आय प्राप्त होती रहे। फंड द्वारा एकत्रित पूँजी का निवेश सरकारी प्रतिभूतियों (गवर्नमेंट सिक्यूरिटीज) तथा विभिन्न कंपनियों द्वारा जारी किए जानेवाले बांड में लगाया जाता है। निवेशकों को यहाँ रिटर्न का प्रतिशत ग्रोथ फंड के मुकाबले काफी कम मिलता है, लेकिन यहाँ नियमित आमदनी रहती है। यह आय ब्याज दरों पर निर्भर करती है। जब ब्याज दरों में बढ़ोतरी हो जाती है, तब पहले की ब्याज दरों पर जारी किए बांड से मिलनेवाली ब्याज दर कम आकर्षक हो जाती है। जब ब्याज दरें कम हो जाती हैं, तब इन बांड से मिलनेवाली ब्याज दर काफी आकर्षक लगती है। लेकिन चूँकि ब्याज दरों में परिवर्तन काफी कम होता है, इसलिए इनका रिटर्न भी लगातार एक जैसा बना रहता है। बहुत से इनकम फंड शेयर बाजार में भी निवेश करते हैं, लेकिन इक्विटी में इनका निवेश बहुत ही कम होता है। इनकम फंड द्वारा इक्विटी शेयरों में निवेश करते समय उन शेयरों का चयन किया जाता है, जो अग्रणी कंपनियों के हों तथा जिनमें अस्थिरता बहुत कम हो और जो बहुत ज्यादा डिविडेंड देती हों। इक्विटी में पूँजी का कितना प्रतिशत निवेश किया जाएगा, यह स्कीम के लॉञ्च के समय ही निर्धारित कर दिया जाता है।

संतुलित फंड (बैलेंस्ड फंड)/डायवर्सिफाई फंड

इस फंड में इक्विटी के साथ बांड व प्रतिभूतियों में भी निवेश किया जाता है, लेकिन इस बात का ध्यान रखा जाता है कि दोनों में निवेश संतुलित हो। इक्विटी व डेब्ट (बांड, सरकारी प्रतिभूतियाँ आदि) में कितना अनुपात है, इसका पता फंड के ऑफर-पत्र से जाना जा सकता है। यहाँ निवेश में विविधता (डायवर्सिफिकेशन) सबसे बेहतर रूप में पाई जाती है, इसलिए निवेशक की बाजार से जुड़ी जोखिम काफी कम हो पाती है। कुल पूँजी का (पोर्टफोलियो की एसेट का) 50 से 65 प्रतिशत इक्विटी शेयर में निवेशित (इनवेस्टेड) किया जाता है। वहीं बचा हुआ डेब्ट (जैसे बांड व सरकारी प्रतिभूतियाँ) मार्केट में निवेशित किया जाता है।

मनी मार्केट फंड

इन्हें लिक्विड प्लान के नाम से भी जाना जाता है। जब ब्याज दरों में बहुत परिवर्तन आता है या यों कहें कि अस्थिरता का दौर चलता है, तब ये फंड सक्रिय हो जाते हैं। इनका ज्यादातर निवेश उन फिक्स्ड इनकम इंस्ट्रूमेंट (जहाँ से नियमित व पूर्व निर्धारित आय प्राप्त हो) में होता है, जो एक साल से भी कम अवधि के लिए जारी किए गए हों। चूँकि यहाँ निवेशक कुछ दिनों के लिए अपनी पूँजी को निवेशित कर सकता है, इसलिए इस फंड को कम अवधि (शॉर्ट टर्म) के लिए पैसा लगाने का बेहतर माध्यम माना जाता है।

गिल्ट फंड

यहाँ जोखिम शून्य होता है, क्योंकि सिर्फ केंद्रीय व राज्य सरकार द्वारा जारी प्रतिभूतियों या रिजर्व बैंक अधिकृत दूसरे इंस्ट्रूमेंट में ही पूँजी का निवेश किया जाता है। चूँकि यहाँ जोखिम शून्य है और कर-मुक्त आय है तथा जब चाहें तब नकदी प्राप्त की जा सकती है, इसलिए इसका रिटर्न (लाभ) भी इनकम फंड की तुलना में काफी कम होता है।

सेक्टर फंड

यहाँ फंड का उद्‌देश्य है—पूँजी को शेयर बाजार में निवेश कर लाभ प्राप्त करना। लेकिन यहाँ फंड मैनेजर की रणनीति अलग होती है; क्योंकि यहाँ सिर्फ किसी एक सेक्टर की विभिन्न कंपनियों के शेयरों में निवेश किया जाता है और चूँकि यहाँ ग्रोथ फंड की तरह विविधता (डायवर्सिफिकेशन) नहीं है, इसलिए यहाँ जोखिम भी ज्यादा है। हाँ, यह सही है कि निवेशक के उस विशेष सेक्टर की विभिन्न कंपनियों में धन निवेश की विविधता मिल सकती है।

इंडेक्स फंड

इनका उद्‌देश्य होता है बाजार के प्रदर्शन के साथ चलना। यहाँ अनुभवी फंड मैनेजरों द्वारा शेयरों का चयन नहीं किया जाता है, बल्कि बाजार में इंडेक्स (जैसे सेंसेक्स व निफ्टी) में निवेश किया जाता है अर्थात् सेंसेक्स, जिसमें बी.एस.ई. की अग्रणी 30 कंपनियाँ शामिल हैं और निफ्टी, जिसमें एन.एस.ई. की अग्रणी 50 कंपनियाँ शामिल हैं, में निवेश किया जाता है।

फंड में निवेश करने के विकल्प

जब आप किसी म्यूचुअल फंड की स्कीम में निवेश करते हैं, तब आपको हर फंड में निवेश करने के लिए तीन विकल्प दिए जाते हैं। इनका चयन निवेशक अपनी वित्तीय जरूरतों को ध्यान में रखकर कर सकता है—

1. **ग्रोथ ऑप्शन :** ग्रोथ ऑप्शन यदि आपने चुना है तो आपके फंड की यूनिट्स का मूल्य समय के साथ बढ़ता जाएगा और जब आप इसे बेचना चाहेंगे, तब आपको यूनिट की बाजार में चल रही कीमत के हिसाब से पैसा मिल जाएगा।
2. **डिविडेंड ऑप्शन :** डिविडेंड ऑप्शन में फंड की स्कीम से होनेवाले लाभ को फंड मैनेजर डिविडेंड के रूप में समय-समय पर निवेशकों को देते रहते हैं। यह ऑप्शन उन निवेशकों के लिए ठीक है, जिन्हें समय-समय पर पैसों की जरूरत होती है।

3. **डिविडेंड रिइनवेस्टमेंट ऑप्शन :** इस ऑप्शन के तहत निवेशक को डिविडेंड तो मिलता है, लेकिन नकदी के रूप में नहीं मिलता है, बल्कि उस डिविडेंड से मिले लाभ को वापस यूनिट्स खरीदने में निवेश कर दिया जाता है। इससे निवेशक की यूनिट्स की संख्या बढ़ती रहती है।

इसके अलावा एक और लाभ यह है कि जैसे ही फंड के द्वारा डिविडेंड के रूप में नकद लाभ निवेशकों को दे दिया जाता है, उस फंड की यूनिट की नेट एसेट वैल्यू कम हो जाती है। ज्यादातर जितना प्रतिशत डिविडेंड दिया जाता है, एन.ए.वी. उतनी ही नीचे आ जाती है। चूँकि निवेश के इस विकल्प में डिविडेंड नकद रूप में नहीं होता है, इसलिए डिविडेंड में मिले नकद लाभ से निवेशक के लिए जो यूनिट खरीदी जाती हैं, तब आपको वह कम कीमत पर मिल जाती हैं।

निवेश के उद्देश्यों के आधार पर म्यूचुअल फंड का वर्गीकरण

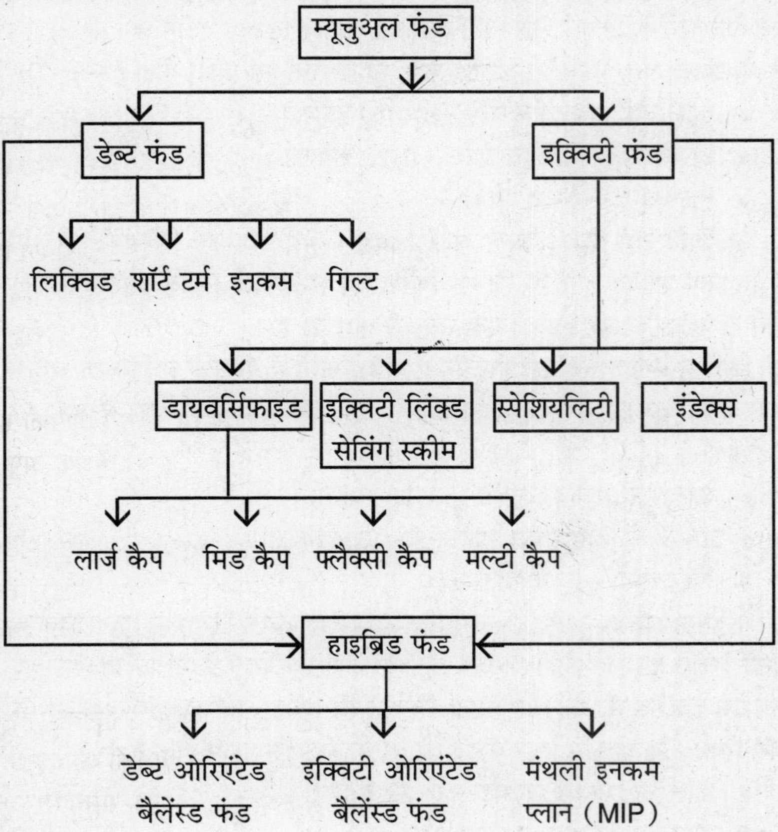

डेब्ट फंड

डेब्ट फंड में द्वितीयक बाजार (सेकंडरी मार्केट) के डेब्ट इंस्ट्रूमेंट में निवेश किया जाता है। इसमें डिबेंचर ट्रेजरी, टी-बिल्स, कॉमर्शियल पेपर, कॉल मनी व अन्य मनी मार्केट इंस्ट्रूमेंट शामिल होते हैं। डेब्ट फंड का निवेशकों की जरूरतों के हिसाब से वर्गीकरण किया गया है। जैसे—

क. लिक्विड फंड—यह उन निवेशकों के लिए निवेश का बढ़िया विकल्प है, जो अपना पैसा कुछ महीनों के लिए ऐसे विकल्प में निवेश करना चाहते हैं, जहाँ उन्हें बचत बैंक खाते के मुकाबले ज्यादा ब्याज मिले और जरूरत के समय वे पैसों को वापस नकदी में बदल सकें। इसलिए लिक्विड फंड में पोर्टफोलियो का काफी बड़ा भाग डेब्ट इंस्ट्रूमेंट की शॉर्ट मैच्यूरिटी (जिनकी परिपक्वता अवधि कम हो) में निवेश किया जाता है। जैसे—कॉल मनी और मनी मार्केट इंस्ट्रूमेंट। चूँकि डेब्ट इंस्ट्रूमेंट की परिपक्वता अवधि उदाहरण के लिए 10 दिन, 15 दिन, 1 महीना, 3 महीने आदि होती है। इसलिए यह उन निवेशकों के लिए है, जिनके निवेश का लक्ष्यकाल तीन महीने तक की अवधि का हो। लिक्विड फंड में निवेश की गई पूँजी का बँटवारा इस प्रकार होता है—

- कॉल/मनी मार्केट इंस्ट्रूमेंट—80-100 प्रतिशत,
- टी-बिल्स/ कॉमर्शियल पेपर—0-20 प्रतिशत,
- गिल्ट/बांड—0-20 प्रतिशत।

ख. शॉर्ट टर्म फंड (अल्प अवधि फंड)—ये फंड उन निवेशकों के लिए बेहतर विकल्प साबित होते हैं, जिनके निवेश का लक्ष्यकाल (इनवेस्टमेंट हॉरिजन) 3 महीने से ज्यादा का हो, लेकिन एक साल से कम का हो।

इसलिए ये फंड उन डेब्ट इंस्ट्रूमेंट में निवेश करते हैं, जिनकी परिपक्वता अवधि निवेशक के निवेशकाल परिदृश्य से मिलती हो। शॉर्ट टर्म फंड में पूँजी का बँटवारा इस प्रकार होता है—

- कॉल/मनी मार्केट इंस्ट्रूमेंट—0-20 प्रतिशत,
- टी-बिल्स/कॉमर्शियल पेपर—80-100 प्रतिशत,
- गिल्ट/बांड—0-20 प्रतिशत।

ग. इनकम फंड—यह फंड उन निवेशकों के लिए फंड में निवेश का बेहतर विकल्प है, जिनके निवेश का लक्ष्यकाल (इनवेस्टमेंट हॉरिजन) एक साल से अधिक हो। इसलिए यह फंड ऐसे डेब्ट इंस्ट्रूमेंट में निवेश करेगा, जिनकी परिपक्वता अवधि एक साल से अधिक हो। जैसे गिल्ट और बांड। इनकम फंड पूँजी का बँटवारा इस प्रकार होता है—

- कॉल/मनी मार्केट इंस्ट्रूमेंट—0-20 प्रतिशत,
- टी-बिल्स/सीजी—0-20 प्रतिशत,

- गिल्ट/बांड—80-100 प्रतिशत।

घ. गिल्ट फंड—गिल्ट फंड निवेशकों के लिए ठीक है, जो क्रेडिट रिस्क नहीं लेना चाहते और अपना निवेश सिर्फ उन्हीं इंस्ट्रूमेंट में करना चाहते हैं, जो भारत सरकार द्वारा जारी किए जाएँ। निवेश के लिए गिल्ट फंड में पूँजी का बँटवारा इस प्रकार होता है—

- कॉल—0-20 प्रतिशत,
- टी-बिल्स—0-20 प्रतिशत,
- गिल्ट—80-100 प्रतिशत।

इक्विटी फंड

यह फंड उन निवेशकों के लिए सबसे मुफीद है, जो शेयर बाजार की जोखिम लेने के लिए तैयार हैं; क्योंकि इस म्यूचुअल फंड में इक्विटी और द्वितीयक बाजार में इक्विटी से संबंधित इंस्ट्रूमेंट में निवेश किया जाता है।

इक्विटी फंड भी कई तरह के होते हैं, जिसे अलग-अलग निवेशकों की जरूरतों के आधार पर वर्गीकृत किया जा सकता है—

क. डायवर्सिफाइड इक्विटी फंड—डायवर्सिफाइड इक्विटी फंड वह फंड होते हैं, जो द्वितीयक बाजार (सेकंडरी मार्केट) में उपलब्ध सभी प्रकार की इक्विटी में निवेश करते हैं। जिन इक्विटी में फंड के लिए रिटर्न देने की सबसे ज्यादा माद्दा हो, उनका चुनाव फंड मैनेजर्स करते हैं। यहाँ किसी ऐसे सेक्टर में ज्यादा भी निवेश किया जा सकता है, जिसमें बढ़त की क्षमता (ग्रोथ पोटेंशियल) हो। हालाँकि विभिन्न डायवर्सिफाइड इक्विटी फंड द्वारा बाजार पूँजीकरण के हिसाब से शेयरों के चयन के आधार पर वर्गीकृत किया जा सकता है—

- **लार्ज कैप डायवर्सिफाइड इक्विटी फंड**—निवेश के लिए इस फंड का बहुत बड़ा हिस्सा (तकरीबन 80 प्रतिशत) शेयर बाजार में सूचीबद्ध 'लार्ज कैप' स्टॉक्स में किया जाता है और बाकी हिस्सा दूसरे प्रकार के शेयरों में होता है।
- **मिड कैप फंड**—निवेश के लिए ये फंड अपने पोर्टफोलियो का बड़ा हिस्सा (तकरीबन 80 प्रतिशत) शेयर बाजार में सूचीबद्ध 'मिड कैप स्टॉक्स' में करते हैं और बाकी बचा हुआ दूसरे प्रकार के शेयरों में करते हैं।
- **फ्लैक्सी फंड**—लचीलापन इस फंड की विशेषता होती है। फ्लैक्सीबिलिटी (लचीलापन) के चलते इस फंड को लार्ज कैप, मिड कैप व स्मॉल कैप में से किसी में भी निवेश किया जा सकता है। यदि फंड मैनेजर को लगता है कि बाजार की स्थिति के अनुसार लार्ज कैप में निवेश करना ज्यादा फायदेमंद है

तो पूँजी का बड़ा हिस्सा लार्ज कैप में निवेश कर दिया जाता है, और यदि फंड मैनेजर को लगता है कि शेयर बाजार में मिड कैप कंपनियों में उछाल के आसार हैं तो पूँजी का बड़ा हिस्सा मिड कैप में निवेशित किया जाता है।

- **मल्टी कैप फंड**—इस फंड में पूँजी को बाजार पूँजीकरण के हिसाब से बँटी हुई विभिन्न कंपनियों में पहले से निर्धारित सीमा के आधार पर निवेशित किया जाता है। फंड को लॉञ्च करते समय ही यह बता दिया जाता है कि लार्ज कैप, मिड कैप और स्मॉल कैप में कितना-कितना प्रतिशत निवेश किया जाएगा।

ख. इक्विटी लिंक्ड सेविंग स्कीम (ई.एल.एस.एस.)—इक्विटी लिंक्ड सेविंग स्कीम की कार्य-प्रणाली डायवर्सिफाइड इक्विटी फंड की तरह ही है, लेकिन इस स्कीम में टैक्स बेनिफिट का लाभ जुड़ा हुआ है; क्योंकि इक्विटी लिंक्ड सेविंग स्कीम में किया गया निवेश आयकर की धारा 80(सी) के अंतर्गत जितने भी निवेश के विकल्प हैं, उनमें इक्विटी लिंक्ड सेविंग स्कीम में निवेश से न सिर्फ 1,00,000 (एक लाख) रुपए तक की छूट का प्रावधान है, बल्कि शेयर बाजार से होनेवाला फायदा भी इससे जुड़ा है। चूँकि इसमें टैक्स बेनिफिट (कर-लाभ) जुड़ा हुआ है, इसलिए इसमें निवेश करने पर आपको अपना पैसा तीन साल तक वापस नहीं मिलता। यानी इस स्कीम में न्यूनतम तीन साल का लॉक-इन पीरियड है।

ग. स्पेशियलिटी/सेक्टर फंड—सेक्टर फंड या स्पेशिलयिटी फंड वे फंड हैं, जिनमें स्कीम के उद्देश्य और उन उद्देश्यों को पूरा करने के लिए विशेष सेक्टर का चयन पूर्व निर्धारित व अच्छी तरह से परिभाषित होता है। इस स्कीम को बाजार में लाने का उद्देश्य यह होता है, ताकि एक विशेष सेक्टर की ग्रोथ का फायदा उठाने के लिए पूँजी उसी सेक्टर में निवेशित की जा सके। उदाहरण के लिए—

- **आई.टी. सेक्टर फंड**—ये फंड सिर्फ इनफॉर्मेशन टेक्नोलॉजी (आई.टी.) सेक्टर से जुड़ी कंपनियों में निवेश करेंगे।
- **फार्मा फंड**—ये सिर्फ फार्मास्युटिकल सेक्टर से जुड़ी फार्मा कंपनियों में ही निवेश करेंगे।
- **फोकस**—ये सिर्फ उन 15 कंपनियों में निवेश करेंगे, जिनका बाजार पूँजीकरण बड़ा होगा।

घ. इंडेक्स फंड—ये इक्विटी फंड हैं, जो इंडेक्स का चयन करते हैं और उनमें निवेश करते हैं, जिनमें निफ्टी में शामिल 50 कंपनियों व सेंसेक्स को दरशाती 30 कंपनियों में निवेश किया जाता है।

□

20

कॉमोडिटी मार्केट की दुनिया

कॉमोडिटी ट्रेडिंग

कॉमोडिटी ट्रेडिंग के बाजार में फिलहाल दो तरीके मौजूद हैं—स्पॉट ट्रेडिंग व फॉरवर्ड ट्रेडिंग। इन दोनों ट्रेडिंग्स को कानूनी मान्यता हासिल है। यहाँ यह जानना प्रासंगिक है कि कैसे की जाती है कॉमोडिटी ट्रेडिंग!

स्पॉट ट्रेडिंग

यह कॉमोडिटी ट्रेडिंग का परंपरागत तरीका है। इसमें कॉमोडिटी खरीदने व बेचनेवाले व्यक्ति किसी खास जगह पर जमा होते हैं। मोल-भाव के बाद खरीदार द्वारा बेचनेवाले को एक खास राशि का भुगतान किया जाता है। इसके बाद खरीदार को कॉमोडिटी सुपुर्द कर दी जाती है। इसको आप मंडियों में होनेवाली खरीद-बिक्री से जोड़कर समझ सकते हैं। जहाँ किसान अनाज लेकर मंडी में आता है और उसे मंडी में बेचकर पैसे लेकर चला जाता है। इसे ही 'स्पॉट ट्रेडिंग' या 'कैश ट्रेडिंग' कहते हैं, क्योंकि इसमें सामान की डिलीवरी और पैसे का भुगतान फटाफट कर दिया जाता है।

स्पॉट ट्रेडिंग की कानूनी परिभाषा के अनुसार, "स्पॉट ट्रेडिंग का मतलब ऐसी ट्रेडिंग से है, जिसमें सामान की डिलीवरी और पैसे का भुगतान सौदे के समय या सौदे के ग्यारह दिन के भीतर कर दिया जाता है।" हाँ, पैसे का भुगतान उसी दिन होना है या 11 दिन के भीतर, यह अब उस कॉमोडिटी पर निर्भर करता है, जिसकी ट्रेडिंग की जा रही है। जिस ट्रेडिंग में सामान की डिलीवरी और पैसे का भुगतान या दोनों में से कोई एक काम सौदा होने के ग्यारह दिन बाद होता है, उसे 'फॉरवर्ड ट्रेडिंग' कहते हैं।

फॉरवर्ड ट्रेडिंग

फॉरवर्ड ट्रेडिंग दो या दो से ज्यादा लोगों के बीच होनेवाली ऐसी ट्रेडिंग है, जिसमें कॉमोडिटी बेचनेवाला और खरीदार आपस में करार करते हैं कि भविष्य में आनेवाली किसी खास तारीख को सामान की डिलीवरी और पैसे का भुगतान किया जाएगा। लेकिन कॉमोडिटी किस भाव (प्राइस) पर खरीदी जाएगी, इस पर सहमति करार के दिन ही हो जाती है।

उदाहरण के लिए अनिल और सुनील नाम के व्यापारी फॉरवर्ड ट्रेडिंग के कॉण्ट्रेक्ट पर हस्ताक्षर करते हैं। अनिल को सौ क्विंटल गेहूँ बेचना है और सुनील खरीदार है। अनिल को छह महीने बाद डिलीवरी देनी है और तभी सुनील को पेमेंट करनी है। पर गेहूँ की कीमत हस्ताक्षर किए जाने के समय ही तय कर ली जाएगी। यह पूरी प्रक्रिया 'फॉरवर्ड ट्रेडिंग' कहलाएगी।

फॉरवर्ड ट्रेडिंग की एक व्यावहारिक दिक्कत यह है कि यदि सामान की डिलीवरी के दिन खरीदार या बेचनेवाले में से कोई एक करार की शर्तें पूरी करने से मना कर देता है, तब समस्या पैदा होती है। ऐसी स्थिति आने पर कानून के मुताबिक करारनामे को लेकर कोर्ट में जाया जा सकता है। चूँकि कोर्ट की प्रक्रिया लंबी और पेचीदा है, इसलिए कॉमोडिटी में 'फ्यूचर ट्रेडिंग' (वायदा कारोबार) की शुरुआत हुई। इसलिए 'फ्यूचर ट्रेडिंग' को 'फॉरवर्ड ट्रेडिंग' का ही रूप मानकर समझा जा सकता है। फ्यूचर ट्रेडिंग (वायदा कारोबार) में इलेक्ट्रॉनिक कॉमोडिटी एक्सचेंज के जरिए खरीदार और विक्रेता किसी सामान की फॉरवर्ड ट्रेडिंग करते हैं। इसमें सुरक्षा यह है कि किसी एक पक्ष द्वारा करार तोड़ने की स्थिति में कॉमोडिटी एक्सचेंज द्वारा दूसरे पक्ष को फौरन करार की शर्तों के तहत सामान की डिलीवरी कर फिर से पैसे का भुगतान किया जाता है। बदले में कॉमोडिटी एक्सचेंज करार तोड़नेवाले पक्ष की मार्जिन मनी जब्त कर लेता है।

क्या है फ्यूचर ट्रेडिंग?

कॉमोडिटी डेरिवेटिव्स की ऑनलाइन खरीद-बिक्री ही फ्यूचर ट्रेडिंग है। फ्यूचर परफॉर्मेंस को आधार बनाकर किसी कॉमोडिटी का किसी खास तारीख को आगामी तारीख के लिए (भविष्य के लिए) किया जानेवाला इलेक्ट्रॉनिक सौदा ही फ्यूचर ट्रेडिंग को निवेशकों के बीच लोकप्रिय बना रहा है। जैसा कि पिछले उदाहरण में आपने पढ़ा है कि अनिल सुनील से मई महीने में करार करता है कि वह सुनील को 800 रुपए प्रति क्विंटल के हिसाब से नवंबर महीने में 100 क्विंटल गेहूँ देगा। बदले में सुनील यह स्वीकार करता है कि वह नवंबर में इसके बदले 80 हजार रुपए का भुगतान करेगा। इस सौदे का विश्लेषण करें तो यह अपने आप में काफी नायाब है। पहली बात यह कि

मई में नवंबर के लिए सौदा किया जा रहा है, यानी नवंबर के लिए गेहूँ की कीमतें मई में ही तय कर ली जा रही हैं। दूसरी बात यह कि हो सकता है, सौदे का करार करते वक्त अनिल के पास गेहूँ न हों और सुनील के पास रुपए न हों। यहीं पर बात कॉमोडिटी डेरिवेटिव की आती है। मई में जिस प्रोडक्ट की बिक्री का करार नवंबर के लिए किया जा रहा है, उस प्रोडक्ट को डेरिवेटिव कहते हैं। कारोबार की इस अनूठी प्रक्रिया को 'फ्यूचर' के नाम से जाना जाता है। यह पूरा कारोबार इलेक्ट्रॉनिक कॉमोडिटी एक्सचेंज के जरिए होता है।

समझिए स्पॉट ट्रेडिंग को

भारत में कॉमोडिटी की स्पॉट ट्रेडिंग का तरीका आम है। पर ट्रेडिंग के इस रूप की कई कमियाँ हैं। इसकी सबसे बड़ी कमी है—कीमतों में एकरूपता का अभाव। फर्ज करें, किसी किसान को एक क्विंटल चावल बेचना है। वह इसे लेकर स्थानीय मंडी में जाता है। वहाँ चावल की खरीद करनेवाला महाजन कई मसलों पर किसान को बरगला सकता है, जैसे—महाजन किसान को यह कह सकता है कि उत्पादन ज्यादा होने की वजह से वह सस्ते दाम पर चावल खरीदेगा या फिर स्थानीय स्तर पर सभी महाजन आपस में मिलकर किसान को एक खास कीमत से ज्यादा देने को तैयार न हों। ऐसे में किसान के पास कोई चारा नहीं होता और वह महाजन की शर्त मानने को मजबूर होता है। इसके अलावा कई और दिक्कतें भी हैं, जैसे—भारत में स्पॉट ट्रेडिंग का कारोबार काफी बिखरा, अस्पष्ट और अल्प-विकसित है। इसमें पारदर्शिता नहीं है। इसके उलट कारोबार का माध्यम इलेक्ट्रॉनिक होने से फ्यूचर ट्रेडिंग में पारदर्शिता है। लेकिन सन् 2008 में एम.सी.एक्स. द्वारा 'नेशनल स्पॉट एक्सचेंज' और एन.सी.डी.एक्स. द्वारा 'ऑनलाइन स्पॉट एक्सचेंज' शुरू कर दिए जाने से अब स्पॉट ट्रेडिंग किसानों को स्थानीय कार्टेल से मुक्त करने की दिशा में बढ़ रहा है। लेकिन यह अभी सभी राज्यों में लागू नहीं हुई है। जिन ए.पी.एम.सी. ने स्थानीय लोगों के हितों को ध्यान में रखते हुए मॉडल बायलाज अपनाया है, वहाँ 'कंम्प्यूटीकृत स्पॉट एक्सचेंज' शुरू हो चुका है, और इससे पारदर्शिता बढ़ी है।

कॉमोडिटी ट्रेडिंग के फायदे

प्राइस रिस्क मैनेजमेंट

प्राइस रिस्क मैनेजमेंट को कॉमोडिटी ट्रेडिंग की सबसे बड़ी खासियत माना जाता है। किसी कॉमोडिटी की भौतिक क्षति (जलने, नष्ट होने या चोरी होने आदि) के लिए

इंश्योरेंस का इंतजाम किया जा सकता है, पर उसकी वैल्यू में गिरावट के लिए किसी तरह का इंश्योरेंस नहीं होता। आज किसी अनाज की कीमत 1,000 रुपए प्रति क्विंटल है तो आनेवाले दिनों में उसकी कीमत गिरेगी या बढ़ेगी, यह कहना मुश्किल है। कीमतों का किसी तरह का इंश्योरेंस भी नहीं होता। ऐसी स्थिति में कई दफा ऐसे किसान लगभग बरबाद हो जाते हैं, जो अपना अनाज भविष्य में दाम बढ़ने पर बेचने के लिए सहेजकर रखते हैं और भविष्य में उस अनाज की कीमत काफी गिर जाती है। प्राइस रिस्क की ऐसी मुश्किल से निबटने में फ्यूचर ट्रेडिंग बेहतर जरिया साबित हो सकती है। यह एक तरह से कॉमोडिटी की कीमतों या वैल्यू के लिए इंश्योरेंस का काम करती है। लिहाजा, इसे 'हेजिंग इंस्ट्रूमेंट' भी कहा जाता है।

फर्ज करें कि कोई किसान धान की फसल लगाता है। उसे उम्मीद है कि धान की पैदावार 10 क्विंटल होगी। पर देश भर में धान की फसल बेहतर होने के चलते पैदावार के वक्त धान की कीमत गिर जाएगी। लिहाजा, वह फसल लगाते वक्त ही अच्छी कीमत पर 10 क्विंटल धान की फ्यूचर ट्रेडिंग कर लेगा। इसे तकनीकी भाषा में कहें, तो किसान खुद खतरे में पड़ने से बचने के लिए 'प्राइस हेज' करेगा। लिहाजा, किसान 'हेजर' कहलाएगा। पर किसान का धान खरीदेगा कौन? दरअसल, बाजार में उस वक्त ऐसे लोग भी मौजूद होंगे, जिन्हें यह लग रहा होगा कि आनेवाले दिनों में धान की कीमत कम होने के बजाय बढ़ेगी या फिर कुछ ऐसे लोग भी होंगे, जो जोखिम लेकर भी किसान की शर्त या उससे मिलती-जुलती कीमत पर धान खरीदने को तैयार होंगे! तकनीकी भाषा में ऐसे लोगों को 'स्पेकुलेटर' कहा जाता है। कुल मिलाकर यह कहें कि हेजर का माल स्पेकुलेटर खरीदेगा। करार की शर्त के तहत फ्यूचर ट्रेडिंग की तारीख को किसान खरीदार को 10 क्विंटल धान मुहैया कराकर उसकी पहले से तय कीमत वसूल कर लेगा। जिस वक्त किसान खरीदार को प्रोडक्ट की डिलीवरी करेगा, उस वक्त दो तरह की संभावनाएँ हैं—धान की बाजार कीमत किसान द्वारा किए गए करार की राशि से या तो कम होगी या ज्यादा। दोनों ही हालात में किसान को कोई नुकसान नहीं होगा। यदि उस वक्त धान की बाजार कीमत किसान द्वारा तय राशि से ज्यादा है तो खरीदार को फायदा हुआ, पर किसान को नुकसान नहीं, क्योंकि सौदा तय करते वक्त ही किसान ने अपना फायदा सोचकर कीमत तय की थी। यदि डिलीवरी के वक्त धान की स्पॉट प्राइस सौदे की रकम से कम है तो खरीदार को घाटा होगा। इस हालत में भी किसान फायदे में है।

प्राइस डिस्कवरी

फ्यूचर ट्रेडिंग को प्राइस डिस्कवरी का अहम जरिया माना जाता है। आखिर क्या है यह प्राइस डिस्कवरी? इसे उदाहरण से समझा जा सकता है। फर्ज करें कि किसी

किसान को फसल लगानी है, पर वह तय नहीं कर पा रहा है कि कौन सी फसल लगाई जाए, जो पैदावार के बाद ज्यादा-से-ज्यादा मुनाफा दे। अकसर होता यह है कि किसान फसल लगाता है और फसल की पैदावार के वक्त उसकी कीमत इतनी गिर चुकी होती है कि किसान को फायदा तो दूर, उत्पादन लागत भी वापस नहीं मिल पाती। ऐसी हालत से बचने में फ्यूचर ट्रेडिंग किसान के लिए एक मानक के रूप में काम करती है। फसल लगाने से पहले वह यह पता कराता है कि किसी फसल की कटाई के महीने के लिए उसकी फ्यूचर प्राइस क्या है। यानी उसे यदि गन्ने की फसल लगानी है तो वह मई में यह देखेगा कि नवंबर (गन्ने की कटाई का महीना) के लिए गन्ने की फ्यूचर प्राइस क्या है। इस आधार पर वह अंदाजा लगाएगा कि उसकी उत्पादन लागत को घटाकर गन्ने की फसल लगाने में उसे मुनाफा होगा या नहीं?

सरकार की नजर

सरकार ने फ्यूचर ट्रेडिंग और इसके लिए मंच मुहैया कराने तथा कॉमोडिटी एक्सचेंजों में किसी तरह की गड़बड़ी या घपले पर नजर रखने के पुख्ता इंतजाम कर रखे हैं। इसलिए निवेशक यहाँ बेखौफ निवेश कर सकते हैं।

छह महीने तक के लिए की जा सकती है ट्रेडिंग

किसी कॉमोडिटी डेरिवेटिव के अधिक-से-अधिक छह महीने बाद तक ही फ्यूचर ट्रेडिंग की जा सकती है। यानी मई महीने में ही नवंबर महीने तक के लिए फ्यूचर ट्रेडिंग की जा सकती है। फ्यूचर ट्रेडिंग की अवधि मोटे तौर पर एक महीने की होती है। यदि किसी ने जून महीने की फ्यूचर ट्रेडिंग कर रखी है तो ट्रेडिंग की अवधि 1 जून से शुरू होकर 30 जून को खत्म हो जाएगी। पर मई के तीसरे सप्ताह में ही सौदे का 'टेंडर पीरियड' शुरू हो जाएगा। टेंडर पीरियड में खरीदार और विक्रेता दोनों को यह बताना होता है कि वे सौदे को बरकरार रखना चाहते हैं या नहीं। यदि इनमें से कोई एक पक्ष सौदा बरकरार नहीं रखना चाहता तो कॉमोडिटी एक्सचेंज किसी अन्य व्यक्ति को उत्पाद बेचकर सौदे से जुड़े पक्ष के हितों की भरपाई करता है। बदले में सौदे की शर्त तोड़नेवाले पक्ष से जमा कराई गई मार्जिन मनी एक्सचेंज द्वारा जब्त कर ली जाती है।

कॉमोडिटी क्या है?

कॉमोडिटी एक ऐसा कारोबारी उत्पाद है, जिसका उत्पादन, क्रय-विक्रय और उपभोग हो सकता है। आमतौर पर यह एक कच्चा गैर-प्रोसेस उत्पाद है। लेकिन इन एक्सचेंजों में प्राइमरी क्षेत्र के उत्पादों और निर्मित उत्पादों के भी सौदे होते हैं। भारत

में ऐसे कारोबारी उत्पादों की सूची में बहुमूल्य धातु, लौह एवं अलौह धातु, मसाले, दलहन, प्लांटेशन, अनाज, चीनी और कृषि वस्तुएँ शामिल हैं।

कॉमोडिटी मार्केट में कौन-कौन हिस्सा ले सकते हैं?

इस मार्केट में हेजर, आर्बिट्रेजर और सटोरिए बड़े पैमाने पर हिस्सा ले सकते हैं। दूसरे शब्दों में, उत्पादक, ट्रेडर, किसान, निर्यातक और निवेशक भी इस बाजार में भाग ले सकते हैं।

कॉमोडिटी एक्सचेंजों में ट्रेडिंग कैसे होती है?

स्टॉक मार्केट ऑनलाइन ट्रेडिंग सिस्टम की तरह ही कॉमोडिटी एक्सचेंज भी ऑनलाइन ट्रेडिंग सिस्टम पर ही चलते हैं। यह एक ऑर्डर आधारित, पारदर्शक सिस्टम है, जिसे एक्सचेंज के सदस्य व सब-ब्रोकर इंटरनेट, वीसैट और लीज्ड लाइन के जरिए खरीद-फरोख्त के लिए इस्तेमाल कर सकते हैं।

वायदा कॉण्ट्रेक्ट का अर्थ

'वायदा कॉण्ट्रेक्ट' भविष्य में निर्धारित एक तिथि पर क्रेता (बायर) या विक्रेता (सेलर) द्वारा सुनिश्चित मात्रा और गुणवत्ता की कॉमोडिटी का परस्पर सहमति का एक 'विशेष करार' है।

हाजिर बाजार और वायदा बाजार में अंतर

हाजिर बाजार में कॉमोडिटी की भौतिक खरीद या बिक्री आमतौर पर भावतोल के आधार पर होती है और उसकी डिलीवरी होती है, जबकि वायदा बाजार में कॉमोडिटी की भौतिक रूप से अधिकार नहीं होने के बावजूद खरीद या बिक्री हो सकती है। वायदा बाजार के सौदे मूल संपत्ति की मानकीकृत अनुबंधीय समझौते के तहत निर्दिष्ट गुणवत्ता, मात्रा और डिलीवरी के माध्यम से होते हैं, जिसके सेटलमेंट की गारंटी विनियमित कॉमोडिटी एक्सचेंजों द्वारा दी जाती है।

हेजिंग

'हेजिंग' का अर्थ फिजिकल मार्केट में पोजीशन के विपरीत वायदा या ऑप्शन मार्केट में पोजीशन बनाना है। इससे भाव में अचानक घट-बढ़ से उत्पन्न जोखिम को कम या सीमित किया जाता है। इस प्रणाली का उद्देश्य एक बाजार के घाटे को दूसरे के लाभ से पूरा करना है।

सटोरियों की आवश्यकता

सटोरिया ऐसे कारोबारी होते हैं, जो वायदा भावों की घट-बढ़ का लाभ उठाने के लिए बाजार में प्रवेश करते हैं। ऐसे कारोबारी के पास भौतिक रूप से माल नहीं होता है, लेकिन वह बाजार में ऐसा जोखिम उठाता है, जिससे 'हेजर्स' बचना चाहते हैं। इससे बाजार में आवश्यक तरलता आती है।

कॉमोडिटी मार्केट में आर्बीट्रेज का तात्पर्य

आर्बीट्रेज दो विभिन्न बाजारों के भावों के अंतर का लाभ उठाने के उद्देश्य से, दोनों बाजारों में एक ही समय खरीद और बिक्री करते हैं। आर्बीट्रेज को चलाने वाले घटक या तो वास्तविक होते हैं या विभिन्न स्थानों में माँग और आपूर्ति के बीच का संतुलन हैं।

कॉमोडिटी एक्सचेंजों में कौन सौदा करते हैं?

कॉमोडिटी एक्सचेंजों की सदस्यता का प्रारूप स्टॉक एक्सचेंजों जैसा है। एक्सचेंज के सदस्य और सदस्यों के पंजीकृत, मान्य/प्राधिकृत ग्राहक ही कॉमोडिटी एक्सचेंजों में कारोबार कर सकते हैं।

कॉमोडिटी में कॉस्ट ऑफ कैरी के विभिन्न तत्त्व

एक कॉमोडिटी के 'कॉस्ट ऑफ कैरी' में ब्याज, बीमा, स्टोरेज खर्च और खर्चों सहित कुल खर्च शामिल हैं। सामान्यत: एक्सचेंज में कॉमोडिटी का वायदा भाव, हाजिर भाव और कास्ट ऑफ कैरी सहित होता है।

परिपक्वता तिथि पर वायदा कॉण्ट्रैक्ट के भाव का क्या होता है?

परिपक्वता तिथि पर वायदा भाव हाजिर भावों के साथ एकाकार हो जाते हैं।

कॉमोडिटी के वायदा में मार्जिन मनी के मायने और उद्देश्य

1. मार्जिन मनी सदस्यों द्वारा एक्सचेंज को दी गई सेक्यूरिटी डिपॉजिट है, ताकि उनके द्वारा एक्सचेंज में सूचीबद्ध विभिन्न कॉण्ट्रेक्टों में सौदे किए जा सकें। ग्राहक एक्सचेंज के सदस्यों को यह राशि जमा कराते हैं और सदस्य उसे एक्सचेंजों में जमा करा देते हैं।
2. एक्सचेंजों द्वारा मार्जिन मनी कलेक्ट करने का उद्देश्य सदस्यों के डिफाल्ट होने या

उनके ग्राहकों द्वारा देयताएँ न चुकाने की स्थिति में काउंटर पार्टी को जोखिम से बचाना है। यह 'नियामक वायदा बाजार आयोग' (एफ.एम.सी.) द्वारा निर्धारित जोखिम प्रबंधन प्रणाली का हिस्सा है।

3. सदस्यों/ग्राहकों द्वारा किसी कॉण्ट्रेक्ट में नई खरीद या बिक्री की पहल करने से पूर्व उस कॉण्ट्रेक्ट के वैल्यू का न्यूनतम प्रतिशत एक्सचेंज को जमा कराना 'आरंभिक मार्जिन' कहलाता है।
4. कॉण्ट्रेक्ट की समाप्ति के अंतिम दिनों में (टेंडर अवधि से शुरू और डिलीवरी/निपटान तक) एक्सचेंज द्वारा लगाई गई अतिरिक्त मार्जिन है। यह राशि क्रय एवं विक्रय, दोनों के बकाया पोजीशनों पर लागू होती है।

मार्क-टू-मार्केट

प्रत्येक करोबार दिन के अंत में ट्रेडर/ग्राहक के मार्जिन खाते को सहभागी के लाभ या हानि के सामने सामंजस्य किया जाता है। प्रत्येक ट्रेडिंग दिन के भावों में बदलाव पिछले दिन के बंद भाव की तुलना करने पर उक्त लाभ-हानि का पता चलता है। भावों के इस घट-बढ़ को दैनिक मार्जिन खाते से समायोजित किया जाता है। इस पूरी प्रक्रिया को 'मार्क-टू-मार्केट' कहते हैं।

ओपन पोजीशन का निपटान

किसी कॉण्ट्रेक्ट की समाप्ति तिथि के दिन या उससे पूर्व ओपन पोजीशन को बंद (एक्सवायर अप) नहीं होने के मामले में लॉन्ग/शॉर्ट पोजीशन को देखते हुए ट्रेडर को उक्त कॉमोडिटी की डिलीवरी या तो लेनी पड़ती है या उतारनी पड़ती है। इसका निपटान कॉण्ट्रेक्ट के अंतर्गत निर्दिष्ट सेटलमेंट मोड के अनुसार होता है।

एक्सचेंजों पर ट्रेड का तरीका

एक्सचेंज पर प्रत्येक ट्रेड दैनिक आधार पर मार्क-टू-मार्केट (एम.टी.एम.) के आरंभिक मार्जिन द्वारा समर्थित होते हैं। इसके बाद सदस्यों के सेटलमेंट खाते में बकाया राशि को तद्नुसार डेबिट या क्रेडिट किए जाते हैं। इनका भुगतान इलेक्ट्रॉनिक रूप से क्लियरिंग बैंकों द्वारा प्रोसेस किया जाता है।

देय तिथि की दर (डी.डी.आर.)

यह वह दर है, जिस पर कॉण्ट्रेक्ट का निपटान समाप्ति के दिन किया जाता है। आमतौर पर यह कॉण्ट्रेक्ट की समाप्ति के कुछ दिन पूर्व हाजिर भावों का लिया गया औसत है।

हेज खरीदना और बेचना

हेज खरीदने का अर्थ कैश मार्केट में शॉर्ट पोजीशन के सामने हेज के लिए वायदा कॉण्ट्रेक्ट खरीदना है। सेलिंग हेज का अर्थ कैश मार्केट में लॉन्ग पोजीशन के सामने वायदा कॉण्ट्रेक्ट को बेचना है।

हेजिंग के मुख्य लाभ

यह फिजिकल कॉमोडिटी से जुड़े भाव के जोखिम को कम या सीमित करता है। इसमें कच्चे माल की कीमत और अंतिम उत्पादों के भाव लॉक हो जाते हैं, ताकि लाभ सुनिश्चित हो सके।

वायदा भावों का हाजिर भावों से एकाकार होने का अर्थ

कॉमोडिटी वायदा कॉण्ट्रेक्ट की समाप्ति तिथि तक पहुँचते ही वायदा भाव का झुकाव या एकाकार उक्त कॉमोडिटी के हाजिर भावों की ओर होने लगता है। इसे 'वायदा भाव को हाजिर भाव से एकाकार होना' कहते हैं।

लिमिट ऑर्डर और मार्केट ऑर्डर में अंतर

लिमिट ऑर्डर क्रय या विक्रय के भाव नीचे और ऊपर में सुनिश्चित करता है। दूसरी तरफ, ऐसे ऑर्डर देने पर मार्केट ऑर्डर चल रहे भाव पर निष्पादित हो जाता है। ऑर्डर देने पर यदि कोई सौदा नहीं होता है तो ट्रेडिंग सिस्टम अंतिम कारोबारी भाव को मार्केट ऑर्डर सिस्टम में रखता है।

स्टॉप लॉस ऑर्डर

स्टॉप लॉस ऑर्डर कॉमोडिटी के वायदा भाव में व्यापक घट-बढ़ में हानि को सीमित करने के लिए दिया जाता है। ये ऑर्डर सिस्टम में 'सस्पेंडेड' या 'एबेयांस मोड' में होते हैं और ये तभी एक्टिवेट होते हैं, जब ऐसा भाव आता है। इससे वर्तमान पोजीशन बंद करने में मदद मिलती है।

डे ऑर्डर और गुड-टिल-डेट ऑर्डर व गुड-टिल-कैंसल्ड ऑर्डर

1. डे ऑर्डर कारोबारी दिन में डे ट्रेडिंग के लिए उपलब्ध रहते हैं। सभी डे ऑर्डर दिन की समाप्ति तक पूरा नहीं होने पर अंत में कैंसिल हो जाते हैं। गुड-टिल-डेट ऑर्डर कॉण्ट्रेक्ट के अंतिम कारोबार दिन या निर्दिष्ट तिथि, जो भी पहले हो, तक सौदे के

लिए चालू रहता है।

2. गुड-टिल-कैंसल्ड ऑर्डर तब तक जारी रहता है, जब तक उसे एक्सक्यूट या कैंसल नहीं किया जा सके; चाहे इसमें कितने भी दिन या सप्ताह क्यों न लगें। निवेशक ज्यादातर जी.टी.सी. ऑर्डर का इस्तेमाल वर्तमान भाव से अधिक भाव पर लिमिट सेट करने के लिए करते हैं। एक जी.टी.सी. ऑर्डर कॉण्ट्रेक्ट की समाप्ति तक एक्सक्यूशन या कैंसिलेशन, जो भी पहले हो, के लिए उपलब्ध रहता है।

कॉमोडिटी फ्यूचर्स कॉण्ट्रेक्ट की लाइफ व समाप्ति

1. कॉमोडिटी फ्यूचर्स कॉण्ट्रेक्ट की लाइफ वह अवधि है, जब तक कॉण्ट्रेक्ट ट्रेडिंग के लिए उपलब्ध होता है। भारत में यह फिलहाल एक महीने से कुछ महीनों के बीच है।
2. कॉण्ट्रेक्ट के विनिर्देशन के मुताबिक, कॉण्ट्रेक्ट के अंतिम कारोबारी दिन ही समाप्ति तिथि है, जिस दिन सेटलमेंट भाव निर्धारित होते हैं।
3. समाप्ति तिथि के दिन अवकाश होने पर कॉण्ट्रेक्ट अगले कारोबारी दिवस पर समाप्त होता है। यदि अंतिम कारोबारी दिन के दिन अचानक छुट्टी घोषित होती है, ऐसे में कॉण्ट्रेक्ट अगले कारोबारी दिन बंद होगा।

प्राइस लिमिट सर्किट फिल्टर या डेली प्राइस रेंज

1. एक्सचेंज सामान्य कारोबारी सत्र में प्रत्येक कॉमोडिटी में प्रतिशत घट-बढ़ के हिसाब से सर्किट फिल्टर सूचित करता है। दूसरे शब्दों में, सर्किट फिल्टर किसी विशिष्ट सत्र में कारोबारी कॉण्ट्रेक्ट में उपलब्ध अधिकतम रेंज को दरशाता है।
2. सर्किट फिल्टर प्रत्येक कॉमोडिटी पर निर्भर होते हैं। यह वायदा कॉण्ट्रेक्ट के डिजाइन के समय उल्लेखित ऐतिहासिक घट-बढ़ पर निर्भर होता है।
3. सर्किट फिल्टर लिमिट से अधिक पर ऑर्डर पंच करने से ट्रेडिंग सिस्टम ऐसे सौदों को ऑटोमैटिकली रद्द कर देता है।

कॉण्ट्रेक्ट विनिर्देशन में उल्लेखित प्राइस कोट, टिक साइज व बेस वैल्यू के मायने

1. कॉण्ट्रेक्ट में उल्लेखित 'प्राइस कोट' का अर्थ ऐसे स्थान/मार्केट से है, जहाँ कॉमोडिटी के वायदा भावों के लिए स्पॉट बाजार से संदर्भ भाव लिये जाते हैं। ये स्थान/मार्केट उक्त कॉमोडिटी के लिए प्रमुख उत्पादन केंद्र और या ट्रेड सेंटर हैं। उदाहरण के लिए, रबर का प्राइस कोट केरल में एक्स कोटायम है, जो प्रमुख उत्पादन और ट्रेड

सेंटर है। इसी तरह सोना वायदा कॉण्ट्रेक्ट का प्राइस कोट एक्स अहमदाबाद है। प्राइस कोट में सभी सेल्स टैक्स/वेट या अन्य टैक्स और लेवीज भी समाहित होते हैं।

2. 'टिक साइज' का अर्थ न्यूनतम भाव अंतर या सिस्टम में दो भावों के बीच जरूरी गुणांक है।
3. स्टैंडर्ड यूनिट के आधार पर ट्रेडिंग के लिए कॉण्ट्रेक्ट के बोले जानेवाले भाव को 'कोटेशन' या 'बेस वैल्यू' कहा जाता है। जैसे कि सोने के कॉण्ट्रेक्ट में कोटेशन या बेस वैल्यू 10 ग्राम है।

कॉण्ट्रेक्ट विनिर्देशन में निर्धारित ट्रेडिंग यूनिट व अधिकतम ऑर्डर साइज

1. एक्सचेंज में कारोबार होनेवाले वायदा कॉण्ट्रेक्ट की लॉट साइज 'ट्रेडिंग यूनिट' है। जैसे सोने के कॉण्ट्रेक्ट में ट्रेडिंग यूनिट एक किलोग्राम है।
2. एकल क्रय-विक्रय के मार्फत निर्दिष्ट अधिकतम मात्रा 'अधिकतम ऑर्डर साइज' है।

कॉमोडिटी में डिलीवरी पे-आउट व फंड्स पे-आउट

1. कॉमोडिटी में डिलीवरी पे-आउट का अर्थ एक्सचेंज मान्य वेयरहाउस के क्रेता द्वारा डिलीवरी उठाने से पूर्व का समय है।
2. डिलीवरी के समय फंड्स का पे-आउट का अर्थ क्रेता द्वारा कॉमोडिटी की डिलीवरी उठाने के बाद विक्रेता सदस्य के सेटलमेंट एकाउंट में फंड्स के ट्रांसफर से है।

डिलीवरी लॉजिक में सेलर ऑप्शन का अर्थ व क्रेता का चयन

1. सेलर ऑप्शन में विक्रेता को कॉण्ट्रेक्ट की टेंडर/डिलीवरी अवधि के दौरान के ओपन पोजीशन की डिलीवरी देने का ऑप्शन होगा। इस मामले में यह क्रेता पर निर्भर होगा कि वह मार्क्ड मात्रा की डिलीवरी उठाए या पेनाल्टी का भुगतान करे।
2. सेलर ऑप्शन में डिलीवरी उतारने के आशय भेजने पर विक्रेता की मात्रा का क्रेता के आशय से मिलाया जाता है। यदि डिलीवरी आशय के लिए पर्याप्त क्रेता के नहीं होने पर डिलीवरी ओपन पोजीशन धारकों (कॉण्ट्रेक्ट के क्रेता) को रैंडम आधार पर मार्क की जाती है और उनके द्वारा डिलीवरी उठाना अनिवार्य होता है।
3. सेलर आप्शन में डिलीवरी उतारनेवाले विक्रेता के आशय को डिलीवरी उठानेवाले क्रेता के आशय का मिलान किया जाता है। इसमें पर्याप्त क्रेता के नहीं होने पर डिलीवरी ओपन लॉन्ग पोजीशन धारकों (कॉण्ट्रेक्ट क्रेता) को रैंडम आधार पर दी

जाएगी और यह उनके लिए डिलीवरी उठाने या पेनाल्टी भरने के लिए अनिवार्य होगा।

कंपल्सरी डिलीवरी

कंपल्सरी डिलीवरी के मामले में क्रेता व विक्रेता दोनों के लिए टेंडर/ डिलीवरी पीरियड के समय ओपन पोजीशन को यदि कॉण्ट्रेक्ट की समाप्ति के समय डिलीवरी के लिए मार्क की जाती है, को उक्त कॉमोडिटी की डिलीवरी लेना और उतारना अनिवार्य होगा।

ऑड लॉट

कॉण्ट्रेक्ट की समाप्ति के समय यदि एक सदस्य के पास ओपन पोजीशन है, जो डिलीवरी लॉट के गुणांक में तबदील नहीं हो सकता है, तो ऐसे लॉट को 'ऑड लॉट' कहते हैं।

इलेक्ट्रॉनिक कॉमोडिटी एक्सचेंज

पूँजी बाजार में स्टॉक एक्सचेंजों की तरह कॉमोडिटी एक्सचेंज भी एक एसोसिएशन या कंपनी है, जो जींसों (कॉमोडिटी) में वायदा कामकाज सुलभ कराता है।

कॉमोडिटी डेरिवेटिव्स की खरीद-फरोख्त 'नेशनल कॉमोडिटी एक्सचेंजों' के जरिए की जाती है। वैसे तो देश में कई कॉमोडिटी एक्सचेंज हैं, पर इनमें से दो इलेक्ट्रॉनिक एक्सचेंज प्रमुख हैं पहला है 'मल्टी कॉमोडिटी एक्सचेंज' (एम.सी.एक्स.) और दूसरा है 'नेशनल कॉमोडिटी डेरिवेटिव एक्सचेंज' (एन.सी.डी.एक्स.) तथा इनके अलावा बाईस प्रादेशिक एक्सचेंज हैं। ये एक्सचेंज अपनी सेवाओं के बदले कारोबार करनेवालों यानी कॉमोडिटी के खरीदार और विक्रेता से मार्जिन मनी लेते हैं। बदले में किसी एक पक्ष द्वारा कारोबार की शर्त तोड़ने पर दूसरे पक्ष को करार की शर्तों के अनुसार प्रोडक्ट की डिलीवरी या पैसे का भुगतान करते हैं।

विश्व में प्रथम कॉमोडिटी एक्सचेंज की स्थापना

विश्व में प्रथम कॉमोडिटी एक्सचेंज की स्थापना 'शिकागो बोर्ड ऑफ ट्रेड' (सीबोट) के नाम से सन् 1848 में शिकागो के व्यापारियों के एक समूह द्वारा की गई थी। समूह की इच्छा ट्रेड के लिए एक केंद्रीय बाजार स्थल बनाना था। पहले चार साल तक यह फ्लोर स्टोर के अहाते में था। इससे पूर्व किसानों के उत्पादों के क्रेता पाना मुश्किल था। वे अपने उत्पाद शिकागो में बेचने ले जाते थे। इसमें परिवहन खर्च इतना हो जाता था

कि किसानों को अपने उत्पादों को निकट की झील में फेंकना पड़ता था।

विश्व के प्रमुख कॉमोडिटी एक्सचेंज

कॉमोडिटी फ्यूचर्स और ऑप्शन के कॉण्ट्रेक्टों में कारोबार किए जानेवाले विश्व के प्रमुख कॉमोडिटी एक्सचेंजों में 'न्यूयार्क मेटल एक्सचेंज' (नायमेक्स), 'दालियन कॉमोडिटी एक्सचेंज' (डीसीई), 'शिकागो बोर्ड ऑफ ट्रेड' (सीबोट), 'टोकियो कॉमोडिटी एक्सचेंज' (टोकोम), 'लंदन मेटल एक्सचेंज' (आईसीई) और 'सेंट्रल जापान कॉमोडिटी एक्सचेंज' (सी-काम), 'न्यूयॉर्क बोर्ड ऑफ ट्रेड' (नायबोट) व 'टोकियो ग्रेन एक्सचेंज' (टीजीई) आदि प्रमुख नाम हैं।

□

21

डेरिवेटिव मार्केट की जरूरत और महत्त्व

डेरिवेटिव्ज

पूरे विश्व के वित्तीय बाजारों में निवेश तथा स्पेकुलेशन के विभिन्न तरीके हैं। इनमें से सबसे आम तरीका 'स्पॉट मार्केट' द्वारा निवेश है। स्पॉट मार्केट के निवेश में एसेट को खरीद या बेचकर नफा-नुकसान कमाया जाता है। इस प्रकार के निवेश में एसेट की खरीद तथा बिक्री में ट्रांजेक्शन (लेन-देन) का पूरा मूल्य स्थानांतरित होता है।

कई निवेशकों को यह परंपरागत तरीका बंधनवाला लगता है। उनको महसूस होता है कि उपलब्ध धन के हिसाब से इस प्रकार के परंपरागत निवेश में गतिविधियाँ काफी सीमित होती हैं। साथ ही, यदि कोई निवेशक निकट भविष्य के बाजार का पूर्व आकलन करने की क्षमता रखता है तो उसे अपने पास निवेश के लिए उपलब्ध धन सीमित महसूस होता है। इस प्रकार की परिस्थितियों ने निवेश के दूसरे प्रकार अथवा ढंग को जन्म दिया। डेरिवेटिव्ज के द्वारा निवेश इसी प्रकार का एक तरीका है, जिसमें निवेशक को निवेश के लिए उपलब्ध धन की तुलना में कई गुना अधिक मात्रा में निवेश संबंधी गतिविधियों को पूरा करने का अवसर उपलब्ध होता है।

परिभाषा

'डेरिवेटिव्ज' वे वित्तीय सौदे हैं, जिनकी कीमत किसी अन्य एसेट पर आधारित होती हैं। किसी भी डेरिवेटिव सौदे का मूल्य उसके अंतर्निहित एसेट के मूल्य के अनुसार निर्देशित होता है—अर्थात् किसी भी समय, किसी भी डेरिवेटिव सौदे में शामिल निवेशक का नफा-नुकसान इस अंतर्निहित एसेट के प्रदर्शन पर निर्भर करता है। वित्तीय बाजार में

वैसे तो कई प्रकार से डेरिवेटिव सौदे किए जाते हैं, फिर भी मुख्यत: तीन प्रकार के डेरिवेटिव सौदे सब जगह प्रचलन में हैं—

1. ऑप्शंस,
2. फ्यूचर्स,
3. फॉरवड्‌र्स।

'फ्यूचर' तथा 'ऑप्शन' के सौदे कई क्षेत्रों में किए जाते हैं। यद्यपि फॉरवर्ड सौदों का भी बाजार उपलब्ध है, परंतु नए निवेशक के लिए डेरिवेटिव्ज मार्केट में फ्यूचर्स और ऑप्शन्स सौदे ही अपेक्षाकृत सुरक्षित हैं।

फ्यूचर तथा ऑप्शन डेरिवेटिव सौदों की एक ऐसी स्थिति है, जिसमें इन सौदों की कीमत इनके अंतर्निहित एसेट की कीमत के अनुसार निर्धारित होती है। अंतर्निहित एसेट की स्थिति में परिवर्तन से इन डेरिवेटिव सौदों की कीमत में परिवर्तन आता है, अत: यह जानना बहुत आवश्यक है।

ज्यादातर लोगों में यह धारणा बनी हुई है कि डेरिवेटिव सौदे स्टॉक मार्केट से ही संबंधित होते हैं, जबकि तथ्य यह है कि डेरिवेटिव मार्केट बहुत विशाल है तथा स्टॉक मार्केट इसका पसंदीदा अंग है। डेरिवेटिव सौदे कॉमोडिटी मार्केट में भी बहुत प्रचलित हैं। डेरिवेटिव सौदों का प्रचलन तेजी से बढ़ रहा है तथा इस मार्केट में बड़े-बड़े सौदे निपटाए जाते हैं। 'डेरिवेटिव्ज' वित्तीय बाजार का वह मेकैनिज्म है, जिसके तहत कोई निवेशक अपने आकलन के अनुसार किसी वस्तु अथवा किसी एसेट के आगामी प्रदर्शन के बारे में अपनी धारणा बनाता है तथा इस धारणा के अनुसार वित्तीय बाजार में सौदे करता है। पूरे विश्व में डेरिवेटिव तेजी से प्रचलित हो रहे हैं और इसी के चलते बाजार में विभिन्न क्षेत्रों से जुड़े नए डेरिवेटिव भी शामिल हो रहे हैं। आजकल डेरिवेटिव सौदों का इतना प्रचलन बढ़ गया है कि कोई भी व्यक्ति अपने आकलन के अनुसार किसी क्षेत्र की स्थिति को लेकर तथा उसमें संभावित जोखिम के साथ अपना डेरिवेटिव इंस्ट्रूमेंट बना सकता है। इस प्रकार डेरिवेटिव सौदों का बाजार दिनोदिन काम्प्लेक्स बनता जा रहा है। प्रत्येक डेरिवेटिव सौदा दो पार्टियों के बीच में होता है, जिसमें से व्यक्ति अपने आकलन के अनुसार अनुमान लगता है कि आनेवाले समय में किसी अंतर्निहित एसेट की स्थिति कैसी होगी।

डेरिवेटिव सौदों की तरलता का स्तर बहुत ऊँचा होता है तथा इनसे जुड़ी संभावनाएँ इन सौदों को दिन-प्रतिदिन लोकप्रिय बना रही हैं।

डेरिवेटिव्ज की जरूरत तथा उपयोग

बाजार की लगातार बदलती हुई स्थितियाँ डेरिवेटिव सौदों की आवश्यकता को

जन्म देती हैं। डेरिवेटिव सौदों में निवेश से पहले निवेशक को बाजार की परिस्थिति का पूरा आकलन करना चाहिए तथा उसी के अनुसार किसी डेरिवेटिव सौदे में अपनी पोजीशन (स्थिति) को तय करना चाहिए।

फंड मैनेजमेंट

किसी भी धन के साथ उसकी उपयोगिता का महत्त्व जुड़ा है। चूँकि निवेशक के पास सीमित मात्रा में धन उपलब्ध होता है, अत: उसकी कोशिश रहती है कि इस धन को ऐसी रणनीति के तहत निवेश किया जाए, जिससे अच्छा रिटर्न मिल सके तथा आवश्यकता पड़ने पर उसे तुरंत दुबारा हासिल किया जा सके। डेरिवेटिव सौदों में स्पॉट मार्केट की तुलना में ये गुण विस्तृत रूप से परिलक्षित हैं। स्पॉट मार्केट में जहाँ निवेशक को प्रत्येक खरीद के लिए तुरंत धन चुकाना पड़ता है अथवा लाभ मिलने की अवस्था में तुरंत बिक्री करनी पड़ती है तथा इस प्रकार उसके पास उपलब्ध धन की गतिविधियाँ सीमित हो जाती हैं। वहीं इसके विपरीत, डेरिवेटिव मार्केट में निवेशक आगामी बाजार के अपने आकलन के अनुसार तथा अपने पास निवेश करने लायक उपलब्ध धन के अनुसार विस्तृत परिदृश्य में कोई पोजीशन ले सकता है। इस प्रकार उसी सीमित धन के द्वारा निवेश का परिदृश्य बड़ा हो जाता है। यद्यपि इसमें जोखिम की संभावनाएँ उसी अनुपात में ज्यादा होती हैं। डेरिवेटिव सौदों में इस प्रकार का निवेश काफी लिक्विडिटी (तरलता) लिये होता है तथा बाजार की परिस्थितियों के बदलने पर निवेशक अपनी पोजीशन भी तेजी से बदल सकता है।

लिवरेजिंग

डेरिवेटिव सौदों का सबसे बड़ा लाभ है कि निवेशक अपने पास उपलब्ध धन की तुलना में कई गुना अधिक बड़े सौदे की पोजीशन ले सकता है, क्योंकि डेरिवेटिव सौदों में सौदे की कुल कीमत का कुछ भाग ही चुकाना पड़ता है।

इन डेरिवेटिव सौदों के अंतर्निहित एसेट के मूल्य में जो परिवर्तन सौदे के अंतराल के दौरान आता है, उसी के अनुसार निवेशक लाभ-हानि उठाता है। इस प्रकार डेरिवेटिव सौदे की अंतर्निहित एसेट का पूरा मूल्य निवेशक को सौदे के लिए नहीं चुकाना पड़ता। निवेशक अपने पास उपलब्ध धन को डेरिवेटिव सौदे में हो सकनेवाली हानि की सीमा तक आँककर निवेश कर सकता है। इस प्रकार, उसकी वित्तीय गतिविधियाँ अब कई गुना बढ़ जाती हैं।

शॉर्ट टर्म नजरिया (शॉट टर्म व्यू)

बाजार में किसी भी एसेट को देखने का, आँकने का नजरिया भिन्न-भिन्न लोगों

का अलग-अलग हो सकता है। कुछ लोगों के आकलन के अनुसार किसी एसेट की कीमतों के निकट भविष्य में कोई बदलाव नहीं आएगा। इसके विपरीत, कुछ निवेशक इसी एसेट की कीमतों में गिरावट का अनुमान लगाते हैं, वहीं कुछ अन्य निवेशक इसी एसेट की कीमतों में वृद्धि की संभावनाएँ भी तलाश सकते हैं।

प्रत्येक निवेशक अपने आकलन के अनुसार लाभ उठाना चाहता है तथा डेरिवेटिव बाजार इन सभी निवेशकों के लिए एक साथ अवसर उपलब्ध करवाता है। साथ ही, बाजार की बदलती परिस्थिति अथवा निवेशकों के बदलते आकलन के अनुसार उन्हें अपनी पोजीशन बदलने की सुविधा भी उपलब्ध करवाता है। डेरिवेटिव बाजार निवेशकों को निकट भविष्य के लिए शॉर्ट टर्म नजरिया अपनाकर निवेश के अवसर उपलब्ध करवाता है।

हेजिंग

कोई निवेशक विभिन्न प्रकार के सौदों तथा इंस्ट्रूमेंट में अपना निवेश करता है। जब बाजार की परिस्थितियाँ उसके आकलन से विपरीत दिशा में गति करने लग जाएँ तो उससे भारी नुकसान की संभावनाएँ पैदा हो जाती हैं। इस खतरे को कम करने के लिए निवेशक के पोर्टफोलियो में ऐसा तत्त्व होना आवश्यक है, जिसमें वह अपने घाटे को कम कर सके। डेरिवेटिव सौदों में यह अंतर्निहित गुण होता है कि निवेशक बदली हुई परिस्थितियों के अनुसार तुरंत अपनी पोजीशन बदल सकता है। यह गुण वित्तीय बाजार में 'हेजिंग' के नाम से जाना जाता है। डेरिवेटिव सौदों में अंतर्निहित हेजिंग की यही व्यवस्था इन सौदों को निवेशकों में लोकप्रिय बनाती है।

निवेश का पोर्टफोलियो बनाने तथा उसे मेंटेन करने के साथ ही यह भी आवश्यक हो जाता है कि बाजार के गिरने की स्थिति में इस पोर्टफोलियो में होनेवाले भारी नुकसान से बचाया जा सके। इस प्रकार की व्यवस्था 'हेजिंग' कहलाती है। इसके लिए आवश्यक है कि निवेश के पोर्टफोलियो में ऐसा तत्त्व मौजूद हो, जो उसे विपरीत परिस्थितियों में भारी नुकसान से बचा सके।

अतिरिक्त चुनाव

बाजार में अनगिनत निवेशक अलग-अलग बौद्धिक तथा वित्तीय क्षमताओं के होते हैं। इसी प्रकार उनकी चरित्रगत विशेषताएँ भी अलग-अलग होती हैं। इन भिन्नताओं के चलते सभी निवेशकों के लक्ष्य या उद्देश्य अलग-अलग होते हैं। ऐसी स्थिति में डेरिवेटिव सौदे ऐसे इंस्ट्रूमेंट हैं, जो निवेशकों द्वारा अलग-अलग चुनाव करके उनके वित्तीय लक्ष्य हासिल करने की सुविधा प्रदान करते हैं।

गतिमान प्रकृति

डेरिवेटिव बाजार का पूरा क्षेत्र अपनी प्रकृति के तहत विभिन्न दिशाओं में बहुत गतिमान होता है। इस बाजार की यह प्रकृति इसे निवेश के अन्य परंपरागत तरीकों से अलग करती है। निवेश के परंपरागत तरीकों में जहाँ एक निश्चित तरीका तथा निश्चित लक्ष्य निर्धारित होते हैं, वहीं डेरिवेटिव बाजार में निवेशक बाजार की स्थिति का आकलन अपनी क्षमताओं के अनुसार करके निवेश करते हैं। डेरिवेटिव बाजार का कैनवास बहुत विस्तृत होता है। डेरिवेटिव बाजार में कोई निवेशक बाजार की स्थिति के सर्वथा भिन्न तरीका अपनाकर भी निवेश कर सकता है। इस प्रकार विभिन्न रणनीतियों का उपयोग करके निवेशक डेरिवेटिव बाजार को गतिमान् बनाते हैं।

रचनात्मकता

चूँकि डेरिवेटिव बाजार में निवेश के द्वारा लाभ केवल बाजार की स्थिति के अनुसार ही नहीं कमाया जा सकता है, अपितु इस बात पर लाभ निर्भर करता है कि निवेशक बाजार का किस प्रकार आकलन क़रता है। इस प्रकार रचनात्मकता का इस बाजार में पूरा उपयोग होता है। डेरिवेटिव बाजार कई निवेशकों की क्षमता को सामने लाने का अवसर उपलब्ध करवाता है।

डेरिवेटिव का उपयोग

अलग-अलग परिस्थितियों तथा तरीकों के अनुसार डेरिवेटिव के कई उपयोग हैं। डेरिवेटिव इंस्ट्रूमेंट को प्रयोग करने के लिए स्पष्ट उद्देश्य का होना आवश्यक है। परिस्थितियाँ डेरिवेटिव इंस्ट्रूमेंट की आवश्यकता पैदा करती हैं; परंतु अंत में यह सबसे महत्त्वपूर्ण है कि निवेशक इन इंस्ट्रूमेंट का व्यावहारिक रूप में किस प्रकार प्रयोग करते हैं।

साधारण निवेश

कई लोगों का सोचना है कि डेरिवेटिव निवेश का मात्र एक रास्ता है और इस प्रकार ऐसे लोग डेरिवेटिव्ज बाजार में सामान्य तरीके से ही निवेश करते हैं। ऐसे निवेशकों का तरीका परंपरागत निवेश के अनुसार ही होता है।

मध्यस्थता (आर्बीट्रेज) के अवसर का उपयोग

वित्तीय बाजार में आर्बीट्रेज के चलते कई बार नए अवसर उपलब्ध होते हैं। इस स्थिति का लाभ उठाने के लिए निवेशक अपनी एक निश्चित पोजीशन अख्तियार कर लेता है। यदि परिस्थितियाँ इस निवेशक के आकलन के अनुसार गति करती हैं तो इस निवेशक को भारी लाभ होता है। डेरिवेटिव सौदे के द्वारा ऐसी परिस्थितियों का अधिकतम लाभ

उठाया जा सकता है। यहाँ महत्त्वपूर्ण है कि ऐसी परिस्थितियाँ लंबे समय तक नहीं बनी रहतीं, अत: इन परिस्थितियों को जल्दी से भुनाया जाना आवश्यक है। ऐसा डेरिवेटिव के माध्यम से किया जा सकता है। इसके विपरीत, डेरिवेटिव ट्रांजेक्शन में घाटे की आशंका भी बनी रहती है।

आर्बीट्रेज क्या है?

अतिरिक्त पूँजी का फैलाव—कई लोगों के पास अतिरिक्त धन सदैव रहता है। ऐसे लोग उन क्षेत्रों तथा अवसरों की तलाश में रहते हैं, जहाँ वे अपने इस अतिरिक्त धन को निवेश कर धन के प्रवाह को बनाए रख सकें। डेरिवेटिव द्वारा निवेश का रास्ता इस श्रेणी के निवेशकों के लिए उपयुक्त विकल्प है। डेरिवेटिव्ज बाजार में हर वक्त कुछ-न-कुछ घटित होता रहता है, अत: ऐसे निवेशकों का धन सदैव रोलिंग में रहता है तथा निश्चित अंतराल में उन्हें रिटर्न भी मिलता रहता है।

वे लोग, जो सदैव अतिरिक्त धन कमाने की सोच रखते हैं तथा घाटे की परवाह नहीं करते, उन निवेशकों के लिए डेरिवेटिव बाजार पसंदीदा जगह है। यद्यपि यहाँ घाटे की संभावना सदैव बनी रहती है, फिर भी अतिरिक्त धन का अच्छा विकल्प मानकर ऐसे लोगों के लिए डेरिवेटिव सौदा एक अच्छा एसेट है।

अतिरिक्त पोजीशन—वित्तीय बाजार में प्राय: डेरिवेटिव का उपयोग अतिरिक्त पोजीशन अख्तियार करने के लिए किया जाता है। वित्तीय बाजार में कई निवेश पहले से किए होते हैं। यदि इन निवेशों के बदले डेरिवेटिव इनवेस्टमेंट का प्रयोग किया जाए तो अतिरिक्त पोजीशन अख्तियार की जा सकती है। यदि यह सब सही तरीके से घटित हो तो इसका परिणाम बहुत लाभकारी होता है। ऐसी अतिरिक्त पोजीशन सदैव अच्छा विकल्प हो, यह जरूरी नहीं। परंतु कुछ परिस्थितियों में यह प्रभावकारी होती है। अतिरिक्त पोजीशन अख्तियार करने के दौरान जोखिम का ध्यान सदैव दिमाग में रखना चाहिए।

सट्टेबाजी (स्पेकुलेशन)—विश्व भर के बाजारों में डेरिवेटिव का सबसे ज्यादा उपयोग स्पेकुलेशन (सट्टेबाजी) के लिए किया जाता है। आम निवेशक के लिए डेरिवेटिव का यह तरीका सही नहीं है, क्योंकि यदि बाजार की स्थितियाँ अपेक्षानुसार घटित न हों तो भारी नुकसान अवश्यंभावी है। जो लोग घाटा उठाने की क्षमता रखते हैं, वे अपने निवेश की जरूरतें डेरिवेटिव में सट्टेबाजी के माध्यम से पूरी कर सकते हैं। सट्टेबाजी का प्रयोग अधिक लाभ कमाने के उद्देश्य से किया जाता है तथा इसमें जोखिम का स्तर भी काफी ऊँचा होता है। अत: स्पेकुलेशन का तरीका सभी निवेशकों के लिए एक जैसा उपयोगी नहीं है। फिर भी, डेरिवेटिव्ज बाजार में अधिकांश निवेशकों की प्राथमिकता सट्टेबाजी द्वारा निवेश की होती है। □

22

भारत में डेरिवेटिव बाजार

भारत में डेरिवेटिव बाजार काफी पहले से मौजूद है। यद्यपि तब अखिल भारतीय स्तर पर इसे वैधानिक मान्यता प्राप्त नहीं थी। अलग-अलग स्थानों पर स्थानीय नाम से इस प्रकार के सौदे होते थे। परंतु उन सौदों का स्वरूप आज के डेरिवेटिव सौदों के अनुसार ही था।

सिक्यूरिटीज कॉण्ट्रेक्ट (रेगूलेशन) ऐक्ट (SCRA)-1956 के अनुसार, डेरिवेटिव्ज को भी सिक्यूरिटीज माना गया, जिनके अंतर्निहित अन्य सिक्यूरिटीज जैसे डेब्ट इंस्ट्रूमेंट (बांड/डिबेंचर), शेयर, लोन या कोई रिस्क इंस्ट्रूमेंट हो, डेरिवेटिव का मूल्य इसके अंतर्निहित सिक्यूरिटीज के मूल्य के अनुसार निर्देशित होता है। इस ऐक्ट के तहत ऐसे करार को भी डेरिवेटिव माना गया, जिनका मूल्य अंतर्निहित सिक्यूरिटीज या सिक्यूरिटीज की कीमतों के सूचकांक से निर्देशित होता है।

भारत में वैधानिक तरीके से डेरिवेटिव सौदे प्रारंभ करने हेतु 'सिक्यूरिटीज लॉ (एमेंडमेंट) ऑर्डिनेंस-1995' के तहत कदम उठाया गया। इस ऑर्डिनेंस के द्वारा सिक्यूरिटीज के ऑप्शन व्यापार पर लागू प्रतिबंध हटाया गया। डेरिवेटिव ट्रेडिंग को नियमावली में बाँधने तथा इस पर नजर रखने के लिए मजबूत रेगूलेटरी ढाँचा बनाने के लिए एक समिति का गठन् किया गया। एक अन्य विशेषज्ञ दल का गठन डेरिवेटिव मार्केट के खतरों को सीमित रखने के लिए किया गया। दिसंबर 1999 में 'सिक्यूरिटीज कॉण्ट्रेक्ट (रेगूलेशन) ऐक्ट' में परिवर्तन करके डेरिवेटिव्ज को सिक्यूरिटीज की परिभाषा में शामिल किया गया था। डेरिवेटिव ट्रेडिंग पर नजर रखने के लिए 'नियामक ढाँचे' (रेगूलेटरी फ्रेमवर्क) का गठन किया गया। इसके साथ ही फॉरवर्ड ट्रेडिंग पर लगा प्रतिबंध भी हटा लिया गया। इसमें महत्त्वपूर्ण बात दर्ज की गई कि भारत सरकार द्वारा संशोधन दर्जा प्राप्त स्टॉक एक्सचेंज के तहत किए गए डेरिवेटिव सौदे ही मान्यता प्राप्त होंगे।

इस प्रकार सेबी द्वारा स्वीकृति मिलने पर जून 2000 में भारत में डेरिवेटिव ट्रेडिंग की शुरुआत हुई। प्रारंभ में बी.एस.ई. (BSE) तथा एन.एस.ई. (NSE) के सूचकांकों के 'इंडेक्स फ्यूचर कॉण्ट्रेक्ट' शुरू किए गए। इसके पश्चात् इन दोनों सूचकांकों के ऑप्शन कॉण्ट्रेक्ट तथा किसी भी सिक्यूरिटी के आप्शन कॉण्ट्रेक्ट की शुरुआत हुई। सिक्यूरिटी के फ्यूचर कॉण्ट्रेक्ट की शुरुआत सबसे बाद में लागू की गई। आज भारत के डेरिवेटिव बाजार में फ्यूचर कॉण्ट्रेक्ट की ट्रेडिंग बड़ी भारी तादाद में की जाती है। भारत में डेरिवेटिव बाजार की बढ़ती लोकप्रियता का अनुमान इस बात से लगाया जा सकता है कि शुरुआत में इंडेक्स फ्यूचर का कारोबार सन् 2000-01 में 2,365 करोड़ रुपए का एन.एस.ई. में दर्ज हुआ, वहीं यह आँकड़ा फरवरी 2007 में 2,42,237 करोड़ रुपए तक जा पहुँचा। अन्य डेरिवेटिव सौदों में भी इसी अनुपात में वृद्धि दर्ज की गई। सबसे महत्त्वपूर्ण बात डेरिवेटिव सौदों की ट्रेडिंग तथा सेटलमेंट में नियमों का पालन व पारदर्शिता रही।

ओवर ऑल ट्रेडिंग

भारत में डेरिवेटिव इंस्ट्रूमेंट की ट्रेडिंग निर्धारित नियमों व नियामकों के तहत की जाती है। पूरी ट्रेडिंग स्टॉक एक्सचेंज के माध्यम से की जाती है, जहाँ खरीद, बिक्री, कॉण्ट्रेक्ट, ऑफर, ट्रेडिंग की सारी प्रक्रिया स्वचालित प्रणाली द्वारा देश के सारे टर्मिनलों तथा एक्सचेंजों से जुड़ी रहती है। सारी प्रक्रिया स्वचालित स्क्रीन पर प्रत्येक व्यक्ति के लिए उपलब्ध रहती है। इस स्वचालित प्रणाली की ऑनलाइन निगरानी भी रखी जाती है तथा इस सिस्टम में पारदर्शिता होती है।

डेरिवेटिव बाजार में फ्यूचर कॉण्ट्रेक्ट के विकल्प उपलब्ध रहते हैं, जिनकी अधिकतम वैधता तीन माह की होती है। प्रतिमाह के प्रारंभ में नया फ्यूचर कॉण्ट्रेक्ट अस्तित्व में आता है तथा इसकी वैधता अधिकतम तीन माह तक होती है। प्रत्येक माह के अंतिम गुरुवार को एक फ्यूचर कॉण्ट्रेक्ट समाप्त होता है, जो तीन माह पूर्व प्रारंभ हुआ था। इस प्रकार किसी भी समय तीन समय अवधि (टाइम फ्रेम) वाले फ्यूचर कॉण्ट्रेक्ट डेरिवेटिव बाजार में उपलब्ध रहते हैं। सिर्फ माह के अंतिम गुरुवार को केवल दो फ्यूचर कॉण्ट्रेक्ट उपलब्ध होते हैं, क्योंकि एक फ्यूचर कॉण्ट्रेक्ट उसी दिन समाप्त हो रहा होता है। इसके अगले ट्रेडिंग दिवस को नया फ्यूचर कॉण्ट्रेक्ट अस्तित्व में आ जाता है, जिसकी वैधता आगामी तीन माह तक होती है।

उदाहरण के लिए, अप्रैल माह के प्रथम सप्ताह में तीन विभिन्न समयावधि वाले फ्यूचर कॉण्ट्रेक्ट डेरिवेटिव बाजार में उपलब्ध हैं। पहला फ्यूचर कॉण्ट्रेक्ट, जिसकी समाप्ति अप्रैल माह के अंतिम गुरुवार को होगी, इसकी उपलब्ध अवधि एक माह है।

दूसरा फ्यूचर कॉण्ट्रेक्ट, जो मई माह के अंतिम गुरुवार को समाप्त होगा तथा इसकी उपलब्ध अवधि दो माह है। तीसरा फ्यूचर कॉण्ट्रेक्ट, जो इसी अप्रैल माह के प्रथम ट्रेडिंग दिवस को अस्तित्व में आया था और इसकी वैधता तीन माह तक की है और यह फ्यूचर कॉण्ट्रेक्ट जून माह के अंतिम गुरुवार को समाप्त होगा। प्रत्येक माह के प्रथम ट्रेडिंग दिवस को नया फ्यूचर कॉण्ट्रेक्ट शुरू होता है तथा माह के अंतिम गुरुवार को तीन माह पुराना फ्यूचर कॉण्ट्रेक्ट समाप्त होता है।

डेरिवेटिव ट्रेडिंग सिस्टम की विशेषता है कि कोई भी व्यक्ति ब्रोकर टर्मिनल के माध्यम से ट्रेडिंग कर सकता है। ट्रेडिंग के सौदों में पूरी पारदर्शिता रहती है। पूरी प्रक्रिया ऑनलाइन स्क्रीन पर उपलब्ध रहती है तथा कोई भी निवेशक प्रस्तुत कीमतों को देखकर किसी भी सौदे में अपनी पोजीशन लेकर शामिल हो सकता है। डेरिवेटिव ट्रेडिंग की पूरी प्रणाली कैश सेगमेंट के इक्विटी ट्रेडिंग जैसी ही है। जो निवेशक डेरिवेटिव बाजार की कार्य-प्रणाली से अच्छी तरह वाकिफ हैं, उनके लिए यह निवेश का सहज तरीका है। कोई व्यक्ति डेरिवेटिव बाजार में स्वयं के लिए दो प्रकार की भूमिकाएँ तलाश सकता है। पहली प्रकार की भूमिका के तहत यह व्यक्ति सौदों के ऑर्डर लेने, ऑर्डरों के मिलान करने तथा ट्रेडिंग का प्रबंधन सँभालने का कार्य कर सकता है। इस भूमिका के तहत कई कार्य किए जाते हैं तथा यह तरीका डेरिवेटिव ट्रेडिंग का आधार है। दूसरी भूमिका के तहत व्यक्ति ट्रेडिंग सदस्यों की कार्यशैली की निगरानी कर सकता है, जिनके लिए विभिन्न डेरिवेटिव सौदे निपटाए जाते हैं। इस भूमिका के तहत व्यक्ति सौदों में शामिल होकर विभिन्न सौदों की सीमाएँ निर्धारित कर सकता है तथा सिस्टम के तहत सौदों पर बंधन लगा सकता है, जिससे कि पूरी ट्रेडिंग सहजता से, बिना किसी बड़ी परेशानी के निपटाई जा सके। यह भूमिका जोखिम-प्रबंधन का काम करती है, जो डेरिवेटिव व्यापार के लिए बहुत महत्त्वपूर्ण है।

सदस्यता (मेंबरशिप)

डेरिवेटिव बाजार की गतिविधियों में भाग लेने के लिए किसी व्यक्ति को एक्सचेंज के फ्यूचर तथा ऑप्शन साइड की सदस्यता लेनी आवश्यक है। इसमें क्लीयरिंग मेंबर की भूमिका महत्त्वपूर्ण होती है; क्योंकि यह अपने अंतर्गत ट्रेडिंग मेंबरों के सौदों का निपटान करता है तथा अपने कार्यक्षेत्र के तहत रिस्क मैनेजमेंट (जोखिम-प्रबंधन) तथा सौदों के सेटलमेंट के लिए उत्तरदायी होता है।

क्लीयरिंग

सहज तथा दोषरहित क्लीयरिंग—यह पूरे ट्रेडिंग सिस्टम में होनेवाले ऑपरेशंस

को मजबूत आधार प्रदान करती है। क्लीयरिंग मेंबर प्रत्येक ट्रेडिंग दिवस के समापन के पश्चात् अपने ट्रेडिंग मेंबर्स की ओपन पोजीशन तैयार करता है। इससे विभिन्न ट्रेडिंग मेंबरों के ऑब्लिगेशन पता चलते हैं। इसमें कस्टोडियल पार्टिसिपेंट्स (जो उसके ट्रेडिंग मेंबर नहीं हैं) के लिए की गई क्लीयरिंग भी शामिल होती है।

ट्रेडिंग मेंबर दो प्रकार के सौदे करता है—एक, अपने स्वयं के लिए तथा दूसरे किसी अन्य व्यक्ति (क्लाइंट) जैसे हाई नेटवर्थ इंडिविजुअल (एच.एन.आई.) के लिए। किसी भी सौदे के लिए ट्रेडिंग मेंबर को यह दरशाना आवश्यक है कि यह सौदा किस प्रकार का है। क्लीयरिंग मेंबर दोनों प्रकार के सौदों की फाइनल पोजीशन प्रत्येक ट्रेडिंग दिवस के अंत में तैयार करता है।

सेटलमेंट

ओपन पोजीशन के द्वारा जरूरतों तथा स्थिति का जायजा मिलने के पश्चात् सेटलमेंट की बारी आती है। सेटलमेंट से तात्पर्य है कि ओपन पोजीशन के अनुसार स्थितियों का सामना करके जरूरतों को पूरा किया जाए। डेरिवेटिव मार्केट में फ्यूचर तथा ऑप्शन सौदों को कैश (नकदी) एडजस्टमेंट द्वारा सेटल किया जाता है। डेरिवेटिव मार्केट के फ्यूचर तथा ऑप्शन कॉण्ट्रेक्ट के अंतर्निहित इंडेक्स (बी.एस.ई. या एन.एस.ई. के सेंसेक्स तथा निफ्टी) या सिक्यूरिटीज का आदान-प्रदान सेटलमेंट के दौरान नहीं होता, अपितु इन सौदों की कीमत के अनुसार राशि का एडजस्टमेंट किया जाता है।

□

23

डेरिवेटिव मार्केट का बढ़ता चलन

डेरिवेटिव बाजार में फ्यूचर तथा ऑप्शन सेगमेंट में ट्रेडिंग करने के लिए कुछ अन्य महत्त्वपूर्ण तथ्य जानने जरूरी हैं। डेरिवेटिव ट्रेडिंग के लिए उत्सुक व्यक्ति को फ्यूचर साइड तथा ऑप्शन साइड के सेगमेंट की अलग से सदस्यता लेनी आवश्यक है। इस सदस्यता के लिए उत्सुक व्यक्ति को एक्सचेंज द्वारा निर्धारित मानकों पर खरा उतरना जरूरी है। इन्हें पूरा करने पर ही कोई व्यक्ति इस सेगमेंट का सदस्य बन सकता है।

डेरिवेटिव सौदों में आवश्यक रूप से जोखिम जुड़ा होता है तथा इस जोखिम का एक मूल्य होता है। इस मूल्य के द्वारा इन सौदों की स्थिति (पोजीशन) का पता चलता है। एक्सचेंज सदस्यों से प्रारंभिक सुरक्षित धन (इनीशियल मार्जिन मनी) जमा करवाता है, जो कि सदस्य अपने क्लाइंट से वसूलते हैं। इस प्रकार जो व्यक्ति ट्रेडिंग करता है, उसे मार्जिन मनी चुकानी पड़ती है। सौदों में निहित जोखिम का मूल्य हर स्तर (दैनिक) पर आँका जाता है तथा देखा जाता है कि इसके पोजीशन बदलने पर समस्या तो खड़ी नहीं होगी! डेरिवेटिव ट्रेडिंग की निरीक्षण प्रणाली (मॉनिटरिंग सिस्टम) के तहत प्रत्येक सदस्य की पोजीशन पर लगातार नजर रखी जाती है। इसके तहत सदस्य द्वारा जमा की गई आधार राशि तथा अतिरिक्त राशि के अनुसार उस सदस्य के लिए सौदों की सीमा निर्धारित की जाती है। जब सौदे इस सीमा के पास पहुँचने लगते हैं तो सदस्य को तुरंत सूचित कर दिया जाता है। यदि सदस्य पुराने सौदों के निपटाए बगैर और अधिक सौदे करने का इच्छुक हैं तो उसके अतिरिक्त मार्जिन राशि एक्सचेंज में जमा करवानी पड़ती है।

फ्यूचर तथा ऑप्शन सेगमेंट के लिए अलग से 'सेटलमेंट गारंटी फंड' की स्थापना की गई है। इस फंड का उपयोग किसी सदस्य द्वारा दिवालिया (डिफॉल्ट) होने

की स्थिति में उन सौदों के सेटलमेंट के लिए किया जाता है। डेरिवेटिव ट्रेडिंग सिस्टम को सहज सुरक्षित तरीके से विश्वासपूर्वक चलाए जाने के लिए बड़ी मार्जिन राशि की जरूरत होती है, जिसमें मार्केट का मार्जिन भी जुड़ा होता है।

दिन-प्रतिदिन बढ़ती आर्थिक गतिविधियों के चलते कई क्षेत्रों में डेरिवेटिव का प्रयोग बढ़ रहा है। आजकल जिन क्षेत्रों में डेरिवेटिव का चलन है, वे इस प्रकार हैं—

इक्विटी में डेरिवेटिव का प्रयोग

डेरिवेटिव के प्रयोग में इक्विटी सबसे बड़ा क्षेत्र है। प्रतिदिन समाचार-पत्रों तथा न्यूज चैनलों में इक्विटी के डेरिवेटिव्ज की खबरें आती रहती हैं। इक्विटी (शेयर) के क्षेत्र में दो तरीके से डेरिवेटिव इंस्ट्रूमेंट का प्रयोग होता है। पहला है—स्टॉक एक्सचेंज में जिन स्टॉक की ट्रेडिंग होती है, उन स्टॉक को अंतर्निहित करके डेरिवेटिव्ज में फ्यूचर तथा ऑप्शन कॉण्ट्रेक्ट बनाए तथा निपटाए जाते हैं। डेरिवेटिव के माध्यम से निवेशक को इक्विटीज के बारे में विस्तृत जानकारी मिलती है।

इक्विटी में डेरिवेटिव के प्रयोग का दूसरा तरीका है—शेयर बाजार के विभिन्न इंडेक्स में डेरिवेटिव कॉण्ट्रेक्ट बनाना। शेयर बाजार में विभिन्न शेयरों के ग्रुप बनाकर उन शेयरों की कीमतों के आधार पर कई तरह के इंडेक्स बनाए जाते हैं। जैसे मिड कैप, स्माल कैप, लार्ज कैप, इन्फ्रास्ट्रक्चर, पावर स्टील इत्यादि कंपनियों के शेयरों के इंडेक्स। इन इंडेक्स में परिवर्तन इनके अंतर्गत आनेवाली कंपनियों के शेयरों की कीमत में परिवर्तन के अनुसार आता है। ये इंडेक्स सूचक की तरह काम करते हैं। इन इंडेक्स के मूल्य के अनुसार डेरिवेटिव सौदे किए जाते हैं। कई निवेशक अपना निवेश बाजार की पूरी स्थिति को अपने नजरिए से देखकर करते हैं। ऐसे निवेशकों के लिए ये इंडेक्स बहुत उपयोगी हैं तथा वे इनके डेरिवेटिव सौदों में निवेश करते हैं।

एक्सचेंज में डेरिवेटिव का सेगमेंट कैश सेगमेंट से अलग रहता है। डेरिवेटिव ट्रेडिंग के लिए अलग कायदे-कानून हैं। डेरिवेटिव ट्रेडिंग में कैश सेगमेंट की ट्रेडिंग की तुलना में ज्यादा जोखिम जुड़ा है, परंतु रिटर्न भी इसी अनुपात में अधिक हो सकता है।

डेब्ट (बांड/डिबेंचर इत्यादि) में डेरिवेटिव का प्रयोग

कंपनियों को अपनी वित्तीय आवश्यकताएँ पूरी करने के लिए फंड (धन) की जरूरत होती है। इस जरूरत को पूरा करने के लिए बाजार में कई तरह के डेब्ट इंस्ट्रूमेंट मौजूद रहते हैं। डेब्ट इंस्ट्रूमेंट्स में डेरिवेटिव के प्रयोग से वित्तीय संरचना जटिल हो जाती है। इसका समाधान भी डेरिवेटिव के माध्यम से नए इंस्ट्रूमेंट बनाकर किया जा सकता है। डेब्ट साइड में डेरिवेटिव का अर्थ है कि इस तरह के डेरिवेटिव इंस्ट्रूमेंट बनाए जाएँ,

जिससे निर्धारित समयावधि के लिए फंड की जरूरत पूरी की जा सके। फंड की जरूरत पूरी होने तथा समयावधि पूरी होने पर पुनर्भुगतान (रिपेमेंट) तथा अन्य शर्तें इस रूप में होती हैं कि पुनर्भुगतान का स्वरूप परिवर्तित होकर किसी भी अन्य प्रकार में हो सकता है, जिसका जिक्र डेरिवेटिव कॉण्ट्रेक्ट में किया गया है।

किसी भी कंपनी को फंड की जरूरत विशेष मौके पर हो सकती है तथा डेब्ट डेरिवेटिव का प्रयोग करके इन जरूरतों को पूरा किया जा सकता है। इसके अतिरिक्त कंपनी के कारोबार में कई अतिरिक्त स्थितियों, जैसे कंपनी के वित्तीय ढाँचे को सुरक्षा प्रदान करना इत्यादि का सामना भी डेरिवेटिव के माध्यम से किया जा सकता है।

विदेशी मुद्रा व्यापार में डेरिवेटिव का प्रयोग

विश्व स्तर पर विदेशी मुद्रा का बाजार पूरी तरह विकसित अवस्था में है तथा विदेशी मुद्रा की ट्रेडिंग बड़ी तादाद में होती है। प्रत्येक देश की अर्थव्यवस्था आयात-निर्यात पर निर्भर करती है। अत: किसी भी अंतरराष्ट्रीय व्यवसायी को आगामी समय (भविष्य) के लिए विदेशी मुद्रा की दरकार रहती है। चूँकि विदेशी मुद्रा विनिमय की दर हर समय बदलती रहती है तथा इस विनिमय दर में छोटा सा बदलाव भी भारी झटका दे सकता है (क्योंकि अंतरराष्ट्रीय स्तर पर सौदों का मूल्य काफी ऊँचा होता है), अत: किसी भी व्यवसायी के लिए अपनी पोजीशन सुरक्षित रखने के लिए विदेशी मुद्रा बाजार में डेरिवेटिव कॉण्ट्रेक्ट का प्रयोग आवश्यक हो जाता है।

अतिविकसित विदेशी मुद्रा बाजार अवश्यंभावी रूप से डेरिवेटिव प्रकृति का होता है, क्योंकि आगामी समय में विदेशी मुद्रा की माँग हमेशा बनी रहती है तथा इसकी विनिमय दर सदैव पूर्वानुमान लगाने का विषय होती है। उदाहरण के लिए, एक कंपनी विदेश से मशीनें आयात करती है तथा लेन-देन विदेशी मुद्रा के रूप में होता है। चूँकि विदेशी सौदों में वस्तु की मात्रा तथा आपूर्ति करने की अवधि पहले से तय होती है तथा विदेशी मुद्रा में इनका मूल्य भी पहले से तय किया जाता है। अब मशीनों की आपूर्ति तथा वास्तविक भुगतान के समय यदि विदेशी मुद्रा के विनिमय की दर बढ़ जाए तो आयात करनेवाली कंपनी को इन मशीनों का भारतीय मुद्रा में मूल्य पहले से अधिक चुकाना पड़ेगा। इस प्रकार कंपनी को अपनी योजना से अधिक खर्च करना होगा।

विदेशी मुद्रा के भुगतान के लिए डेरिवेटिव रास्ते अपनाकर व्यवसायी अपनी पोजीशन लेकर सुरक्षित हो सकता है। विदेशी मुद्रा का लगभग पूरा बाजार डेरिवेटिव के प्रयोग से गति करता है। विदेशी मुद्रा के डेरिवेटिव बाजार में 'ऑप्शन', 'फॉरवर्ड', 'फ्यूचर', 'स्वेप' इत्यादि तरीकों का प्रयोग किया जाता है।

कॉमोडिटी ट्रेडिंग में डेरिवेटिव का प्रयोग

कॉमोडिटी की ट्रेडिंग अखिल भारतीय तथा विश्व स्तर पर होती है। बड़े स्तर पर ट्रेडिंग कॉमोडिटी एक्सचेंज के माध्यम से होती है। कॉमोडिटी के विभिन्न प्रकार (जैसे अनाज, तेल, चीनी, कपड़े, कपास, केमिकल, धातु इत्यादि) होते हैं तथा हर क्षेत्र में अलग-अलग ट्रेडर्स होते हैं। इस प्रकार कॉमोडिटी ट्रेडिंग को चलानेवाले तथा प्रभावित करनेवाले बहुत सारे कारक होते हैं। उदाहरण के तौर पर, किसान बहुत सारे कृषि उत्पाद पैदा करते हैं तथा वे अपनी उपज की अच्छी कीमत प्राप्त करना चाहते हैं। डेरिवेटिव मार्केट की अनुपस्थिति में बाजार में ओवरसप्लाई की स्थिति आ सकती है तथा उपज के दाम गिर सकते हैं। इसके अतिरिक्त, किसी क्षेत्र में बिचौलिए (मिडिलमैन) लाभ का बड़ा हिस्सा हड़प सकते हैं। एक अन्य स्थिति की बात करें, तो बाजार में बहुत सारे डीलर माल की आपूर्ति करते हैं तथा बहुधा अंतिम उपभोक्ता तक माल पहुँचाते हैं। ये डीलर हमेशा चाहेंगे कि बाजार में माल की आपूर्ति सदैव बनी रहे। साथ ही, ये डीलर इस व्यवस्था में विश्वसनीयता भी चाहेंगे। दोनों स्थितियों का जवाब कॉमोडिटी बाजार में डेरिवेटिव ट्रेडिंग के द्वारा मिल सकता है।

कॉमोडिटी के बाजार में माँग तथा आपूर्ति की पोजीशन का मिलान डेरिवेटिव ट्रेडिंग के जरिए करके बड़े स्तर पर (पूरे देश या अंतरराष्ट्रीय स्तर पर) आवश्यकताओं की पूर्ति की जा सकती है। कई कॉमोडिटी का उपयोग अन्य सामान बनाने में किया जाता है। अतः कच्चे माल की सतत आपूर्ति निर्धारित दरों पर डेरिवेटिव ट्रेडिंग के माध्यम से की जा सकती है।

कॉमोडिटी बाजार में डेरिवेटिव ट्रेडिंग के द्वारा किसी कॉमोडिटी-विशेष की स्थिति के बारे में भी पता चलता है, जिससे उस कॉमोडिटी के उत्पादन संबंधी निर्णय लिये जा सकते हैं।

म्यूचुअल फंड में डेरिवेटिव का प्रयोग

वित्तीय बाजार में मौजूद म्यूचुअल फंड (MF) कई कारकों पर निर्भर करते हैं तथा इस क्षेत्र में डेरिवेटिव का प्रयोग बहुत संभावनाओं वाला होता है। म्यूचुअल फंड स्वयं में एक डेरिवेटिव प्रोडक्ट है, क्योंकि इसका मूल्य इसमें अंतर्निहित एसेट के मूल्य के अनुसार विचलन करता है। वैसे म्यूचुअल फंड इक्विटी, डेब्ट, कॉमोडिटी इत्यादि क्षेत्रों में कार्य करते हैं; परंतु इसके अतिरिक्त भी कई क्षेत्र हो सकते हैं। उदाहरण के लिए, रियल एस्टेट के क्षेत्र में कई म्यूच्युअल फंड हैं तथा इनका मूल्य रियल एस्टेट की स्थिति तथा उनके मूल्य पर निर्भर करता है। इस वजह से यह क्षेत्र डेरिवेटिव ट्रेडिंग के लिए उपयुक्त है। चूँकि छोटा निवेशक रियल एस्टेट जैसे बड़ी पूँजी की लागतवाले क्षेत्र में

सीधे निवेश नहीं कर सकता, अत: म्यूचुअल फंड तथा डेरिवेटिव के माध्यम से वह इस क्षेत्र में छोटा निवेश करके आनुपातिक लाभ ले सकता है। इसके अतिरिक्त म्यूचुअल फंड में कई रणनीतियों तथा योजनाओं के तहत डेरिवेटिव का प्रयोग होता है। आजकल वित्तीय बाजार में डेरिवेटिव में निवेश करने के उद्देश्यवाले म्यूचुअल फंड भी मौजूद हैं।

□

24

डेरिवेटिव ट्रेडिंग में प्रयुक्त होनेवाली शब्दावली

डेरिवेटिव ट्रेडिंग को अच्छी तरह समझने के लिए आवश्यक है कि इसमें प्रयुक्त होनेवाले शब्दों (टर्म) का अर्थ, महत्त्व तथा उनका उपयोग जाना जाए। चूँकि डेरिवेटिव बाजार सतत विकसित होता जा रहा है, अत: इसमें नए शब्द भी जुड़ते जाते हैं। फिर भी, अब तक व्यवहार में आनेवाले मुख्य टर्म (शब्द) इस प्रकार हैं—

डेरिवेटिव—सरल शब्दों में वित्तीय बाजार में डेरिवेटिव ऐसा प्रोडक्ट या एसेट है, जिसका मूल्य किसी अन्य प्रोडक्ट या एसेट (जो इसके अंतर्निहित है) पर निर्भर करता है। डेरिवेटिव प्रोडक्ट के अंतर्निहित कोई इक्विटी, डेब्ट, कॉमोडिटी, म्यूचुअल फंड या कोई अन्य एसेट हो सकता है। बाजार में इस एसेट की माँग आपूर्ति, स्थिति तथा कीमत के अनुसार इसके डेरिवेटिव प्रोडक्ट का मूल्य निर्धारित होता है। इस प्रकार जो कारक इस एसेट पर प्रभाव डालते हैं, वही इसके डेरिवेटिव प्रोडक्ट के मूल्य को प्रभावित करते हैं।

फॉरवर्ड—फॉरवर्ड कॉण्ट्रेक्ट दो पार्टियों के मध्य होनेवाला वह करार है, जिसके तहत लेन-देन की कीमत तथा शर्तें वर्तमान में तय कर दी जाती हैं, जबकि सेटलमेंट भविष्य की किसी निश्चित तारीख को किया जाता है। इस फॉरवर्ड कॉण्ट्रेक्ट में यह लाभ है कि भविष्य में होनेवाले ट्रांजेक्शन (लेन-देन) की कीमत तथा अन्य बातें कॉण्ट्रेक्ट करते समय ही तय कर दी जाती हैं। यह कॉण्ट्रेक्ट दो पार्टियाँ अपनी सुविधा तथा जरूरतों के अनुसार आपस में करती हैं। अत: प्रत्येक फॉरवर्ड कॉण्ट्रेक्ट एक-दूसरे से भिन्न होते हैं तथा ग्राहक की सुविधानुसार होते हैं।

फ्यूचर—यह कॉण्ट्रेक्ट फॉरवर्ड कॉण्ट्रेक्ट जैसा लगता है, परंतु उससे भिन्न है। फ्यूचर कॉण्ट्रेक्ट में दो पार्टियों के मध्य निश्चित कीमत पर, निश्चित समय पर भविष्य में

किसी एसेट की खरीद या बिक्री का करार होता है। फॉरवर्ड कॉण्ट्रेक्ट की तरह यह ग्राहक की सुविधानुसार न होकर अतिरिक्त विशेषताओं के साथ होता है तथा एक्सचेंज में इसकी ट्रेडिंग की जा सकती है।

ऑप्शन—'ऑप्शन' ऐसा डेरिवेटिव कॉण्ट्रेक्ट है, जिसके ऑप्शन धारक को कॉण्ट्रेक्ट के तहत खरीद या बिक्री का अधिकार तो मिलता है, परंतु खरीद या बिक्री का बंधन नहीं होता। इस प्रकार ऑप्शन धारक को सुविधा होती है कि कॉण्ट्रेक्ट के तहत वह खरीद या बिक्री (जैसा भी कॉण्ट्रेक्ट में निर्देशित हो) तभी करे, जब उसे लाभ हो। यदि ऑप्शन धारक को महसूस हो कि स्थिति उसके पक्ष में नहीं है तो वह ट्रांजेक्शन करने के लिए बाध्य नहीं है। ऑप्शन के दो प्रकार हैं—'काल ऑप्शन' तथा 'पुट ऑप्शन'। काल ऑप्शन में किसी एसेट को खरीदने का अधिकार (बाध्यता नहीं) मिलता है तथा 'पुट ऑप्शन' में किसी एसेट की बिक्री करने का अधिकार (बाध्यता नहीं) मिलता है।

वारंट—वित्तीय बाजार में चारों तरफ फैले अनगिनत वित्तीय इंस्ट्रूमेंट्स में वारंट भी एक ऐसा प्रस्ताव है, जिसकी प्रकृति ऑप्शन जैसी है। 'वारंट' ऐसा वित्तीय प्रस्ताव है, जो किसी व्यक्ति को, किसी एसेट को, निश्चित मूल्य पर निश्चित अवधि के दौरान क्रय करने का अधिकार देता है। यह उस व्यक्ति के लिए बाध्यकारी नहीं है। कई शेयरधारकों को कंपनियों की तरफ से अतिरिक्त शेयर की खरीद के वारंट मिलते रहते हैं। वारंट का प्रयोग किसी समूह को भविष्य के लाभ पहुँचाने के उद्देश्य से भी किया जाता है। वारंट धारक वस्तुस्थिति का विश्लेषण करके इसका उपयोग करने या न करने के बारे में निर्णय लेता है।

स्वॉप—इस प्रकार के डेरिवेटिव इंस्ट्रूमेंट डेब्ट मार्केट में प्रचलित हैं। 'स्वॉप' दो पार्टियों के मध्य होनेवाला ऐसा करार (अधिकतर निजी करार) है, जिसके तहत भविष्य में पहले से गणना या फॉर्मूले के अनुसार 'कैश-फ्लो' (धन-प्रवाह) को बदला जा सके। बाजार में कई तरह के स्वॉप डेरिवेटिव प्रचलन में हैं। 'इंटरेस्ट रेट स्वॉप' के तहत दो इंटरेस्ट रेट के तहत कैश फ्लो का स्वॉप (बदल दिया जाता है) किया जाता है तथा 'करेंसी स्वॉप' के तहत मूलधन तथा ब्याज दोनों को एक साथ अन्य मूलधन तथा ब्याज के प्रवाह को स्वॉप किया जाता है। इस प्रकार, मुद्रा का एक अन्य रूप सामने आता है।

एक्सचेंज में ट्रेड किए जा सकनेवाले डेरिवेटिव

वित्तीय बाजार विभिन्न एसेट से संबंधित कई एक्सचेंज होते हैं। इन एक्सचेंजों में विभिन्न डेरिवेटिव की ट्रेडिंग की जाती है। एक्सचेंज में ट्रेड किए जानेवाले डेरिवेटिव विशेष आकार के होते हैं तथा विशेष तरीके से ट्रेड किए जाते हैं।

ओवर द काउंटर डेरिवेटिव

इन डेरिवेटिव की ट्रेडिंग एक्सचेंज में न होकर काउंटर पर (दो निजी पार्टियों के मध्य) होती है। इसमें दो पार्टियाँ आपस में बैठकर कॉण्ट्रेक्ट का ढाँचा तथा शर्तें अपनी जरूरत व सुविधा के अनुसार तैयार करती हैं। इस प्रकार के डेरिवेटिव इंस्ट्रूमेंट में काफी लचीलापन होता है तथा इनकी प्रकृति ग्राहकों की सुविधानुसार होती है।

इंडेक्स

'इंडेक्स' एक संख्या है, जो एक समूह की कीमतों में समय के साथ आए परिवर्तन को आँकती है तथा इस परिवर्तन को प्रदर्शित करती है। किसी क्षेत्र या समूह में समय के साथ आए परिवर्तन को समझना इंडेक्स के माध्यम से आसान हो जाता है। समय के साथ इंडेक्स में आए परिवर्तन से इसके क्षेत्र की गतिविधियों का अंदाजा लगाया जाता है।

इंडेक्स आधारित डेरिवेटिव

प्रत्येक डेरिवेटिव के अंतर्निहित कोई एसेट होती है तथा इसी एसेट की स्थिति के आधार पर डेरिवेटिव का मूल्य आँका जाता है। जब किसी डेरिवेटिव के अंतर्निहित किसी समूह (या क्षेत्र) की इंडेक्स हो तो यह 'डेटिवेटिव इंडेक्स' आधारित कहलाता है। इंडेक्स के प्रदर्शन से इस डेरिवेटिव का मूल्य जुड़ा होता है। चूँकि इंडेक्स के प्रदर्शन से किसी क्षेत्र की गतिविधियों का आकलन किया जाता है, अत: किसी निवेशक के लिए किसी क्षेत्र-विशेष से लाभ उठाने के लिए 'इंडेक्स आधारित डेरिवेटिव' उपयुक्त इंस्ट्रूमेंट है।

एक्सचेंज में ट्रेडिंग किए जानेवाले फंड

ये वित्तीय इंस्ट्रूमेंट म्यूचुअल फंड के रूप में होते हैं, जिनकी ट्रेडिंग एक्सचेंज में संभव है। ये फंड किसी इंडेक्स विशेष पर आधारित होते हैं तथा इंडेक्स में होनेवाले परिवर्तनों के अनुसार प्रदर्शन करते हैं। इसमें निवेशक अपने निवेश पर नजर रख सकता है तथा इच्छानुसार निवेश को बाहर निकाल सकता है। इसमें म्यूचुअल फंड तथा स्टॉक दोनों का मिलाजुला रूप होता है।

कॉस्ट ऑफ कैरी—किसी एसेट की फ्यूचर पोजीशन होल्ड करने में जो अपेक्षित खर्च आता है, उसे 'कॉस्ट ऑफ कैरी' कहते हैं। इसमें एसेट की स्टोरेज कॉस्ट तथा एसेट की फाइनेंस करने में लगे धन पर ब्याज शामिल होता है। किसी एसेट की स्पॉट प्राइस तथा फ्यूचर प्राइस के अंतर में उस एसेट की 'कॉस्ट ऑफ कैरी' तथा इस निवेश से

अर्जित आय शामिल होती है।

बैकवार्डेशन—जब बाजार में किसी एसेट की फ्यूचर प्राइस इस एसेट की स्पॉट प्राइस से कम हो तो इस स्थिति को उस एसेट के लिए 'बैकवार्डेशन' कहते हैं। बैकवार्डेशन की स्थिति में ऐसा भी हो सकता है कि एसेट की आगामी समय की फ्यूचर प्राइस इस एसेट की निकट भविष्य की फ्यूचर प्राइस से कम हो!

सामान्यतया किसी एसेट की फ्यूचर प्राइस उस एसेट की स्पॉट प्राइस से ज्यादा होती है, क्योंकि इसमें उस एसेट की स्टोरेज कीमत तथा ब्याज दर (कॉस्ट ऑफ कैरी) शामिल होती हैं। इस स्थिति को 'कोंटिन्गो' कहते हैं।

इम्लाइड वोलाटिलिटी—यह इस बात का पैमाना है कि कोई एसेट या स्टॉक की कीमतें कितनी परिवर्तनशील हैं। यदि किसी एसेट की कीमतों में (हाई वोलाटिलिटी) शीघ्र उतार-चढ़ाव है तो इस स्थिति को सही प्रकार से भाँपकर ज्यादा मुनाफा कमाया जा सकता है। यद्यपि ऐसी एसेट की ट्रेडिंग जोखिम भरी भी होती है।

फॉरवर्ड डेरिवेटिव सौदे

'फॉरवर्ड कॉण्ट्रेक्ट' दो पार्टियों के मध्य किसी एसेट की खरीद तथा बिक्री को लेकर वर्तमान में होनेवाला वह करार है, जिसकी कीमतें तथा अन्य तौर-तरीके (फीचर) करार होने के दिन ही तय कर दिए जाते हैं। केवल इसका सेटलमेंट भविष्य में निर्धारित समय पर होता है। इस फॉरवर्ड कॉण्ट्रेक्ट के तहत एक पार्टी किसी एसेट को भविष्य में निर्धारित समय पर पहले से तय कीमतों तथा शर्तों पर बेचने पर तथा दूसरी पार्टी इन्हीं कीमतों तथा शर्तों पर उसी निर्धारित समय पर खरीदने को राजी होती है।

फॉरवर्ड कॉण्ट्रेक्ट की ट्रेडिंग एक्सचेंज के दायरे से बाहर होती है। यह दो पार्टियों के मध्य होनेवाला कस्टमाइज्ड ग्राहक की सुविधानुसार सौदा है, न कि किसी एक्सचेंज में होनेवाला स्टैंडराइज्ड (नियत मानकों पर आधारित) सौदा। दोनों पार्टियाँ द्विपक्षीय आधार पर लचीलेपन का रुख अख्तियार करते हुए आपसी सुविधानुसार इस प्रकार का 'फॉरवर्ड कॉण्ट्रेक्ट' करती हैं।

इस फॉरवर्ड कॉण्ट्रेक्ट में जोखिम भी बना रहता है। अर्थात् दोनों पार्टियों में से कोई एक पार्टी डिफाल्ट कर जाए (सौदे की शर्तों का पालन न करे) तो दूसरी पार्टी को राहत देने के लिए गारंटी देनेवाला 'सेटलमेंट मेकैनिज्म' मौजूद नहीं होता (क्योंकि ये सौदे एक्सचेंज में ट्रेड नहीं होते)। फॉरवर्ड सौदे के कुछ फीचर (तौर-तरीके) इस प्रकार हैं—

सौदे का आकार (कॉण्ट्रेक्ट साइज)—कॉण्ट्रेक्ट साइज से तात्पर्य है—इसके अंतर्निहित एसेट की मात्रा। चूँकि फॉरवर्ड सौदे कस्टमाइज्ड (ग्राहक की सुविधानुसार)

होते हैं, अत: कॉण्ट्रेक्ट का साइज भी आपसी सुविधा तथा जरूरत के अनुसार तय होता है। कॉण्ट्रेक्ट साइज 'ऑड' भी हो सकती है।

निपटान तिथि (एक्सपायरी डेट)—जिस नियत दिन फॉरवर्ड कॉण्ट्रेक्ट का सेटलमेंट किया जाना तय किया जाता है, वह इस कॉण्ट्रेक्ट की 'एक्सपायरी डेट' (निपटान तिथि) कहलाती है। दोनों पक्ष अपनी सुविधानुसार इसे तय करते हैं। किसी तीसरे पक्ष (एक्सचेंज या अन्य बॉडी) का इसमें कोई दखल नहीं होता।

एसेट का प्रकार (टाइप ऑफ एसेट)—यदि कोई डेरिवेटिव सौदा एक्सचेंज के माध्यम से ट्रेड किया जाता है तो एक्सचेंज के नियमानुसार तय एसेट ही कॉण्ट्रेक्ट में शामिल की जा सकती है। चूँकि फॉरवर्ड कॉण्ट्रेक्ट ऐसा डेरिवेटिव सौदा है, जो एक्सचेंज के दायरे से बाहर रखकर ट्रेड किया जाता है। अत: एसेट के प्रकार का चयन तथा एसेट की संरचना में परिवर्तन, दोनों पार्टियाँ अपनी सुविधा तथा जरूरत के अनुसार कर सकती हैं। फिर भी, अधिकतर सौदे स्टैंडर्ड एसेट को अंतर्निहित रखकर ही किए जाते हैं।

एसेट की गुणवत्ता (क्वालिटी ऑफ एसेट)—एक्सचेंज द्वारा ट्रेड किए जानेवाले सौदे की अंतर्निहित एसेट में कोई कमी आ जाए तो ऐसी एसेट की लिक्विडिटी (तरलता-नकदी में बदलने की क्षमता) कम हो जाती है; क्योंकि ऐसी एसेट निर्धारित मानकों से मैच नहीं होती। फॉरवर्ड कॉण्ट्रेक्ट में यह फायदा है कि ऐसी एसेट भी ट्रेड की जा सकती है, क्योंकि दोनों पक्षों को इसकी जानकारी होती है तथा इसके परिणाम की जानकारी होती है और सौदे की शर्तों में इसकी कमी की भरपाई करने की व्यवस्था तय कर दी जाती है।

ऑप्शन

'ऑप्शन' वर्तमान में वित्तीय बाजार का सर्वाधिक पसंदीदा डेरिवेटिव है। ऑप्शन से जुड़े कुछ ऐसे लाभ, जो सामान्य ट्रेडिंग तथा निवेश में उपलब्ध नहीं हैं, इसे आकर्षक डेरिवेटिव इंस्ट्रूमेंट बनाते हैं। ऑप्शन के साथ बड़ी मात्रा में लीवरेज जुड़ी होती है। हालाँकि ऑप्शन डेरिवेटिव ट्रेडिंग में कुछ खतरे भी जुड़े रहते हैं, जिन्हें सदैव ध्यान में रखना निवेशकों के लिए आवश्यक है। इन संभावित खतरों से उठी चेतावनियों को नजरअंदाज करना भारी नुकसान को आमंत्रण दे सकता है।

'ऑप्शन' ऐसा डेरिवेटिव इंस्ट्रूमेंट है, जिसके तहत निवेशक को कोई निर्धारित एसेट निर्धारित कीमत पर भविष्य में निर्धारित तारीख पर खरीदने या बेचने का (जैसा भी सौदा किया जाए) अधिकार तो होता है, परंतु ऐसा करने की बाध्यता उस निवेशक पर नहीं होती। बाजार की बदली हुई स्थिति के चलते निवेशक अपना नुकसान देखकर ऑप्शन के ट्रांजेक्शन से अलग हो सकता है। यद्यपि ऐसा करने पर उसके द्वारा चुकाया

गया 'ऑप्शन-प्रीमियम' वापस नहीं लौटाया जाता, जो कि सौदे को निभाने पर होनेवाले नुकसान का बहुत छोटा भाग होता है।

उदाहरण के तौर पर, कोई निवेशक डेरिवेटिव बाजार में रिलायंस इंडस्ट्री के 1,000 शेयर 2,300 रुपए प्रति शेयर की दर से भविष्य में निर्धारित तारीख पर खरीदने के लिए ऑप्शन का सौदा करता है। अब यदि निर्धारित तारीख पर बाजार में रिलायंस इंडस्ट्री के शेयर का भाव 2,600 रुपए है तो वह निवेशक इस ऑप्शन सौदे को जरूर निभाना चाहेगा, क्योंकि इस सौदे के तहत उसे बाजार भाव से कम कीमत पर रिलायंस इंडस्ट्री के शेयर मिल रहे हैं। इस स्थिति के विपरीत, यदि निर्धारित तारीख पर रिलायंस इंडस्ट्री के शेयर का बाजार भाव 2,000 रुपए है तो निवेशक स्वयं को ऑप्शन सौदे से अलग रखना चाहेगा, क्योंकि ऑप्शन सौदे के तहत शेयरों की खरीद करने पर उसे बाजार की तुलना में नुकसान होगा। ऑप्शन सौदे से स्वयं को अलग रखने पर निवेशक को 'ऑप्शन-प्रीमियम' के तहत जमा की गई राशि पर अधिकार त्यागना होगा।

विभिन्न प्रकार के ऑप्शन

डेरिवेटिव बाजार में कई प्रकार के 'ऑप्शन-इंस्ट्रूमेंट' उपलब्ध रहते हैं। बाजार की स्थिति का आकलन तथा विभिन्न ऑप्शन को पूरा करने की शर्तों के अनुसार कोई निवेशक स्वयं के लिए सही ऑप्शन का चुनाव कर सकता है।

कॉल ऑप्शन—इस इंस्ट्रूमेंट के तहत निवेशक को यह अधिकार होता है कि वह कोई एसेट निर्धारित कीमत पर भविष्य में निर्धारित तारीख पर खरीदे। यद्यपि उस निर्धारित तारीख पर उस निवेशक पर इस एसेट को खरीदने का बंधन नहीं होता। 'कॉल ऑप्शन' के तहत किसी एसेट की खरीद करने के पीछे निवेशक का यह आकलन होता है कि बाजार में भविष्य में इस एसेट की कीमत बढ़ेगी। निवेशक इस एसेट की कीमत में वृद्धि के द्वारा लाभ अर्जित करता है। यदि बाजार का घटनाक्रम निवेशक के पूर्व आकलन के अनुसार न हो तथा उस एसेट की कीमत में गिरावट दर्ज हो और निवेशक यह महसूस करे कि कॉल ऑप्शन के तहत तय की गई एसेट को निर्धारित कीमत पर खरीदने में नुकसान है तो वह इस सौदे (कॉल ऑप्शन) से स्वयं को अलग कर सकता है। ऐसी स्थिति में सौदा करते समय निवेशक द्वारा जमा किया गया ऑप्शन प्रीमियम जब्त कर लिया जाता है। कॉल ऑप्शन पूरा न किए जाने की स्थिति में निवेशक को केवल ऑप्शन प्रीमियम की राशि के बराबर घाटा होता है, जो ऐसी स्थिति में सौदे को निभाए जाने पर होनेवाले नुकसान से काफी कम होता है।

उदाहरण के तौर पर, एक निवेशक 5 मई, 2008 को एक कॉल ऑप्शन सौदा करता है, जिसके तहत उसे मई माह के आखिर में भेल (BHEL) के 1,000 शेयर 1,890

रुपए प्रति शेयर की दर से खरीदने का अधिकार मिलता है। इस सौदे की प्रीमियम राशि वह जमा कर देता है। अब यदि मई माह के आखिर (अंतिम गुरुवार) में इस शेयर की कीमत 2,150 रुपए प्रति शेयर (1,890 रुपए से अधिक) है तो निवेशक इस सौदे को निभाना चाहेगा, क्योंकि इससे उसे लाभ अर्जित होगा। इस स्थिति के उलट यदि मई माह के आखिर में इस शेयर की कीमत बाजार में 1,700 रुपए (1,890 रुपए से कम) है तो निवेशक स्वयं को इस सौदे से अलग रखना चाहेगा, क्योंकि सौदा निभाने पर उसे अवश्यंभावी नुकसान होगा। निवेशक द्वारा स्वयं को सौदे से अलग रखने की स्थिति में उसके द्वारा जमा की गई प्रीमियम राशि नहीं लौटाई जाएगी।

पुट ऑप्शन—यह कॉल ऑप्शन के ठीक उलट होता है। इस 'पुट ऑप्शन' के तहत निवेशक को यह अधिकार हासिल होता है कि वह किसी एसेट को निर्धारित कीमत पर भविष्य में निर्धारित तारीख पर बेच सके। यद्यपि ऐसा करना निवेशक के लिए बाध्यकारी नहीं है।

उदाहरण के लिए, डेरिवेटिव बाजार में एक पुट ऑप्शन (हिंदुस्तान जिंक के 1,000 शेयरों का लॉट 695 रुपए प्रति शेयर की दर से) निवेशक द्वारा 5 मई, 2008 को खरीदा जाता है, जिसे मई माह के अंतिम गुरुवार को पूरा करना है। यदि मई माह के अंतिम गुरुवार (21 मई) को हिंदुस्तान जिंक के शेयर की कीमत 695 रुपए से कम है तो निवेशक 'पुट ऑप्शन' पूरा करना चाहेगा, क्योंकि इससे उसे लाभ होगा। इसके विपरीत, यदि इस दिन (20 मई, गुरुवार) हिंदुस्तान जिंक के शेयर की कीमत 695 रुपए से अधिक है तो निवेशक पुट ऑप्शन सौदे को छोड़ना चाहेगा, क्योंकि सौदा निभाने पर उसे घाटा होगा तथा वह प्रीमियम राशि को जाने देगा।

पुट ऑप्शन किसी एसेट की निर्धारित कीमत प्राप्त करने में सहायक होता है। बाजार के गिरने की अवस्था में निवेशक को यह ऑप्शन सुरक्षित करता है। इस प्रकार बुद्धिमत्तापूर्वक उपयोग किए जाने पर यह इंस्ट्रूमेंट (पुट ऑप्शन) निवेशक द्वारा कमाए जानेवाले फायदों को सुरक्षित करता है।

अमेरिकन ऑप्शन—यह ऑप्शन सौदों (कॉल तथा पुट) का ऐसा रूप है, जिसमें सौदे को इसकी अवधि के दौरान किसी भी समय पूरा किया जा सकता है। इस प्रकार यदि निवेशक चाहे तो अपनी लाभान्वित स्थिति के अनुसार सौदे की अवधि के बीच में ही सौदे को पूरा कर सकता है।

उदाहरण के तौर पर, एक निवेशक ने स्टेट बैंक ऑफ इंडिया के 1,000 शेयर का कॉल ऑप्शन मई माह के प्रारंभ में 2,200 रुपए प्रति शेयर की दर से खरीदा है। मई माह के मध्य में इस शेयर की कीमत 2,850 रुपए हो जाती है तथा निवेशक का अनुमान है कि माह के अंत तक इस शेयर की कीमत में गिरावट दर्ज होगी, तब वह माह के मध्य में ही

कॉल ऑप्शन पूरा करके लाभ अर्जित कर सकता है। उसे मई माह के अंत तक इंतजार करने की आवश्यकता नहीं होती।

यूरोपियन ऑप्शन—इस प्रकार के ऑप्शन सौदे निर्धारित तारीख से पहले नहीं निपटाए जा सकते हैं। अतः यूरोपियन ऑप्शन के सौदे उन सेक्टर के लिए उपयुक्त होते हैं, जहाँ जल्दी उतार-चढ़ाव दर्ज नहीं होते।

ऑप्शन में प्रयुक्त शब्दावली

ऑप्शन की कार्य-प्रणाली को भली-भाँति समझने के लिए इससे जुड़ी शब्दावली को जानना आवश्यक है—

ऑप्शन धारक (ऑप्शन होल्डर)—ऑप्शन सौदों (कॉल तथा पुट) को खरीदनेवाला 'ऑप्शन होल्डर' कहलाता है। सौदे को पूरा करने संबंधी निर्णय ऑप्शन होल्डर के हाथ में होता है।

ऑप्शन राइटर—ऑप्शन सौदों के एक सिरे पर ऑप्शन होल्डर होता है तो दूसरे सिरे पर ऑप्शन राइटर। ऑप्शन राइटर के पास सौदों को नकारने का अधिकार नहीं होता। कॉल ऑप्शन के तहत जब ऑप्शन होल्डर कोई निश्चित एसेट पूर्व निर्धारित कीमत पर खरीदने को तत्पर होता है तो ऑप्शन राइटर को यह एसेट उस पूर्व निर्धारित कीमत पर बेचनी पड़ती है। इसी प्रकार, पुट ऑप्शन के तहत जब ऑप्शन होल्डर कोई निश्चित एसेट पूर्व निर्धारित कीमत पर बेचने को तत्पर होता है तो ऑप्शन राइटर को यह एसेट उस पूर्व निर्धारित कीमत पर खरीदनी पड़ती है। ऑप्शन होल्डर द्वारा ऑप्शन राइटर को सौदे की प्रीमियम राशि चुकाई जाती है।

एक्सरसाइज प्राइस—किसी भी ऑप्शन सौदे (कॉल तथा पुट) की निश्चित कीमत तय होती है, जिस पर ऑप्शन होल्डर किसी निश्चित एसेट को खरीदता या बेचता है। उस पूर्व निर्धारित कीमत को उस ऑप्शन सौदे की 'एक्सरसाइज प्राइस' कहते हैं।

ऑप्शन एक्सरसाइज—जब ऑप्शन सौदे के तहत किसी एसेट की खरीद या बिक्री (पूर्व निर्धारित कीमत पर) होती है तो इसे 'ऑप्शन एक्सरसाइज होना' या 'सौदा पूरा करना' कहते हैं।

ऑप्शन प्रीमियम—ऑप्शन के सौदे (कॉल तथा पुट) करते समय ऑप्शन होल्डर द्वारा कुछ राशि (प्रति शेयर के हिसाब से) ऑप्शन राइटर को अदा करनी पड़ती है। इस राशि को 'ऑप्शन प्रीमियम' कहते हैं। यह प्रीमियम राशि पूरे सौदे के शुल्क के रूप में ऑप्शन राइटर को मिलती है, भले ही ऑप्शन होल्डर द्वारा सौदा पूरा न किया जाए।

उदाहरणस्वरूप कॉल ऑप्शन सौदे के तहत किसी व्यक्ति (ऑप्शन होल्डर) ने

रिलायंस एनर्जी के 1,000 शेयर का लॉट 1,450 रुपए प्रति शेयर के भाव से खरीदे तथा इस पर प्रति शेयर 50 रुपए की प्रीमियम राशि ऑप्शन राइटर को अदा की। इस प्रकार ऑप्शन होल्डर को यह सौदा 1,500 रुपए प्रति शेयर में पड़ा। यदि निर्धारित तारीख को शेयर के भाव 1,500 रुपए प्रति शेयर से ऊपर हो तो ऑप्शन होल्डर इस सौदे को एक्सरसाइज करके लाभ कमाएगा। अन्यथा वह सौदे को निरस्त करना चाहेगा तथा ऑप्शन राइटर प्रीमियम राशि को पहले की भाँति अपने पास ही रखेगा।

एट मनी ऑप्शन, इन मनी ऑप्शन तथा आउट मनी ऑप्शन

ऑप्शन सौदों (कॉल तथा पुट) में ऑप्शन होल्डर द्वारा एसेट की बाजार कीमतों की तुलना लगातार सौदे की एक्सरसाइज प्राइस से की जाती है, ताकि लाभ की स्थिति में ऑप्शन होल्डर सौदे को पूरा कर सके। जब एसेट की बाजार कीमत सौदे में दर्ज एक्सरसाइज प्राइस के बराबर हो तो इस स्थिति को 'एट मनी ऑप्शन' कहते हैं। इस स्थिति पर ऑप्शन होल्डर को कोई लाभ अथवा हानि दर्ज नहीं होती।

जब बाजार में एसेट की कीमत ऐसी स्थिति में हो कि सौदे को पूरा करने पर ऑप्शन होल्डर को लाभ अर्जित हो, ऐसी स्थिति को 'इन मनी ऑप्शन' कहते हैं। कॉल ऑप्शन में जब एसेट की बाजार कीमत एसेट की एक्सरसाइज कीमत से अधिक हो तो ऐसी स्थिति इन मनी ऑप्शन कहलाती है। पुट ऑप्शन में जब एसेट की एक्सरसाइज कीमत इस एसेट की बाजार कीमत से अधिक हो तो ऑप्शन होल्डर को लाभ होता है, अत: ऐसी स्थिति इन मनी ऑप्शन कहलाती है।

कई बार बाजार का घटनाक्रम निवेशक के आकलन के विपरीत घटित होता है। ऐसी स्थिति में जब ऑप्शन सौदे के तहत एसेट की एक्सरसाइज प्राइस इस एसेट की बाजार कीमत की तुलना में इस स्थिति में हो कि सौदा पूरा करने पर ऑप्शन होल्डर को नुकसान हो, इस स्थिति को 'आउट मनी ऑप्शन' कहते हैं।

फ्यूचर्स

वित्तीय बाजार के डेरिवेटिव सेगमेंट (हिस्से) में 'फ्यूचर कॉण्ट्रेक्ट' दो पार्टियों के मध्य ऐसा सौदा है, जिसके तहत वे भविष्य में नियत दिन पर किसी निश्चित एसेट का निर्धारित कीमत पर खरीद-बिक्री का करार करते हैं। देखने में फ्यूचर कॉण्ट्रेक्ट फॉरवर्ड कॉण्ट्रेक्ट की तरह ही प्रतीत होता है, परंतु फॉरवर्ड कॉण्ट्रेक्ट के विपरीत फ्यूचर कॉण्ट्रेक्ट की ट्रेडिंग स्टॉक एक्सचेंज के तहत की जाती है तथा फ्यूचर कॉण्ट्रेक्ट के विस्तृत विवरण पूर्व निर्धारित होते हैं। फ्यूचर कांट्रेक्ट्स के अधिकतर मानक एक जैसे होते हैं, अत: फ्यूचर कॉण्ट्रेक्ट की तरलता (लिक्विडिटी) फॉरवर्ड कॉण्ट्रेक्ट से कहीं अधिक होती है।

फ्यूचर कॉण्ट्रेक्ट को पूरा करने के लिए इस कॉण्ट्रेक्ट की परिपक्वता तारीख तक इंतजार करने की आवश्यकता नहीं होती, अपितु आवश्यकता पड़ने पर निवेशक अपनी पूर्व स्थिति के विपरीत नई स्थिति अख्तियार कर सकता है। इस प्रकार निवेशक अपनी जरूरत के अनुसार निर्णय ले सकता है। फ्यूचर कॉण्ट्रेक्ट्स स्टॉक एक्सचेंज के तत्त्वावधान में निपटाए जाते हैं तथा ये स्टैंडराइज्ड प्रकृति के होते हैं। फ्यूचर कॉण्ट्रेक्ट में किसी एसेट के प्रकार (क्वालिटी) तथा मात्रा (क्वांटिटी) पूरी तरह स्पष्ट होती है, जिससे इस कॉण्ट्रेक्ट के शामिल होनेवाले निवेशक को इस फ्यूचर कॉण्ट्रेक्ट के प्रभाव का पूरा दायरा समझ में आ जाए। किसी भी फ्यूचर कॉण्ट्रेक्ट का समापन दिवस (एक्सपायरी डेट) स्पष्ट रूप से परिभाषित होता है। भारतीय स्टॉक एक्सचेंजों में यह प्रत्येक माह के अंतिम गुरुवार को नियत होता है। फ्यूचर कॉण्ट्रेक्ट्स में एक्सपायरी डेट के साथ ही एसेट के ट्रांजेक्शन तथा डिलीवरी के समय का उल्लेख भी होता है।

प्राइस कोटेशन

फ्यूचर कॉण्ट्रेक्ट में 'प्राइस कोटेशन' का उल्लेख रहता है, जिसके अनुसार एसेट की कीमतों में अपेक्षित परिवर्तन स्वीकार किया जा सके।

सेटलमेंट—फ्यूचर कॉण्ट्रेक्ट्स में दो तरीकों से सौदों का सेटलमेंट किया जाता है—पहला तरीका 'कैश सेटलमेंट' का है, जिसके तहत निर्धारित समापन तारीख पर एसेट की कीमतों में परिवर्तन के अनुसार कैश का लेन-देन करके सौदे का निपटान किया जाता है। दूसरे तरीके के तहत एसेट की वास्तविक डिलिवरी की जाती है। कई बार एसेट के स्थानांतरण के लिए अलग व्यवस्था की जाती है।

स्पॉट प्राइस—विभिन्न एसेट की ट्रेडिंग के लिए स्पॉट मार्केट उपलब्ध रहता है। स्पॉट मार्केट में सौदा तत्काल निपटाया जाता है। किसी एसेट की स्पॉट मार्केट में की गई ट्रेडिंग के दौरान दर्ज कीमत को उस एसेट की उस समय पर 'स्पॉट प्राइस' कहते हैं।

फ्यूचर प्राइस—फ्यूचर कॉण्ट्रेक्ट में किसी एसेट की दर्ज की गई वह कीमत, जिस पर इस एसेट का ट्रांजेक्शन भविष्य की निर्धारित तारीख (सौदे की समापन तारीख) पर किया जाएगा, इस एसेट की 'फ्यूचर प्राइस' कहलाती है। निवेशकों के अपने आकलन के अनुसार किसी एसेट की फ्यूचर प्राइस इस एसेट की स्पॉट प्राइस से ज्यादा या कम हो सकती है।

समापन तारीख (एक्सपायरी डेट)—किसी भी फ्यूचर कॉण्ट्रेक्ट में उस कॉण्ट्रेक्ट की समापन तारीख का उल्लेख रहता है। इस तारीख से पहले तक इस कॉण्ट्रेक्ट की ट्रेडिंग की जा सकती है। इस तारीख से किसी फ्यूचर कॉण्ट्रेक्ट की शेष आयु (रेजिडुअल लाइफ) का पता चलता है, जो निवेशकों के लिए महत्त्वपूर्ण है।

फ्यूचर कॉण्ट्रेक्ट साइकल (अवधि)

जिस अवधि के लिए किसी फ्यूचर कॉण्ट्रेक्ट का अस्तित्व रहता है, वह इसका 'फ्यूचर कॉण्ट्रेक्ट साइकल' कहलाता है। यह अवधि एक माह, तीन माह या कोई अन्य समयावधि हो सकती है।

बेसिस—किसी एसेट की फ्यूचर कॉण्ट्रेक्ट में दर्ज फ्यूचर प्राइस तथा किसी भी समय (फ्यूचर कॉण्ट्रेक्ट साइकल के दौरान) इस एसेट की स्पॉट प्राइस के अंतर को 'बेसिस' कहते हैं। किसी भी एसेट के लिए यह बेसिस लगातार बदलता रहता है, क्योंकि इस एसेट की स्पॉट प्राइस बदलती रहती है। सामान्यतया, किसी एसेट की फ्यूचर प्राइस इस एसेट की स्पॉट प्राइस से अधिक होती है। इस प्रकार बेसिस धनात्मक (पॉजिटिव) होता है; परंतु कई बार स्थितियाँ विपरीत भी हो सकती हैं।

कॉस्ट ऑफ कैरी—किसी एसेट को स्टोर करने के लिए स्टोरेज कॉस्ट लगती है तथा इसमें निवेश करने पर लगनेवाले धन पर ब्याज भी लगता है। इस कारण किसी भी एसेट की फ्यूचर प्राइस उस एसेट की स्पॉट प्राइस से अधिक होती है। किसी एसेट को वर्तमान से भविष्य में किसी नियत तारीख तक इसके मूल स्वरूप में बनाए रखने में लगे व्यय को 'कॉस्ट ऑफ कैरी' कहते हैं।

इनीशियल मार्जिन—किसी फ्यूचर कॉण्ट्रेक्ट में शामिल होने के लिए जो धन जमा करना पड़ता है, वह 'इनीशियल मार्जिन' कहलाता है।

मार्क टू मार्केट मार्जिन—फ्यूचर ट्रेडिंग की कार्य-प्रणाली में प्रतिदिन निवेशक की स्थिति एसेट की बाजार कीमत के अनुसार आँकी जाती है, जिसके अनुसार या तो निवेशक को अतिरिक्त मार्जिन जमा करना पड़ता है या उसके खाते में घटे हुए मार्जिन के कारण धन जमा होता है। इसे 'मार्क टू मार्केट मार्जिन' कहते हैं।

फ्यूचर स्ट्रेटेजी

डेरिवेटिव सेगमेंट की फ्यूचर ट्रेडिंग में विभिन्न निवेशक अलग-अलग रणनीतियाँ अपनाते हैं। चूँकि प्रत्येक निवेशक का अपना अलग उद्देश्य तथा अलग नजरिया होता है, इस प्रकार उसकी स्ट्रेटेजी भी भिन्न होती है। इस कारण डेरिवेटिव बाजार में कई तरह की स्थितियाँ उत्पन्न होती हैं तथा उनसे जुड़े रिस्क भी अलग-अलग होते हैं।

निवेशक अपने नजरिए एवं उद्देश्य के अनुसार स्पेकुलेशन हेजिंग तथा आर्बीट्रेज की पोजीशन लेते हैं। पूरी फ्यूचर स्ट्रेटेजी को सावधानीपूर्वक बनाकर सही तरीके से लागू करने पर ही उद्देश्य हासिल हो सकता है, अन्यथा कुछ चीजों के बदलने से परिदृश्य विपरीत भी हो सकता है।

तेजी का नजरिया

इंडेक्स डेरिवेटिव—बहुधा गतिविधियाँ इस प्रकार घटित होती हैं, जो बाजार के पक्ष में होती हैं। इसके अतिरिक्त बड़ी कंपनियों का अच्छा प्रदर्शन तथा अंतरराष्ट्रीय रेटिंग एजेंसियों द्वारा ऊँची रेटिंग दरशाए जाने पर भी बाजार के पक्ष में माहौल बनता है। इन परिस्थितियों से धारणा बनती है कि स्टॉक एक्सचेंज की इंडेक्स में वृद्धि होगी। ऐसे हालात में 'इंडेक्स फ्यूचर' का प्रभावी उपयोग किया जा सकता है। बाजार में निफ्टी के फ्यूचर कॉण्ट्रेक्ट की प्रचुरता से ट्रेडिंग की जाती है। बाजार में इनका निश्चित लॉट (तय मात्रा) होता है तथा इकाई के रूप में तथा गुणक (मल्टीपल्स) के रूप में इसे खरीदा जा सकता है। तेजी के नजरिए से फ्यूचर कॉण्ट्रेक्ट खरीदने पर इंडेक्स बढ़ने की स्थिति में लाभ तथा इंडेक्स गिरने पर नुकसान होता है। इस प्रकार की ट्रेडिंग में कम मार्जिन मनी पर अपेक्षाकृत बड़ी पोजीशन ली जा सकती है। निवेशक अपने नजरिए तथा उद्देश्य के अनुसार एक माह या दो माह, तीन माह के फ्यूचर कॉण्ट्रेक्ट खरीद सकता है।

स्टॉक डेरिवेटिव—इंडेक्स डेरिवेटिव की तरह स्टॉक डेरिवेटिव में भी तेजी का नजरिया अपनाया जा सकता है। कंपनी के अच्छे प्रदर्शन या कंपनी की विस्तार योजनाओं संबंधी सूचनाओं के आधार पर कंपनी के स्टॉक (शेयर) की कीमतों में वृद्धि की अपेक्षा की जाती है। स्टॉक की कीमतों में वृद्धि के नजरिए से निवेशक स्टॉक फ्यूचर कॉण्ट्रेक्ट में अपनी पोजीशन ले सकता है। कंपनी के स्टॉक के लॉट (न्यूनतम शेयर संख्या जैसे 500 शेयर, 1,000 शेयर इत्यादि) फ्यूचर मार्केट (डेरिवेटिव सेगमेंट) में उपलब्ध होते हैं। इन्हें मार्जिन मनी पर खरीदकर पूरे लॉट पर एक्सपोजर लिया जा सकता है। फ्यूचर कॉण्ट्रेक्ट के समापन पर स्टॉक की कीमतों का मिलान इनकी स्पॉट प्राइस से किया जाता है तथा फ्यूचर कॉण्ट्रेक्ट साइकल के दौरान स्टॉक की कीमतों में आए उतार-चढ़ाव के अनुसार निवेशक को लाभ-हानि होती है। स्टॉक फ्यूचर ट्रेडिंग में मार्जिन मनी (अपेक्षाकृत काफी कम धन निवेश) पर पूरे एक्सपोजर का उपयोग किया जा सकता है; परंतु चूँकि स्टॉक की कीमतों में बदलाव इंडेक्स की तुलना में ज्यादा होता है, अतः लाभ-हानि का दायरा भी बड़ा होता है—अर्थात् स्टॉक डेरिवेटिव में इंडेक्स डेरिवेटिव की तुलना में ज्यादा रिस्क होता है।

मंदी का नजरिया

इंडेक्स डेरिवेटिव—कई बार वित्तीय बाजार का घटनाक्रम इस प्रकार होता है कि शेयर बाजार में गिरावट की संभावना बनती है—जैसे सरकारी नीतियों में आंशिक परिवर्तन, अंतरराष्ट्रीय रेटिंग, एजेंसियों द्वारा दरशाई गई निम्न रेटिंग या कई बड़ी कंपनियों द्वारा औसत प्रदर्शन। फ्यूचर ट्रेडिंग के माध्यम से निवेशक ऐसी पोजीशन ले सकता है,

जिसमें इंडेक्स में गिरावट दर्ज होने पर उसे लाभ अर्जित हो। इसमें निवेशक द्वारा 'इंडेक्स' के फ्यूचर बेचे जाते हैं तथा एक पोजीशन अख्तियार की जाती है। इसे 'फ्यूचर को शॉर्ट करना' कहते हैं। जब कीमतें उस स्तर से गिरती हैं, जब निवेशक ने फ्यूचर शॉर्ट किए थे तो निवेशक को अपनी अख्तियार की गई पोजीशन के चलते लाभ होता है। फ्यूचर्स को मार्केट लॉट के अनुसार बेचा जाता है। फ्यूचर सौदे की पूरी कीमत का कुछ प्रतिशत मार्जिन मनी के तौर पर चुकाया जाता है, जिस पर पूरे सौदे को एक्सपोजर मिलता है। निवेशक अपने नजरिए तथा उद्देश्य के अनुसार एक माह, दो माह या तीन माह के फ्यूचर शॉर्ट करता है।

स्टॉक डेरिवेटिव—डेरिवेटिव सेगमेंट में स्टॉक (शेयर्स) के फ्यूचर उपलब्ध रहते हैं तथा इंडेक्स फ्यूचर की स्थिति इसमें भी लागू की जा सकती है। जब निवेशक को यह प्रतीत हो कि कोई स्टॉक ओवर वैल्यूड है या किसी वजह से उसकी कीमतों में गिरावट आ सकती है तो वह निवेश के तौर पर अपनी पोजीशन अख्तियार कर सकता है। इसमें निवेशक द्वारा स्टॉक के फ्यूचर बेचे जाते हैं। स्टॉक की कीमतों के गिरावट आने पर निवेशक को लाभ होता है। फ्यूचर कॉण्ट्रेक्ट के समापन पर 'फ्यूचर प्राइस' का मिलान स्टॉक की 'स्पॉट प्राइस' से किया जाता है। फ्यूचर कॉण्ट्रेक्ट साइकल के दौरान स्टॉक की कीमतों में आए उतार-चढ़ाव के अनुसार निवेशक को लाभ-हानि होती है। निवेशक अपने नजरिए तथा उद्देश्य के अनुसार एक माह, दो माह या तीन माह के स्टॉक फ्यूचर बेचता है।

□

25

शेयर बाजार से जुड़े अर्थव्यवस्था के कुछ महत्त्वपूर्ण पहलू

साधारण तौर पर शेयर बाजार देश की अर्थव्यवस्था का परिचय देता है। शेयर बाजार की मजबूती देश की अच्छी आर्थिक स्थिति का तथा शेयर बाजार की कमजोरी देश की अपेक्षाकृत खराब आर्थिक स्थिति का द्योतक होता है।

रिजर्व बैंक द्वारा जारी की गई ब्याज दरों का प्रभाव भी शेयर बाजार के ट्रेंड पर पड़ता है। बाजार में पूँजी की माँग बढ़ने पर रिजर्व बैंक द्वारा ब्याज दरें बढ़ा दी जाती हैं। इससे शेयर बाजार में गिरावट दर्ज होती है। इसके विपरीत, ब्याज दरों में कमी शेयर बाजार में उछाल का कारण बनती है, क्योंकि ब्याज दरें कम करके सरकार रिजर्व बैंक के जरिए डिमांड को पैदा करती है। इससे बाजार में आवश्यक तरलता आ जाती है और पैसों का प्रवाह निर्बाध गति से होने लगता है। लोगों के पास पैसा आता है और वे खर्च व निवेश करने लगते हैं। इससे सभी सेक्टर्स में उछाल आता है, जो शेयर बाजार में तेजी के रूप में परिलक्षित होने लगता है। लेकिन धीरे-धीरे जब माँग आपूर्ति से ज्यादा होने लगती है तो महँगाई बढ़ने लगती है; और जब मुद्रास्फीति की बढ़ी दर लोगों का दैनिक जीवन प्रभावित करने लगती है तो सरकार पुनः रिजर्व बैंक के जरिए ब्याज दरों को बढ़ा देती है और अन्य आवश्यक उपाय करती है। सरकार विकास दर (ग्रोथ रेट) को आगे ले जाने के लिए निरंतर प्रयास करती है। यह विकास दर कई बातों पर निर्भर करती है, जैसे सकल राष्ट्रीय उत्पादन, सकल घरेलू उत्पाद, मुद्रास्फीति, मॉनीटरी पॉलिसी आदि। यदि ये सब घटक सकारात्मक रुख लिये होते हैं तो यह अर्थव्यवस्था को मजबूत बनाते हैं तथा जिसका प्रभाव हमें शेयर बाजार में दिखाई देता है। और यदि अर्थव्यवस्था के ये

घटक पटरी पर न हों तो आर्थिक विकास दर पर नकारात्मक प्रभाव पड़ता है और इससे शेयर बाजार भी बुरी तरह प्रभावित होता है। चूँकि उपर्युक्त सभी बातों का शेयर बाजार से प्रत्यक्ष व अप्रत्यक्ष संबंध है, इसलिए एक निवेशक के लिए जरूरी है कि वह अर्थशास्त्र की कुछ बहुत जरूरी बातों को समझे, ताकि समय-समय पर वह निवेश संबंधी सही निर्णय ले सके।

जरूरी है आर्थिक विकास का आकलन (इकोनॉमिक ग्रोथ)

किसी भी सरकार की आर्थिक नीतियों का मूल उद्देश्य गरीबी का निवारण तथा देशवासियों के जीवन स्तर में सुधार लाना होता है। यह उद्देश्य तेज आर्थिक विकास करके हासिल किया जा सकता है। आर्थिक विकास की गणना विभिन्न कालों में अर्थव्यवस्था द्वारा किए गए कुल उत्पादन की तुलना करके मालूम की जाती है। चूँकि विभिन्न पदार्थों तथा विभिन्न सेवाओं, जो कि अर्थव्यवस्था द्वारा उत्पादित होती हैं, की सीधी तुलना नहीं की जा सकती है, अत: सभी उत्पादों को विभिन्न कीमत प्रदान कर कुल उत्पादन की कीमत प्राप्त की जाती है।

बाजार की अर्थव्यवस्था में विभिन्न उत्पादों की कीमत उनके बाजार मूल्य से प्रदर्शित होती है। आर्थिक विकास की सही गणना के लिए कुल राष्ट्रीय आय को एक 'बेस पीरियड' (भूतकाल के किसी वर्ष) की कीमतों के आधार पर आँका जाता है। इस विधि, जिसे इंडेक्स नंबर विधि भी कहा जाता है, में विभिन्न पदार्थों तथा सेवाओं का मूल्य उस बेस पीरियड की कीमतों के आधार पर आँका जाता है। इस प्रकार इसे 'रियल प्रोडक्ट इकोनॉमी' (वास्तविक उत्पादन अर्थव्यवस्था) भी कहा जाता है। इस रियल प्रोडक्ट इकोनॉमी में किसी वर्ष विशेष के कुल उत्पादन को 'सकल राष्ट्रीय उत्पादन' या 'ग्रॉस नेशनल प्रोडक्ट' (GNP) कहा जाता है। एक अन्य गणना 'सकल घरेलू उत्पाद' या 'ग्रॉस डॉमेस्टिक प्रोडक्ट' (GDP) भी है।

सकल राष्ट्रीय उत्पाद (ग्रॉस नेशनल प्रोडक्ट GNP)

राष्ट्र के कुल उत्पादन की गणना उसके कुल उत्पादों के मूल्य (वैल्यू) के योग अथवा उन उत्पादों के निर्माण में खर्च की गई कीमत (कॉस्ट) के कुल योग से की जाती है। इस प्रकार सकल राष्ट्रीय उत्पाद की गणना दो विभिन्न तरीकों से की जा सकती है। जी.एन.पी. की गणना में राष्ट्र की कुल खपत, कुल निवेश, सरकारी खरीद, सेवाओं तथा निर्यात का मूल्य रुपए की मुद्रा में आँका जाता है।

चूँकि सकल राष्ट्रीय उत्पाद की अभिव्यक्ति रुपए की मुद्रा की इकाई में की जाती है, अत: किसी वर्ष के सकल राष्ट्रीय उत्पाद को रुपए में आए अवमूल्यन से संशोधित

करना चाहिए। इस प्रकार प्राप्त संशोधित सकल राष्ट्रीय उत्पाद उस वर्ष का वास्तविक 'ग्रॉस नेशनल प्रोडक्ट' (GNP) होता है। रुपए के अवमूल्यन का आकलन आधिकारिक तौर पर बेस इंडेक्स के दृष्टिकोण से किया जाता है। भारत में 1981 को 'बेस ईयर' या 'आधार वर्ष' माना गया है तथा इस वर्ष का प्राइस इंडेक्स मूल्य सूचकांक 100 निर्धारित किया गया है। वर्तमान में किसी वर्ष की तुलना इस आधार वर्ष के प्राइस इंडेक्स से की जाती है तथा उसी प्रकार महँगाई के चलते रुपए की खरीदी करने की क्षमता में गिरावट को आँककर रुपए का क्रय मूल्य निकाला जाता है। इस क्रय मूल्य को इकाई बनाकर किसी वर्ष का सकल राष्ट्रीय उत्पाद निकाला जाए तो वह उस वर्ष का 'वास्तविक ग्रॉस नेशनल प्रोडक्ट' या 'रियल जी.एन.पी.' कहलाता है।

सकल राष्ट्रीय उत्पाद (GNP) का महत्त्व

सकल राष्ट्रीय उत्पाद (ग्रॉस नेशनल प्रोडक्ट) के आँकड़ों का महत्त्व इसकी कुछ सीमाओं के बावजूद हमारे देश के संदर्भ में प्रतिवर्ष बढ़ रहा है। इन आँकड़ों का उपयोग बड़े उद्योगों द्वारा किए गए उत्पादन एवं उनकी आय को अभिव्यक्त करने में तथा विभिन्न सेक्टर्स के मध्य फंक्शनल ट्रांजेक्शन को व्यक्त करने में होता है। विभिन्न बिजनेस ग्रुप व सरकार इन आँकड़ों की सहायता से तात्कालिक आर्थिक स्थितियों का जटिल विश्लेषण करते हैं तथा इस विश्लेषण के आधार पर नीतियों व रणनीतियों में आवश्यक बदलाव लाकर भविष्य के लक्ष्य निर्धारित करते हैं। किसी भी सरकार के लिए ग्रॉस नेशनल प्रोडक्ट के आँकड़े उस सरकार द्वारा अपनाए गए आर्थिक मॉडल तथा वित्तीय नीतियों की सफलता-असफलता के परिचायक होते हैं। हमारे देश में सरकारों द्वारा अपनाई गई पंचवर्षीय योजनाओं की विवेचना व विश्लेषण इन्हीं ग्रॉस नेशनल प्रोडक्ट के आँकड़ों के आधार पर होती है।

सकल घरेलू उत्पाद (ग्रॉस डॉमेस्टिक प्रोडक्ट GDP)

देश के किसी क्षेत्र विशेष में एक वर्ष के समय में पैदा किए गए सभी अंतिम उत्पाद तथा सेवाओं की रुपए की मुद्रा में अभिव्यक्ति उस क्षेत्र का 'सकल घरेलू उत्पाद' (GDP) कहलाता है। देश की सभी क्षेत्रीय इकाइयों के सकल घरेलू उत्पाद (GDP) को जोड़कर देश की 'कुल जी.डी.पी.' निकाली जाती है।

नेट नेशनल प्रोडक्ट (NNP)

ग्रॉस नेशनल प्रोडक्ट से राष्ट्रीय खपत घटाने पर नेट नेशनल प्रोडक्ट का आँकड़ा प्राप्त होता है। किसी देश के विकास को आँकने का यह ज्यादा विश्वसनीय आँकड़ा है।

प्रति व्यक्ति आय (पर केपिटा इनकम)

किसी देश के बढ़ते ग्रॉस डॉमेस्टिक प्रोडक्ट के आँकड़े, ग्रॉस नेशनल प्रोडक्ट के आँकड़े या नेट नेशनल प्रोडक्ट के आँकड़े उस देश की विकास की स्थिति को दरशाते हैं, परंतु इन्हें उस देश की जनता के जीवन-स्तर में आए बदलाव का सीधा सूचक नहीं माना जा सकता। मोटे तौर पर हम अपने देश को 'टेस्ट केस' मानकर देख सकते हैं कि गत दशकों में भारत द्वारा किए गए विकास के बावजूद देश की आम जनता के जीवन-स्तर में अपेक्षित बदलाव नहीं आया है। अत: सकल राष्ट्रीय आय को देश की जनसंख्या से विभाजित करने पर जो प्रति व्यक्ति आय का आँकड़ा प्राप्त होता है, वह देश की जनता के जीवन-स्तर में आए सुधार का सूचक हो सकता है। यदि किसी देश के ग्रॉस नेशनल प्रोडक्ट (जी.डी.पी.) आँकड़े, नेट नेशनल प्रॉडक्ट (NNP) आँकड़ों में वृद्धि के साथ प्रति व्यक्ति आय में भी वृद्धि दर्ज हो, तब यह स्थिति उस देश की जनता के जीवन-स्तर में वृद्धि की सूचक होती है।

मुद्रा स्फीति (इन्फ्लेशन)

मुद्रास्फीति से तात्पर्य है—उपभोक्ता वस्तुओं तथा सेवाओं की कीमतों में वृद्धि।

जब उपभोक्ता वस्तुओं तथा प्रदान की जानेवाली सेवाओं की कीमतों में व्यापक व स्थायी तौर पर वृद्धि होती है तो इसे अर्थशास्त्र की भाषा में 'मुद्रास्फीति (महँगाई) का बढ़ना' कहते हैं।

किसी एक कमोडिटी की कीमत में वृद्धि को मुद्रास्फीति का कारण नहीं माना जा सकता; क्योंकि ऐसा उस कमोडिटी के उत्पादन, वितरण अथवा माँग-आपूर्ति के असंतुलन के कारण अस्थायी तौर पर भी हो सकता है। विभिन्न वस्तुओं के मध्य इनके मूल्य में सापेक्ष परिवर्तन को मुद्रास्फीति नहीं कहा जा सकता है।

एक आदर्श अर्थव्यवस्था के अंतर्गत बाजार में उपलब्ध विनिमय की जा सकनेवाली उपभोक्ता वस्तुओं तथा प्रदान की जा सकनेवाली सेवाओं की मात्रा तथा बाजार में प्रचलित मुद्रा में एक संतुलन होता है; परंतु व्यवहार में ऐसा नहीं है, क्योंकि वस्तुओं तथा सेवाओं की मात्रा, उनकी माँग-आपूर्ति घटती-बढ़ती रहती है तथा बाजार में प्रचलित मुद्रा भी अपने परिमाण में बदलती रहती है। आधुनिक अर्थव्यवस्था की संरचना कुछ ऐसी है कि इस संतुलन को प्रभावित करनेवाली प्रत्येक घटना मुद्रास्फीति को बढ़ानेवाला कारण साबित होती है।

मुद्रास्फीति का आकलन

किसी अवधि (एक माह, एक वर्ष या एक दशक) के दौरान मुद्रास्फीति को

मापने के लिए हजारों-हजार उपभोक्ता वस्तुओं तथा सेवाओं की कीमतों में इस अवधि के दौरान आए परिवर्तन का औसत निकाला जाता है। ऐसी गणना करना आसान नहीं है तथा ऐसी कोई गणना दोष-रहित भी नहीं हो सकती। मुद्रास्फीति के आकलन के लिए सरकारी एजेंसियाँ 'प्राइस इंडेक्स' को आधार बनाती हैं। इस प्राइस इंडेक्स में विभिन्न कमोडिटियों, वस्तुओं को इनके महत्त्व के आधार पर 'वेटेज' दिया जाता है।

उपभोक्ता बजट अथवा जी.एन.पी. (ग्रास नेशनल प्रॉडक्ट) में जिन कमोडिटी का महत्त्व ज्यादा होता है, उन्हें अधिक वेटेज दिया जाता है। इस प्रकार किसी अवधि के दौरान विभिन्न समय पर प्राइस इंडेक्स की गणना की जाती है तथा प्राइस इंडेक्स में हुई वृद्धि के आधार पर मुद्रास्फीति का आकलन किया जाता है। यद्यपि औसत आधार पर की गई गणना की यह विधि दोष-रहित नहीं है, फिर भी इस विधि से बड़े परिवर्तन भाँपे जा सकते हैं।

प्राइस इंडेक्स का उपयोग कर्मचारियों के वेतन में वृद्धि की गणना के लिए भी किया जाता है, जिससे मुद्रास्फीति के प्रभाव को कम किया जा सके।

हमारे देश (अथवा किसी अन्य विकासशील अर्थव्यवस्थावाले देश) के संदर्भ में मुद्रास्फीति के चक्र का अध्ययन रोचक है। सरकार अपनी भूमिका में इसे नियंत्रित रखना चाहती है, परंतु उसके कार्य तथा नीतियाँ अकसर मुद्रास्फीति को बढ़ाते हैं। हमारे देश अथवा किसी अन्य विकासशील देश की सरकार स्वयं में एक बड़ी उपभोक्ता होती है। जब सरकार ज्यादा खरीदी करती है तो जनता के लिए उपलब्धता उस अनुपात में कम हो जाती है। आम जनता के लिए उपलब्धता की यह कमी माँग बढ़ाती है तथा बढ़ी हुई यह माँग कीमतों में वृद्धि या मुद्रास्फीति का कारण बनती है। सरकार को अपनी खरीदी के लिए जो धन चाहिए। वह टैक्स लगाकर अथवा उधार लेकर पूरी करती है। चूँकि इन दोनों तरीकों की एक सीमा है, अतः सरकार तीसरा आसान तरीका अपनाती है, जिसमें वह सेंट्रल बैंक द्वारा (केंद्रीय बैंक-रिजर्व बैंक) करेंसी नोट प्रिंट करके अपने रेवेन्यू तथा खर्च के अंतर को पाटती है। यह अंतर सरकारी बजट में घाटे के रूप में दरशाया जाता है। अतिरिक्त करेंसी जारी होने के कारण बाजार में मुद्रा की तरलता (लिक्विडिटी) जितनी भी बढ़ती है, वह मुद्रास्फीति को बढ़ाने का कारक साबित होती है। अकसर राष्ट्रीय उत्पादन में वृद्धि उस अनुपात में ही होती है, जिस अनुपात में सरकारी खर्च बढ़ता है। इस प्रकार यह कार्यशैली ग्रॉस नेशनल प्रोडक्ट को कम तथा मुद्रास्फीति इनफ्लेशन को ज्यादा बढ़ाती है। इस बढ़ते इनफ्लेशन के कारण सरकार को निश्चित अंतराल पर अपने कर्मचारियों के वेतन में वृद्धि करनी पड़ती है, जिससे बाजार में पुनः मुद्रा की तरलता बढ़ती है तथा सरकारी घाटा बढ़ता है। लंबी अवधि में यह पुनः मुद्रास्फीति को बढ़ानेवाला कारक साबित होता है। सरकार मुद्रास्फीति को नियंत्रण में करने के लिए उत्पादन पर

जोर देती है। तथा मौद्रिक तथा क्रेडिट पॉलिसियों में ढील देने की नीति अपनाती है। यद्यपि इन नीतियों से उत्पादन को सहायता मिलती है, परंतु इससे ब्याज दरों के कम होने के कारण लोगों में लोन लेने की प्रवृत्ति बढ़ती है। यह पुनः तरलता और माँग को बढ़ा देता है। चूँकि सरकार द्वारा उत्पादन को बढ़ाने के लिए क्रेडिट पॉलिसियों में दी गई छूट का असर बाजार में मौद्रिक तरलता के रूप में पहले परिलक्षित होता है, जबकि बढ़े हुए उत्पादन का असर कुछ समय पश्चात् मालूम होता है। अतः समय का यह अंतराल मुद्रास्फीति को बढ़ानेवाला साबित होता है। जब सरकार यह महसूस करती है कि बाजार में मुद्रा की तरलता ने मुद्रास्फीति को बढ़ा रखा है, तब वह क्रेडिट पॉलिसी में कठोरता लाकर ब्याज दरों को बढ़ाने की कोशिश करती है। परंतु इसका विपरीत असर उत्पादक इकाइयों पर भी पड़ता है। उत्पादक इकाइयाँ इसका असर अपने उत्पाद की कीमत बढ़ाकर दूर करने का प्रयास करती हैं। पुनः उत्पाद की कीमत बढ़ने के कारण मुद्रास्फीति बढ़ती है। विकासशील देशों की अर्थव्यवस्था में जहाँ सरकारों का खर्च उसके द्वारा अर्जित किए गए रेवेन्यू से अधिक होता है, वह इस चक्र से प्रभावित होती रहती हैं।

इसके विपरीत, विकसित देशों की अर्थव्यवस्था में अकसर सरकार का खर्च उसके द्वारा अर्जित किए गए रेवेन्यू (राजस्व) से कहीं कम होता है (क्योंकि ऐसे देश बड़े निर्यातक होते हैं) तथा इन विकसित देशों की अर्थव्यवस्था इतनी मजबूत होती है कि उत्पादन में वृद्धि करने की नीतियों के तहत किए गए क्रेडिट पॉलिसी में बदलाव के कारण बाजार में उत्पन्न तरलता को झेला जा सकता है या इस तरलता को अन्य दिशा दी जा सकती है।

सरल भाषा में मुद्रास्फीति का असर रुपए की क्रय-शक्ति में गिरावट है। उदाहरण के तौर पर, किसी मध्य वर्गीय परिवार के राशन का खर्च सन् 2005 में 3,000 रुपए था तो 2008 में इतने ही रुपयों में वह उतनी वस्तुएँ उस मात्रा नहीं खरीद सकता, जितनी मात्रा में वह 2005 में खरीद सकता था। सरकार निश्चित समय अंतराल पर मुद्रास्फीति की दर की घोषणा करती है। उदाहरण के तौर पर, किसी समय यदि मुद्रास्फीति की दर 7 प्रतिशत है तो इसका अर्थ यह है कि एक वर्ष पहले उपभोक्ता जो वस्तु या सेवा 100 रुपए में हासिल कर सकता था, उसकी कीमत अब 107 रुपए है।

मॉनीटरी पॉलिसी (मौद्रिक नीति)

सरकार की इस आर्थिक नीति का उद्देश्य देश की आर्थिक व वित्तीय स्थितियों में सुधार लाकर मुद्रास्फीति को घटाना, दीर्घकालीन उत्पादन में वृद्धि तथा दीर्घकालिक अंतरराष्ट्रीय व्यापार को मजबूत बनाना होता है।

केंद्र सरकार 'मॉनीटरी पॉलिसी' को रिजर्व बैंक (केंद्रीय बैंक) के माध्यम से

लागू करती है। रिजर्व बैंक सरकार की मॉनीटरी पॉलिसी को इस प्रकार से लागू करता है जिससे बैंकों की लेंडिंग (उधार देना) एवं इन्वेस्टमेंट (निवेश) ग्राहक के लिहाज से बढ़े तथा बैंक व्यापारिक खर्च इस प्रकार से करें, जिससे मुद्रास्फीति को बढ़ाए बिना आर्थिक विकास को मदद मिल सके। सरकार की मॉनीटरी पॉलिसी में रोजगार के स्तर, उत्पादन के आकार एवं मुद्रास्फीति की दर को प्रभावित करने की क्षमता होती है तथा इस प्रकार यह आर्थिक गतिविधियों को प्रभावित करने के लिए महत्त्वपूर्ण औजार है।

मॉनीटरी पॉलिसी के तीन महत्त्वपूर्ण इंस्ट्रुमेंट हैं—

1. ओपन मार्केट ऑपरेशंस—इसके तहत बैंक सरकारी प्रतिभूतियों को खरीदते तथा बेचते हैं। इस प्रकार कोई बैंक अपने रिजर्व के आकार में परिवर्तन लाता है। रिजर्व बैंक ऑफ इंडिया समय-समय पर सरकारी ट्रेजरी बिलों (शॉर्ट टर्म बांड) तथा लांग टर्म सरकारी बांड खरीदकर बैंकिंग सिस्टम में रिजर्व को बढ़ावा देता है अथवा इन सरकारी प्रतिभूतियों को बेचकर मॉनीटरी पॉलिसी में कसाव लाता है।

2. डिस्काउंट रेट पॉलिसी—इसके द्वारा रिजर्व बैंक 'डिस्काउंट रेट' या वह ब्याज दर निर्धारित करता है, जिस पर सदस्य बैंक रिजर्व बैंक से उधार ले सकते हैं। जब कभी कमर्शियल बैंकों को रिजर्व की कमी महसूस होती है तो वे केंद्रीय बैंक से डिस्काउंट रेट पर उधार ले सकते हैं। रिजर्व बैंक अन्य बैंकों द्वारा लिये गए उधार और बाजार में चल रही आर्थिक गतिविधियों जैसे मुद्रास्फीति, उत्पादन का आकार, विकास दर आदि पर नजर रखता है तथा अपने आकलन के अनुसार सदस्य बैंकों द्वारा ली गई उधारी को प्रोत्साहित करने अथवा निरुत्साहित करने की नीति से डिस्काउंट रेट में कमी या वृद्धि करता है।

3. रिजर्व रिक्वायरमेंट पॉलिसी—इसके तहत सदस्य बैंकों तथा वित्तीय संस्थानों द्वारा रिजर्व बैंक के पास किए जानेवाले डिपॉजिट का अनुपात नियंत्रित किया जाता है। बैंकों को अपना कार्य सुचारु रूप से करने के लिए उनके डिपॉजिट का 1 प्रतिशत हिस्सा रिजर्व के रूप में रखना पर्याप्त होता है। परंतु सरकार रिजर्व बैंक के माध्यम से बैंकों तथा बाजार में मौद्रिक प्रसार पर अपना नियंत्रण बनाए रखना आवश्यक समझती है। यह कार्य केंद्रीय बैंक (रिजर्व बैंक ऑफ इंडिया) की 'रिजर्व रिक्वायरमेंट पॉलिसी' के तहत किया जाता है। सामान्यत: भारत में एस.एल.आर. या वैधानिक तरलता अनुपात (स्ट्रिटुअरी लिक्विडिटी रेशियो) 25 प्रतिशत के आस-पास तय किया गया है। अर्थात् सभी सदस्य बैंक उनके द्वारा किए गए कुल डिपॉजिट का 25 प्रतिशत केंद्रीय बैंक के पास फिक्स रखेंगे। इस रिजर्व पर केंद्रीय बैंक सदस्य बैंकों को कोई ब्याज नहीं चुकाता। इस एस.एल.आर. (SLR) के माध्यम से रिजर्व बैंक मुद्रा बाजार में मुद्रा के प्रसार पर नियंत्रण रखता है। इस एसएलआर में परिवर्तन लाकर केंद्रीय बैंक मुद्रा बाजार में आवश्यकतानुसार तरलता (लिक्विडिटी या धन की उपलब्धता) में परिवर्तन लाकर मुद्रास्फीति (महँगाई)

पर नियंत्रण रखता है तथा उत्पादकता को प्रोत्साहन देता है।

सरकार केंद्रीय बैंक के माध्यम से मौद्रिक नीति लागू करके अपने दीर्घकालिक लक्ष्य निर्धारित करती है। जब कभी सरकार अपने दीर्घकालिक लक्ष्यों में परिवर्तन लाना चाहती है अथवा उन्हीं लक्ष्यों को कायम रखते हुए बाजार की स्थितियों में बदलाव लाना आवश्यक समझती है, तब वह इन तीन औजारों के माध्यम से मुद्रा बाजार की स्थिति में बदलाव लाकर उद्देश्य हासिल करती है।

फिस्कल पॉलिसी (वित्तीय नीतियाँ)

'फिस्कल पॉलिसी' द्वारा सरकार अपने खर्च तथा कर अर्जित करने की क्रिया को निर्धारित करती है। आधुनिक आर्थिक व्यवस्था में जहाँ बाजार की शक्तियों की भूमिका अधिक होती है (खुली बाजार व्यवस्था), वहाँ सरकार बाजार एवं वित्तीय सिस्टम पर नजर रखने के लिए, प्रतिस्पर्धा को बढ़ावा देने के लिए, उत्पादकता पर जोर देने के लिए तथा किन्हीं कमजोर तबकों को सहारा देने के लिए वैधानिक ढाँचा तैयार करती है। इस वैद्यानिक ढाँचे के माध्यम से सरकार अपनी 'फिस्कल पॉलिसी' को इस प्रकार लागू करना चाहती है, जिससे सतत आर्थिक विकास हो। सरकारी फिस्कल पॉलिसी के दो महत्त्वपूर्ण औजार-सरकार द्वारा किया जानेवाला खर्च एवं सरकार द्वारा अर्जित किए जानेवाले कर (टैक्स) हैं। इन दो औजारों के माध्यम से सरकार 'माइक्रोइकोनॉमिक लक्ष्य' हासिल करती है।

बिजनेस साइकिल

बिजनेस की स्थितियाँ कभी एक जैसी नहीं रहतीं। वे कारक, जो आर्थिक प्रगति में सहायक होते हैं, एक अवधि के पश्चात् आर्थिक विकास का तंत्र इन कारकों के प्रति रेस्सिटिव (प्रतिरोधात्मक) हो जाता है। इस स्थिति से बचने के लिए समय-समय पर इन कारकों में बदलाव लाए जाते हैं। फिर आर्थिक फैलाव के बाद मंदी का दौर भी आता है। इस दौर में जी.एन.पी., रोजगार के स्तर तथा वास्तविक आय में गिरावट दर्ज होती है। बढ़ती हुई मुद्रास्फीति तथा कम होते लाभ के चलते कर्मचारियों की छँटनी होने लगती है और शेयर बाजार इससे प्रभावित होने लगता है। मंदी के दौर के पश्चात् रिकवरी प्रारंभ होती है। (शेयर बाजार में भी रिकवरी दिखाई देने लगती है)। यह दौर भी तेज या धीमा हो सकता है। रिकवरी का दौर पुन: आर्थिक फैलाव के दौर में या फिर पुन: मंदी के दौर में बदल सकता है। इस प्रकार जब आर्थिक गतिविधियों की गति तेज या मंदी पड़ती है, सरल भाषा में इसे 'बिजनेस साइकिल' कहा जाता है। यह साइकिल 2 साल से 10 साल तक फैली हो सकती है।

क्रेडिट पॉलिसी

केंद्रीय बैंक (भारतीय रिजर्व बैंक) सभी अन्य बैंकों के लिए नीति-नियम बनाता है तथा उनके लेन-देन पर नजर रखता है। यदि बैंकों को नकदी (लिक्विडिटी) की कमी होती है तो उन्हें नकदी मुहैया भी करवाता है; और इन्हीं सब बातों का आकलन किया जाता है 'मौद्रिक नीति' के तहत। इसी मौद्रिक नीति को 'क्रेडिट पॉलिसी' के नाम से भी जाना जाता है। क्रेडिट पॉलिसी की घोषणा साल में दो बार अप्रैल और अक्तूबर में की जाती है। लेकिन अब हर तिमाही इसकी समीक्षा का प्रावधान कर दिया गया है। इस दौरान रिजर्व बैंक कोई भी नीतिगत फैसला ले सकता है। अर्थव्यवस्था के कई पहलू बाजार में नकदी की उपलब्धता तथा महँगाई दर जैसे कई मुद्दे हैं जिन्हें इसी क्रेडिट पॉलिसी के जरिए साधा जाता है। हालात के मुताबिक केंद्रीय बैंक सी.आर.आर. (कैश रिजर्व रेशियो), रेपो रेट या अन्य रेटों में कमी या बढ़ोतरी कर सकता है।

क्रेडिट पॉलिसी बनाते वक्त रिजर्व बैंक यह देखता है कि बाजार में धन की उपलब्धता कितनी है। बैंकों के पास कितनी नकदी है और वे कितना कर्ज दे रहे हैं। अगर बाजार में धन बढ़ता है या यों कहें कि तरलता (लिक्विडिटी) बढ़ जाती है तो वस्तुओं की कीमतें बढ़ जाती हैं; क्योंकि पैसा उपलब्ध होने से एकाएक डिमांड बढ़ जाती है, जबकि सप्लाई उस अनुपात में नहीं बढ़ने से महँगाई बढ़ने लगती है।

इसके अलावा रिजर्व बैंक यह भी देखता है कि बैंक कितना कर्ज दे रहे हैं और कितनी वसूली कर रहे हैं। अगर कर्ज देने के बाद बैंकों ने कर्ज को सही तरीके से नहीं वसूला तो वे दिवालिए हो जाएँगे, जैसा कि हमने वर्ष 2008 में अमेरिका के कई बैंकों को दिवालिया होते देखा।

अतः इन सभी मुद्दों पर बारीकी से विश्लेषण करने के बाद पॉलिसी बनाई जाती है कि आनेवाले समय में बैंकों को क्या रुख रखना है। और इसके लिए रेपो, रिवर्स रेपो और सी.आर.आर. में बदलाव किया जाता है।

रेपो रेट

बैंकों को अपने दैनिक कामकाज के लिए प्रायः ऐसी बड़ी रकम की जरूरत होती है जिनकी मियाद एक दिन से ज्यादा नहीं होती। इसके लिए बैंक जो विकल्प अपनाते हैं, उनमें सबसे ज्यादा सामान्य विकल्प है—रिजर्व बैंक से रात भर के लिए (ओवरनाइट) कर्ज लेना। इस कर्ज के लिए बैंकों को रिजर्व बैंक को जो ब्याज देना पड़ता है, उसे 'रेपो रेट' कहते हैं।

रेपो रेट कम होने से बैंकों के लिए रिजर्व बैंक से कर्ज लेना सस्ता हो जाता है और इसलिए बैंक ब्याज दरों में कमी कर देते हैं, ताकि ज्यादा-से-ज्यादा रकम कर्ज के तौर

पर दी जा सके। रेपो रेट में बढ़ोतरी का सीधा मतलब यह होता है कि बैंकों के लिए रिजर्व बैंक से रात भर के लिए कर्ज लेना महँगा हो जाएगा। साफ है कि बैंक दूसरों को कर्ज देने के लिए जो ब्याज दर तय करते हैं, उसे उन्हें बढ़ाना पड़ेगा।

रिवर्स रेपो रेट

नाम के मुताबिक 'रिवर्स रेपो रेट' 'रेपो रेट' से उल्टा होता है। बैंकों के पास दिन भर के कामकाज के बाद जो रकम शेष बच जाती है, बैंक वह रकम अपने पास रखने के बजाय रिजर्व बैंक में रख सकते हैं, जिस पर उन्हें रिजर्व बैंक से ब्याज भी मिलता है। जिस दर पर वह ब्याज मिलता है, उसे 'रिवर्स रेपो रेट' कहते हैं। अगर रिजर्व बैंक को लगता है कि बाजार में बहुत ज्यादा नकदी है तो वह रिवर्स, रेपो रेट में बढ़ोतरी कर देता है, जिससे बैंक ज्यादा ब्याज कमाने के लिए अपना धन रिजर्व बैंक के पास रखने के लिए प्रोत्साहित होते हैं, और इस तरह उनके पास बाजार में उधार पैसा देने के लिए कम धन बचता है।

कैश रिजर्व रेशियो (CRR)

सभी बैंकों के लिए जरूरी होता है कि वे अपने कुल कैश रिजर्व का एक निश्चित हिस्सा रिजर्व बैंक के पास जमा रखें। इसे 'नक़द आरक्षी अनुपात' कहते हैं। ऐसा इसलिए होता है कि अगर किसी भी मौके पर एक साथ बहुत बड़ी संख्या में जमाकर्ता अपना पैसा निकालने आ जाएँ तो बैंक डिफॉल्ट न कर सके।

रिजर्व बैंक ऑफ इंडिया जब ब्याज दरों में बदलाव किए बिना बाजार से तरलता कम करना चाहता है तो वह सी.आर.आर. बढ़ा देता है। उदाहरण के लिए मौद्रिक नीति की वार्षिक समीक्षा के बाद यदि सी.आर.आर. 8.25 प्रतिशत होता है तो इसका मतलब है कि बैंकों को अपने 100 रुपए के कैश रिजर्व पर 8.25 रुपए का रिजर्व रखना होगा। इससे बैंकों के पास बाजार में कर्ज देने के लिए कम रकम बचेगी। लेकिन रेपो और रिवर्स रेपो दरों में कोई बदलाव नहीं किया जाता है तो 'कॉस्ट ऑफ फंड' पर कोई असर नहीं पड़ता। रेपो और रिवर्स रेपो दरें रिजर्व बैंक के हाथ में नकदी की सप्लाई को तुरंत प्रभावित करनेवाले हथियार माने जाते हैं, जबकि सी.आर.आर. बाजार में नकदी की सप्लाई को प्रभावित करनेवाला हथियार माना जाता है।

एस.एल.आर. या वैधानिक तरलता अनुपात (SLR)

बैंकों के लिए यह जरूरी होता है कि वे हर दिन के अपने कारोबार के अंत में नकदी, सोना और गवर्नमेंट सिक्यूरिटीज में निवेश के रूप में एक खास रकम रिजर्व बैंक

के पास रखें, जिसे वे किसी भी आपात देनदारी को पूरा करने में इस्तेमाल कर सकें। यह रकम आमतौर पर बैंक की अगले एक महीने की तमाम देनदारियों और किसी भी समय आनेवाली आपात माँग के आधार पर तय की जाती है। आर.बी.आई. ने फिलहाल इसकी सीमा 24 प्रतिशत निश्चित रखी है। आर.बी.आई. इसमें बढ़ोतरी व कटौती करता रहता है। जब रिजर्व बैंक एस.एल.आर. (SLR) में कटौती करता है तो इसका मतलब होता है कि होम लोन, कार लोन और व्यावसायिक लोन सस्ते हो जाएँगे।

यदि हम एस.एल.आर. और सी.आर.आर. में अंतर की बात करें तो असल में अर्थव्यवस्था में पूँजी के प्रवाह को बढ़ाने के दौरान बैंक कर्ज की मात्रा ज्यादा होने से रोकने के लिए एस.एल.आर. की व्यवस्था है, वहीं सी.आर.आर. के तहत बैंकों को अपने नकद जमा का एक निश्चित हिस्सा आर.बी.आई. में रखना होता है। जितना ज्यादा सी.आर.आर. होगा, बैंकों के पास ग्राहकों के लोन देने के लिए उतनी ही कम राशि होगी।

नॉन परफॉर्मिंग एसेट (NPA)

'एन.पी.ए.' यानी 'नॉन परफॉर्मिंग एसेट' का मतलब होता है, वह कर्ज जिसकी वसूली करने में बैंक तमाम कोशिशों के बावजूद नाकाम रहा हो। और जब बैंक यह मान लेता है कि उस रकम की वसूली नामुमकिन है तो उसे 'नॉन परफॉर्मिंग एसेट' में डाल दिया जाता है। और यही कारण है कि बैलेंस शीट तैयार करते वक्त इसे जोड़ा नहीं जाता। वर्ष 2008 में आई आर.बी.आई. की रिपोर्ट के अनुसार, "फिलहाल सभी बैंकों का एन.पी.ए. एक लाख करोड़ से ज्यादा है।"

यही कारण है कि जब एन.पी.ए. बढ़ने लगता है तो बैंक लोन देने से ना-नुकुर करने लगते हैं, जिनके बारे में उन्हें संदेह होता है कि उनकी वसूली शायद न हो पाए। हालाँकि बैंकों को यह भी अधिकार है कि कर्ज न देने की स्थिति में वे कर्जदार की संपत्ति की नीलामी कर सकते हैं तथा कर्जदार को नोटिस दे सकते हैं। लेकिन इस सबके बावजूद एन.पी.ए. में वृद्धि जारी है। यही कारण है कि बैंक उन्हीं सेक्टरों और लोगों को लोन देने में रुचि दिखाते हैं, जिनका ट्रेक रिकॉर्ड अच्छा हो।

प्राइम लैंडिंग रेट (PLR)

प्राइम लैंडिंग रेट का घटना या बढ़ना, कर्ज लेनेवालों के लिए बहुत मायने रखता है। यह बैंकों की ब्याज दरों का 'बेंचमार्क' है, जिसे 'प्राइम लैंडिंग रेट' कहा जाता है। इस बुनियादी रेट के घटने या बढ़ने का मतलब है—सभी तरह के कर्ज या लोन महँगे या सस्ते हो जाना। अलग-अलग बैंकों का (पी.एल.आर.) अलग-अलग होता है और इसमें बैंक अपनी व्यापारिक नीति एवं वित्तीय हालात के मुताबिक पी.एल.आर. घटाते-

बढ़ाते हैं। लेकिन यह बहुत हद तक आर.बी.आई. की क्रेडिट पॉलिसी पर निर्भर करता है। ऐसा देखा गया है कि जब आर.बी.आई. रेपो रेट में कटौती करता है तो बैंक भी अपने पी.एल.आर. घटा देते हैं और उनकी ब्याज दरें कम हो जाती हैं। और यदि रेपी रेट बढ़ा दिया जाता है तो उन्हें अपनी दरें बढ़ानी भी पड़ती हैं।

मंदी के मायने

अर्थव्यवस्था में तेजी एवं मंदी का आना चक्रीय होता है और इसका प्रभाव शेयर बाजार पर बहुत जल्द दिखाई देने लगता है। यदि यह कहा जाए कि शेयर बाजार अर्थव्यवस्था की तेजी या मंदी का आईना है तो अतिशयोक्ति नहीं होगी।

'रिसेशन' या 'मंदी' से तात्पर्य है किसी देश की अर्थव्यवस्था में आर्थिक गतिविधियों में ब्रेक या यों कहें, सुस्त पड़ जाना मंदी का संकेत कहलाता है। और जब ऐसा होता है, तब देश के सकल घरेलू उत्पाद (जी.डी.पी.) के ग्रोथ रेट में कमी आने लगती है। चूँकि किसी भी देश को सकल घरेलू उत्पाद (जी.डी.पी.) में वृद्धि ही उस देश की इकोनॉमिक ग्रोथ में वृद्धि का द्योतक है; और जब दो-तीन तिमाहियों तक जी.डी.पी. की वृद्धि-दर में कमी दर्ज की जाती है तो हम यह कह सकते हैं कि देश मंदी की तरफ बढ़ रहा है। इसका असर शेयर बाजार में निरंतर गिरावट के रूप में देखा जाता है। विशेषज्ञ ऐसा मानते हैं कि तेज वृद्धि दर के बाद मंदी आती है, जो कि एक सामान्य कारोबारी-चक्र है। ऐसा माना जाता है कि 2 से 4 साल के बीच मंदी खत्म हो जाती है।

कुछ लोगों का मानना है कि जी.डी.पी. ही अर्थव्यवस्था का एकमात्र इंडिकेटर नहीं है, बल्कि रोजगार के मौके, औद्योगिक उत्पादन, वास्तविक आय और थोक व खुदरा बिक्री भी काफी मायने रखते हैं। अमेरिका के 'नेशनल ब्यूरो ऑफ इकोनॉमिक रिसर्च' की परिभाषा के अनुसार—"जब आर्थिक गतिविधियाँ शीर्ष पर पहुँचने के बाद घटने लगती हैं तो इस अवधि को मंदी या रिसेशन कहते हैं।"

इस परिभाषा के अनुसार जब जी.डी.पी. में 10 फीसदी से अधिक की गिरावट आती है तो इसे 'इकोनॉमिक डिप्रेशन' कहते हैं।

मंदी के कारण

हालाँकि मंदी का कारण घरेलू माँग (डिमांड) का कम होना है, लेकिन ग्लोबल हो चुकी अर्थव्यवस्था में यह कई अन्य कारणों पर निर्भर करती है। जैसे भारत में सन् 2008 में मंदी की दस्तक का कारण अमेरिका की मंदी और उसका सबप्राइम संकट बना। विशेषज्ञ ऐसा मानते हैं कि जब उपभोक्ता अपने खर्च में कमी कर देते हैं तो मंदी आती है और अर्थव्यवस्था में जब भरोसा कम होने लगता है तो लोग खराब समय के लिए पैसा

बचाकर रखते हैं और इससे खर्च कम करने लगते हैं। जाहिर है, इससे माँग कम हो जाती है और इसका सीधा असर उत्पादन पर पड़ता है। कंपनियाँ अपना उत्पादन कम करना शुरू कर देती हैं। उत्पादन कम होने से नौकरियों में भी कटौती होने लगती है और इससे बेरोजगारी फैलने लगती है तथा लोगों की खर्च करने की क्षमता स्थिर हो जाती है। हाँ, यह सही है कि मंदी के जलजले को महज शेयर मार्केट के आईने में नहीं देखा जा सकता; क्योंकि भारत की कुल आबादी में सिर्फ 1.5 प्रतिशत लोग ही शेयर बाजार में सीधा निवेश करते हैं और इससे कुछ ज्यादा लोग म्युचुअल फंड में निवेश करते हैं। यही कारण है कि ज्यादातर लोगों के लिए यह बात मायने नहीं रखती कि शेयर मार्केट में क्या हो रहा है। लेकिन यह सत्य है कि इकोनॉमी पर जब मंदी नामक सुनामी का असर होता है तो मुश्किल दौर शुरू हो जाता है। इस दौरान इंडस्ट्रियल प्रोडक्शन में जोरदार गिरावट होने लगती है, जो इस बात की ओर इशारा करती है कि बाजार और बिजनेस में सेंटिमेंट्स नकारात्मक होने लगे हैं और सुस्ती छाने लगी है। और जब इकोनॉमी पर ब्रेक लगता है तो आम लोगों के रोजगार, आमदनी व उनके लाइफस्टाइल पर असर पड़ने लगता है।

□

26

स्टॉक मार्केट के कुछ बड़ी गिरावटें (क्रेश)

हर देश की अर्थव्यवस्था चक्रीय होती है। और इन्हीं चक्रों (साइकल्स) के आधार पर शेयर बाजार में कभी तेजी तो कभी मंदी का दौर आता है। हालाँकि हर देश में शेयर बाजार में आनेवाली तेजी या मंदी वहाँ की घरेलू अर्थव्यवस्था पर निर्भर करती है लेकिन अब वैश्विक हो चुके शेयर बाजार पर दूसरे देशों की अर्थव्यवस्था का भी प्रभाव पड़ता है। उदाहरण के लिए, 2008 में अमेरिका की अर्थव्यवस्था में उत्पन्न हुए सबप्राइम संकट ने न सिर्फ अमेरिका के शेयर बाजार, बल्कि पूरे विश्व के शेयर बाजारों को प्रभावित किया। इसलिए यह कहा जाए कि शेयर बाजार का तेजी व मंदी, दोनों के साथ नाता उतना ही पुराना है, जितना शेयर बाजार खुद पुराना है, तो कोई अतिशयोक्ति नहीं होगी। मार्केट में गिरावटें नियमित अंतराल के बाद आती हैं और फिर दुबारा कुछ समय बाद शेयर बाजार में रौनक भी लौट आती है।

हालाँकि भारतीय शेयर बाजार में पूर्व में भी अचानक कई बड़ी गिरावटें देखी गई हैं, लेकिन उनका प्रमुख कारण शेयर बाजार में लगातार घोटाले रहे। उदाहरण के लिए, हर्षद मेहता घोटाला एवं केतन पारिख घोटाला आदि। इसलिए ज्यादातर लोगों को लगता है कि अचानक जो गिरावट आती है, उसका संबंध घोटाले से होता है, लेकिन बाजार में गिरावट (मार्केट क्रेश) का कारण सिर्फ घोटाले से नहीं है। कुछ गिरावटें तो ऐसी हैं जिनसे शेयर बाजारों के उबरने में वर्षों लग गए। आइए, हम भारतीय और विदेशी शेयर बाजारों की कुछ बड़ी गिरावटों के इतिहास पर नजर डालते हैं—

1. सन् 1929 का क्रेश और ग्रेट डिप्रेशन (मंदी)।

इतिहास के पन्नों में सन् 1929 की गिरावट (क्रेश) अब तक की सबसे बड़ी गिरावट के रूप में दर्ज है। यह गिरावट इतनी भयंकर थी कि इसने धीरे-धीरे मंदी का रूप

ले लिया और इससे उबरने में दशकों का समय लगा।

सन् 1929 का क्रेश इस बात का उदाहरण है कि परिस्थितियाँ कैसे बदलती हैं और किस तरह घबराहट का माहौल न सिर्फ शेयर बाजार के निवेशकों को, अपितु सभी को अपने घेरे में ले लेता है।

सन् 1929 में हुए क्रेश के 'लहरीय-प्रभाव' ने इक्विटी निवेशकों के साथ-साथ अमेरिका के हर व्यक्ति को अपनी गिरफ्त में ले लिया था। अमेरिका जैसे विकसित देश में बुल और बीयर मार्केट का बारी-बारी से आना, अमेरिकी निवेशकों के लिए आम बात थी। मुख्य तौर पर यह 7 से 10 सालों तक बुल (तेजी का) फेज चलता है और उसके बाद 8 से 10 साल तक बीयर फेज (मंदी का दौर) चलता है। सन् 1929 से पहले तक भी अपट्रेंड ही चल रहा था, क्योंकि 1920 में अर्थव्यवस्था को तेजी देनेवाले कई कारक थे—जैसे औद्योगीकरण तकनीक का विकास, रेडियो, ऑटोमोबाइल और हवाई यात्रा के सुनहरे दौर ने अर्थव्यवस्था को बहुत फायदा पहुँचाया।

मंदी की शुरुआत का कारण

किसी भी अर्थव्यवस्था में आनेवाली मंदी (डिप्रेशन) के दौर के कई स्वतंत्र कारक होते हैं, जो समय विशेष में सम्मिलित प्रभाव डालते हैं। सन् 1929 की मंदी के प्रमुख कारकों में तत्कालीन अर्थव्यवस्था की ढाँचागत कमजोरी तथा उस समय की कुछ विशेष घटनाओं को जिम्मेदार माना जाता है। इन विशेष घटनाओं में बड़े बैंकों का डूबना, इससे शेयर मार्केट का धराशायी होना तथा ब्रिटेन की सरकार का गोल्ड स्टैंडर्ड (स्वर्ण मानक) पर पुनः लौटना शामिल माना गया। मंदी की शुरुआत होने पर माँग-आपूर्ति का संतुलन तेजी से गड़बड़ाने लगता है। इस बिगड़ते संतुलन में अविश्वास शामिल होकर संक्रमण की भाँति अर्थव्यवस्था के सदस्य देशों में फैल जाता है। ऐसी अवस्था में उपभोक्ता के उपभोग (कंजंप्शन) में गिरावट आती है, जो कि स्थिति को और बिगाड़ देती है। मुक्त बाजार अर्थव्यवस्था के समर्थक इस मंदी के लिए सरकारी नीति तथा निर्णयों को जिम्मेदार ठहराते हैं तथा सरकारी नियंत्रणवाली अर्थव्यवस्था के समर्थक मुक्त बाजार अर्थव्यवस्था के ढाँचे को। जबकि वस्तुस्थिति यह होती है कि दोनों पक्षों के कई कारक मिलकर मंदी का माहौल बनाते हैं।

सन् 1929 की मंदी अचानक नहीं आई। पहले जो सूचकांक डाउ जोंस 60 अंक पर था, वह सन् 1929 आते-आते 400 अंक तक पहुँच गया। लाखों लोगों को लखपति होते देख हर कोई इस तेजी का फायदा उठाने के लिए अपना सबकुछ बेचकर नकदी को शेयर बाजार में लगाने लगा। उस समय मार्जिन का उपयोग इतना बढ़ गया कि बाजार में (सट्टेबाजी) स्पेकूलेशन बढ़ने लगा और इसको कंट्रोल करने के लिए उस समय

फेडरल रिजर्व ने अंधाधुंध बढ़ रहे शेयर बाजार में थोड़ी रुकावट लाकर उसे संतुलित करने के लिहाज से कई बार ब्याज दरों में बढ़ोतरी की। ऐसा नहीं है कि सन् 1928 में लोगों को संकेत नहीं मिले कि अर्थव्यवस्था का सुनहरा बुलबुला फूटने वाला है, लेकिन किसी ने भी उस 'बुल दौर' (तेजी के दौर) के मोहवश उन संकेतों की तरफ ध्यान नहीं दिया; हालाँकि बहुत बड़ी गिरावट आने से पहले कई छोटी-छोटी गिरावटें आईं। सबसे पहला क्रेश मार्च 1929 में आया। उस समय शेयरों की कीमतों में भारी उतार-चढ़ाव आया और सितंबर आते-आते यह स्पष्ट हो गया कि शेयर बाजार मंदी के दौर में प्रविष्ट हो गया है।

उस वर्ष नवंबर में डाउ जोंस, जो कभी 400 के स्तर पर पहुँच गया था, गिरकर 145 पर गया। इससे कई लोगों की नौकरियाँ चली गईं और जिन्होंने अपना सबकुछ दाँव पर लगाकर शेयर बाजार में पैसा लगाया था, वे सड़क पर आ गए। स्थिति इतनी गंभीर हो गई कि अमेरिका की आधी आबादी से ज्यादा लोग गरीबी रेखा के नीचे आ गए।

वे लोग, जो शेयर बाजार की माया से लखपति बने थे, भिखारी बन गए। पूरे विश्व पर इस मंदी का असर होने लगा और सन् 1933 तक वैश्विक मंदी ने दस्तक दे दी। मंदी का यह दौर एक दशक से ज्यादा चला। आखिर सन् 1941 में विश्वयुद्ध की घोषणा के बाद धीरे-धीरे अर्थव्यवस्था मंदी से उबरने में कामयाब हुई। युद्ध की तैयारियों ने अर्थव्यवस्था को वापस पटरी पर ला दिया। सन् 1929 की मंदी से यह सबक मिला कि किस तरह अर्थव्यवस्था कुलाँचे मारते-मारते गोते भी लगा सकती है!

सन् 1973 का ऑयल शॉक

तेल उत्पादकों द्वारा तेल की कीमतों को चौगुना करने से सन् 1973 में बड़ी गिरावट दर्ज हुई। 17 अक्तूबर, 1973 को तेल उत्पादक देशों ने घोषणा कर दी कि वे अमेरिका को शिपिंग ऑयल देना रोक देंगे और ऐसा ही जापान व पश्चिमी यूरोप के साथ भी उन्होंने किया। यद्यपि ऐसा वे अमेरिका द्वारा इजराइल की सहायता के विरोधस्वरूप कर रहे थे। तेल की कीमतों के बढ़ने से महँगाई में जबरदस्त बढ़ोतरी हो गई और चारों ओर हाहाकार मच गया। बाद में तेल की कीमतों में स्थायित्व आया, लेकिन सन् 1981 में जब ईरान और इराक में युद्ध शुरू हुआ तो एक बार फिर तेल की कीमतें बढ़ गईं, जो युद्ध के बाद धीरे-धीरे नीचे आईं। इस ऑयल शॉक ने एक बात पुख्ता कर दी कि जब भी तेल की कीमतों में जबरदस्त उछाल आता है तो वह अर्थव्यवस्था के लिए खतरे की घंटी होता है।

सन् 1987 का क्रेश (गिरावट)

यह ऐसा दौर था, जब शेयर बाजार में प्रोग्राम ट्रेडिंग चलती थी। प्रोग्राम ट्रेडिंग ऐसा तरीका था जिसमें विभिन्न शेयर बाजारों में किसी इक्विटी की कीमतों के मामूली अंतर को लेकर उत्पन्न हुई 'ऑर्बिट्रेज' (हुंडी कारोबार) स्थितियों का फायदा उठाया जाता था। शेयर बाजारों की कार्यप्रणाली कंप्यूटरीकृत होने के चलते कुछ ही मिनटों के अंतर पर ऑर्बिट्रेज स्थितियों का फायदा लिया जा सकता था। और इसी के चलते 19 अक्तूबर, 1987 को पूरे विश्व के बाजारों में जबरदस्त गिरावट दर्ज हुई। डाउ जोंस ने तो 500 अंकों का गोता लगाया। शुरुआत बड़ी गिरावट से हुई और बाद में वह मंदी (डिप्रेशन) में परिवर्तित हो गई।

लोगों ने इस अचानक आए क्रेश का जिम्मेदार 'प्रोग्राम ट्रेडिंग' को और 'बाजार के अधिमूल्यन' (ओवरवैल्यूशन) को माना। दो साल में एस. ऐंड पी. (S&P) 500 का प्राइस अर्निंग रेशियो 10 से उछलकर 19 हो गया। इस वृद्धि के साथ अर्निंग अपना तालमेल नहीं बिठा पाई और लोग यह मानने लगे कि बाजार ओवरवैल्यूड (शेयरों की कीमतों का अत्यधिक बढ़ जाना) हो गया है और यदि गिरावट आती है तो इससे बाजार को सही व संतुलित (करेक्ट) होने का मौका मिलेगा।

लेकिन इस दौरान ही विश्व में चल रही उठा-पटक ने भी इस गिरावट में अपना योगदान किया। अन्य देशों की मुद्राओं की तुलना में डॉलर की कीमत घटने लगी। सन् 1985 के बाद ब्याज दरें लगातार बढ़ने लगीं और अमेरिका का बजटीय घाटा बढ़ने लगा। बाजार में पैसों की उपलब्धता इतनी कम हो गई कि लोगों के लिए शेयर बेचना तक मुश्किल हो गया। तरलता (लिक्विडिटी) की कमी इस कदर हो गई कि लोगों को यह स्थिति सन् 1929 में आए क्रेश से पहले आई स्थिति की तरह लगने लगी।

सन् 1987 में आए क्रेश के लिए कोई एक कारण जिम्मेदार नहीं था, बल्कि हर घटना का अपना प्रभाव था। लेकिन इस मंदी के दौर से अमेरिका की अर्थव्यवस्था जल्द ही उबर गई, क्योंकि यह सन् 1929 के मंदीवाले दौर जितनी भयंकर व व्यापक नहीं थी। अमेरिका की अर्थव्यवस्था फिर से उसी तरह सुनहरे दौर में लौट गई, जिस तरह सन् 1920 में विकास के रास्ते पर चलकर आगे बढ़ी थी। सभी तरफ 'अपवर्ड मूवमेंट' दिखाई देना लगा और शेयरों की कीमतें एक बार फिर आसमान छूने लगीं।

भारत में उदारीकरण के बाद की पहली बड़ी गिरावट

सन् 1991 के पहले भारतीय बाजार कई तरह की पाबंदियों से इस तरह घिरा था कि अर्थव्यवस्था में एक तरह का ठहराव-सा आने लगा था। आबादी बढ़ती जा रही थी

और इतनी बड़ी आबादी के लिए रोजगार मुहैया करवाने और उसे उपभोग के लिए जरूरी चीजें मुहैया करवाने के लिए एक ऐसे माध्यम की आवश्यकता महसूस होने लगी थी, जिसके द्वारा इन आवश्यकताओं को पूरा किया जा सके। लेकिन लाइसेंस राज और सरकारी पाबंदियाँ इतनी थीं कि लोग चाहकर भी अपना उत्पादन नहीं बढ़ा पाते थे। औद्योगिकीकरण एवं घरेलू उद्योग भी इन पाबंदियों के चलते अपना उचित विकास नहीं कर पा रहे थे। सरकार के पास इतना धन नहीं था कि वह बढ़ रही आबादी के लिए बिना निजी भागीदारी के ढाँचागत सुविधाएँ मुहैया करवा पाए। इन सब परेशानियों से निकलने के लिए तत्कालीन पी.वी. नरसिम्हा राव की सरकार के तत्त्वावधान में वित्त मंत्री डॉ. मनमोहन सिंह ने तेजी के साथ आर्थिक सुधारों को लागू करना शुरू किया। आर्थिक सुधारों के परिणामस्वरूप भारतीय अर्थव्यवस्था को खोल दिया गया। उदारीकरण का दौर शुरू होते ही उसका प्रभाव भारतीय अर्थव्यवस्था पर दिखाई देने लगा। भारतीय शेयर बाजार का तो उदारीकरण ने पूरा स्वरूप ही बदलकर रख दिया। इधर सरकार उदारीकरण को लागू करने की प्रक्रिया में लगी थी, उधर शेयर बाजार में इसका प्रभाव 'बुल रन' (तेजी) के रूप में दिखाई देने लगा। इंडेक्स रिकॉर्ड कायम कर रहा था और बाजार लगातार कुलाँचे भरते हुए ऊपर की ओर अपनी स्थिति कायम करने में सफल होने लगा। लेकिन यह 'बुल रन' कुछ ही व्यक्तियों के हाथों की कठपुतली साबित हुआ। उस समय अकेले हर्षद मेहता, जिसे 'बिग बुल' के नाम से जाना जाता था, के पास इतने शेयर आ गए कि वह स्टॉक मार्केट पर राज करने लगा। उस समय यह कहा जाता था कि 'बिग बुल' जिस शेयर को छू देता है, वह सोना हो जाता है। जाहिर है, इसका फायदा हर्षद मेहता ने खूब उठाया। उसने बिना फंडामेंटलवाली कंपनियों—और कुछ तो उसमें से फर्जी तक थीं—के शेयरों को नाटकीय रूप से खूब ऊपर उठाया। लोगों ने रातोरात पैसा बनाने के लिए ऐसे शेयरों में खूब पैसा लगाया। लोग कंपनियों के वैल्यूएशन (सही मूल्य-निर्धारण) बिना और बिना किसी रिसर्च के शेयर खरीद रहे थे। बाद में जब इस बात का खुलासा हुआ कि हर्षद मेहता ने कई बैंकों से साँठ-गाँठ करके अनैतिक रूप से धन प्राप्त किया और उसे शेयर बाजार में झोंककर बाजार में सट्टेबाजी को बढ़ावा दिया था। शेयरों में एक साथ पैसा लगाकर उसने उन शेयरों की बाजार में नाटकीय डिमांड पैदा की और उन्हें निश्चित ऊँचाई तक पहुँचाकर तुरंत बिकवाली शुरू कर देता था। इससे वे लोग डूब गए जिन्होंने ऐसे शेयरों में ऊँचे भावों पर खरीदी की थी। जब इस घोटाले का खुलासा हुआ, तब ऐसा क्रेश आया कि बाजार अपने निचले स्तर पर चला गया। निवेशकों की होल्डिंग (शेयर्स) मात्र कागज का एक टुकड़ा भर रह गई। यह घोटाला भारतीय शेयर बाजार की पहली सबसे बड़ा मंदी का कारण बना।

हालाँकि लोगों को देरी से ही सही, अपना पैसा वापस मिला; लेकिन बाजार के

सेंटिमेंट्स इतने खराब हो गए कि लोगों का फिर से शेयर बाजार में विश्वास पैदा होने में कई वर्षों का समय लग गया।

सन् 1997 का एशियाई वित्तीय संकट (फाइनेंशियल क्राइसिस)

एशियाई देशों में वित्तीय संकट का दौर जुलाई 1997 से प्रारंभ हुआ और इसका कारण बना थाईलैंड द्वारा अपनी मुद्रा का अवमूल्यन करना।

उस समय तक थाईलैंड भारी विदेशी कर्ज से दबकर बुरी तरह दिवालिया हो चुका था। इस संकट का फैलाव दक्षिण-पूर्वी एशियाई देशों तथा जापान में भी हुआ। इस कारण मुद्रास्फीति बढ़ी, शेयर मार्केट गिरे तथा निजी कर्ज का आकार भी बढ़ा। इस वित्तीय संकट को तथा इसके प्रभाव को खुले तौर पर स्वीकार किया गया, परंतु इसके कारणों तथा निवारण के बारे में स्वाभाविक मतभेद रहा। इंडोनेशिया, द. कोरिया तथा थाईलैंड इससे सर्वाधिक प्रभावित रहे; जबकि हांगकांग, मलेशिया, लाओस, फिलिपींस भी इस संकट की मार से बच नहीं सके। चीन, भारत, ताइवान, सिंगापुर जैसे कुछ देश इस वित्तीय संकट से सबसे कम प्रभावित हुए। फिर भी माँग में कमी तथा अविश्वास के माहौल का असर इन देशों में भी महसूस किया गया। इस वित्तीय संकट से घायल देशों की अर्थव्यवस्था में एक बात गौर करने लायक यह थी कि इन देशों की अर्थव्यवस्था में विदेशी कर्ज तथा सकल घरेलू उत्पाद का अनुपात 100 प्रतिशत से 180 प्रतिशत तक था।

फूटा डॉट कॉम का बुलबुला-2001

वर्ष 1995 तक इंटरनेट का इस्तेमाल करनेवालों की तादाद में काफी बढ़ोतरी हो गई थी और शेयर बाजार में कारोबार का एक नया ऑनलाइन कंप्यूटरीकृत मार्केट लोगों के बीच तेजी से लोकप्रिय होने लगा। इनफॉर्मेशन टेक्नोलॉजी (आई.टी.) के इस युग में नई पीढ़ी के निवेशक इंटरनेट को बिजनेस का चेहरा काफी हद तक बदल डालने का एक माध्यम समझने लगे। लोगों के रहन-सहन और जीने के तरीके में जब तेजी से परिवर्तन आते दिखा तो डॉट कॉम ने क्रेज का रूप धर लिया। वर्चुअल वर्ल्ड द्वारा धन कमाने का मंत्र लोगों को इतना रास आने लगा कि हर कोई फिजिकल से इस वर्चुअल वर्ल्ड में प्रवेश कर मालामाल होने की जुगत करने लगा।

हालाँकि ऐसा भी नहीं था कि आई.टी. सिर्फ एक बुलबुला ही था, बल्कि सही मायनों में इंटरनेट ने वाकई में उद्योगों के साथ-साथ सभी सेक्टरों में व्यापार करने का तरीका ही बदल डाला। हर सेक्टर, भले ही वह बैंकिंग हो या रिटेल या कि ऑटोमोबाइल, सभी जगह कंप्यूटरीकृत कारोबार से न सिर्फ समय की बचत हुई, बल्कि खर्च में भी काफी कटौती हुई।

लेकिन डॉट कॉम की शुरुआत के वक्त जैसे-जैसे उसके प्रभाव आने शुरू हुए, लोगों ने अनुमान लगाया कि भविष्य में बिजनेस करने का यह एकदम नया तरीका बहुत लाभ (प्रॉफिट) देगा। और इसके चलते निवेशक इन शेयरों पर टूट पड़े। जिससे हर स्टॉक अपने सही व तार्किक मूल्य से कई गुना ज्यादा बढ़ गया।

जिन कंपनियों को इंटरनेट से फायदा होने वाला था, उन कंपनियों के शेयरों तथा आई.टी. सेक्टर की कंपनियों के शेयरों की तरफ लोग इस कदर टूट पड़े कि इन कंपनियों का किताबों में कोई प्रॉफिट दर्ज नहीं होने के बावजूद इनका वैल्यूएशन (मूल्य-निर्धारण) आकाश छूने लगा।

पूरे विश्व के शेयर बाजारों में यह ट्रेंड देखा गया और इन डॉट कॉम व इंटरनेट कंपनियों का वैल्यूएशन लगातार बढ़ने लगा। इन कंपनियों के जब इनीशियल पब्लिक ऑफर बाजार में उतरे तो लोगों ने बढ़-चढ़कर निवेश किया और जब वे शेयर सूचीबद्ध हुए तो निवेशकों ने करोड़ों कमाए। इतना ही नहीं, इन कंपनियों के कर्मचारियों को जो स्टॉक ऑप्शन उपलब्ध हुए थे (जिनके अंतर्गत उन्हें शेयर खरीदने का अधिकार मिलता है), उन्होंने भी उनकी ऊँची कीमतें पाईं और लखपति हो गए। डॉट कॉम के इस युग ने लोगों के सोचने के तरीके और विभिन्न मुद्दों से डील करने के तरीके में जबरदस्त परिवर्तन पैदा किया। लोगों को काम करने की आजादी मिली। कभी भी, कहीं से भी इंटरनेट द्वारा एक-दूसरे से जुड़कर काम करने की स्वतंत्रता ने बिजनेस में क्रांति का काम किया।

पूरे विश्व के शेयर बाजार में इनफॉर्मेशन टेक्नोलॉजी (सूचना तकनीकी) और डॉट कॉम स्टॉक्स में जबरदस्त 'बुल रन' दिखाई दिया।

ऐसा निरंतर बिना अवरोध के चलता रहा, जो वास्तविकता से अलग था। लेकिन जल्दी ही दृश्य हकीकत में बदलकर धरातल पर आ गया; क्योंकि शेयरों का इतना ऊँचा वैल्यूएशन कंपनी को होनेवाले लाभ से कहीं भी मेल नहीं खा रहा था। इसलिए शेयर बाजार क्रेश होने पर विश्व भर में निवेशकों के कई अरब डॉलर धुआँ हो गए। कई ऊँची उड़ान भरनेवाले शेयरों में तो 90 प्रतिशत तक गिरावट आँकी गई। आज भी नेसडेक का सूचकांक उस स्तर के आसपास कहीं नहीं है, जहाँ इंटरनेट बूम के दौर में दिखलाई देता था।

भारतीय बाजारों में उस बूम के दौरान जिन टेक्नोलॉजी फंड की बाढ़-सी आ गई थी, बूम का फायदा उठाने के लिए लॉन्च हुए ये टेक्नोलॉजी फंड क्रेश के समय अपनी फेस वेल्यू से भी नीचे चले गए और उन्हें वापस ऊपर उठने में कई साल लगे।

भारतीय शेयर बाजार पर डॉट कॉम क्रेश के साथ-साथ 'केपी स्टॉक' क्रेश के कारण दोतरफा मार पड़ी।

दरअसल, जब डॉट कॉम का जलवा अपना जोर पकड़े था, उस समय भारतीय

शेयर बाजार पर केतन पारेख नामक शेयर दलाल ने बैंकों से भारी मात्रा में धन जुटाकर शेयर बाजार में लगाया और कुछ स्टॉक्स की कीमतों को तो आसमान पर पहुँचा दिया। उस 'बुल रन' में इन स्टॉक्स को 'केपीस्टॉक्स' कहा जाता था। लेकिन जब तक मामला प्रकाश में आया तो एक तरफ डॉट कॉम का बुलबुला फूटने के आसार और दूसरी ओर केपी स्टॉक्स की हकीकत ने सूचकांक को एक बार फिर मंदी की गिरफ्त में धकेल दिया।

हालाँकि वर्ष 2003 आते-आते बाजार एक बार फिर सुधार पर आया।

यह संकट इस बात का उदाहरण है कि कैसे एक अच्छी स्थिति में चल रहे शेयर बाजार को सट्टेबाजी की गतिविधियाँ (स्पेक्यूलेटिव एक्टिविटी) बुरी स्थिति में लाकर पटक सकती हैं।

वर्ष 2004 की गिरावट

भारतीय शेयर बाजार के लिए वर्ष 2004 की गिरावट कई मायनों में पिछली गिरावटों से काफी अलग थी। वर्ष 2004 से पहले तक भारतीय शेयर बाजार के निवेशकों ने सेंसेक्स को अचानक गोते लगाते तभी देखा था जब कोई घोटाला प्रकाश में आए या फिर वैश्विक मंदी का असर होने से ऐसा हो। लेकिन 17 मई, 2004 को आई गिरावट का कारण आम चुनाव का अप्रत्याशित परिणाम रहा। सन् 2004 में आम चुनाव के दौरान ऐसा माहौल बनता दिखा, जिसमें सत्ताधारी एन.डी.ए. सरकार का एक बार फिर आम चुनाव में जीतकर सत्ता पर काबिज होना पक्का लगने लगा। भारतीय जनता पार्टी और उसके सहयोगी दलों से बने एन.डी.ए. ने प्रचार के दौरान इस बात की जोरदार घोषणा की थी कि वे सुधारों की प्रक्रिया को जारी रखेंगे और पहले से आक्रामक रूप से सुधारों की प्रक्रिया शुरू कर चुके एन.डी.ए. के 'इंडिया शाइनिंग' के नारे ने बाजार की पूँजीवादी ताकतों को 'फीलगुड' का अहसास करवाया और बाजार में तेजी दिखाई देने लगी। लेकिन चार चरणों में हुई वोटिंग और एग्जिट पोल के नतीजों ने जता दिया कि एन.डी.ए. का जादू नहीं चलेगा। चुनाव परिणाम में एन.डी.ए. पिछड़ गया और कांग्रेस सबसे पड़ी पार्टी के रूप में उभरकर सामने आई। कांग्रेस लेफ्ट पार्टियों के सहयोग से सत्ता पर काबिज हो गई। चूँकि बाजार में सुधार प्रक्रिया (मार्केट रिफॉर्म) को लेकर लेफ्ट पार्टियों का रुझान उतना सकारात्मक नहीं था, इसलिए यह चिंता घर करने लगी कि इससे अर्थव्यवस्था की सुधार प्रक्रिया (रिफॉर्म) पर प्रभाव पड़ेगा।

तब मार्केट एक ट्रेडिंग सेशन के दौरान 800 अंक तक गिरकर बंद हुआ। वह पहला ऐसा समय इतिहास में दर्ज हुआ, जब बॉम्बे स्टॉक एक्सचेंज में सेंसेक्स के तेजी के साथ गिर जाने के बाद सर्किट फिल्टर लगाकर कुछ समय के लिए ट्रेडिंग रोक दी गई।

चारों ओर हाहाकार मच गया; लेकिन थोड़ा खरीदी आधार (बाइंग सपोर्ट) मिलने के बाद बाजार कुछ सँभला। लेकिन बाजार बंद होने तक यह 565 अंक तक गिरकर बंद हुआ। 11 प्रतिशत तक गिरे बाजार को उबरने में समय लगा, लेकिन जैसे ही यह खबर आई कि आर्थिक सुधारों के प्रणेता डॉ. मनमोहन सिंह देश के प्रधानमंत्री बन रहे हैं तो स्टॉक्स में रिकवरी दिखाई देने लगी।

वर्ष 2008 की वैश्विक वित्तीय मंदी

वर्ष 2008 का वैश्विक वित्तीय संकट 1929 के 'ग्रेट डिप्रेशन' के बाद का सबसे बड़ा वित्तीय संकट आँका जा रहा है। सितंबर 2008 में अमेरिका में वित्तीय संस्थाओं की विफलता व विलयन से यह मंदी स्पष्ट तौर पर दृष्टिगोचर हुई तथा इसे स्वीकार किया गया। इस मंदी के निहित कारणों की चर्चा कई महीने पहले वैश्विक बाजार में होने लगी थी। अमेरिकी वित्तीय संस्थानों की विफलता ने तेजी से इसे वैश्विक संकट में बदल दिया, जिससे कई यूरोपीय बैंक लड़खड़ा गए। विश्व के शेयर बाजार धराशायी होने लगे तथा इक्विटी व कमोडिटी की 'मार्केट वैल्यू' में बड़ी गिरावट दर्ज हुई। इस वित्तीय संकट से लिक्विडिटी (तरलता) की समस्या आ खड़ी हुई।

अमेरिकी तथा यूरोपीय वित्तीय संस्थानों ने सुरक्षात्मक रुख अपनाकर उधारी पर पाबंदी लगाई, जिससे बाजार में तरलता (पूँजी का प्रवाह) का संकट और बढ़ गया। विश्व के राजनेताओं और केंद्रीय बैंक के डायरेक्टरों ने सम्मिलित प्रयास कर इसके भय को कम करने की कोशिश की; लेकिन अक्तूबर माह तक पूँजी के संकट ने निवेशकों को अपने स्रोतों को मजबूत करेंसी की तरफ—जैसे येन, डॉलर, स्विस फ्रेंक इत्यादि की तरफ-स्थानांतरित करना शुरू कर दिया। इससे उभरती हुई अर्थव्यवस्थाएँ, जिनमें भारत भी शामिल है, इस मंदी के दायरे में आ गईं। दरअसल, इस वैश्विक वित्तीय मंदी की जड़ें 'सबप्राइम मॉर्टगेज क्राइसिस' में निहित हैं।

सन् 2008 के प्रारंभ में ही वैश्विक अर्थव्यवस्था में संकट के लक्षण दिखने लगे थे। इन कारणों में तेल की बढ़ती हुई कीमतें, इसके कारण खाद्य पदार्थों की बढ़ती हुई कीमतें तथा वैश्विक मुद्रास्फीति शामिल हैं।

अमेरिका के बड़े मॉर्टगेज लैंडर्स (गिरवी रखकर उधार देनेवाले संस्थान) जैसे लेहमन ब्रदर्स, इंडी मेक बैंक, मेरिल लिंच तथा ए.आई.जी. इत्यादि में वित्तीय संकट (क्रेडिट क्राइसिस) होने से वैश्विक आर्थिक संकट को पहली बार स्पष्ट रूप से स्वीकार किया गया। इसके चलते बेरोजगारी बढ़ी तथा नौकरियों में कटौतियाँ भी तेजी से होने लगीं।

'सब प्राइम मॉर्टगेज क्राइसिस' ऐसा वित्तीय संकट है, जिसमें बैंकिंग व्यवस्था

तथा वित्तीय संस्थानों की विश्व स्तर पर तरलता संकुचित हो जाती है। ऐसा मॉर्टगेज कंपनियों की असफलता के चलते होता है। मॉर्टगेज कंपनियाँ, निवेश कंपनियाँ, फर्म तथा सरकार समर्थित वित्तीय संस्थान, जिन्होंने सब प्राइम मॉर्टगेज में बड़ा निवेश किया हो, उनकी असफलता के कारण सब प्राइम मॉर्टगेज क्राइसिस होता है। यद्यपि इस संकट की जड़ें वर्ष 1992-93 से शुरू हो जाती हैं, लेकिन 2007-08 तक आते-आते यह संकट स्पष्ट रूप से दृष्टिगोचर होने लगता है।

सन् 2008 के वैश्विक वित्तीय संकट का महत्त्वपूर्ण कारक 'सब प्राइम मॉर्टगेज संकट' को माना गया। सब प्राइम मॉर्टगेज संकट हाउसिंग सेक्टर में कीमतों की गिरावट तथा उससे जुड़ी मॉर्टगेज देनदारियाँ असफल होने एवं मॉर्टगेज सौदों को फॉरक्लोज करने (रोक देने) से शुरू हुआ। सब प्राइम मॉर्टगेज तथा एडजेस्टेबल रेट मॉर्टगेज ऋण 'हाई रिस्क' श्रेणीवाले ऋण होते हैं, जिनकी पूरी कार्य-प्रणाली ऋण जारी करने से लेकर ऋण चुकता होने तक काफी संवेदनशील होती है। अमेरिका में उत्पादकता तथा उपभोक्तावाद को बढ़ावा देने की नीति के चलते सबप्राइम मॉर्टगेज ऋणों की शुरुआत हुई। हाउसिंग सेक्टर के वित्तीय क्षेत्र में प्रचलित ऋणों की दर उपभोक्ताओं को भारी पड़ रही थी, अतः इसके चलते हाउसिंग सेक्टर में अपेक्षाकृत वृद्धि दर्ज नहीं की जा रही थी। इस सेक्टर में वृद्धि करने की नीति के तहत ऋणों की दरों को कम किया गया, जिससे उपभोक्ताओं को लुभाया जा सके तथा ऋण जारी करने की शर्तों को भी आसान बनाया गया। इसकी भरपाई ऋण चुकता करने की शर्तों को कठोर बनाकर की गई। इस प्रणाली की शुरुआत अमेरिका में 1992-93 से प्रारंभ हुई। ऋण जारी करने में बड़े वित्तीय संस्थान, बैंकर्स तथा इंश्योरेंस कंपनियाँ शामिल थीं। एक बार यह प्रणाली चल निकलने पर अमेरिकी वित्तीय बाजार में पूँजी का प्रवाह तेजी से बढ़ा। लेकिन इस प्रवाह की दिशा पर किसी प्रकार का नियंत्रण करने की कोशिश नहीं की गई।

सभी वित्तीय संस्थानों, बैंकर्स, इंश्योरेंस कंपनियों या कोई अन्य व्यापारिक प्रतिष्ठान का सबसे पहला तथा प्रमुख उद्देश्य लाभ कमाना होता है तथा अर्जित लाभ की नैतिकता पर अधिकतर ध्यान नहीं दिया जाता है। ऐसा हम भारत में भी सन् 1992, 1997, 2002 के शेयर बाजार के संकट के दौरान देख चुके हैं। अमेरिकी वित्तीय बाजार में तेजी से बढ़े पूँजी के प्रवाह में उस पूँजी का उपयोग हाउसिंग सेक्टर के इतर अन्य उपभोक्ता क्षेत्रों में भी किया गया। जबकि वह पूँजी हाउसिंग सेक्टर के लिए सब प्राइम मॉर्टगेज ऋणों के लिए जारी की गई थी। अमेरिका के वित्तीय बाजार पर नजर रखनेवाले कई आर्थिक विशेषज्ञों ने इस स्थिति की तरफ समय-समय पर ध्यान आकर्षित करने की कोशिश की; परंतु लाभ कमाने का सपना आँखों में लिये संस्थानों ने इस बात को अनसुना किया। सब प्राइम मॉर्टगेज की शुरुआत (1993) होने पर वित्तीय संस्थानों ने बड़े-बड़े डेब्ट (ऋण-

पत्र) जारी किए। ऐसे ऋण-पत्र समय-समय पर लगातार जारी किए जाते रहे। इन ऋण-पत्रों को लेकर कई तरह के स्ट्रक्चर्ड ब्रांड और अन्य फाइनेंशियल टूल बनाए गए तथा उनकी ट्रेडिंग अमेरिकी व वैश्विक वित्तीय बाजार में होने लगी। जबकि इन स्ट्रक्चर्ड ब्रांड तथा फाइनेंशियल टूल्स की अंतर्निहित क्वालिटी (जो कि हाउसिंग सेक्टर से जुड़ी थी) पर किसी ने ध्यान नहीं दिया।

इन फाइनेंशियल टूल्स में मॉर्टगेज आधारित सिक्यूरिटी (मॉर्टगेज बेक्ड सिक्यूरिटीज MBS) प्रमुख थी। इन मॉर्टगेज बेक्ड सिक्यूरिटीज का मूल्य मॉर्टगेज के पैमेंट हाउसिंग की कीमतों पर निर्भर करता था। इन मॉर्टगेज बेक्ड सिक्यूरिटीज के जरिए विश्व के बड़े वित्तीय संस्थानों तथा निवेशकों ने अमेरिका के हाउसिंग मार्केट में निवेश किया। कई बड़े बैंकों तथा वित्तीय संस्थानों ने बाजार से ऋण लेकर लाभ कमाने की नीयत से इन मॉर्टगेज बेक्ड सिक्यूरिटीज में भारी निवेश किया।

सब प्रारंभ मॉर्टगेज ऋणों तथा एडजेस्टेबल रेट मॉर्टगेज ऋणों के असफल होने से उत्पन्न वित्तीय संकट में इन बैंकों तथा वित्तीय संस्थानों को भारी नुकसान हुआ, जो जुलाई 2008 तक 435 बिलियन यू.एस. डॉलर तक आँका गया। सब प्राइम मॉर्टगेज ऋणों की शुरुआत के 15 वर्षों के पश्चात् जब इन ऋणों को चुकता करने का दौर शुरू हुआ, तब असलियत दिखने लगी। सब प्राइम ऋणों की अवधि पूरी होने पर कर्ज लेनदारों की स्थिति इन ऋणों को चुकता करने की नहीं थी, क्योंकि उन्होंने ऋण पूँजी को अन्यत्र उपभोग कर लिया था। ऐसा होने पर लेनदार की मॉर्टगेज की गई संपत्ति (हाउसिंग यूनिट) को जब्त किया जाने लगा। बड़े स्तर पर ऐसा होने से हाउसिंग सेक्टर की कीमतों में तेजी से गिरावट आई तथा मॉर्टगेज की गई संपत्ति की वास्तविक कीमत उसकी ऋण देते समय आँकी गई कीमत से कहीं ज्यादा कम हो गई। इस स्थिति ने ऋण जारी करनेवाले संस्थानों को संकट में डाल दिया तथा हाउसिंग सेक्टर में भी अवरोध खड़ा हो गया। 10-15 वर्ष पहले अमेरिका के वित्तीय संस्थानों ने जो ऋण पत्र जारी किए थे तथा उन पर आधारित जो स्ट्रक्चर्ड बांड तथा फाइनेंशियल टूल्स बने थे, वे भी अधर में लटक गए। इस संकट से उठी तरंगें वैश्विक वित्तीय बाजार तथा वैश्विक बैंकिंग सिस्टम तक पहुँचनी अवश्यंभावी थीं; क्योंकि मौजूदा दौर की ग्लोबल इकोनॉमी में वित्तीय खिलाड़ी एक-दूसरे से जुड़े हैं और अमेरिका इस खेल का सबसे बड़ा खिलाड़ी है।

साधारण आकलन से समझने की कोशिश की जाए तो सबप्राइम मॉर्टगेज ऋणों, एडजेस्टेबल रेट ऋणों से उत्पन्न ऋण पत्रों तथा इन पत्रों से बने स्ट्रक्चर्ड बांड तथा अन्य फाइनेंशियल टूल्स की ट्रेडिंग विश्व स्तर पर होती थी। अतः इस संकट का वैश्विक प्रभाव होना अवश्यंभावी था। एक बार संकट शुरू होने पर सभी वित्तीय संस्थानों तथा बैंकर्स ने सुरक्षात्मक रुख अपनाना शुरू कर दिया, जिससे तरलता (लिक्विडिटी) में

अचानक कमी आने लगी। तरलता की इस कमी के चलते वैश्विक पूँजी बाजार का रुख अपेक्षाकृत मजबूत मुद्राओं, जैसे डॉलर, येन, यूरो, पाउंड की तरफ झुक गया, जिससे अपेक्षाकृत कम मजबूत अर्थव्यवस्थावाले देशों में भी तरलता का संकट आ गया। इस वैश्विक वित्तीय संकट से न केवल पूँजी का प्रवाह रुका तथा कई बड़े वित्तीय संस्थान लगभग दिवालिया हुए, बल्कि सब तरफ अविश्वास का माहौल भी बना। इस पूँजी संकट ने अर्थव्यवस्था की विकास दर पर भी प्रभाव डाला तथा कमोबेश सभी कंपनियाँ सुरक्षात्मक रुख अपनाने को मजबूर हुईं। सरकारी स्तर इस स्थिति से निपटने के लिए कुछ प्रयास शुरू हुए (जैसे अमेरिकी सरकार ने अपने स्तर पर चुनिंदा वित्तीय संस्थानों को 'आर्थिक समर्थन' (बेल आउट पैकेज) देकर तथा उन्हें अतिरिक्त वित्तीय कमिटमेंट देकर सँभालने की कोशिश की)। परंतु संकट के आकार तथा इसकी व्यापकता को देखते हुए ये प्रयास नाकाफी लगे। साथ ही सरकार ने इस संकट को भाँपकर नीतियों में जो परिवर्तन किए, उसने ग्रोथ रेट पर भी ब्रेक लगा दिए। वित्तीय संकट के चलते विश्व के बड़े बैंकों तथा वित्तीय संस्थानों को हुए नुकसान का असर विश्व के सभी शेयर बाजारों पर दिखाई देने लगा। 1 जनवरी से 11 अक्तूबर, 2008 तक अमेरिकी शेयर बाजारों के इक्विटी मार्केट के बाजार मूल्य में 8 ट्रिलियन डॉलर तक की गिरावट दर्ज की गई। अन्य देशों के शेयर बाजारों में भी औसतन 40 प्रतिशत की गिरावट दर्ज की गई। भारत का शेयर बाजार सूचकांक भी इस असर से अछूता न रह सका तथा इसमें औसतन 50 प्रतिशत तक की गिरावट दर्ज की गई। वित्तीय संकट से उत्पन्न तरलता की कमी, इससे उत्पन्न वित्तीय संस्थानों का सुरक्षात्मक रुख, इस संकट को भाँपकर सरकारी नीतियों में परिवर्तन, अविश्वास का माहौल, शेयर बाजारों का लुढ़कना—इस सबके सम्मिलित प्रभाव के रूप में ऊर्ध्वगामी दबाव बना तथा उपभोक्ता खर्च में गिरावट दिखने लगी। इन स्थितियों ने मंदी का संकट पैदा कर दिया।

□

27

विश्व में चर्चित कुछ लोकप्रिय निवेशक

ओमाहा का परोपकारी पथ-प्रदर्शक : वारेन बफे

30 अगस्त, 1930 को अमेरिका के ओमाहा में जनमे वारेन एडवर्ड बफे को विश्व का सबसे सफलतम निवेशक माना जाता है। सन् 2008 में फॉर्ब्स द्वारा जारी अमीर लोगों की सूची में वारेन बफे को विश्व का सबसे अमीर व्यक्ति माना गया। 62 अरब डॉलर की आँकी गई संपत्तिवाले इस निवेशक, बिजनेसमैन और परोपकारी व्यक्ति को 'ओमाहा का संत' कहा जाता है। सन् 1958 से ओमाहा में खरीदे हुए घर में रह रहे वारेन बफे ने सन् 2006 में अपनी संपत्ति का 83 प्रतिशत 'बिल और मिलेंडा फाउंडेशन' को दान कर दिया। सन् 2007 में 'टाइम्स' द्वारा जारी 100 सबसे प्रभावशाली व्यक्तियों में से एक वारेन बफे की यात्रा इतनी रोमांचक है कि उनकी किताब को निवेश की दुनिया में 'बाइबिल' का दर्जा दिया गया है।

वारेन बफे की 'वैल्यू इनवेस्टिंग फिलॉसफी' से प्रेरित होकर न जाने कितने निवेशकों ने लाभ कमाया और अपनी गलतियों को सुधारा। इसलिए एक निवेशक को विश्व के इस महान् निवेशक की रोमांच निवेश यात्रा और उसकी सफलता की कहानी जरूर पढ़नी चाहिए, ताकि शेयर बाजार में निवेश को लेकर उसकी सोच सही दिशा की ओर आगे बढ़े।

वारेन बफे की जिंदगी के रोचक पक्ष

- उन्होंने पहला शेयर 11 वर्ष की उम्र में खरीदा और उन्हें आज तक इस बात का पछतावा है कि उन्होंने देर से शेयर खरीदना शुरू किया।

- 15 साल की उम्र में घर-घर न्यूजपेपर बाँटकर हुई आमदनी की बचत से दोस्तों के साथ मिलकर एक पिनबॉल मशीन लगा ली। इस स्मॉल स्केल वेंचर से उन्होंने थोड़ा पैसा बनाया और एक खेत खरीद लिया। इसके बाद बफे नेब्रास्का विश्वविद्यालय में शेयर बाजार का तकनीकी विश्लेषण सीखने गए। लेकिन जल्दी ही उसे छोड़कर कोलंबिया विश्वविद्यालय चले गए, क्योंकि वहाँ बेंजामिन ग्राहम पढ़ाते थे। उन्होंने ग्राहम के साथ कई साल काम किया और वापस ओमाहा आ गए।
- इतने धनी के होने के बावजूद वे अभी भी ओमाहा के अपने पुराने घर में ही रहते हैं और इस बाबत वे कहते हैं कि 'उनकी हर जरूरत उस घर में पूरी हो जाती है तो वे नया घर क्यों खरीदें।'
- हालाँकि वे विश्व की सबसे बड़ी प्राइवेट जेट कंपनी के मालिक हैं, पर वे स्वयं कभी भी प्राइवेट जेट में यात्रा नहीं करते।
- उनकी कंपनी बर्कशायर हैथवे के अधीनस्थ 63 से ज्यादा कंपनियाँ हैं। उनका मानना है कि इन सभी कंपनियों के सी.ई.ओ. के साथ नियमित अंतराल के बाद बैठक करने से समय और पैसे की बरबादी होती है, इसलिए वे सभी सी.ई.ओ. को वर्ष में एक बार पत्र लिखते हैं और उसमें वे उस साल के लिए निर्धारित लक्ष्य का उल्लेख करते हैं। इसके बाद न तो वे फोन द्वारा और न ही बैठकों द्वारा उनके साथ संपर्क करते हैं। कंपनी के सी.ई.ओ. को दो नियमों पर चलने की सलाह वे देते हैं।
- पहला, आपकी नीतियाँ ऐसी हों कि किसी भी शेयर होल्डर को घाटा नहीं उठाना पड़े।
- दूसरा नियन यह है कि आपको पहलावाला नियम हमेशा याद रखना है।
- वारेन पार्टी व भीड़भाड़ से दूर रहना पसंद करते हैं, इसलिए वे यदि जल्दी घर पहुँचते हैं तो अपना समय टी.वी. देखने और पॉपकार्न बनाकर घर में बिताना ज्यादा पसंद करते हैं।
- माइक्रोसॉफ्ट जैसी अनुपम भेंट पूरे विश्व को देनेवाले विश्व के धनी लोगों में से एक बिल गेट्स जब पहली बार वारेन बफे से मिलने जाने वाले थे, तब उन्होंने इसके लिए सिर्फ आधा घंटे का समय काफी समझा। लेकिन जब गेट्स बफे से मिले तो उनकी आधे घंटे की भेंट 10 घंटे में मुश्किल से पूरी हो पाई और वह भी इसलिए पूरी हो पाई, क्योंकि वारेन बफे खुद ही उठकर चले गए थे। इसके बाद से बिल गेट्स ने वारेन बफे को अपना 'गुरु' बना लिया।
- आपको जानकर आश्चर्य होगा, लेकिन यह सत्य है कि उनके पास न तो सेलफोन है और न ही उनकी डेस्क पर कंप्यूटर है।
- वारेन बफे विश्व के सबसे अमीर और सफलतम निवेशक अपने निवेश द्वारा मिले

रिटर्न की बदौलत हैं।

- शुरुआत में उन्होंने अपने गुरु बेंजामिन ग्राहम के वैल्यू इनवेस्टिंग स्टाइल को अपनाया; लेकिन कुछ सालों के बाद वारेन ने खुद अपनी एक स्टाइल विकसित कर ली।
- जब भी अवसर उत्पन्न होते हैं, उनका इस्तेमाल कैसे किया जाए, उस पर वारेन की नजर रहती है। उनका मानना है कि हर व्यक्ति को अवसर मिलते हैं, लेकिन उन्हें पहचानने की टाइमिंग पर आपका सफल होना निर्भर होता है।
- वारेन की सबसे बड़ी उपलब्धि यह रही कि दशकों बीत जाने के बाद भी शेयर बाजार में उनका प्रदर्शन सर्वोत्तम रहा और अपना लक्ष्य पाने के लिए उन्होंने कभी जोखिम भी नहीं लिया।
- निवेश के लिए उनकी अप्रोच लंबी अवधि (लांग टर्म) के लिए रही। शेयर को खरीदना और उसे सही समय पर दूसरे निवेशक को बेच देना जैसी नहीं रही। वे हमेशा अच्छे शेयर में बने रहने में विश्वास करते हैं और कंपाउंडिंग की पॉवर का उपयोग करते हैं।
- वारेन ने निवेश की प्रक्रिया को बिलकुल आसान तथा आम आदमी की समझ में आने लायक बनाया। धैर्य, अनुशासन और अपनी तार्किकता के बूते वारेन बफे ने शेयर बाजार के मायने आम आदमी के लिए पूरी तरह बदल दिए। आम आदमी को शेयर बाजार एक ऐसा स्थल लगने लगा, जो सिर्फ सट्टेबाजी या जुआखोरी द्वारा पैसा कमाने का जरिया नहीं, बल्कि बुद्धि, अनुशासन, धैर्य और तर्क शक्ति के बूते पैसा कमाने का एक जरिया लगने लगा। वारेन बफे निवेशकों को सलाह देते हैं कि ऐसी कंपनी या सेक्टर में निवेश मत करो जिसे आप समझ ही न पाओ (बफे की यह बात इंटरनेट बूम के दौरान सही साबित हुई, क्योंकि उस समय लोग इन शेयरों की ओर अंधी दौड़ लगा रहे थे, वहीं वारेन बफे ने अपना रास्ता चुना)।
- 'सालाना वार्षिक सम्मेलन' में जब हजारों लोग इकट्ठे होते हैं, तब वारेन निवेशकों को निवेश के सफल सूत्र बताते हैं।
- उनका मानना है कि कोई भी निवेश आँख मूँदकर नहीं करो, बल्कि निवेश का निर्णय पूरी तरह केंद्रित (फोकस्ड) होकर और सोच-समझकर किया जाना चाहिए।
- वारेन का मानना है कि जब लोगों की भीड़ किसी सेक्टर या शेयर पर टूट पड़े तो आप वहाँ से हट जाएँ और जब लोगों की रुचि उसमें नहीं रहे, तब आप उसमें रुचि लेने लगें।
- निवेश से पहले पूरी खोजबीन, प्रबंधन के बारे में जानकारी तथा प्रबंधन द्वारा संस्थागत कर्मचारियों से निपटने में सक्षमता को जाँचकर कंपनी में निवेश का निर्णय लें।
- वारेन बफे का मानना है कि शेयर या बांड ऐसी कंपनी का होना चाहिए, जो अपने

उद्योग या सेवा में नंबर वन हो और मुनाफा कमा रही हो। लेकिन सबसे जरूरी है, लंबी अवधि के लिए निवेश, जो कि उनके अनुसार 10-15 साल का होता है।

- वारेन कहते हैं कि खूब पढ़ें, जमकर पढ़ें। वारेन बफे खुद अपना 60 प्रतिशत समय पढ़ने में गुजारते हैं। शेयर बाजार, निवेश, अर्थव्यवस्था और राजनीति—सब कुछ पढ़ें और उनका विश्लेषण करें।

युवा पीढ़ी को बफे की दी गईं टिप्स

- क्रेडिट कार्ड से दूर रहें और खुद पर इनवेस्ट करें। याद रखें कि पैसा आदमी को नहीं, बल्कि आदमी पैसे को बनाता है।
- आप जैसे हैं। वैसा ही जीवन जिएँ। दिखावे से अपने को दूर रखें।
- दूसरे कह रहे हैं, इसलिए कोई काम न करें। सुनें दूसरे की, लेकिन करें वही, जो आपके मन को अच्छा लगे।
- ब्रांड नाम के पीछे भागने की बजाय वही पहनें, जिसमें आप आरामदायक महसूस कर सकें।
- यह आपकी जिंदगी है, इसलिए दूसरों को अपनी जिंदगी पर शासन करने का मौका न दें।

मंदी में भी आजमाएँ वारेन बफे का फॉर्मूला

वारेन बफे और उनके गुरु बेंजामिन ग्राहम को 'वैल्यू निवेशक' माना जाता है। इनका मानना है कि मंदी के दौर में इक्विटी में पैसा लगाते वक्त यह देखा जाए कि कंपनी के पास नकदी कितनी है; क्योंकि ऐसी कंपनियाँ लंबे समय में अच्छा मुनाफा देती हैं। कई जानकारों ने भी इस बात पर जोर दिया है कि मंदी के दौर या अनिश्चित कारोबारी माहौल में यह तरीका काफी कारगर साबित होता है।

बफे मानते हैं कि बैलेंस शीट से लोन अलग करने के बाद जो नकदी बचती है, उसमें बदलाव नहीं आता है। उदाहरण के लिए, मान लीजिए कि किसी कंपनी का शेयर मूल्य 1,000 रुपए है और बैलेंस शीट में प्रति शेयर 600 रुपए की नकदी है। ऐसे में बैलेंस शीट की नकदीवाली रणनीति के हिसाब से शेयर की कीमत कम-से-कम 600 रुपए होनी चाहिए। जानकारों का मानना है कि जिस कंपनी के पास जितनी ज्यादा नकदी होगी, उसे कई कामों को करने की उतनी ही ज्यादा आजादी होगी—जैसे शेयरों के बायबैक पुनर्क्रय और कंपनियों की खरीदारी आदि।

यदि हम गौर करें तो शेयरों के बायबैक से हमें शेयरों की 'बॉटम वैल्यू' (निम्नतम कीमत) आसानी से पता चल जाती है।

बैलेंस शीट में नकदी की स्थिति जानने का सबसे अच्छा अनुपात 'कैश-टू-मार्केट कैपिटलाइजेशन' है। जिस कंपनी का कैश-टू-मार्केट कैपिटलाइजेशन अनुपात जितना ज्यादा होता है, उसका शेयर उतना ही सस्ता होता है।

बेंजामिन ग्राहम

अमेरिका के वॉल स्ट्रीट के संभवतया सबसे महान् निवेशकों में बेंजामिन ग्राहम का नाम लिया जाता है। निवेश के लिए क्वांटिटेटिव अप्रोच (परिणामात्मक पैठ) रखनेवाले बेंजामिन द्वारा लिखी किताबें विश्व के सभी निवेशकों के लिए उत्तम कृतियों सरीखी हैं। 'सिक्यूरिटी एनालिसिस' और 'दि इंटेलिजेंट इनवेस्टर' निवेश पर लिखी गई दो ऐसे ऐसी कृतियाँ हैं जिनके लिए निवेशक हमेशा बेंजामिन के ऋणी रहेंगे। ऐसा कहा जाता है कि हर निवेशक को इन दो किताबों को जरूर पढ़ लेना चाहिए।

बचपन में ही पिता का साया सिर से उठ जाने पर बेंजामिन पर जल्दी ही पारिवारिक जिम्मेदारियाँ आ गईं। घर की वित्तीय हालत ठीक नहीं होने की ही वजह रही कि बेंजामिन ग्राहम ने कोलंबिया यूनिवर्सिटी से स्नातक करने के तुरंत बाद वॉल स्ट्रीट में संदेशवाहक की नौकरी स्वीकार की। उस समय बेंजामिन के मन में यह बात कहीं गहरे पैठ गई कि यदि जिंदगी में वित्तीय सुरक्षा नहीं हो तो व्यक्ति की जिंदगी किस कदर परेशानियों से घिर जाती है। यही कारण है कि बेंजामिन ने इस सबक को पूरी जिंदगी याद रखा और वित्तीय सुरक्षा को अपनी जिंदगी में सबसे ज्यादा अहम स्थान पर रखा।

संदेशवाहक का काम करते-करते बेंजामिन की पारखी नजर ने शेयर बाजार के उतार-चढ़ाव, वहाँ की गतिविधियों एवं लोगों के कामकाज को भाँपा और वे जल्दी ही वित्तीय पत्र-पत्रिकाओं के लिए लेख लिखने लगे। उनके विश्लेषण लोगों के बीच धीरे-धीरे लोकप्रिय होने लगे।

लिखने के शौकीन बेंजामिन ने सन् 1926 में 'बेंजामिन ग्राहम जॉइंट अकाउंट' नाम से पूल (व्यापारिक गठजोड़) का गठन किया, जिसमें वे लाभ में रहे शेयरों का रखरखाव करते थे। बेंजामिन का अकाउंट ऐसा था कि सन् 1929 और 1930 में आई मंदी के बावजूद उस पर इसका काफी कम प्रभाव पड़ा।

उस दौरान वे कोलंबिया यूनिवर्सिटी में शाम को पढ़ाने जाते और वहीं वारेन बफे की उनसे मुलाकात हुई थी। उनका मानना था कि यदि इस मनीमेकिंग बिजनेस (शेयर बाजार) में सफल होना है तो निवेश और सट्टेबाजी के बीच फर्क करना आना चाहिए। निवेश-प्रक्रिया में यदि एक निश्चित प्रक्रिया को फॉलो (अनुसरण) किया जाए, जैसे पर्याप्त विश्लेषण, पूँजी की सुरक्षा और निवेश से मिलनेवाला पर्याप्त रिटर्न, तो निवेश जरूर फायदा देता है। लेकिन यदि इन उपर्युक्त कारकों का आपके निवेश में अभाव है तो

समझिए, आपने निवेश नहीं सट्टा खेला है, जिसमें लाभ और हानि आपके हाथ में नहीं होते हैं।

बेंजामिन इस बात पर विश्वास करते थे कि किसी भी कंपनी की अर्निंग (आय) डिविडेंड और प्रति शेयर के नेट लाभ में हुई बढ़ोतरी से आँकी जानी चाहिए। इससे इस बात का भी अनुमान लगाया जा सकता है कि कंपनी के पास कितना सरप्लस फंड (अतिरिक्त पूँजी) है।

बेंजामिन का मानना था कि कोई भी शेयर कितना मुनाफा देगा, यह पता लगाने के लिए सबसे सही तरीका यह है कि उसकी संबद्ध कंपनी का डेब्ट इक्विटी रेशियो, कंपनी की अर्निंग स्टेबिलिटी, डिविडेंड रिकॉर्ड और उसकी स्थायी संपत्ति पर पारखी नजर डाली जाए।

□

28

निवेश के लोकप्रिय विकल्प

क्या हो निवेश का सही तरीका ?

अपनी मेहनत की कमाई में से पाई-पाई जोड़कर जमा की गई पूँजी को निवेश करते वक्त अकसर निवेशक के दिमाग में यह सवाल सबसे पहले कौंधता है कि निवेश का कौन सा ऐसा विकल्प है, जहाँ मैं अपना पैसा निवेश करूँ? निवेश कर लेने के बाद यदि निवेशक को उचित रिटर्न नहीं मिलता है तो उसके मन में हमेशा यह सवाल बना रहता है कि क्यों मेरा निवेश बेहतर फायदा नहीं दे पा रहा है? ऐसी स्थिति में निवेशक के पास दो ही रास्ते होते हैं—पहला, वह उस निवेश से निकल जाए; दूसरा, वह उस निवेश में घाटा खाने के बावजूद बना रहे। लेकिन ये दोनों ही रास्ते निवेशक के लिए सही नहीं हैं। तो सवाल यह खड़ा होता है कि आखिर किया क्या जाए, ताकि ऐसी स्थिति पैदा ही न होने पाए? इसके लिए जरूरी है कि हर निवेशक निवेश से पहले अपनी निवेश की जरूरत, उद्‌देश्य और अपनी जोखिम लेने की प्रवृत्ति का विश्लेषण करे, इसके बाद ही निवेश के बारे में सोचे। आइए, जानते हैं निवेश से पहले की प्रक्रिया को।

समझें निवेश की प्रक्रिया को

निवेश करने की प्रक्रिया बहुत ही सरल है। दरअसल निवेश करते वक्त मुख्य रूप से तीन चीजों की आवश्यकता होती है—योजना (प्लानिंग), धैर्य और समय की। यदि इन्हें सही तरीके से कर लिया जाए तो निवेश आपके लिए कभी सिरदर्द नहीं बनेगा।

अब जब आप निवेश के किसी एक माध्यम में निवेश करने का निर्णय ले चुके हैं तो निम्नलिखित बातों पर गौर करें—

- आपका लक्ष्य क्या है?
- लक्ष्य को प्राप्त करने का 'अनुमानतः समय' (टाइम फ्रेम) क्या है?

यदि आपका लक्ष्य भविष्य की जरूरतों को ध्यान में रखते हुए निवेश करने का है तो जाहिर है, निवेश के लिए आपका 'टाइम फ्रेम' ज्यादा होगा।

महत्त्वपूर्ण यह है कि आप अपने निवेश का फायदा कितने समय बाद लेना चाहते हैं और उसके लिए बेहतर चुनाव कौन सा हो सकता है, जो आपके लक्ष्य को पूरा करे।

उदाहरण के लिए, यदि आपका लक्ष्य कार या कोई छोटी-मोटी संपत्ति खरीदना है तो जाहिर है, यह शॉर्ट टर्म लक्ष्य है। इसी तरह बच्चों को अच्छी शिक्षा उपलब्ध करवाना मीडियम टर्म लक्ष्य है तो रिटायरमेंट प्लानिंग आपका लांग टर्म लक्ष्य है। चूँकि यदि लक्ष्य शॉर्ट टर्म, मीडियम टर्म या लांग टर्म है तो उसे प्राप्त करने के लिए निवेश के विभिन्न तरीकों में से उस तरीके का चयन करना होगा, जो आपके निवेश के लक्ष्य को पूरा कर सके।

अब यदि शेयरों में निवेश की बात करें तो शेयरों में निवेश काफी जोखिम भरा होगा। यदि निवेशक शॉर्ट टर्म (अल्प अवधि) को ध्यान में रखकर निवेश किया जाए।

शेयरों में निवेश कर यदि आप अपनी पूँजी को बढ़ाना चाहते हैं तो इसके लिए आपको लांग टर्म (लंबी अवधि) के लिए निवेश करना होगा।

अपनी वित्तीय स्थिति पर गौर करें

आपकी वित्तीय स्थिति ही तय करेगी कि आपके लिए निवेश का कौन सा तरीका सबसे बेहतर है। आप कितना पैसा नियमित तौर पर बचा सकते हैं और कितने लंबे समय तक ऐसा कर सकते हैं। यदि इसकी फौरी तौर पर गणना कर ली जाए तो निवेश करना काफी आसान हो जाएगा।

आप इस बात पर भी गौर करें कि आप पर कितने लोग निर्भर हैं। शॉर्ट टर्म लक्ष्यों को पाने के लिए यदि ज्यादा जोखिम लेकर आक्रामक निवेश-योजना में निवेश करते हैं तो पहले इमरजेंसी फंड, समुचित इंश्योरेंस और भविष्य को ध्यान में रखकर रिटायरमेंट योजना पर समुचित धन लगाकर ही ऐसा करें, वरना आप परेशानी में पड़ सकते हैं।

जोखिम लेने की क्षमता

निवेश से पहले यह निर्णय कर लें कि आप में जोखिम लेने की कितनी क्षमता है। कहीं ऐसा न हो कि शेयरों में निवेश करने के बाद शेयर की गिरती कीमत आपकी रातों की नींद ही उड़ा दे। आप में यदि जोखिम लेने की क्षमता है, तभी आप जोखिम से जुड़ी निवेश योजनाएँ—जैसे शेयर, म्युचुअल फंड और यूनिट लिंक्ड इंश्योरेंस प्लान में निवेश करें। वरना

बेहतर है कि फिजिकल असेट, जैसे—प्रॉपर्टी, सोना या बैंक में सावधि जमा, पोस्ट ऑफिस इंश्योरेंस व पब्लिक प्रोविडेंड फंड, सरकारी प्रतिभूतियों और डिबेंचर में निवेश करें।

यदि आप बिलकुल भी जोखिम नहीं लेना चाहते हैं तो शेयर बाजार आपके लिए नहीं है। यदि थोड़ा जोखिम लेने के लिए तैयार हैं तो अपनी बचत का 70 प्रतिशत फिक्स्ड रिटर्न (जैसे बैंक में सावधि जमा पर तयशुदा ब्याज मिलता है) में निवेश करें और बाकी का इक्विटी में निवेश करें।

एक बार आपने अपना लक्ष्य निश्चित कर लिया, उसके लिए 'टाइम फ्रेम' निर्धारित कर लिया, वित्तीय स्थिति का विश्लेषण कर लिया और जोखिम लेने की क्षमता को भी जान लिया तो आप स्वयं इस बात का निर्णय ले सकते हैं कि आपको विभिन्न असेट क्लास, जैसे इक्विटी (शेयर), डेब्ट (गारंटीशुदा रिटर्न देनेवाले विकल्प) और अन्य प्रकार, जैसे सोना व रियल एस्टेट में से किसमें, कितना निवेश करना है।

निवेश द्वारा महँगाई की दर से ज्यादा रिटर्न मिले, यह जरूरी

निर्धारित 'टाइम फ्रेम' में निवेश का सबसे अच्छा ऑप्शन तलाशते वक्त आपका मुख्य उद्देश्य यह होता है कि बचत को जहाँ निवेश किया जा रहा है, वहाँ से सबसे ज्यादा रिटर्न मिले। लेकिन पूँजी के डूब जाने का खतरा और भय के चलते ज्यादातर निवेशक सिर्फ फिक्स्ड रिटर्न इंस्ट्रुमेंट (गारंटीशुदा रिटर्न देनेवाले निवेश के प्रकार) में ही निवेश करना उचित समझते हैं। हालाँकि ऐसे इस्ट्रूमेंट निवेशक को निश्चिंतता प्रदान करते हैं, लेकिन यह भी सही है कि यहाँ आपके निवेश की ग्रोथ सीमित हो जाती है। कई बार तो ऐसे निवेश से मिलनेवाला रिटर्न महँगाई की दर से भी कम होता है। उस पर बैंक डिपॉजिट, आर.बी.आई. बांड और छोटी बचत के अन्य तरीकों से मिलनेवाले रिटर्न पर जो टैक्स लगता है, उससे रिटर्न का प्रतिशत और भी कम हो जाता है।

इसलिए रिटर्न का प्रतिशत निकालते वक्त हमेशा यह देखें कि महँगाई की दर कितनी है। उदाहरण के लिए, महँगाई की दर 10.5 प्रतिशत है और बैंक में सावधि जमा पर आपको 10.5 प्रतिशत रिटर्न मिल रहा है तो इसका मतलब आपको कोई फायदा नहीं हो रहा है।

इसलिए बेहतर है कि आप अपनी रिस्क प्रोफाइल (जोखिम लेने की क्षमता), टाइम हॉरिजन (निर्धारित समय), निवेश के उद्देश्य और टैक्स संबंधी पहलुओं पर विचार करने के बाद उस जगह निवेश करें, जो महँगाई दर को पछाड़ने वाला रिटर्न दे सके।

आपके लिए जो बेहतर है वही बेहतर निवेश है

कई निवेशक अपने निवेश संबंधी निर्णय लोगों की सलाह पर और बाजार की

भेड़-चाल को देखकर कहते हैं। इतना ही नहीं, वे दूसरों की सलाह पर अपना 'असेट अलोकेशन' (निवेश को विभिन्न विकल्पों में बाँटने का अनुपात) भी बदल डालते हैं।

यदि आपको बाजार का उतार-चढ़ाव समझ में न आए तो बेहतर है कि आप प्रोफेशनल एडवाइजर से सलाह लें, ताकि वह आपकी जरूरतों को समझकर ऐसा हल दे सके, जो आपके निवेश के उद्‍देश्यों को पूरा कर सके।

लेकिन इसके साथ भी उतना ही जरूरी है कि आप अपना पोर्टफोलियो स्वयं जाँचें और अपने एडवाइजर से लगातार प्रश्न करते रहें। यदि किसी विशेष योजना में लगातार बने रहने के लिए आपका एडवाइजर कहता है और आपको निवेशित धन लगातार डूबता दिखे तो पूछिए कि ऐसा वह क्यों कह रहा है?

खरीदने व बेचने की सलाह जब भी एडवाइजर से मिले, आप उससे उसका कारण जरूर जानें। कभी भी यह सोचकर निवेश में देरी नहीं करनी चाहिए कि कहीं गलत चुनाव आपको ले न डूबे; क्योंकि निवेश लंबी व सतत चलनेवाली प्रक्रिया है। और लंबे समय तक यदि लगातार निवेश किया जाए तो व्यक्ति अच्छी-खासी पूँजी बना सकता है एवं अस्थिरता से भी बच सकता है।

असेट अलोकेशन का महत्त्व (परिसंपत्ति का बँटवारा)

बहुत से निवेशकों को यह लगता है कि उच्च रिटर्न पाना बिना ज्यादा जोखिम लिये नामुमकिन है। हालाँकि यह सही है, लेकिन यदि समुचित असेट अलोकेशन को 'टूल' के तौर पर इस्तेमाल किया जाए तो न्यूनतम जोखिम में अधिकतम रिटर्न पाया जा सकता है। इसे क्रिकेट की भाषा में समझें तो सही असेट अलोकेशन क्रिकेट टीम के चयन की तरह है। जैसे टीम का सही चयन जीत का महत्त्वपूर्ण कारक बनता है उसी तरह सही असेट अलोकेशन वेल्थ गेम को जीतने में महत्त्वपूर्ण कारक बनता है। दरअसल असेट अलोकेशन एक ऐसी प्रक्रिया है, जिसमें आप यह निर्णय लेते हैं कि पूँजी (वेल्थ) को विभिन्न असेट क्लास और सेक्टर्स में कितना व किस तरह बाँटा जाए।

हाँ, यह पहले से अनुमान लगाना ज़रा मुश्किल होता है कि कौन सी असेट कैटेगरी निश्चित समय के बाद आपको कितना फायदा देगी। लेकिन इस तरकीब को समझ लिया जाए तो निवेश को सफल बनाया जा सकता है।

परिभाषा

असेट अलोकेशन का मतलब है—अपने पैसों (मनी) को निवेश की विभिन्न श्रेणियों जैसे—शेयर, बांड व नकदी आदि में निवेश कर विविधता का फायदा उठाना; और इसी विविधता (डायवर्सिफिकेशन) से न सिर्फ जोखिम को कम करने में सहायता

मिलती है, अपितु रिटर्न को बढ़ाने में भी मदद मिलती है। आपके वित्तीय लक्ष्य—आपकी उम्र, जीवन-शैली और पारिवारिक जिम्मेदारियों पर निर्भर करते हैं। लेकिन मौटे तौर पर यदि 3 मॉडल पोर्टफोलियो को आधार बनाया जाए तो आप स्वयं की अप्रोच के आधार पर पोर्टफोलियो का निर्माण कर सकते हैं।

1. आक्रामक पोर्टफोलियो

इस पोर्टफोलियो को बनानेवाले निवेशक में ज्यादा जोखिम लेने की क्षमता होनी चाहिए, क्योंकि ग्रोथ पर जोर देनेवाले इस पोर्टफोलियो में निवेश के लिए उपलब्ध धन का 65 प्रतिशत स्टॉक्स में या इक्विटी म्यूचुअल फंड में, 25 प्रतिशत फिक्स्ड इनकम फंड के बांड में और 10 प्रतिशत को शॉर्ट टर्म मनी मार्केट फंड में या नकदी के रूप में रखे जाने का सुझाव होता है।

विशेषज्ञों का कहना है कि ऐसा पोर्टफोलियो उन निवेशकों के लिए है, जो लंबी अवधि को ध्यान में रखकर निवेश करते हैं।

यह पोर्टफोलियो शॉर्ट टर्म इमरजेंसी और मीडियम टर्म के लक्ष्य, जैसे घर बनाना आदि में सहायक हो सकता है, लेकिन मुख्य तौर पर यह लंबी अवधि के लक्ष्यों जैसे रिटायरमेंट आदि को पूरा करने में मददगार साबित होता है—

25 प्रतिशत बांड में निवेश

10 प्रतिशत नकदी या शॉर्ट टर्म में निवेश

65 प्रतिशत शेयर में निवेश

2. मॉडरेट पोर्टफोलियो (परिमित पोर्टफोलियो या संतुलित पोर्टफोलियो)

50 प्रतिशत बांड्स में निवेश

30 प्रतिशत स्टॉक्स में निवेश

20 प्रतिशत शॉर्ट टर्म में निवेश।

इस पोर्टफोलियो में ग्रोथ और स्थायित्व दोनों को संतुलित (बैलेंस) किया जाता है। यहाँ कुल निवेश का 50 प्रतिशत स्टॉक्स या इक्विटी में, 30 प्रतिशत पूँजी को बांड्स या फिक्स्ड इनकम फंड और 20 प्रतिशत शॉर्ट टर्म मनी फंड या नकदी योग्य रखा जाता है। यह पोर्टफोलियो निवेशक को थोड़ी-बहुत सुरक्षा के साथ नियमित आय भी प्रदान करता है। जहाँ इक्विटी घटक ग्रोथ के लिए पोटेंशियल प्रदान करता है, वहीं बांड्स और शॉर्ट टर्म इंस्ट्रूमेंट शेयर बाजार के उतार-चढ़ाव से बचाता है।

परंपरावादी पोर्टफोलियो (कंजरवेटिव पोर्टफोलियो)

इस पोर्टफोलियो के अनुसार, निवेशित धन का 25 प्रतिशत इक्विटी फंड या शेयरों में निवेश किया जाना चाहिए, 25 प्रतिशत मनी मार्केट फंड या नकदी समान योग्य स्थान पर निवेशित किया जाना चाहिए तथा 50 प्रतिशत बांड या फिक्स्ड इनकम फंड में निवेश किया जाना चाहिए। ये पोर्टफोलियो उनके लिए है, जो बहुत कम जोखिम लेना चाहते हैं या उनके लिए है, जो सेवानिवृत्त हैं। यहाँ 25 प्रतिशत शेयरों में किया गया निवेश महँगाई दर को पछाड़ने में मददगार साबित होता है।

50 प्रतिशत बांड्स

25 प्रतिशत स्टॉक्स (शेयर)

25 प्रतिशत शॉर्ट टर्म।

उपरोक्त असेट अलोकेशन का मतलब यह नहीं है कि आप इस निर्धारण, या वर्गीकरण पर हमेशा बने रहें, बल्कि जरूरी है कि आप अपने पोर्टफोलियो को समय-समय पर बदलते रहें, ताकि आप अपने लक्ष्य को पा सकें। आप पार्टेफोलियो का पुनर्गठन करने के लिए फाइनेंशियल एडवाइजर (वित्त परामर्शदाता) की मदद भी ले सकते हैं।

□

29

प्रतिभूतियाँ (सिक्यूरिटीज)

प्रतिभूतियाँ (सिक्यूरिटीज) क्या हैं?

शेयर, शेयर के स्टॉक्स, शेयर सर्टिफिकेट, सरकारी, अर्द्ध-सरकारी व गैर-सरकारी बांड्स, डिबेंचर, म्यूचुअल फंड की यूनिट्स इत्यादि, ऐसी कोई भी रसीद जिसका आर्थिक मूल्य होता है, वह सिक्यूरिटी (प्रतिभूति) कहलाता है। इसके अलावा ऐसा कोई भी दस्तावेज, जो सरकार के द्वारा प्रतिभूति के रूप में अनुमोदित हो।

कुछ सिक्यूरिटीज, जिनमें आप इनवेस्ट कर सकते हैं—शेयर, सरकारी प्रतिभूतियाँ (गवर्नमेंट सिक्यूरिटीज), डेरिवेटिव प्रोडक्ट, म्यूचुअल फंड की यूनिट्स इत्यादि।

शेयर/इक्विटी/स्टॉक

आप शेयर को इक्विटी कहें या स्टॉक—सभी का अर्थ एक ही है। शेयर किसी कंपनी में स्वामित्व की सबसे छोटी इकाई है। उदाहरण के तौर पर, यदि किसी कंपनी ने कुल एक लाख शेयर जारी किए तथा किसी व्यक्ति के पास उनमें से एक हजार शेयर हैं तो वह व्यक्ति उस कंपनी में 1 प्रतिशत की हिस्सेदारी रखता है। दूसरे शब्दों में, यह व्यक्ति उस कंपनी में 1 प्रतिशत का हिस्सेदार है तथा इसी अनुपात में कंपनी के नफे या नुकसान का भी भागीदार होगा।

डेब्ट इंस्ट्रूमेंट (कर्ज का लिखित बंध-पत्र) (डेब्ट का उच्चारण डेट किया जाता है)

जब कोई सरकारी, अर्द्ध-सरकारी संस्था अथवा कोई निजी कंपनी किसी आर्थिक

प्रयोजन के लिए खुले बाजार से कर्ज लेना चाहती है तो वह बांड या डिबेंचर जारी करती है। प्रचलित भाषा में सरकारी तथा अर्द्ध-सरकारी संस्थाओं द्वारा जारी 'डेब्ट इंस्ट्रूमेंट' को 'बांड' कहा जाता है तथा निजी कंपनियों द्वारा जारी डेब्ट इंस्ट्रूमेंट को 'डिबेंचर' कहा जाता है। इस डेब्ट इंस्ट्रूमेंट के दस्तावेज में कर्ज की न्यूनतम इकाइयाँ, अवधि, ब्याज दर तथा पुनर्भुगतान का तरीका वर्णित होता है।

डिबेंचर

यह एक तरह का बांड होता है तथा इसे 'उधारी की सबसे छोटी इकाई' कहा जा सकता है। डिबेंचर खरीदनेवाले को कंपनी एक निश्चित समय के लिए निश्चित ब्याज दर पर डिबेंचर सर्टिफिकेट जारी करती है। इस निश्चित समयावधि के बाद डिबेंचरधारक को मूल धन ब्याज सहित प्राप्त होता है। इस अवधि के दौरान कंपनी के नफे-नुकसान से यह डिबेंचर धारक अप्रभावित रहता है।

सरकारी प्रतिभूतियों (गवर्नमेंट सिक्यूरिटीज) में निवेश का तरीका

यदि आप जोखिम लेने से डरते हैं और सुरक्षा आपकी प्राथमिकता है तो आपके लिए सरकारी प्रतिभूतियाँ (गवर्नमेंट सिक्यूरिटीज) में निवेश का विकल्प बेहतर है; क्योंकि संपत्ति के इस वर्ग में आपको तरलता (लिक्विडिटी) का लाभ और अच्छा रिटर्न भी मिलता है।

जानिए सरकारी प्रतिभूतियों में निवेश संबंधी जानकारी।

निवेश का तरीका—जिस तरह शेयर बाजार में निवेश के लिए डीमैट खाता जरूरी है वैसे ही इन प्रतिभूतियों में निवेश करने के लिए भी यह आवश्यक है। अलबत्ता आपको सरकारी प्रतिभूतियों को खरीदने व बेचने के लिए अलग से डी-मैट खाते की जरूरत नहीं होती।

सरकारी प्रतिभूति प्राथमिक बाजार या द्वितीयक बाजार (सेकंडरी मार्केट) से खरीद सकते हैं।

सेकंडरी मार्केट में आप बैंकों, डीलरों या ब्रोकरों द्वारा भी इन्हें खरीद सकते हैं। यदि फंड के जरिए सरकारी प्रतिभूति में निवेश करना चाहते हैं तो गिल्ट फंड के द्वारा ऐसा किया जा सकता है; क्योंकि गिल्ट फंड में निवेशकों का पैसा सरकारी प्रतिभूतियों में ही निवेशित किया जाता है।

सरकारी प्रतिभूतियाँ 'जी-सेक' और 'सॉवरेन डेट' के नाम से भी प्रचलित हैं। इन्हें निश्चित आय (फिक्स्ड इनकम) वाले विकल्पों में सुरक्षित माना जाता है, क्योंकि इसकी गारंटी सरकारी देती है। निवेशक बाजार से जुड़ी ब्याज दरों पर कभी भी इस

निवेश में प्रवेश कर सकता है और बाहर निकल सकता है। एक तो इसमें रिटर्न के स्रोत पर कर-कटौती नहीं की जाती, दूसरा 80-एल के तहत भी इसमें कर-लाभ का प्रावधान है। निवेशक बैंक से कर्ज लेते वक्त 'जी-सेक' को गिरवी भी रख सकता है।

'जी-सेक' बॉण्ड की तरह ही होता है।

जिस तरह सभी बॉण्ड सेकंडरी मार्केट में इनकी कीमत परिपक्वता (मैच्योरिटी) की अवधि और मौजूदा ब्याज दरों पर आधारित हैं, ठीक वैसा ही इनके साथ भी है। इसलिए निवेशक अपनी नकदी की जरूरत के अनुसार परिपक्व होनेवाली प्रतिभूतियों में निवेश करें।

जी-सेक 3 महीने से लेकर 30 वर्ष की अवधि के लिए उपलब्ध होती है। यदि भारतीय रिजर्व बैंक ब्याज दरों में कटौती व बढ़ोतरी करता है तो वह जी-सेक से मिलनेवाले रिटर्न को प्रभावित करती है।

सरकारी प्रतिभूतियों के प्रकार

जीरो कूपन बॉण्ड

चूँकि इन पर ब्याज नहीं मिलता है, इसलिए यह फेस वैल्यू में बड़े डिस्काउंट पर जारी किए जाते हैं और निवेशक जब इसे भुनाना चाहे तो 'एट पार' (सम-मूल्य) पर इसे भुना सकता है।

फ्लोटिंग रेट बॉण्ड—हालाँकि इनमें ब्याज दर में मामूली बदलाव हो सकता है, लेकिन इनकी न्यूनतम और अधिकतम ब्याज दर की सीमा तय होती है।

डेटेड सिक्योरिटीज—इनमें भी निश्चित ब्याज दर और परिपक्वता की अवधि पहले से तय रहती है।

कैपिटल इंडेक्स फंड बॉण्ड—यहाँ ब्याज की दर थोक मूल्य सूचकांक के आधार पर निश्चित होती है।

कॉल/पुट ऑप्शन बॉण्ड

यहाँ निवेशक के पास इस बात की आजादी होती है कि वह सरकार को बॉण्ड बेच भी सकता है और वापस खरीद भी सकता है। इतना ही नहीं, खरीद या बिक्री रिडेंपशन से पहले भी की जा सकती है।

मंदी में निवेश का फॉर्मूला

तेजी और मंदी शेयर बाजार की दो ऐसी सच्चाइयाँ हैं, जिनसे हर निवेशक रूबरू होता है। यदि आप तेजी व मंदी में निवेश करने और बिकवाली करने का फॉर्मूला जान

लेंगे तो तेजी–मंदी, दोनों आपको फायदा दे सकती हैं।

वैश्विक मंदी के चलते सन् 2008 भारतीय शेयर बाजारों के लिए ऐसा तूफान लेकर आया कि उसमें दिग्गज शेयर भी धूल चाटते दिखाई दिए। 2008 में अकेले अक्तूबर महीने में बी.एस.ई. सेंसेक्स और निफ्टी ने 30 फीसदी से ज्यादा की चोट खा ली थी।

सन् 2008 में वैश्विक बाजारों से जुड़ी खबरों और घटनाक्रमों का वैश्विक हो चुके भारतीय शेयर बाजार पर भी काफी गहरा असर पड़ा। हम सन् 2008 के अक्तूबर माह को फोकस में रखकर आपको मंदी से निपटने के कुछ तरीके बताते हैं।

सन् 2008 में इस महीने में दिग्गज शेयर साल के निम्नतम स्तर पर ट्रेडिंग कर रहे थे और साल के उच्चतम स्तरों से 60 फीसदी तक नीचे आ गए। जिन शेयरों व सेक्टरों ने 2006–07 में तेजी में बाजार की अगुआई की थी, उन्हें 2008 की मंदी में सबसे ज्यादा झटका लगा। उदाहरण के लिए, इन्फ्रास्ट्रक्चर और रियल एस्टेट सेक्टर के शेयर अपने पीक लेवल से 80 से 90 फीसदी तक नीचे आ गए और बैंकिंग व फाइनेंशियल सर्विसेज के स्टॉक को भी भारी नुकसान हुआ परिणामस्वरूप घबराहट में निवेशकों ने जमकर बिकवाली की, इससे मार्केट और नीचे आ गया।

अमेरिका के सबप्राइम संकट और वैश्विक वित्तीय मंदी का असर भारतीय शेयर बाजार पर इतना व्यापक रूप से पड़ा कि जिन विदेशी संस्थागत निवेशकों (एफ.आई.आई.) के निवेश ने शेयर बाजार को तेजी प्रदान की थी, उन्होंने ही जब अपनी रकम मार्केट से निकालना शुरू कर दिया तो भारतीय शेयर बाजार में तरलता (लिक्विडिटी) का संकट पैदा हो गया और इससे बाजार के सेंटीमेंट्स पर गहरा असर पड़ा। नतीजा यह हुआ कि घरेलू संस्थागत निवेशकों एवं छोटे निवेशकों ने भी खौफ का माहौल देखकर बिकवाली की और बाजार से बाहर निकलने में ही अपनी भलाई समझी।

मुश्किल तो उन छोटे निवेशकों के सामने आई, जिन्होंने कई ऊँचे स्तरों में पैसा लगाया था। कुछ तो यह फैसला भी नहीं ले पा रहे थे कि उन्हें जनवरी 2008 में 21 हजार के अंक पर पहुँचे सेंसेक्स का अक्तूबर 2008 में 10 हजार के अंक से नीचे पहुँच गए सेंसेक्स के साथ किस तरह अपनी निवेश–रणनीति तय करनी चाहिए। क्या उन्हें ऐसी स्थिति में बिकवाली करनी चाहिए या खरीद के भाव को एवरेज आउट करने के लिए और खरीद करनी चाहिए? कुछ नए निवेशक निचले स्तर (बॉटम) के इंतजार में मार्केट पर आँखें गड़ाए थे।

मंदी की स्थिति में निवेशकों के लिए टिप्स

निवेश जारी रखें

मंदी के दौर में यह देखें कि कौन से दिग्गज शेयर आपको सबसे निचले स्तर पर

दिखाई दे रहे हैं। जब दिग्गज कंपनियों या यों कहें कि ब्लू चिप कंपनियों के शेयर अपने उच्चतम भाव से 60-70 प्रतिशत निचले भाव पर मिलने लगें तो इस स्टॉक सेल का फायदा जरूर उठा लेना चाहिए। यदि आपने किसी शेयर को उच्चतम दर पर खरीदा है तो आप मंदी के दौर में उस नुकसान की भरपाई उसे और खरीदकर करें। उदाहरण के लिए, तेजी के समय जिन निवेशकों ने रिलायंस इंडस्ट्री का प्रति शेयर तीन हजार के भाव पर खरीदा, वह मंदी के समय उसकी हजार रुपए पर आ गई कीमत पर यदि उसकी दुबारा खरीद करता है तो वह अपने घाटे को नफे में बदल सकता है और इसे 'एवरेज आउट करना' कहते हैं। इसलिए उन निवेशकों को, जो मंदी के वक्त भी खरीदारी की इच्छा रखते हैं, एंट्री प्राइस पर एवरेज आउट करने के लिए छोटे लॉट और नियमित अंतराल पर शेयर खरीदने चाहिए।

आकर्षक मूल्यांकन पर गौर करें

मंदी के दौर में कई ब्लू चिप शेयरों का मूल्यांकन आकर्षक नजर आने लगता है। यदि आप इसका फायदा लेना चाहते हैं तो निवेश करने के लिए स्टॉक चुनने से पहले कंपनी के कारोबार और सेक्टर के प्रदर्शन का गहन विश्लेषण जरूर कर लें। दरअसल 'एंट्री प्राइस' (शेयर खरीदते वक्त उसकी कीमत) बहुत महत्त्व रखता है, क्योंकि एंट्री प्राइस बढ़िया निवेश और बेहतरीन निवेश के बीच अंतर पैदा करता है। जानकार कहते हैं कि शेयर बाजार का या किसी शेयर का बॉटम (सबसे निचला स्तर) क्या होगा, इसे कोई नहीं बता सकता। इसलिए जब भी आपको शेयरों का वैल्यूएशन (मूल्यांकन) तार्किक या रीजनेबल लगे तो निवेशक को उसमें प्रवेश कर लेना चाहिए और 'एंट्री प्राइस' को 'एवरेज आउट' (हानि को लाभ में बदलना) करने के लिए कम संख्या में थोड़े-थोड़े अंतराल में शेयर खरीदने चाहिए।

नुकसान की भरपाई जरूरी

मंदी के दौरान निवेशक को घबराना नहीं चाहिए; क्योंकि मंदी के दौरान उन निवेशकों के शेयर ही टिक पाते हैं जिनमें दम-खम होता है। हालाँकि मंदी के दौरान इनमें भी काफी गिरावट आती है; लेकिन ये अपने आप में एक तरह का स्थायित्व लिये होते हैं और तेजी के दौरान इनमें अंधाधुंध तेजी देखने को नहीं मिलती। इसलिए आप मंदी में ऐसे शेयरों की पहचान करें, जिनमें टिके रहने का माद्दा हो। फिसड्डी शेयरों से निकलकर आप इन शेयरों में शिफ्ट होकर अपने नुकसान की भरपाई कर सकते हैं। □

महत्त्वपूर्ण पते

- एन.एस.ई. कॉर्पोरेट कार्यालय
  नेशनल स्टॉक एक्सचेंज ऑफ इंडिया लिमिटेड
  एक्सचेंज प्लाजा
  प्लाट संख्या सी/1, जी ब्लॉक
  बांद्रा-कुर्ला कॉम्प्लेक्स
  बांद्रा (पूर्व), मुंबई-400051
  वेबसाइट : www.nseindia.com
- बी.एस.ई. मुख्यालय
  बॉम्बे स्टॉक एक्सचेंज
  फिरोज जीजीभॉय टावर्स, दलाल स्ट्रीट
  मुंबई-400001
  वेबसाइट : www.bseindia.com
- सेबी मुख्यालय
  सिक्योर्टीज एंड एक्सचेंज बोर्ड ऑफ इंडिया
  प्लॉट नं. सी 4-ए, 'जी' ब्लॉक
  बांद्रा कुर्ला कॉम्प्लेक्स
  बांद्रा (ईस्ट), मुंबई-400051
  वेबसाइट : www.sebi.gov.in

निवेशक कंपनियों को लेकर अपनी शिकायतें तथा समस्याएँ सेबी को निम्न पते पर भेज सकते हैं—

- सिक्यूरिटीज एंड एक्सचेंज बोर्ड ऑफ इंडिया (SEBI)
  इन्वेस्टर ग्रीवेंस एंड गाइडेंस डिवीजन
  प्लॉट नं. सी 4-ए, 'जी' ब्लॉक
  बांद्रा कुर्ला कॉम्प्लेक्स, बांद्रा (ईस्ट), मुंबई-400051

महत्त्वपूर्ण वेबसाइट्स

www.bseindia.com
www.nseindia.com
www.sebi.gov.in
www.mutualfundsindia.com
www.capitalmarket.com
www.moneycontrol.com
www.myiris.com
www.icicidirect.com
www.indiainfoline.com.
www.marketwatch.com
www.nasdaq.com
www.nyse.com
www.mcxindia.com
www.5paisa.com
www.rathi.com
www.ncdex.com
www.reliancemoney.com
www.irdaindia.ovg
www.amfindia.com
www.investmartindia.com
www.indiabulls.com
www.finance.indiamart.com
www.rbi.ovg.in
www.incometaxindia.gov.in
www.finmin.nic.in
www.india.gov.in
www.sbi.co.in

संकेताक्षर (ABBREVIATIONS)

AMC : Asset Mangement Company
(असेट मैनेजमेंट कंपनी)

AMFI : Association of Mutual Funds in India
(एसोसिएशन ऑफ म्यूचुअल फंड्स इन इंडिया)

ATM : AT-The-Money
(एट-द-मनी)

ADR : American Depositary Receipt
(अमेरिकन डिपॉजिटरी रिसिप्ट)

AGM : Annual General Meeting
(एनुयल जनरल मीटिंग)

APS : Air Pocket Stock
(एअर पॉकेट स्टॉक)

AST : Automated Screen Trading
(आटोमेटेड स्क्रीन ट्रेडिंग)

BOT : Ballance of Trade
(बैलेंस ऑफ ट्रेड)

BR : Bank Receipt
(बैंक रिसिप्ट)

BMC : Base Minimum Capital
(बेस मिनिमम कैपिटल)

BSE : Bombay Stock Exchange
(बॉम्बे स्टॉक एक्सचेंज)

CBDT : Central Board of Direct Taxes
(सेंट्रल बोर्ड ऑफ डायरेक्ट टैक्सेज)

CDSL : Central Depository Service Limited
(सेंट्रल डिपॉजिटरी सर्विस लि.)

CH : Clearing House
(क्लियरिंग हाउस)

CM Segment: Capital Market Segment of NSE
(एन.एस.ई. का कैपिटल मार्केट सेग्मेंट)

CRISI : Credit Rating Information Services of India
(क्रेडिट रेटिंग इन्फॉर्मेशन सर्विसेज ऑफ इंडिया)

CRA : Credit Rating Agencies
(क्रेडिट रेटिंग एजेंसीज)

CRR : Cash Reserve Ratio
(केश रिजर्व रेश्यो)

CD : Certificate of Deposit
(सर्टिफिकेट ऑफ डिपॉजिट)

CEO : Chief Executive Officer
(चीफ एग्जिक्यूटिव ऑफिसर)

CLB : Company Law Board
(कंपनी लॉ बोर्ड)

CGR : Compound Growth Rate
(कंपाउड ग्रोथ रेट)

CCI	:	Controller of Capital Issues (कंट्रोलर ऑफ कैपिटल इश्यूज)
CPI	:	Consumer Price Index (कंज्यूमर प्राइस इंडेक्स)
DCA	:	Department of Company Affairs (डिपार्टमेंट ऑफ कंपनी अफेयर्स)
DIP	:	Disclosure and Investor Protection (डिस्क्लोजर एंड इन्वेस्टर प्रोटेक्शन)
DP	:	Depository Participants (डिपॉजिटरी पार्टीसिपेंट्स)
EFT	:	Electronic Fund Transfer (इलेक्ट्रॉनिक फंड ट्रांस्फर)
EPS	:	Earning per Share (अर्निंग पर शेयर)
ELSS	:	Equity Linked Saving Schemes (इक्विटी लिंक्ड सेविंग स्कीम्स)
EGM	:	Extra Ordinary General Meeting (एक्स्ट्रा ऑर्डिनरी जनरल मीटिंग)
FERA	:	Foreign Exchange Regulation Act (फॉरेन एक्सचेंज रेग्यूलेशन ऐक्ट)
FICCI	:	Federation of Indian Chambers of Commerce and Industry (फेडरेशन ऑफ इंडियन चैंबर्स ऑफ कॉमर्स ऐंड इंडस्ट्री)
FII	:	Foreign Institutional Investor (फॉरेन इंस्टीट्यूशनल इन्वेस्टर)
FV	:	Face Value (फेस वैल्यू)
F&O	:	Futures and Options (फ्यूचर्स एंड ऑप्शंस)
FDI	:	Foreign Direct Investment (फॉरेन डायरेक्ट इन्वेस्टमेंट)
FDs	:	Fixed Deposits (फिक्स्ड डिपॉजिट्स)
FIMMDA	:	Fixed Income Money Markets and Derivatives Associations

(फिक्स्ड इन्कम मनी मार्केट्स एंड डेरिवेटिव्स एसोसिएशन)

FIS : Financial Institution
(फाइनेंशियल इंस्टीट्यूशन)

GDP : Gross Domestic Product
(ग्रॉस डॉमेस्टिक प्रोडक्ट)

GNP : Gross National Product
(ग्रॉस नेशनल प्रोडक्ट)

G-Sec : Government Securities
(गवर्मेंट सिक्यूरिटीज)

GTD : Good Till Date
(गुड टिल डेट)

IPF : Investor Protection Fund
(इन्वेस्टर प्रोटेक्शन फंड)

IPO : Initial Public Offer
(इनिशियल पब्लिक ऑफर)

IRDA : Insurance Regulatory and Development
(इंश्योरेंस रेग्यूलेटरी एंड डेवेलपमेंट)

IT : Information Technology
(इन्फॉर्मेशन टेक्नोलॉजी)

ISIN : International Securities Identification Number
(इंटरनेशनल सिक्यूरिटीज आइडेंटिफिकेशन नंबर)

MFs : Mutual Funds
(म्यूचुअल फंड्स)

MNCs : Multi National Companies
(मल्टी नेशनल कंपनीज)

MOU : Memorandum of Understanding
(मेमोरैंडम ऑफ अंडरस्टैंडिंग)

MTM : Mark-To-Market
(मार्क-टू-मार्केट)

NASDAQ : National Association of Securities Dealers Automated Quotation System
(नेशनल एसोसिएशन ऑफ ऑटोमैटेड क्वोटेशन सिस्टम)

NAV : Net Asses Value
(नेट असेस वैल्यू)

NBFCs : Non-Banking Financial Companies
(नॉन बैंकिंग फाइनैंशियल कंपनीज)

NSEAT : National Stock Exchange Automated Trading
(नेशनल स्टॉक एक्सचेंज ऑटोमैटेड ट्रेडिंग)

NPA : Non Performing Assets
(नॉन पर्फोमिंग असेट्स)

NSDL : National Securities Clearing Corporation of India Limited
(नेशनल सिक्यूरिटीज क्लियरिंग कॉर्पोरेशन ऑफ इंडिया लिमिटेड)

NSE : National Stock Exchange
(नेशनल स्टॉक एक्सचेंज)

OTC : Over the Counter
(ओवर द काउंटर)

P/E ratio : Price-of-the Money
(प्राइस-ऑफ-द मनी)

PAN : Permanent Account Number
(परमानेंट अकाउंट नंबर)

PSU : Public Sector Undertaking
(पब्लिक सेक्टर अंडरटेकिंग)

P/D ratio : Price-dividend Ratio
(प्राइस-डिविडेंड रेश्यो)

PER : Price Earning Ratio
(प्राइस अर्निंग रेश्यो)

PAT : Profit After Tax
(प्रॉफिट ऑफ्टर टैक्स)

PBT : Profit Before Tax
(प्रॉफिट बिफोर टैक्स)

QA : Qualified Account
(क्वालिफाइड अकाउंट)

QS : Quoted Shares
(क्योटेड शेयर्स)

RBI : Reserve Bank of India
(रिजर्व बैंक ऑफ इंडिया)

ROC : Registrar of Company
(रजिस्ट्रार ऑफ कंपनी)

SC (R) R	:	Securities Contracts (Regulation) Act (1956) (सिक्यूरिटीज कॉण्ट्रैक्ट्स (रेग्युलेशन) ऐक्ट
SEBI	:	Securities and Exchange Board of India (सिक्यूरिटीज एंड एक्सचेंज बोर्ड ऑफ इंडिया)
SLR	:	Statutory Liquidity Ratio (स्टेचुअरी लिक्विडिटी रेश्यो)
SSS	:	Securities Settlement System (सिक्यूरिटीज सेटलमेंट सिस्टम)
SLO	:	Stop Loss Order (स्टॉप लॉस ऑर्डर)
TBH	:	Teddy Bear Hug (टेडी बिअर हग)
T-Bills	:	Treasury Bills (ट्रेजरी बिल्स)
TDS	:	Tax Deducted at Source (टैक्स डिडक्टेड एट सोर्स)
TB	:	Trading Bills (ट्रेडिंग बिल्स)
UTI	:	Unit Trust of India (यूनिट ट्रस्ट ऑफ इंडिया)
VAT	:	Value Added Tax (वैल्यू एडेड टैक्स)
WPI	:	Wholesale Price Index (होलसेन प्राइस इंडेक्स)
VCF	:	Venture Capital Fund (वेंचर कैपिटल फंड)
WDM	:	Wholesale Debt Market Segment of NSE (एन.एस.ई का होलसेल डेब्ट मार्केट सेग्मेंट)
XB	:	Ex-Bonus (एक्स-बोनस)
XD	:	Ex-Dividend (एक्स-डिविडेंड)
YTM	:	Yield to Maturity (यील्ड टू मैच्यूरिटी)

□□□